心海微澜

陈韩星文论集

陈韩星 著

暨南大学出版社
JINAN UNIVERSITY PRESS

中国·广州

图书在版编目（CIP）数据

心海微澜：陈韩星文论集/陈韩星著. —广州：暨南大学出版社，2018.8
ISBN 978 - 7 - 5668 - 2367 - 0

Ⅰ.①心…　Ⅱ.①陈…　Ⅲ.①文艺理论—中国—文集　Ⅳ.①I0 - 53

中国版本图书馆 CIP 数据核字（2018）第 079010 号

心海微澜——陈韩星文论集
XINHAI WEILAN CHENHANXING WENLUN JI
著　者：陈韩星

出 版 人：徐义雄
责任编辑：武艳飞　黄　斯
责任校对：曾小利
责任印制：汤慧君　周一丹

出版发行：暨南大学出版社（510630）
电　　话：总编室（8620）85221601
　　　　　营销部（8620）85225284　85228291　85228292（邮购）
传　　真：（8620）85221583（办公室）　85223774（营销部）
网　　址：http://www.jnupress.com
排　　版：广州市天河星辰文化发展部照排中心
印　　刷：深圳市新联美术印刷有限公司
开　　本：787mm×1092mm　1/16
印　　张：15.75
字　　数：385 千
版　　次：2018 年 8 月第 1 版
印　　次：2018 年 8 月第 1 次
定　　价：58.00 元

（暨大版图书如有印装质量问题，请与出版社总编室联系调换）

红岭秋韵（水墨画·2017年）　　　蔡宝烈　画

书少非君子，无读不丈夫（书法·1995年）　　　陈韩星　书

最是虚心留劲节

最是虚心留劲节（书法·1998年）　　陈骅　书

金色的草原（丝网版画·2016年）　　肖映川　画

澹泊以明志

甯靜以致遠

韓星兄命書

丙寅仲春书韓师之黎廉荣挺

淡泊以明志，宁静以致远（书法·1986 年）　黄挺　书

明珠璀璨（国画·1985 年）　　林毛根　画

序 一个剧作家的理论风采

多年以来，我一直在思考一个问题，就是创作家要不要搞理论，理论到底对创作有没有用处。我的看法是，搞创作必须学理论。狄德罗就说过："古代的作者和批评家都从自己的深造开始，他们总是学完各派哲学以后才从事文艺事业。"① 我们通常说感觉到的东西不能很好地理解它，理解了的东西才能更好地感觉它。一个最好的素材给你感觉一千遍，如果没有参透它的能力，对这个素材你也只能是一知半解。艺术家和科学家一样，也是真理的发现者，只不过科学家发现的是科学真理，而艺术家发现的是玄学真理（并且用一种特殊的方式传达出来），这种玄学真理是一切艺术作品的最高主题，是人的终极苦恼与终极关怀的问题，只要是真正的艺术家，我们都可以从他的作品和有关材料中发现他们一直在苦苦地思索着这个问题。如我们从杜甫、李白诗作中可以清楚地发现他们自觉地接受儒、道、释思想的影响。西方许多伟大的作家、艺术家都对美学理论极感兴趣，如普希金熟悉康德、莱辛的美学理论，他的许多理论作品可以称为"诗歌美学"；画家达·芬奇、戏剧家莱辛和布莱希特、作家列夫·托尔斯泰、导演爱森斯坦都名垂美学思想史。艺术史上的无数事实已经证明，没有一个人可以绕过对玄学理论的探索而成为优秀的艺术家。苏联著名作家阿·托尔斯泰回忆起自己早期的创作时说：

> 我现在还记得，有一个时期（在我创作道路开始的时期），我是怎样生活在那种一团乱麻似的形形色色的感觉之中。直到现在，有些人还认为，这才是自由的，能激起灵感的创作环境，真是害人的胡说八道！……为了不至于像洪水中的猫那样淹没在这些乱糟糟的不可理解的现象中，只好求助于个人的自我肯定和尼采的超人（顺便说一句，这在当时的各种文学酒馆中是很受欢迎的）。我们只不过是披着灵感的外衣，实际却是驯服地被牵着鼻子走的人，从要求写最时髦的题材的出版商，一直到受人敬爱的巨匠，都包括在内。②

这是一种切肤之痛，它告诉我们，所谓灵感实际上只是一种外衣，一种现象，它的本质是对这个世界的形形色色的现象的一种把握，是一种理论，否则，一个人就会迷失在感觉之中，就像江水中的猫。甚至出时髦题材的出版商，他也是有其理论眼光的（当然是一种商业化的理论），更何况受人敬爱的文学巨匠。

现在我的案头就有两部著作，一部是《大漠孤烟——陈韩星歌剧作品集》，另一部是

---

① 狄德罗：《论戏剧艺术》。

② 安东尼奥·葛兰西著，吕同六译：《论文学》，人民文学出版社 1983 年版。

《心海微澜——陈韩星文论集》，两部著作几乎一样的厚度，一样的分量。这是陈韩星君几十年来创作、理论双管齐下的结晶。他的实践又一次证明了一个创作家如果同时又是一个理论家（或同时研究理论），那么他的创作和理论都会搞得很出色，这叫做合则双美，离则相伤。

我与陈韩星君相识于1997年上海戏剧学院高级编剧研修班，当时他是班长，我则在这个班上教授一门课。名为师生，实为同龄人，我们有类似的人生经历，很接近的艺术观。当时我就感觉到韩星君虽然是个剧作家，但对理论很感兴趣，没想到他这几十年来在搞创作的同时，还扎扎实实地搞评论、搞理论，拿出了这样一部可与他的剧作相媲美的理论著作。我自己也搞了几十年理论、评论，所以这部文论集读来十分亲切，而且有味道。心灵的相通仿佛使我看到了文字背后那种种无法言传的写作甘苦，而书中洋溢的才华和刻苦的钻研精神又令我由衷感到钦佩。

还是接着开头所讲的创作家与理论家的话头。我读完了韩星君这部文论集，对其中一条线索十分感兴趣，那就是韩星君在几十年创作实践过程中对创作思想（文艺观）的持续的、不断的、自觉的探索。这条轨道，最早可以追溯到1975年。作者在书中写道：

> 当时为完成严肃的政治任务而浑浑噩噩地写呀写呀——
>
> 终于有一天，当讨论完我写的一个阶级敌人破坏学大寨的歌剧《为了明天》刚刚回到住处时，经过几次修改仍未获通过已疲惫不堪的我，茫然地站在二楼走廊的栏杆前，望着昏昏欲坠的夕阳，听着海风穿过椰子树羽叶间那凄厉的呼啸声，心里突然涌起一个大大的问号——"这些年来我所写的节目到底是什么东西？眼前这个小歌剧，它是戏吗？"——幸运的是，这顿悟式的一闪念，竟使我走上另一条创作之路——那是1975年。

于是，他就自觉地找许多理论著作来看，并参加各种各样的讲习班。特别是在"文革"结束后，这种读理论书和听老师讲授的机会骤然多了起来，通过学习钻研，作者写道：

> 我越来越觉得过去年月所写的许多文艺作品，其实离真正的艺术还隔着很远很远。十多年间的创作，真是白费了时间和精力，唯一的收获，就是使我十分清醒地意识到，今后再也不能去写那类东西了。……真正的戏剧作品，必须写出个体的人的内心情感。因为，人，是艺术的根本命题；情，是艺术魅力之源；而命运，则是牵系着人物和人物情感的五彩丝线。……我的眼光开始投向与我有着共同命运的古代文人，苏东坡、韩愈、翁万达先后走入了我的视野……

拿今天的眼光来看，韩星君在1975年对自己创作道路的怀疑，"文革"以后没有跟着时尚写伤痕文学、问题文学，而直接抓住个体的人的内心情感，去创作古代文人题材的作品，这种艺术思想上的觉醒比他同时的作家应该说是要早的，路头也是对的，而这正得力于他自觉的理论思考，使他少走了许多弯路。

到了 1986 年，他在思考苏东坡题材创作时，创作思想上又有一个飞跃。当时他在一次文艺调演的大会简报上这样写道：

> 就我目力所及，在写苏东坡的作品中，有写他判案的（如湛江的粤剧《东坡判案》），有写他惜才用才的（如浙江的昆剧《惜分飞》），有写他办学的（如海南的琼剧《东坡办学》），也有写他流徙生活的（如广东电视台拍摄的电视剧《天涯芳草》）。这些艺术作品都从不同的角度对苏东坡作了形象的刻画，应该说都各有其成功之处，但我认为，这种种写法，仍然未能抓住苏东坡形象的实质，这里的关键，在于把苏东坡混同于一般的官吏。道理很简单：在封建社会里，只要是稍有人民性的清官，谁不会去正确地办案，热心地提携人才和办学呢？而仕途坎坷、流徙困顿的，又何止一个苏东坡呢？

我对韩星君这段话印象特别深刻，因为我在 1996 年的一篇批评文章中也谈到了同样的问题，但韩星君发现问题比我早了十年。现在这个问题已引起了戏剧界最高层的注意，而这类将大作家混同于一般清官的作品也慢慢退出了戏剧舞台。这说明韩星君对这个问题不仅看得早，而且看得准。

再接下去，我们在文集中能看到作者在 1994 年关于共同人性、共通灵感的思考，在 1998 年的一篇创作谈中关于摆脱政治目的和功利主义、关于创作自由的思考。到了 2001 年，在总结《大漠孤烟》创作经验时，韩星君的理论思考又上了一个台阶，他提出了"写人的玄学状态"的原则，并具体解释说：

> 艺术创作是形上意义的心灵实践，是艺术家灵魂深处的磨折，是艺术家终极性情感的燃烧，而在外在形式上，则表现为一种空灵感、飘逸感，一种陌生化的象外之象；与此同时，我也重新认识了艺术家，艺术家是人类的弱者，真正的艺术家都有大缺憾、大遗憾，但正由于如此，他们对世界的认识就有一种"技进于道"的大感觉。能看到世界、人生的最高本质，而在笔下，则体现为个体生命处于极端状态下的痛苦。就这样，艺术家蚌病生珠，由弱者变为大智者，实现了对人类灵魂的积极拯救。

应该说，韩星君在这里提出的写人的玄学状态和艺术家是人类的弱者的观点触及艺术创作与艺术家的最高本质，在同时代的剧作家中，这种观念是属于比较深入的创作思想。

我们现在通行的创作观念都习惯于把艺术家看成是社会改革家和社会科学家，这种观念认为艺术家面对的应该是类，应该是一大片国土、一大片民族、一大片习俗、千百万人的习惯势力等，即使有人物塑造，也是将人物作为例证来说明一种科学的主题。实际上，艺术家面对的不应该是类，而应该是个体，也就是说艺术家应以个体为本位而不应以类（群体）为本位，艺术家不是那种客观冷静地研究类的科学家，而是以自身的灵魂燃烧来进行灵魂拯救的玄学家，用熊十力先生的话讲就是艺术家面对的是"真境"而不是"外境"。如果我们的创作观念能够从科学变为玄学，从类变为个体，从社会改革变为灵魂拯救，那我们的整个创作一定会发生革命性的变化。

相应地，我们对艺术家的看法也要发生革命性的变化。艺术创作既然担负着灵魂拯救（终极关怀）的重任，则艺术家首先应该是最彻底的灵魂拯救者。所谓艺术家是人类的弱者正是这个意思。艺术家是在灵魂深处有大缺陷、大苦恼者，而正是这种缺陷与苦恼激起他双倍的自我拯救的欲望，因而他也就从弱者转化为大智者，这叫做蚌病生珠或者叫做美产生于缺陷，艺术说到底就是这种缺陷之美。例如书中作者对王维这个大诗人的剖析是很精彩的，是对"艺术家既是人类的弱者，又是人类中的大智者"这一论断的生动诠释：

> 王维的一生多灾多难，王维的内心充满了矛盾和痛苦。但王维终归是大诗人的王维，他始终坦诚、执著、自识，远离了贪婪、附庸、嫉妒种种人类的恶习，永葆着自身人品、诗品顽强的生命力，并非世俗所谓的"百年诗酒风流客，一个乾坤浪荡人"……"明月松间照"，照一片娴静淡泊寄寓他无所栖息的灵魂；"清泉石上流"，流一江春水细浪淘洗他劳累庸碌的身躯。王维拥有精神上的明月清泉，这正是我所寻觅的诗人那不朽而独特的灵魂。

读了这段话，联想到现在一些权威的美学艺术理论教科书还在讲艺术家是阶级的眼睛、耳朵、声音，真感到我们的理论实在是太需要与时俱进了。

除了上述的对创作思想（艺术观）长期自觉的探索外，韩星君的理论家品格还表现在他几十年来甘于寂寞，精心撰写的大量文艺评论与文艺理论作品上。

现在一般人对文艺理论作品比较看重，而对文艺评论文章常常以为是引车卖浆之流的不登大雅之堂的东西。我在搞文艺理论研究的同时也搞了多年的文艺评论，个中甘苦真是如鱼饮水，冷暖自知。可以这样说，从某种意义上讲，文艺评论要比写作文艺理论文章更困难，因为它不仅需要有理论上的洞见（这一点与文艺理论作品有同样高的要求），而且还需要具体作品具体分析，更需要诗人般的想象力，因为它剖析的是活生生的感性的艺术形象。研究理论与评论的人都知道，写起抽象的理论来往往可以洋洋洒洒，左右逢源，但一到举例说明乃至于一到对某个具体作品作具体的解读时，笔下就不那么潇洒了。在一次座谈会上一位既研究理论又搞文艺评论的理论家深有感触地说："文艺评论也是创作，其难度不在文艺创作之下。"确实如此，相比之下，搞评论比搞理论更倚重于才气、倚重于激情、倚重于文采。我本人有志于此久矣，可是一直感到写出来的评论文章过于枯涩，正由于如此，我读了韩星君的文艺评论文章，就暗暗地羡慕他同时兼有剧作家的优势而自叹不如。

韩星君不仅写下了大量的评论文字，而且做了大量的文艺理论的研究工作，据我粗略统计，他的理论研究涉及古典文学、戏曲、话剧、音乐、图书编辑、文化以及悲剧、喜剧、典型、结构、雅俗共赏、小剧场等多个方面，其中不乏精彩、精辟的见解。如他论及喜剧时说：

> 人类渴求自由、追寻理想的本性通过喜剧而得到宣泄和寄托。从这个意义上讲，喜剧是人类自身的战胜者，是自信心、优越感的表现。有人认为，年轻人容易

写好一部悲剧，而不容易写好一部喜剧，这是因为写好一部喜剧，需要有成年人的明察秋毫、烛幽索隐、谙通世事、洞悉人情等一切人类智慧、成熟的因素，而这一切，正是喜剧创作的天赋才能。

就我目力所及，目前的喜剧研究往往就事论事者居多，像韩星君这样将喜剧创作上升到哲学、美学高度来审视的并不多见。另外，韩星君虽然专职从事戏剧创作工作，但他对韩愈的研究恐怕不在专业研究韩愈的学者之下，他在中国唐代文学学会韩愈研究会主编的《韩愈研究》上发表的长文《论韩愈与僧侣的交往》以及韩愈学术讨论会组织委员会所编《韩愈研究论文集》中发表的长文《韩愈诗歌的谐谑风格》足以证明这一点。

我读了这两篇长文，感觉作者并不是那种学究式的腐儒，也不是那种把研究作为富贵的敲门砖的无聊之徒，他是完全将自己融入研究之中，以拥抱生命、燃烧在其中的态度去从事理论工作的，这一点对于创作尚且不易，对于理论研究就更不易了。我们在文中可以看到韩星君自己人格的投影。例如他研究韩愈的《苦寒》诗时写道："其时，韩愈正坐着四门博士的冷板凳，权臣用事，朝廷失政，国事和个人的遭际，都一如隆冬烈寒。因此，他希望'人主近贤退不肖，使恩泽下流，施及草木'。这就是他的深沉的寄寓。"

读到这里，读者一定会很自然地联想到本书中《湘子桥上的铁牛》一文中那段感人肺腑的文字：

> 我觉得冬天的牛是最辛苦的。在海南岛，对牛的养护远远比不上潮汕农村。冬天到了，用木棍围成的牛栏四周只是多加了一圈茅草片，北风呼呼地吹，如果遇上寒流，总要冻死几头的；那牛栏里的粪也从不清理，牛拉的屎尿都沤在牛栏里，与泥土混合成粪浆，足有半条牛腿那样深，牛就站在、躺在这些粪浆中，身上总是黏糊糊的。吃的呢，也不像潮汕农村，有孩子专门牵着去吃草，夜里有豆渣可吃，而是收工回来以后，随便地往那山坡上一撒，任它们四处寻吃。奇怪的是，这些牛从不乱跑，静静地吃着（有时是半饿着肚子），也静静地跑回栏里。——总而言之，海南岛的牛是最苦的，冬天的牛更苦，我为儿子起了这样一个名字（按指"冬牛"——引者），用意是很明白的——他和我一样，不是在甜水里泡大的啊！

第一次读到这段文字时，我的眼眶湿润了，尤其是"奇怪的是这些牛从不乱跑……"那几句，我仿佛看到了青年时代的韩星君，也想到了自己的青年时代。上文中提到韩愈希望人主恩泽下流，施及草木，不也是韩星君内心彻底的人道主义的曲折投影吗？

另外，韩星君在这两篇长文中讲到了韩愈攻击那种"去精取粗""得形遗神"的佛教，讲到了鲁迅先生称赞释迦牟尼真是大哲，还讲到了韩愈是一个有性灵的人，一个具有鲜明的个性但非超然于物外的普通的人。这些研究可以说又是韩星君入世与出世相结合的人生态度的曲折投影。

我认为，一部作品（无论是创作还是理论），如果使人窥见作者内心最深处的灵魂（人格），那么这部作品就是一部有价值的作品。《心海微澜——陈韩星文论集》这部书最主要的价值就在于此。我们可以看到无论是他对自己几十年创作思想的反思，还是他的评论、理论乃至于他的散文都浸透了他的人格力量和人格上的追求。尤其是《浅谈出世与入世——兼答余生》一文更是他的灵魂的直接袒露，可以说是这本集子中写得最精彩的一篇。我从这篇文字中对韩星君的了解甚至超过了从我们之间的直接的友谊中所获得的。

所谓出世与入世的矛盾，实际上就是自由与必然的矛盾，它是一切宗教、哲学、艺术的最高主题，也就是相对于科学的玄学的最高主题。一个人生下来就掉到物欲横流的河流中去了，这就是合乎规律的发展的社会必然性。恩格斯说"卑劣的贪欲是文明时代从它存在的第一日起直至今日的动力"，这种必然性也就是韩星君所讲的"无从逃脱的阴影"。所以一个过于入世的人，就是一个随波逐流、被这个物欲横流的必然性淹没的人，是一个没有自由的人。很显然，在当今社会中，一个刻意追求金钱和权力的人，就不可能写出韩星君那样的对父亲的爱，对儿子的爱，对老师、对母校的爱，以及对友人的宽容的文字，因为这些文字恰恰证明韩星君对这个社会必然性是清醒的、自觉的、自由的，也就是在入世中又有出世思想。韩星君在文章中写道：

> 在人生的长河中，我时时记起苏东坡的两句诗："芒鞋不踏利名场，一叶轻舟寄渺茫。"我对这两句诗的理解是：在红尘中看破红尘，在名利中不逐名利，在生死中勘破生死，凡事贵自求不贵他求。……而这种解脱的终极目的，是顽强地把握自我。

我想接着韩星君的话再加一句，即"顽强地把握自由"。"自由"二字就是"用出世的精神做入世的事业"。这句话包括两层意思，即既合目的又合规律，既要追求自由又不能主观地逃避必然性去追求那种空想的自由。"既以出世的平静接受一切，又以入世的旷达面对一切。"

这里还需要补充一点，所谓"在生死中勘破生死"是韩星君面对另一种必然性——自然必然性时所获得的灵魂自由。我们一生下来除了掉在社会必然性这条河流中外，还掉在了另一条不以人的意志为转移的必然性——自然必然性的河流中，也就是掉在了那无法抗拒的生老病死的自然规律的河流之中，我们无法摆脱它，但是我们只要勘破了它，自觉地屈从于它，那么它就无法伤害到我们。我们在生老病死面前就获得了灵魂自由，这就是入世与出世的统一，合目的与合规律的统一。

总之，用哲学的语言来讲，一味地入世就是奴性（做必然性的奴隶），一味地出世就是任性（追求虚幻的自由），只有出世与入世相结合才是真正的理性。我注意到了韩星君在文章中特别用很大的篇幅来说明"许多有为文人的出世，是为了更好地入世"。他真正情有独钟的是苏东坡，苏东坡"每字每句都代表着饱受煎熬的最底层的民众，他离朝廷越远，与人民感情就越近，这完全是一种入世的感情"。说明韩星君在出世与入世二者中还是有所侧重的，也就是说出世是为了入世，一个人的基点还是要做一个热血男儿。这一点我是很赞同的。

《心海微澜——陈韩星文论集》内容很丰富，我只是谈到了自己感兴趣的、有一点发言权的东西。像关于潮汕文化方面的大量内容，我只好有一点自知之明了。最后我想谈一下对这本书的一个总体感觉，那就是这本文论集是很厚重的，很扎实的，是作者几十年间累积起来的，而不是当今一些人用吹洋泡泡的方法吹起来的、大多是水分的著作。就凭这一点，我感到这本书应该是长寿的，是值得花时间一读的。

朱国庆①
2018 年 1 月
于上海戏剧学院

---

① 朱国庆：上海戏剧学院戏剧文学系教授，文艺理论家，硕士研究生导师。出版部级教材《艺术原理》，专著《艺术新解》《吾心即艺术》等。

目　录

·学海探珠·

·讲　座·

·人文摭拾·

艺林撷英

性情面目　人人各具
——浅析潮剧《百里桥》中三个官的形象

　　新编民间故事潮剧《百里桥》是根据历史记载和民间传说创作的，但资以为据的材料十分有限，清光绪年间的《普宁新志》只有四十余字提及："百里桥于明代万历年间，由知县沈如霖主持建造，初建时，勒百里桥三字于桥左，是一长不过十丈的小石桥。"流传于普宁老县城洪阳镇的民间传说也很简单，大意是说该县新任县令朱德高请旨建造百里桥获准，遂于民间强征暴敛，县衙主簿安得明多方抵制，朱便解除其女与安的婚约，其女抑郁而死，葬于当地，传有朱小姐坟；安得明为百姓做了许多好事，他死后，百姓建起"安公祠"以示怀念。剧作者陈光、陈诗源、林光排除万难，1985年草成初稿，四年间又十易其稿，终使煌煌七场长剧得以问世，并获1987年广东地方题材戏剧创作剧本奖。作者的韧性实堪赞叹，但剧作的成功与否，并不单纯取决于修改的次数，《百里桥》一剧能达到今天的水平，关键在于剧作者在几近白手起家的艰苦的探索中，始终抓住人物刻画这一戏剧的中心环节，塑造了吴千山、谭则万、朱德高这三个堪值研讨寻味的明代封建官僚形象，从而将这一延搁多年的地方题材搬上了戏曲舞台。

　　这三个分属不同等级的封建官僚在官场中既各取所需，各得其好，又"性情面目，人人各具"（语见清·沈德潜《说诗晬语》）。普宁县令朱德高财迷心窍而形露于色，潮州府尹谭则万官欲熏心而不着痕迹，工部尚书吴千山志在修名而正襟危坐，但实际上他们又殊途而同归，千颜而一容。剧本借此有层次地揭示封建社会政治的腐败，这无疑比一般写此类戏总是清官坏官、公堂邪正的传统模式显得更有力更深刻。

　　剧中的朱德高是一个胸无点墨的庸才，他的官职是其岳父预付钱替他捐来的，可以说这是一个贪赃枉法的草包县令形象。但朱德高也爱女爱才，他并非有意逼朱玉仙远嫁吴千山，他曾许诺将玉仙嫁与民间贤能安得明，这说明他还有一点人情味，良心未泯。对于朱德高的爱财，剧中除了写出这是出于贪官污吏的本性外，也写了这是他逼于情势而不得不为：调任普安，安家需要钱；买县令尚欠岳父三千两银子；县令是"官尾"，人人都可向他伸手，他的"寸楮"上记满了官亲托买但又"出嘴无出钱"的各种物件，如金龟玉佩、古瓷器、"香芸"布、潮州月饼等；还有那"如今欲办一件事，关关节节都要买人情"的人情世事……朱德高负担如此之重，他的不加掩饰而近乎癫狂的盼求财神降临的举止，便显得合理而可信；同时，剧中对他那种爱女爱才和爱命爱财均不能两全时的复杂心态的细腻的刻画，也令人对其既恨又怜。一方面，作者为朱德高安排了一系列的行为和矛盾，因而其形象较生动且有血有肉，不脸谱化；另一方面，由于朱德高最终还是如愿以偿，贪财而实有其财，这也给观众以这样的启示：封建的社会体制使朱德高这样一个小小的地方官员也拥有行政、司法合一的权力，他一手掌管着赋役和财政，有以政治手段谋取经济利益的极其方便的条件，这不能不是封建社会中一个令一般官吏难以清廉的体制上的弊端。

潮州府尹谭则万和朱德高不同，他是有"文凭"且经吏部廷推、皇上钦点的四品官，他精明练达、文思敏捷，其才能远非朱德高可比。正因为这一点，他自视甚高，亟不满于自己"屈任府尹""年近而立志未酬"的现状。他一心想升官，但表面上却不露山水，筹谋远策又滴水不漏——他指使朱德高奏请圣上敕赐造桥帑金，造成骑虎难下之势，然后不慌不忙地胁迫其将女儿嫁与工部尚书吴千山，使朱德高"黄连灌一肚，有苦说不出"；他又深知吴千山非"三印齐"不批呈文，便千方百计凑齐三印，由此不但轻易骗得帑金十万，而且当后来吴千山发觉上当，又不敢上殿奏报圣上，只得"暗到普安消祸根"时，谭则万又将责任推得一干二净："乞讨帑金十万，大人可批多也可批少。俗话道：讨是价，还是钱呀！"加上谭则万在奏章上玩弄了文字游戏，使吴千山终于无言以对，且又落下个欺君之罪。在"百里桥"这整个骗局中，谭则万又分文不取，"不贪不馋"，他扬言"本府到任，唯有饮水茹蘗，矢勤矢慎，以期仰付圣意；受命之日，局蹐未安，唯恐无才，有忝厥职。怎能贪赃受贿，败国害民哩"？谭则万所做的这一切，都只有一个目的——寻创政绩，以期"造桥应梦升官有道"。他并非不要钱，实际上，在那种社会里，贪官而不贪钱的人是没有的；即便他不升官，只任府尹，也不免"三年清知府，十万雪花银"（语出《儒林外史》），而如果升官，正如他自己所言："官运亨通，光宗耀祖，何患无利可图？"谭则万只不过是怀着更隐晦的目的，以更体面的手段去攫取钱财罢了。总而言之，这是一个"口谈道德而心存高官，志在巨富"（语见明·李贽《焚书·又与焦弱侯》）的"中山狼"式的人物。剧中他的戏虽不太多，但这个人物有其独特之处，他的道貌岸然、奸而不露使其更具危险性，更值得引起人们的警惕。谭则万的这一思维逻辑又告诉我们，在阶级社会中，谋位即为谋权，有权亦便有财，权力是人们价值取向的唯一界标，可以经过人为的手段让其商品化，换言之，这就是为官们所梦寐以求的特权。由此我们可以看出，封建社会的官僚政治本质上就是一种特权政治，在这样的国度中，必然会产生以权谋私的腐败现象。

吴千山是一个有着复杂性格的官僚政客。他深受封建道德的熏陶，身处优越的上层，他不甘服老，呕心沥血，日理呈文数十件，专心地用放大镜审查着每一枚印章的真假，恪守着律法标准"三印齐"，期望他的一丝不苟的办事态度能够换来"君圣臣贤，相安无事"的政治局面，也希望在"老冉冉其将至"时，能修名而立，位高而声远。剧中以"三印齐"这一经过艺术抽象（实际生活中何止三印！）而令人叹绝的细节，将吴千山的复杂性格集中而又形象地表现出来：一方面，他具有封建官僚的共性，即具有最重要的政治品质"忠"和"循"，他笃信国家政治生活的权力主体只有一个——君王，君王的意志就是法律，而官员对于君王，又是一种人身依附的关系，他只有忠于君王，只有唯上是从，只有无条件地对君王负责，才能维系其名节。基于此，他对君王甚至迷信到这样的程度："百里桥如有假，老夫不察，万岁难道也看不出来么？""万岁颁旨，无须思虑，照旨行事。"吴千山的盲目尊上，生动地体现了封建社会"命为制，令为诏"的人治的本质，而吴千山最终因皇帝的一道圣旨而置查勘骗局和民生疾苦于不顾，声称"奉官难奉民"，"无奈打道回帝京"，也是他这种愚忠思想的必然表现，其恪守"三印齐"，又体现了他的循规蹈矩、保守僵化,说明他是一个不折不扣的官僚主义者。另一方面,吴千山又具有自己的个性,他勤苦力政、坦荡善良,追求"为民做主""公正无私"的美名,他甚至认为,只要"三印齐",即使下属作弊,多拨帑金也无所谓,反正"小溃大溃都是溃,多拨少拨都是拨。多拨帑金,为民造福,谁敢怪责于我"? 这说明他与那些"外沽清正之名,暗结虎狼之势"的权臣确有个人品质上的不同。但"三印齐"归根到底,对吴千山又是个入骨三分的讽刺,因为吴千山信奉"三印齐"这一审批公文的准则,其做法是"齐"则批,不"齐"则退回;其想法是按此行事之后,有功自可请赏,有错则"咎在呈报之人","非工部之过"。究其本心,他仍然是个只图自己仕途光明的个人主义者。同时,由于他的这种做法属于决策上的官僚主义,其对于国计民生的危害,又往往千百倍于一般的官僚主义,这就不可避免地使他成为民族和人民的罪人。吴千山的"无功即有罪"的特殊的地位和为官仅求自全的从政方法,使他不能不成为一个应该批判的官僚政客,而且,由于他具有比朱德高、谭则万更为鲜明的个性和更高程度的共性,他又具有艺术形象上的典型意义。

吴千山的官僚政客的典型形象还有别于以往诸如《十五贯》中的过于执的官僚主义者形象,也就是说,他是一个初具独立意义的戏剧人物。吴千山这一人物形象已经得到众多观众和戏剧界行家的认可,完全可以经过继续加工而臻于完美。

从普通而又简单得不能再简单的地方题材中发掘出吴千山这一艺术典型,这不能不归功于剧作者的独创性。正如歌德所言:"独创性的一个最好的标志就在于选择好题材之后,能把它加以充分的发挥,从而使得大家承认压根儿想不到在这个题材里发现那么多的东西。"剧作者紧紧扣住"百里桥"这三个字,在"百里桥"和"十丈"之间看出这个"胚胎"潜在的喜剧因素,从其名实不副中引发出一个状写大骗局的戏剧框架;同时,他们又很好地把握了"明代万历年间"这一特定历史时期的特征,从这一时期正气沉溺、邪恶猖獗、贪官污吏布满宦海、官僚主义泛滥成灾的史实出发,确定了刻画贪官污吏、揭露官场黑暗的主旨,这首先就充分尊重和利用了这一不可更易的地方题材,并且,作者又"发现"了一个工部尚书吴千山,当吴千山一进入剧中,整个剧作便出现转机,取得突破性的进展。可以说,这个创作过程是艰辛而漫长的,然而其成绩的取得又是顺理成章水到渠成的。

《百里桥》一剧如此不惮笔墨描绘了一幅封建官场的"群丑图",受篇幅所限,势必会削弱对于民间百姓的正面描写。相比之下,安得明、石仙父女的形象就显得较为单薄。当然,在同一个剧本中,既然有所侧重,"民"与"官"便不可能两全,但由于存在邪正的对比,代表正义的一方也不能过于疲弱,解决这个问题,焦点在于安得明。

安得明作为县衙主簿,在当时的社会中只能算个小人物,他只能做力所能及的抗争,最后以失败告终,也是历史使然,对他不能苛求。但这个人物的思想脉络一定要搞清楚,形象也要力求完整。安得明应具有中国知识分子正直、疾恶如仇、为民请命的秉性,但又不乏机智和幽默感,嬉笑怒骂皆成文章。他似不类纪晓岚学者型的隽思大智,但也强似夏雨来(潮汕民间传说人物)游民型的俚俗取巧,却又不像阿凡提游侠型的肆意恣放,他应是一个出俗近雅、睿慧稍露的民间秀才型的喜剧人物,宜以《项衫丑》应工。

古往今来戏剧创作的中心永远是人物的创造,戏剧编剧的责任和价值也正在于塑造具有独立意义的戏剧人物。《百里桥》的作者意识到了这一点并认真地付诸实践，写出了"性情面目，人人各具"的三个封建官僚，特别是吴千山这样一个初具独立意义的艺术形象，在人物塑造方面已取得一定的成绩。期望作者继续努力，精雕细刻，为社会主义文化长廊增添不可磨灭的艺术形象。

（载《南粤剧作》1988 年第 3 期）

大树悲风歌一曲

——试析翁万达秉承的潮人文化特质

1997 年，为了创作电视文学剧本《翁万达》①，我比较系统地涉猎了翁万达的有关史料，脑中粗略有了一个概貌。

翁万达是明代屈指可数的一位重要军事家，被称为嘉靖中叶"第一边臣"。他官至兵部尚书，是潮人出仕的最高官职。从明代至近代，翁万达一直受到赞扬褒誉，评价很高，大致认为他文武双全，毅勇兼具，为人刚正坦直，勇于任事，特别在戍边卫民方面，身系天下安危，以雄才伟略叱咤风云，功绩炳耀千古，是一位值得尊敬的历史人物。

翁万达的威德，不但为潮人所同仰，而且远播异域，为世人所共钦。在泰国，翁万达被尊为"英勇大帝"，立庙祭祀达一百多处。1992 年 12 月，在翁万达逝世四百四十周年之际，汕头大学隆重举行"翁万达国际学术研讨会"，更提高了翁万达的国际声望。

翁万达的政绩主要在于戍边，从军事家的角度考察翁的行状、谋略和建树，值得颂扬的主要有"一南一北"两桩边务——安抚安南、北定鞑靼。翁万达曾任广西按察司征南副使，为对付安南叛臣莫登庸，他提出防备安南三策，以揖让而告成功为上策。莫在翁的感召下，亲到镇南关投降，翁万达不发一矢而定安南，为当时朝野所称颂。但对比起来，北定鞑靼、"俺答封贡"这桩边务，更能体现翁万达深识远虑、一贯主张民族和解的治边思想和促进民族团结的历史贡献。

俺答是蒙古鞑靼部落的首领，也是蒙古族的民族英雄。在俺答崛起的进程中，他迫切希望得到明朝政治上和经济上的支持。翁万达基于对俺答及其历史背景的深刻了解，基于对明代边务形势的清醒认识，先后五次上疏力促双方互贡，但昏庸不化的嘉靖帝却一直视俺答为敌，毫无通融可讲，因而导致了一系列的战争。

……

以上是人人皆知的翁万达的一般行状，对于艺术创作而言，更重要的是深入人物的内心。翁万达的内心世界是一种什么样的情状呢？

我觉得，翁万达处于黑暗腐朽的明廷中，一方面不得不遵从圣上的旨意，对俺答采取强硬措施；另一方面，他对俺答持怀柔之心，极不愿意把双方关系搞得剑拔弩张。因此，在翁万达戍边的 16 年中，他始终处于两难境地。

翁万达所处的地位，归根到底只能以服从明廷为天职，也正是在执行戍边任务、对抗俺答入侵的战争中，翁万达建立了自己显赫的功绩，尤其在曹家庄之战中，取得了明廷几十年未曾有过的重大胜利，由此擢升为兵部尚书，达到了事业上的最高峰。但翁万达一直

---

① 电视文学剧本《翁万达》发表于《潮声》杂志 1998 年第 2 期。

所持的贡议，始终使嘉靖帝耿耿于怀，更给朝廷奸相仇鸾之流以进谗的口实，翁万达最终还是逃脱不了悲剧的命运，于嘉靖三十年（1551）被黜为民，斥归故里。

翁万达的悲剧性命运，在于一直处于一种矛盾的心理状态和社会状态之中，所谓"卧龙跃马，孰是孰非"，入世难，避世也难。翁万达的秉质是文人，但文人武用；翁万达不想打仗，却又不得不陷于沙场；翁万达功成名就，最终仍不为朝廷所容……翁万达的命运，可以说与中国历史上"由书生而典兵"的爱国儒将如张良、岳飞、文天祥、于谦等一脉相承。

对于潮汕来说，翁万达是一位出生于本土的最具代表性的历史人物，但与这些彪炳于中国史册的名臣骁将相比照，他毕竟又算不得那么璀璨耀眼，那么，如何既抒写家乡的一代名人，又在这个人物身上体现出一种带普遍性的意义呢？

在一次座谈会上，汕头大学隗芾教授提出一个观点，他认为在看来刚介坦直的翁万达身上，蕴含着一种潮人素有的文化特质——中庸。根据之一是翁万达居然能在当朝权奸严嵩把握朝政大权的人人自危的岁月里，既能直言不讳地宣扬自己的主张，又能与其相安无事，甚至亲自请严嵩为他父亲翁玉撰写神道碑铭，而严嵩也慨然允诺；根据之二是翁万达虽被固执冥顽的嘉靖帝一再贬黜，但居然能三落三起，在他离开人世后的第六天，嘉靖帝第三次起复翁万达的诏书又送到他的家乡举登村。据此看来，翁万达的确有一套高明的立身处世的谋略，若追溯其思想渊源，当属中庸之道无疑。——隗教授的观点帮我找到了理解翁万达的钥匙。

中庸是儒家的伦理思想，是不偏不倚、无过无不及的儒家修身养性的最高道德标准，也是一种"矜而不争，群而不党"的和谐心理境界。我认为，隗教授所指潮人具有中庸的秉性，其实是抬举了潮人。因为孔子认为中庸是极高的道德准则，一般人并不容易达到这样的高度。诚然潮人比较容易和谐共处，现今海外潮人社团比比皆是便是明证，但充其量也是较低层次的"中庸"。而在翁万达身上体现出来的"中庸"，则已经达到安邦治国的高度。

翁万达善于措置周边人际关系的中庸之道，远不及他措置周边国家民族关系的中庸之道那么大气、泰然和豁达："自古制驭之道，一张一弛，既持剑拔弩张之势，又施笼络怀柔之术，方能左右逢源，时时立于不败之地。"（剧中翁万达禀奏嘉靖帝之语）翁万达有关俺答封贡疏议的思想，是一种主张民族和解的思想，在当时的社会历史条件下，翁万达的这种思想，无疑是正确的，也是难能可贵的。中庸之道的精髓在于承认矛盾，重视统一，力图寻找防止斗争激化和矛盾转化的条件，从而使斗争双方达到平衡与协调。翁万达正是找到了避免明廷与鞑靼斗争激化的最好媒介——通贡互市，以国家民族利益为重，力主和睦共处，促进民族和解与民族团结。在四百多年前的昏聩不堪的明廷中，有这样一位清醒睿智之士，不能不说是一个奇迹，只可惜这样一位能以中庸之道御危济国的旷世之才，轻易地就被漆黑如墨的大明所湮没，而大明也因之加速走向自己的末路。——如果不是这样，也许明朝的历史可以重写。

弄清这一点，我也就找到了抒写翁万达这一地方性人物的着眼点，让其带有普遍的历史意义和现实意义。

为了寻找这一主旨，我苦苦思索了将近一年的时间，这一心路历程艰辛而漫长，但这又是创作历史剧的必经之路。所谓传历史之神，传人物之神，就是要体味和明晰一种能沟通古今的哲理感，并以此显示某一历史人物古为今用的哲学意义。

中庸是我国古代认识史上的一个重要思想方法和哲学概念，中庸思想闪烁着辩证法的光芒，以己之拙笔，远不能在区区一个小剧中，将其充分展示。但我觉得欣慰的是，毕竟我找到了方向，并努力在人物关系、情节结构和语言风格中予以体现，而我本人也在原本崇尚中庸之道的基础上，又得到一次中庸哲学思辨的陶冶。

两千多年前的春秋时代，产生了如此光彩夺目的人类思想的精华——中庸，确实值得中华民族永远据以为傲。但纵览两千多年来的中国历史，却又常常使人掩卷叹息——我们的后人并不那么尊重祖先的这一思想发明，在政治生活和日常生活中，并非时时以中庸处之，因而才有那么多的战争，那么多的悲剧。"大树悲风歌一曲"，此歌此曲，是对既往历史的浩叹，也是对未来美好世纪的祈愿。

1997 年 6 月 20 日初稿

2004 年 6 月 6 日改定

附记：此文定稿时，恰逢诺曼底登陆 60 周年纪念日。网易新闻论坛评述，美、英、法等第二次世界大战的盟国领袖们与世界各国的和平人士和友好使者数十万人云集法国诺曼底，纪念这个伟大的日子。隆重庆典的一项重要活动是为"世界和平女神"雕像揭幕。正像 18 世纪法国艺术家巴陶迪尔当年代表法国人民为纪念美国独立 100 周年创造的"自由女神"雕像那样，今天，中国艺术家遥远先生的经典作品"世界和平女神"——这座远看像"中国"的"中"字（中和、中庸）、"和平"的"平"字（平安、平静、平和）的雕像也将东方文明、中华民族"和为贵"的理念带给诺曼底盛典，由此照亮人类和平与发展的光明之路。

寻找伟大诗人的灵魂

——歌剧《大漠孤烟》创作感言

1986 年，在汕头市一次文艺调演上，有人将我写的独幕歌剧《荔枝叹》改编为一出小潮剧参加了演出，为此我写了一篇小文章，登在大会的简报上，大意是谈自己对创作诸如苏东坡这样的大诗人的剧本的一点看法。文中写道："就我目力所及，在写苏东坡的作品中，有写他判案的（如《东坡判案》），有写他惜才用才的（如《惜分飞》），有写他办学的（如《东坡办学》），也有写他的流徙生活的（如《天涯芳草》）。这些艺术作品都从不同的角度对苏东坡作了形象的刻画，应该说都各有其成功之处，但我认为，这种种写法，仍然未能抓住苏东坡形象的实质，这里的关键，在于把苏东坡混同于一般的官吏，道理很简单：在封建社会里，只要是较有人民性的清官，谁不会去正确地办案，热心地提携人才和办学呢？而仕途坎坷、流徙困顿的，又何止一个苏东坡呢？"我的意思是，写苏东坡，就应该写出他作为一个大诗人的独特的心境和灵魂，只有这样，才不会冤了这样一个好题材。

事情一晃过去了十多年，这期间，以上我所提及的创作现象依旧没有多大改变，但我仍然坚持我的观点，我觉得，作为艺术创作，有些基本原则是永远不会变更的，艺术作品归根到底并不是为了解决有形的自然和社会问题的，而是解决人最深刻的灵魂问题的。我所思索的这个问题，在我于 1997 年到上海戏剧学院高级编剧研修班进修以后，终于从理论上得到了彻解。

担任"艺术原理"课程的朱国庆教授在他的专著里，反复阐明这样一条艺术原理："艺术的目的是对人类的终极关怀。"我终于较为系统地理解了艺术创作的本义。我认识到，艺术创作是形而上意义的心灵实践，是艺术家灵魂深处的磨折，是艺术家终极性情感的燃烧，而在外在形式上，则表现为一种空灵感、飘逸感，一种陌生化的象外之象；与此同时，我也重新认识了艺术家，艺术家是人类的弱者，真正的艺术家都有大缺憾、大遗憾，但正由于如此，他们对世界的认识就有一种"技进于道"的大感觉（语出汤显祖，意谓中国戏曲的感情与思想不是停留在形而下的层面上，而是进入到形而上的"道"的层次，也就是王国维所说的"至情"，即艺术要表现的是一种"万古之性情"，而不是那种日常的琐碎的情感），能看到世界、人生的最高本质，而在笔下，则体现为个体生命处于极端状态下的痛苦。就这样，艺术家蚌病生珠，由弱者变为大智者，实现了对人类灵魂的积极拯救。——我多年思索和主张的创作理念，在朱教授的著作里得到了强有力的理论支持。

如果说在此之前我写苏东坡和韩愈的歌剧和电视剧时，还只是朦朦胧胧不太自信地按照这一创作理念去写的话，那么到了我写《大漠孤烟》时，则已经是胸有成竹地去舒展自己的笔墨了。

创作的欲望肇起于我 1996 年的一次西域之旅。我来到著名的阳关，王维一首缠绵淡雅的《渭城曲》，那"劝君更尽一杯酒，西出阳关无故人"的对友人的淳厚之情，早已使阳关坡峰上荒落的土墩，成为千百年来人们心中向往的圣地。今天我万里迢迢，穿过无边的戈壁荒漠到这里来，可以说完全是受了王维《渭城曲》的诱惑，是王维让阳关成了镌刻山河、雕镂人心的名胜古迹，这真是诗的魔力、文人的魔力。我决意要写王维，同时要写出西域带给我的那种既苍莽又清空的感觉。

我开始认真地阅读王维的诗文和一切可以搜寻得到的相关文字资料。河南省社会科学院张清华研究员给我寄来了《王维年谱》《王维诗选注》《诗佛王摩诘传》等经他多年研究编撰出版的专著，还有辽宁大学中文系毕宝魁教授，也给我寄来了他编著的中国古代著名文学家传记丛书之一的《王维传》，这些都给予我很大的帮助。但是我在这里面寻觅的，不是现成的人物和故事，也不是现成的结论，我在寻觅王维那独特的灵魂。

王维的一生多灾多难，王维的内心充满了矛盾和痛苦。但王维终归是大诗人的王维，他始终坦诚、执著、自识，远离了贪婪、附庸、嫉妒种种人类恶习，永葆着自身人品、诗品顽强的生命力，并非世俗所谓的"百年诗酒风流客，一个乾坤浪荡人"。他自我解脱，不变心性，不因宠辱得失而抛却自在，不因风霜雨雪而易移萎缩，所以他的诗才有了千年的阅历，万年的长久，他也才有了诗人的神韵和学者的品性。王维正是有了果敢的放弃，才有了他"息阴无恶木，饮水必清源"的高洁情怀，也才有了他金石般的千古名篇。"明月松间照"，照一片娴静淡泊寄寓他无所栖息的灵魂；"清泉石上流"，流一江春水细浪淘洗他劳累庸碌的身躯。王维拥有精神上的明月清泉，这正是我所寻觅的诗人那不朽而独特的灵魂。

恰巧，当我徘徊于王维的灵魂世界时，又一个人物钻进了我的脑际，就是那位唱红了《青藏高原》又突然销声匿迹的著名女歌手。听闻她出家当了尼姑，这使我陷入莫名的怅惘之中。我极喜欢这首《青藏高原》，那高亢入云、清澈无尘的歌声，多少次导引着我进入那澄碧而神秘的莽原雪域。——可是，就这样一位充满激情、活泼鲜脱的女歌手，竟然一头钻进尼庵古寺，去陪伴青灯古佛渡过她那灿烂的青春年华！我猜想她一定有着大伤痛、大悲哀，一定有一件刻骨镂心、伤心绝伦的大事件让她下了狠心远离尘世，遁入空门。由此我想到王维"丧妻不娶，三十年孤居一室，摒绝尘累"的历史记载，王维在婚姻问题上是否也有大伤痛、大悲哀呢？我决意让王维的灵魂与这位当代歌手的灵魂"合理碰撞"，写一出灵魂的惨剧。

找到了灵魂的碰撞点，戏也就找到了矛盾冲突的凝聚点。我没有去仔细构思剧本的情节，甚至连结局也没有想好，新世纪的第一天，我就动笔了。我信笔写去，该怎么样就怎么样。一个多月后，剧本完成了。

春节过后，我惴惴地将剧本寄给朱国庆教授看，并在信中即兴写下这样一段话："我努力去写人的玄学状态，不具体于生活实境，想以此表现一代诗人的内心情感，企图制造一种心灵交融的情境。歌剧有这方面的优越条件，即使不能演出，在剧本中也可以创造这种氛围。"想不到朱教授不但很快看完剧本，还很快写来一篇评论文章：《写人的玄学状态——评陈韩星历史歌剧〈大漠孤烟〉和古代诗人系列》，对剧作予以充分肯定，这使我悬着的心落了下来。

接着，我又将剧本和朱教授的论文寄给中国戏剧文学学会，参加第二届中国戏剧文学奖评奖活动。我静静地等待，我想听到评委们真实的评判。——9 月初，获奖通知书寄到了，《大漠孤烟》获得金奖，朱教授的论文获得一等奖！我和朱教授，一个在汕头，一个在上海，灵犀一点通，遥相祝贺，共享创造的欢乐。

我们在电话中取得共识：让我们高兴的，不只是剧本和论文获得这两个奖项的最高奖，而且是多年来我们所主张和坚持的创作理念与艺术理论，得到了中国戏剧最高层专家评委们的认同，这意味着中国戏剧长期僵化的坚冰将要被敲破，戏剧艺术将回归到本体，将回复她本来应该拥有的充满迷人魅力的面目。

中央戏剧学院戏文系主任张先教授在一篇题为"剧本创作应面对人生精神的苦难"的文章中指出："只关注人的生存状态，没有关注人的精神世界。这种创作观念是与戏剧艺术的本质规律相违背的。""优秀的艺术家的创作都是以展示个体人的精神世界为基础的。"真是无独有偶，一南一北两位戏文系教授，都提出了同样的问题，并坚持同样的理论观点，真是人同此心，心同此理，艺术源头的溪流总是按照固有的河道前行，尽管千回百转，最终还是会在具有平常心的艺术理论家的心田上涓涓流过。

写作此文时，偶然见到 8 月 24 日的香港《文汇报》，在副刊"人物"专版上，赫然见此标题——《寻找伟大文化人的灵魂》，仔细一看，是介绍文化学者余秋雨行踪的一篇短文，文中说："每到一处，余秋雨都会去寻找伟大文化人的故居，了解和思索他们的灵魂。"是的，了解伟大文化人乃至一切描写对象的精神世界，思索他们各自的独特的灵魂，这是艺术家真正应该干的事。

（写于 2001 年 9 月 10 日，载中国戏剧文学学会会刊《中国剧本大市场》2002 年总第 2 期）

艺术就是真性情

——历史歌剧《东坡三折》创作谈

《中国文化报》今年（2010年）10月27日第二版刊登了《关于〈苏东坡在黄州〉剧本征集评奖结果的公告》，我写的歌剧《赤壁怀古》获得三等奖（一等奖空缺，共有4人分获二、三等奖，我是唯一获奖的外地作者）。

《赤壁怀古》是《东坡三折》的第一折，写于1982年，去年底为了应征，作了一些增补，拉长了一些。近30年前的本子，到今天还能用，起码说明它还没有过时，还经得起历史的检验，我觉得这里其实透着一个道理：有了真性情，艺术作品便有了较长久的生命力。

《东坡三折》是20世纪80年代初我在歌剧《蝴蝶兰》之后独立创作的一个三幕剧。不知为什么，我自己特别欣赏苏东坡这个历史人物，可能是因为当时苏东坡所贬的儋县和自己在海南岛当知青时是同一个地方，虽隔着一千多年，却似乎有种莫名的类似遭遇。论才能和平生功绩，我自认为根本不能和伟人相比，但是在情感上，我的经历、我的感情，很多都能与苏东坡的作品取得精神上的契合。不管是一千多年前的苏轼还是一千多年后的自己，我们的感情是共通的，因为艺术本身就是无所谓界限的，这就是灵魂上的一种契合。可以说，《东坡三折》是我的一部心灵之作，是真性情的产物。

首先，我觉得苏东坡是一个正直的文人。孔子曰："人之生也直。"苏东坡之所以是苏东坡，就在于他具有做人最重要而又最难得的品格——正直。说他正直，只要举一个例子就够了：在王安石的流产变法中，他不偏不倚，对的说对，错的说错，结果，在王安石执政期间，他得不到重用；在王安石的政敌司马光执政期间，他也受到排挤。如果他稍为"灵活"一点，也许境况就会大大不同，但也正因为他的不"灵活"，才能给后人留下这么一个正直的官吏的形象。写苏东坡，首先应从这个角度去研究、去刻画。

但苏东坡在本质上又是一个文人，是我国历史上一个不可多得的人才，日本学者甚至称他为世界上最伟大的作家。他写下了那么多的传世之作，直到今天，仍然是中外读者津津乐道的范文。写苏东坡，更应该从"文人"这个角度去研究、去刻画。

就我目力所及，在写苏东坡的作品中，有写他判案的，有写他惜才用才的，有写他办学的，也有写他流徙生活的。这些艺术作品都从不同的角度对苏东坡作了形象的刻画，应该说都各有其成功之处，但我认为，这种种写法，仍然未能抓住苏东坡形象的实质，这里的关键，在于把苏东坡混同于一般的官吏。道理很简单：在封建社会里，只要是较有人民性的清官，谁不会去正确地办案、热心地提携人才和办学呢？而仕途坎坷、流徙困顿的，又何止一个苏东坡呢？

一句话，我笔下的苏东坡，应该是一个正直的文人。

1982年9月，我出差路过武汉，为了搜集苏东坡在黄州的史料，专程到了黄州，游览了东坡赤壁。

黄州赤壁因苏东坡的一阕《赤壁怀古》而易名东坡赤壁，苏东坡当年遨游的赤壁矶，也已辟为著名的风景区，有栖霞楼、留仙阁、坡仙亭、放龟亭等胜景多处，但最使我乐而忘返的，却是站在赤壁矶头，俯临长江，看那江水滚滚东去。

9月的长江，秋色已深，江流却仍然湍急，空阔的江面上，无数船只正疾速沿江下行；远处，则浩茫一片，极目无涯，令人情怀顿豁。这时候，我慨然而生"古今往事千帆去"之感，而当我吟诵起"大江东去，浪淘尽、千古风流人物"的词句时，情感又突然升华，心中腾起一种雄视百代的豪情，我略能体味到东坡当年那股难以抑制的爱国的激情了。

回汕后，我很快就写出苏东坡在黄州的独幕歌剧《赤壁怀古》，此后又专程到了惠州，写出了《荔枝叹》；海南是不用再去的了，最后写出了《桄榔庵》。这三个独幕歌剧，就凑成了《东坡三折》，正对应了苏东坡《自题金山画像》之说："问汝平生功业，黄州惠州儋州。"

在我的所有艺术创作中，最愉悦的莫过于写苏东坡了。我沉迷于苏东坡月下泛舟那缥缥缈缈的黄州赤壁，我似乎与苏东坡一起，躺在海南那高高的桄榔树下，仰望那特别深特别蓝的夜空……在这些时候，我完全没有考虑作品写出后，能否上演，能否发表，能否获奖，我只是每天从容不迫地、自得其乐地去写我想写的东西。正如台湾作家、画家刘墉所言："自己做自己。"——做艺术，无拘无束的心态最难得！

通过写苏东坡，我对于创作终于有了一种比较清晰的感悟。我认识到，剧作家的价值，首先在于精神上的独立；创作，其实只应该是一种个体的精神劳作，它不借助于政治，也无须旁及他人，一个作者只有写他自己喜欢写的东西，才能写出真情实感；真正的戏剧作品，必须写出个体的人内心的情感。——艺术就是真性情。

（2010年10月31日写于见到《中国文化报》
公告之后，载《广东艺术》2010年第6期）

熔铸着心灵感悟的亦真亦幻的画

——解读卢中见绘画艺术

我不是画家，但有几位画家朋友，卢中见就是其中一位。我的书房里就挂着中见送我的两幅画，一是《韩愈品茗夜读图》，一是《东坡啖荔晨读图》。两位大文豪都在吃吃喝喝，但都在看书，既有生活情趣，又不失文化品位。我想这正是卢中见绘画艺术的特色。

我要写卢中见，首先是看到他的很多画连续获得了全国性、省级的大奖：

《潮汕英歌舞》获第九届全国美展铜奖；

《潮汕龙舟舞》获全国第十二届群星奖金奖；

《潮汕蜈蚣舞》获全国第八届群星奖铜奖；

《潮汕布马舞》获广东省首届中国画展金奖；

……

太多了，我只是罗列了他的几幅自成潮汕民俗民间舞蹈系列的画，其他的难以一一列举。按行内人统计，大约他每隔一两年就有一次新的突破。

卢中见原籍河南省偃师县。1994 年从驻汕海军部队转业，就地分配到汕头市文化局工作。十多年来，他完成了一个画家从起步到成熟的艺术修为和创作积淀，正如汕头大学艺术研究中心陈延教授所言，卢中见"脱颖而出气势如虹"，"找到了属于自己的表现技巧、艺术语言和工作方向，在中国画领域里，有了一块属于自己的疆土"。

卢中见有今天这些不俗的表现，主要得益于他有全身心投入的艺术追求。

卢中见的艺术追求，集中到一点，就是追求一种对于艺术的心灵的感悟，亦即艺术的感觉和艺术的触角。

培养艺术的感觉和艺术的触角，对于从事艺术创作的人来说，是至关重要的艺术修养。有了这种艺术修养，才会有发现、有灵感、有创造。

这是因为，艺术家的感性不是自然情感，而是一种充满着人生况味的艺术情感；艺术家的智慧也不是抽象的智慧，而是一种感悟人生的终极性智慧，一种充满着情感的大智慧。艺术家首先应该具备敏感细腻的特殊气质，只有对生活有很强的艺术感受力，才会有艺术创作的发端。

对于画家而言，这种艺术修养似乎更为重要。因为画家经常面对的是山水和人物，到了画家的笔下，如果反映的只是自然形态的山水和人物，那么，这种画家只能称作是临摹自然的"画匠"。真正的画家，都有一种艺术升华的本领，那就是以智慧、灵感和无穷尽的创造力，在感受自然、触发灵感、挥洒想象之后，酝酿出一种艺术化的已经融入个人心灵感悟的胸中之境，经过"物我关照""物我相融"的必然阶段，创造出情感化、寓意化的艺术形象。

卢中见获奖的几幅自成潮汕民俗民间舞蹈系列的画，都是潮汕地区民间节庆中，极具特色的乡土民俗题材，他从中发现了充满泥土味道的民间艺术之美，又执著地将这种感受付诸作品。这些可以称作潮汕民俗文化画卷的作品，人物众多，场面恢宏，气势磅礴，体现出健康、欢乐、旺盛的生命力，而从其酣畅的笔墨、张扬的泼色中，更可窥见卢中见那壮阔的情怀、坦荡的性格和舒放的心境。

以《潮汕英歌舞》为例。

潮阳英歌以豪放、遒劲闻名遐迩，被誉为"中国汉族男子汉典型舞蹈"。这是一种只有雄浑、苍劲、凝聚了黄土地厚重感的陕北腰鼓才能与之媲美的英歌舞。

潮阳英歌虽有慢板、中板、快板三大类别，但不管是慢板的沉稳蓄势，中板的舒展优美，还是快板的威猛欢跃，其共同的一点，都表现了一种置苦难于度外的洒脱、悠然、叱咤风云的精神风貌。这种精神风貌，与中华民族自古以来威武不屈、一往无前的民族精神是一脉相承的。潮阳英歌气势和风貌，蕴蓄了潮阳民众在艰苦环境中磨炼而成的倔强、强悍、勇于斗争的刚毅气质。

正是基于对潮阳英歌这种深刻的感悟，卢中见大胆地以大片色彩充填的鲜艳板块，以充溢着生命张力的遒劲线条，勾勒出了一幅浑厚凝重而又鲜活洒脱的潮阳英歌群舞图，其威猛、壮美的气势，逼面而来，令人心怀为之震荡。

其他的《潮汕龙舟舞》《潮汕蜈蚣舞》《潮汕布马舞》……也都一样，融注了卢中见对潮汕民俗民间文化的深切关注和无限挚爱之情，倾注了卢中见对体现着潮汕民众情感和心灵之美的民俗民间文化的深切感受和独特的艺术感悟。每一幅画，都淋漓尽致地释放出聚积在卢中见内心的潮汕民俗民间文化的情结；每一幅画，都是一种似有形而无形、似像而非像的已经充分升华了的艺术化的生活图像。

诚如卢中见自己所言："'画'，顾名思义，就是用笔描绘出自然现象或心理特征的图形。描，带有外貌特征。写，具有内涵意义。描出了民间艺人的匠心，写出了文人士大夫的情怀。从民间写到文人士大夫，从匠到师，从通俗到高雅。这些都是画家的心理情绪的表述。"显然，卢中见是一位有高品位艺术追求的画家，在他所说的"描"与"写"的两种不同的创作方式中，他更注重的是"写"，更注重的是"内涵""情怀"和"心理情绪"的表达。

我注意到卢中见很重视艺术理论修养，是一位很有见地的画家，正如他的名字所示：心"中"有"见"。

比如他的这几段话：

> 抽象艺术虽然改变了自然的形体或色彩，但更加重视内在精神的高度提炼。每个人都在生活之中，有的人认真观察生活，细心体验生活，而有的人对生活视而不见，心不在焉，天天捧着先师抒情发意的墨迹，而不是在表达自己的真情实感，无情无意不停地在重复着习惯动作。
>
> 艺术生命是艺术家思想情感的冲动的延续，一旦艺术家的思想情感忘却，那是最可怕的，艺术将走向苍白和衰亡。所以艺术家要永远清醒地保持思想活跃，对生活充满无限激情，艺术才能永葆青春。

你的生命中为艺术付出了多少劳动，心中融入了多少艺术细胞，作品中就会反馈出多少你的艺术生命和性灵。艺术品是你生命的代言，不同时期的艺术作品代表着你不同时期的思想情感，真实与虚伪都在你的作品中，它是你心灵的见证。

这些话，应视作卢中见对自己艺术实践的理论概括。从实践到理论，或从理论到实践，都有一段相当长的路程要走，要走完这两段路程，不完全在于双脚的勤快（亦即平常所谓的"勤奋"），而主要在于心灵的感悟和创造思维的畅达。

至于说到"似有形而无形、似像而非像"的艺术化的生活图像，涉及"实"与"虚"这亦真亦幻的中国古代美学、文艺学中使用宽泛的一对基本概念，涉及有关确定性与不确定性关系之间的许多问题。

在文艺研究的不同理论层次上，都曾用"虚""实"来说明创作中一些带规律性的问题。其中较常见的，有以下三种情况：其一，在文学修辞领域，指实字与虚字的不同作用；其二，在艺术创作方法论领域，指真实与虚构的关系；其三，在艺术哲学领域，指有关有形与无形的各种表现及其精神实质。

中国艺术家在艺术创造中，富于虚虚实实的辩证精神。儒家先哲在认识"美"的时候，其话语中便渗透着虚实互化的色彩。《孟子·尽心下》云："充实之谓美，充实而有光辉之谓大，大而化之之谓圣，圣而不可知之之谓神。"把美看作是内心修养充盈的结果，而且认为还有更高层次的境界，即"大而化之""不可知之"的出神入化境界。这一种"大""圣""神"的境界自然是一种"虚化"的精神境界。

在艺术上讲究虚实结合并强调虚的作用，主要是老庄思想对艺术精神影响的结果。老庄哲学可以说是"以虚无为本"。《老子》中说："天下万物生于有，有生于无。"按老子的说法，"道"正是无形无名的"无"。《庄子》中也说："夫道，有情有信，无为无形，可传而不可受，可得而不可见。"（《大宗师》）可见，在老庄哲学中无为无形的"道""无"是认识的最高境界，是本体。由此类推，真正的美的本质也应该是"道"、是"无"，而五官所能感知的所谓声色之类，只是事物的现象，并不是美的本质。按照老庄的认识，只有超越视听之区所能接触的形色名声之境，方能达到"大美"的境界。这就是老子所说的"大音希声""大象无形"，也就是庄子所说的"至乐无乐"。

文艺虚实论的形成与佛家思想也有关。佛家指超乎色相现实的境界为"空"，认为世界一切现象都有它各自的因与缘，事物本身并不具备任何常驻不变的个体，也不是独立存在的实体，故而称之为"空"。佛家还有"不即不离""诸相非相"的说法。这些都是借用佛教用语指出文艺创作中既不着迹、又不离题的境界，其中充溢着虚实结合的精神。"是相非相"还可产生艺术的特殊的"朦胧美"，即所谓"了然目中，却捉摸不得"。这种诗境（亦可理解为画境），犹如空中音、水中月、镜中花，闻而不真，见而无实，知而未识，总在若有若无之间，也就自然达到超越、飘逸、灵虚的境地。

对艺术创作中虚实关系认识的不断深入与拓展，使中国艺术产生了一些与此有关的美学特征。讲究"化实为虚"，在艺术创作中注重主观情思的表现，而并不粘着于对事物皮相的客观再现，如绘画中主张"借笔墨以寄吾神"（张式《画谭》）。讲究"以实写虚"，表现在艺术创作中就是注重比兴，注重艺术形象的象征意义。由于中国艺术讲究虚实相生，故而特别注重含蓄蕴藉，讲究"不迫不露"而有"余蕴"（张戒《岁寒堂诗话》），主张"妙在含糊""若有若无为美"，欣赏某种朦胧的美感。又由于在"虚实"的关系上常常偏重于"虚"的张扬，于是在艺术创作中又特别注重不着迹象、超逸灵动之美，有人称之为"空灵"，有人称之为"化境"。这些创作追求，都成了中国艺术的精神特征。

卢中见亦真亦幻的绘画艺术，主要体现在他的人物画上，正所谓"古怪奇特而不失闲和平实"。他的人物造型变形、夸张，正如作家王在文先生所描述的："……开始时，战士们说他画什么像什么，活灵活现，栩栩如生；慢慢地有些画不大像了，但更有味道了，体现了一种内在气质的美。"也就是说，进入到更高层次的卢中见，他所追求的，已经不是形似而是神似，他的人物画，力求人物个性的逼真传神而气韵生动。

卢中见独特的人物画造型，源自于他独特的绘画语言。

绘画语言是技巧、形式和内容的有机融合。无论何类画派的艺术家，他们都是借助其独特的语言形式来完成作品的情感体现。从这个意义上讲，绘画语言的不同运用，则产生出不同风格的绘画作品。中国画崇尚文、意、趣，而这一切都是通过笔墨技巧而体现出来。在这里，笔墨本身不是"具象"的，相对于具体塑造的艺术形象来说，它是形式的因素，却有着引起形象的联想和意趣的感受的功能。艺术家们常"借笔墨以写天地"。通过构思构图，合理运用笔墨虚实、水韵、墨色和运笔而产生的肌理形成有个性的绘画语言。而虚实的处理，仍然是当代画家构成新的属于自己艺术语言的要素。虚实的表现，就是画者灵气的表现，是对画理的悟性。卢中见独特的绘画语言，就在于他很好地处理了虚实、真幻的关系，在把握了人物神髓的基础上，"赋予与书法渊源极深的中国画的线以深刻的文化内涵"（汕头大学艺术研究中心陈延教授语）。

正如有的论家所指出的："在视觉艺术中，线条一直处于十分重要的地位，因其极富有意味；在中国的绘画艺术中，线条的功用表现得尤为突出。事实上，中国绘画在相当程度上是以富有骨气韵味的线条来取胜的。线条的运用，在长期的演化过程中愈来愈富有含蓄性、表现性、象征性与抽象性。"

对于卢中见绘画线条的运用，广东省美术家协会副主席、汕头画院副院长肖映川有一段精彩的论述："以线写意是卢中见山水画的一大特色。线的运用一直是画作中最为动人的因素之一，卢中见非常着迷于运线的节奏和干湿浓淡的自然变化。走近他的画作，我不知道他画的是什么，只见得眼前是各种各样的线：或长或短，或轻或重，或虚或实，或涩或飘，或缓或急，或密或疏。排列着，穿插着，交叉着。离画远了，哦！哪儿是山，哪儿是水，哪儿是树，哪儿是房子，一目了然。卢中见简直是个运线的魔术师，他落笔不生软，勾勒不造作，淋漓尽致，痛快至极。事实上，中国画本来就是一种以造境为目的的心像表述，师法自然，中得心源。不需要西方科学的焦点透视和以客观为主的机械造型。卢中见作画时，根本不在乎事先设计的构图，不在乎近景中景远景的铺设，也不在乎物象的长短比例，抓住了所要表现物体的本质，找到了内核，若不经意地以线编织一个近乎平面的空间，力求从整体上造成一个全新的视觉效果。正因为如此，他的山水画经营不落俗套，造型也显得格外轻松。他是用心作画，他的画，是从心灵深处唱出来的歌。"

鄞珊先生对卢中见的人物画，作过这样的评论："……在其人物画中，以线表现造型，可谓散发着其洒脱自如的风格。那些夸张变形的'老头画'，栩栩如生，而又极其传神，水墨发挥得淋漓尽致而又兼收并蓄。其人物的音容笑貌，变化多姿，并散发着浓郁的生活气息，他的人物小品更显其国画的用线之功与西画的造型功底。如《三友图》，对造型的把握，以其传神之笔，对人物概括取舍，并用娴熟的笔墨，把一个个熟悉的形象演绎到了尽致。"这段话已经很集中也很准确地描述了卢中见以线条塑造人物的杰出才能，也让我们更深入地感受到卢中见善于把握人物神髓及其文化内涵的独特的绘画语言。

"名画要如诗句读，古琴当作水声听。"以上我不揣浅陋地谈了一通对于绘画的认识，其实我只是将绘画与编剧、写诗相联系而谈出自己的一点感想，并不是真的懂得什么绘画艺术。

比如以下这些戏剧艺术观点：

——就历史剧的编剧而言，我们主张挖掘历史的深层底蕴，不停留在历史事件的表层描述上，而是力图深入到被历史表象所掩盖的那种内在的深刻的本质中去，在剧作所提供的情节、事件、矛盾冲突、人物命运之中，要让人感到有一种潜在的、深藏的、混沌的寓意存在，这可以概括为一种人生意识或宇宙意识，也可以说是作者在作品中对于我们民族历史文化心理积淀的一种把握和具象化。

——揭示人物的心灵轨迹，透过那层由复杂的人物关系和错综的矛盾纠葛所编织而成的密网，深入到人物心灵发展的完整世界，因此，观众已不再是单纯地从欣赏中获得事件印象，而是从人物的情感发展中得到了人生的心灵体验，通过刻画历史人物的内心活动，去探寻人类心灵的奥秘，去表现我所认识到的人类情感。

——写历史剧应该带有浪漫主义色彩，而且，由于戏曲是一种写意艺术，犹如国画，实中带虚，虚中有实，因此，应该在似与不似之间追求意境之美。

——用心灵去体验和感知古人，在气脉相通的那一瞬间下笔着墨，虽然历史与现实遥遥相隔，但人性是相同的，是有规律可循的，一个心灵好像一个宇宙，为创作提供了广袤无垠的天地，这就是剧作家与史学家最大的不同，他们重视的永远是人物的内心世界，而不是事件本身。

——"故事是可以编的，只有心灵不能编。""写作是从我内心出发的，是我心灵的需要。"剧作者应该确立自我，扩大自我，强化创作中的主体意识。一部成功的作品，除了必须凝聚作者的全部心血和泪水，倾注作者的全部感情之外，还必须是作者自己对生活独特的发现和独特的表现，也只有这样，我们的剧作才能真正成为探寻和表现剧中人物灵魂的艺术作品。

……

这些戏剧的艺术观点或曰艺术理论，不是与绘画的艺术观点或曰艺术理论如出一辙吗？

中国画有"能品、精品、神品、逸品"之分，中国文人对绘画作品的最高评价是逸品。前三者均依据于客观物象为准则，唯有逸品，超脱了客体，从艺术程式里脱离出来，不受任何框框所束缚，以主观感受为主体，感情真实，平淡天真，达到物我两忘之境界。

我认为，不论是历史剧，还是现代戏，或是改编整理的传统剧目，一个有艺术追求的剧作者，应努力使自己的剧作成为"逸品"。我也希望，卢中见作为一个有艺术追求的画家，能不懈努力，勇攀峰巅，使他的熔铸着心灵感悟的亦真亦幻的画，成为中国画领域中的"逸品"。

2006 年 6 月 9 日

（载《东方画坛》2006 年第 5 期、《画苑》2006
年总第 4 期、《艺术先锋》2007 年第 5 期等）

那年那月　那山那水

——蔡宝烈的人生和艺术

　　我和宝烈是汕头市第一中学 65 届的高中毕业生，我在(1)班，他在(3)班。临近高考，我填的第一志愿是上海复旦大学新闻系，宝烈填的是广州美术学院。但结果我俩都还是"名落孙山"了。

　　1965 年 9 月 12 日，我和宝烈作为汕头市第一批到海南农垦的上山下乡知识青年坐上油轮离开了汕头。

　　对于宝烈和我而言，海南的知青生涯，我们也算是认认真真地过好每一天，我们也算是认认真真地做好每件事，我们也算是踏遍了海南的山山水水，我们也算是尝尽了生活的酸甜苦辣……为海南的开发建设，我们献出了完整的青春。

　　1978 年我被招工回汕头，宝烈晚两年，1980 年才回城。算起来，我在海南 13 年，宝烈 15 年。

　　宝烈回汕初期，在市百货公司担任橱窗设计，后来调进市文联，从《汕头文艺》美编做到《潮声》主编和社长，又当上了市文联的副主席，屡屡被评为优秀党员、积极分子。肖映川说："我曾一百次、一千次地劝他当专业画家，搞专业创作，他笑笑后就是不听，仍然忘命地工作，组稿审稿，签印付印，找钱，发行，还要当支部书记，整天乐此不疲地做着许许多多与美术不相干的事情。直到 60 岁，他才终于从岗位上彻底地退了下来。"当然，这个过程，我也是百分之百知道的。

　　我和宝烈就这样由学友而场友、队友，由队友而战友、挚友。就知青经历而言，没有人比我更了解宝烈，所以宝烈出画集的时候，我真该为他写点什么了。

　　宝烈的画集和画展一直都是以"那山那水"为名，据说这是林墉老师给定的。既是高人指点，内中必有奥妙。那我就试着从对"那山那水"的解读谈起吧。

　　对于宝烈而言，那山那水，如同那年那月一样，是一个缠绵的意象。我曾在一首歌词《山水汕头》中说到缠绵：

> 汕头，汕头，
> 山青水秀，鱼米之乡；
> 山高水长，邹鲁之邦。
> 美丽的汕头，潮人的家园；
> 不尽的情思，无限的眷恋，
> 都是山和水的缠绵……

按照一般的理解，缠绵都是针对爱情的。正如西方一位著名的哲学家所说："唯有通过折磨，才能显得出爱情；只有在忧患之中，爱情才能日益深厚。常常由于为误解所伤，爱情才变得分外缠绵……"这样的缠绵当然是一种痛苦。但也正如托尔斯泰所说："任何一种痛苦，对于他们生命的幸福都是永远需要的。"缠绵就是其中一种痛苦，但它能把人引向幸福，而不是引向深渊。因为缠绵是一种意识的完满，是人性的丰富与扩大，所以缠绵不是坏事，而是一种把人变得更加细腻、更加丰满的必经之路。缠绵也不只是体现在爱情上，一个人，对于祖国，对于家乡，对于家人，对于朋友，对于艺术，对于他所喜欢的工作，也同样可以是缠绵悱恻的。见过宝烈的人，一定会觉得他是一个非常缠绵和悦、宽厚挚情的人，这种缠绵表现在他身上，最突出的就是他那温善待人的笑容——"这倒也不是装出来的，而绝对是诚心诚意的"（肖映川语）。宝烈的缠绵，当然不只停留在他对人对事上，还体现在他的画作中；宝烈的缠绵，也不只是停留在海南岛的山山水水，也表现在对家乡，对祖国，对他所到过的国家，对他所有喜欢的山山水水上。其实人们都是喜欢缠绵的，尤其是那些有高尚心胸和高贵气质的人，他们热爱缠绵胜于对物质生活的追求，原因就在于山与水的缠绵远较对钱与欲的渴求更能使人感到自己人性在扩大，人生在无限地丰富，使人感到度过了最真实最高端的生命——这正是宝烈画作中最根本的东西。

那山那水，如同那年那月一样，还是一个空灵的意象。萧莉说，宝烈的作品"既具体而微，又虚幻而远"，而且"不再只是具象的山与水，而是充满了想象与张力"。这里说的大约就是空灵的意思吧？按照我的理解，艺术作品的"空灵"，应该就是一种玄学状态，并不具体于生活实境，而是着重于表现作者的内心情感，从而创造出一种心灵交融的情境。我以为中国画本质上是属于玄学（哲学、宗教、艺术）的，中国画画家本质上也就是一个玄学家。所谓玄学就不是科学，科学是直接功利的，无论是自然科学还是社会科学（包括政治科学），都是为了直接解决有形的自然和社会问题；而玄学则是非功利的，是一种不用之用，是解决人最深刻的灵魂问题的。一幅画一首诗解决不了现实的苦难，却可以给人以全人格的震动，一个画家一个诗人可能同时是一个政治家，一个社会活动家，但他本质上是人类灵魂的塑造者。有人说，能以艺术作品表达心灵的人是幸福的，因为他拥有一种内在的生活，能够和自己的心灵对话。每天走在繁华而又疏离的都市中，心想着自己还拥有一个叫着精神的家园——创作，他的心中就会升腾起一种温馨而宁静的情愫。但要成为这样幸福的艺术家必须有一个前提，那就是他不是一个功利主义者。我想，宝烈正是这样一个非功利主义艺术家。

至于宝烈画作本身，我想我是不敢多予置评的。我只是隐隐约约觉得，宝烈的画作，有点像晚唐诗人司空图在《二十四诗品》中所说的那样："超以象外，得其寰中。"是一种取自具象之外，略去万物形态，追寻生命本源的艺术表现形式，具光感、量感、体积感和新的形式感，是一种"得意忘形"的既具中国传统水墨艺术又具西方抽象艺术的创作范式。

要说宝烈的人生和艺术，我觉得还有一点应该强调的，那就是他的悟性。一个成功的国画家，追求艺术之道的过程，一般都要经历三个阶段：知、爱、悟。宝烈的知与爱的阶段是在他的青少年时期和知青时期，那种求知若渴的欲望、对生活的体验乃至感情的积累，基本上都成为历史，过去了，在他回城以后，其实就已经慢慢地进入到"悟"的阶段。别看他整天忙这忙那，似乎与美术没多大关联，但我敢说，那正是一个积聚的过程——在办刊物中感悟，在办画展中感悟，在与众多著名画家的接触中感悟。及至到了退休之年，他才把这些感悟付诸实践。正如陈延教授所言，"在中国画水墨画方面，真没有想到过他能够有什么大作为，直到他退休之后举办的第一个个人水墨画展的面世，大家才看到宝烈艺术才华的不可多得"。宝烈的才华，在于他以特立独行的画风，将中国画与西洋画融会贯通，"用彩墨把感受表现得如同油画般"。这是宝烈在艺术上的最成功之处。

宝烈从未进过画院或学院之类专业学府，一直在基层，在业余的环境中磨砺，终于成就了专业创作的高水准。所以，并不是书读得越多，画画的水平就越高。说到底，一个人能不能成为艺术家，关键在于他的悟性。赵克标说，宝烈为人处世低调，但"处世低调也并非意味一路的沉郁，沉郁中的突兀畅怀，是醒思，是顿悟，是心扉的敞亮、生命的激励"。此确为知己者言。

宝烈不仅仅是一个以笔墨感悟生命和自然的画家，他还是一个以哲学思考为中心展开他独特世界的有思想、有文化的画家。宝烈笔墨本身，就是一种人生的轨迹，思想的轨迹，艺术的轨迹。

2014 年 4 月 20 日

我和宝烈（左）随兵团文宣队到各师巡演，当时我在创作组，宝烈在舞美组（此照片摄于海南岛中线营根公路边，1974 年）

贺新郎 · 题宝烈韩星俩兄长知青双人照

陈朝行

　　偶见旧照，乃胞兄陈韩星与同学蔡宝烈 1974 年于海南生产建设兵团宣传队，随队同往各师巡回演出时路边所摄。其时，宝烈于舞美组，胞兄于创作组。余亦为俩兄长红岭农场之同场知青。俩兄长当年英俊倜傥，各具怀玉之才，然命途坎坷，困苦卓绝。回城后不忘初心，潜心创作，几经艰辛，一为画家，一为剧作家，同为家乡文化翘楚，同膺"汕头市优秀专家、拔尖人才"称号。观照忆昔，不禁唏嘘，夜不能寐，成词一阕。

放眼微茫处，
看前程沙狂林野，
暑风瘴雾。
年少气吞应如虎，
踌躇满腔谁诉。
只红岭海口石碌。
花落花开那堪数，
赖手中纤毫墨如注。
同望断，
天涯路。

流云又絮碧石渡，
亦未曾残梦轻许，
晓月辜负。
万里江山流日夜，
纸上群雄逐鹿。
乃秦月汉关晋树。
回首琼州当笑慰，
任青山夕照明满目。
举老笔，
穷新赋。

（注：陈朝行后被推荐就读中山大学中文系。现为深圳朝向集团总经理）

我所知道的马飞先生

1988 年初秋，林紫先生来汕，一天，我和父亲（陈志华）、马飞先生、林紫先生及几位友人相邀到新兴路那家著名的潮汕小吃餐室小聚。在座的除了我之外，都是多年的老朋友了，席间气氛热烈融洽，大家无所不谈。不知怎的，谈着谈着，话题转到马飞先生身上了。对于我来说，在这种场合，是什么话都插不上的，只有听的份儿。于是我认真地听，仔细地记在心里，就此也大概地了解了马飞先生。

席间大家说的，大概是这么几件轶闻趣事：

1965 年秋天，中央歌剧舞剧院拟排演歌剧《南海长城》，专邀马飞上京参加谱曲，在全国 300 多个地方戏曲剧种中，作曲者数以千计，中央歌剧舞剧院的专家们何以专点他呢？原来他们听过潮剧《南海长城》的曲子，连连击节叫好，从中发现作曲者的才华和功力。

除了《南海长城》之外，凄苦伤悲、哀楚缠绵的《井边会》《回书》，激越高扬、奔泻如流的《金山战鼓》《告亲夫》《刘明珠》，热情酣畅、轻清喜悦的《宝莲灯》《换偶记》，这些风靡海内外的名曲，都出自马飞之手。

马飞的曲是呕心沥血创作出来的，谋篇之际，简直是废寝忘食，冷暖不知。他总是反复地研读剧本，念诵有关的诗词，续烟续酒，在"水火相攻"中去驰骋情思，整副精神都沉浸于角色的心境之中。他有个莫名其妙的习惯，每作一曲，总要搬动一次家具，时而移近窗前，时而挪近灯下。最有趣的一次，竟在写曲中间把所使用的桌椅都锯短。手不遂心的时候，便独自骑上自行车到海滨去吹吹风，散散闷；而当佳句叠来，则不论日上月落，总是兴冲冲地去敲开同好者的家门，一唱再唱，急欲与人同赏，深沉处，竟泪泉集涌，声泪俱下。"为求一字稳，耐得半宵寒"，古人写诗曾有"诗囚"之说，数十年来，马飞的惨淡经营，也可算是"曲囚"吧！

马飞不只追求旋律的优美，更着意于音乐形象的性格化和情绪表达的真切感，因此，常能补充剧本的不足，并能出奇人。如《井边会》中，他感到老王、九成对三娘的苦况不能无动于衷，应有深切的哀怜，写着写着，油然地浮现出两句曲："哎哎哎，婴儿必定呜呼哀哉！"口吻切合，曲韵诙谐，确实是生色增辉。

20 世纪 30 年代，马飞与李梨丽同以高小毕业生身份自愿参加潮剧戏班而轰动一时。潮州西湖"斗戏"，马飞所在的"老一枝香班"，就在台前挂着水牌，郑重介绍马飞的身份。他与李梨丽还同样以唱功驰名，都是曲坛的佼佼者。十多年前，郑健英已有潮剧"金嗓子"的美誉，她的腔韵备受人们的赞赏，有一次，吴丽君等名演员正听马飞教唱《芦林会》，郑健英悄悄来到，在人群后静静听着。教完之后，马飞忽来兴致，陡然站起，独唱了该剧的一大段。这段曲人物思绪复杂，感情细腻丰富，他以男声唱女曲，且无弦无鼓，本是不大好唱也不好听的，但马飞于浑厚无华的腔调中，跌宕自如，开掘极深，句句含情具韵，字字玉润珠圆，抑扬顿挫疾徐有致的行腔变化中，细致地传递了庞三娘缠绵悱恻的思想感情和复杂痛苦的内心世界，唱者声饱情真，神思驰骤，听者无不屏声静息，完全沉浸在一片哀情苦绪之中。当唱到"若有忤逆违亲命，路上相逢莫相认"时，"认"字还未收腔，郑健英已激动得"哇"的一声，扑在桌上哭起来，她抬起汪汪的泪眼，不无埋怨地朝马飞说："先生你好鬼，以前怎么没这样教我呀？"她完全被这位名师高深的艺术功力所震动和慑服了！

……

一次老朋友间的小聚，竟然变成了一个小小的座谈会！但见林紫先生欢欣莫名，连连拍案叫好！原来，林紫先生此来汕头，带有一个任务，就是要编一本《潮剧轶闻趣事》，席间话题突然集中转向马飞先生，谁说不是林紫先生的"鬼"点子呢？事后果然有位友人以"石草"为笔名，将这次小聚上大家所言马飞先生的这些轶闻趣事，写成《潮剧的"曲囚"》一文，编入这本书中。

我在汕头市艺术研究室工作的这些年间，编过一些有关潮剧的丛书和专集，在我任主编的《潮剧研究》丛书第二辑《潮剧人物传略》和《近现代潮汕戏剧》一书中，都有马飞先生的条目和章节。现在我把相关资料综合起来，算是对马飞先生作一个概貌式的掠影吧。

潮剧在近现代特别是一百多年来的发展史中，主持统一舞台形象职责的有教戏先生和导演。前50多年由教戏先生主持，对剧本进行艺术处理，最后完成统一的舞台形象，后50多年则由导演来完成这个任务。马飞便是潮剧最后一代的教戏先生。

潮剧教戏制度历史悠久。最早的教戏先生，可从明代宣德六年（1431）《刘希必金钗记》的改编者廖仲身上窥见；20世纪20年代潮剧教戏的代表人物是徐乌辫先生；30年代潮剧教戏最著名的是林儒烈先生；40年代潮剧教戏以黄玉斗、杨树青、黄喜怀、林木源成就最为显著；新中国成立后卓有声名的潮剧最后一代教戏先生有杨其国、黄钦赐、马飞、黄秋葵、杨广泉等。教戏先生的传承方式是拜师。一代一代传承，一百多年来，潮剧教戏先生共传承五代，马飞先生不算在这传承的五代中，他是"演而优则导"自学成长起来的教戏先生。

潮剧教戏先生承继着中国戏曲的现实主义表演传统，以及程式化的表现形式，以口传身授的承习方式，一代代沿袭，为我们留下了一批优秀的传统剧目、传统表演艺术和传统音乐唱腔等潮剧遗产，这是一份珍贵的艺术财富。由于旧社会和潮剧的卖身制度，剥夺了艺人学习文化的权利，大多数教戏先生缺少文化修养和应有的知识。但马飞先生与众不同的是他有比较高的文化修养，具有比较广泛的知识，更可贵的是他具有一种锲而不舍的创新精神。

马飞先生学生时代曾演过话剧和演唱歌曲，有良好的文化、音乐基础。1935年在潮音老一枝香班当童伶习旦行，合同签约属自由童伶，不受戏班"抄公堂"挨打。由于天资聪颖，很快掌握潮剧表演程式和演唱技巧，三年期满便担任教戏，受聘于老玉梨春班、老赛宝丰班等。中华人民共和国成立后在粤东潮剧团、广东潮剧院任编导、作曲，并任广东潮剧院艺术室音乐组长。他参加编写的剧本有《党重给我光明》，在《剧本》月刊发表；剧本《告亲夫》出版单行本；参加创作并拍摄成潮剧艺术影片的有《刘明珠》《告亲夫》和《闹开封》。他编导、作曲的剧目近 50 个，其古装戏的代表作有《刘明珠》《告亲夫》《赵宠写状》《金花女》《金山战鼓》《井边会》《回书》《磨房会》《宝莲灯》《香罗帕》《活捉孙富》《六月雪》《换偶记》等；现代戏有《党重给我光明》《南海长城》《琼花》《摇钱树》《迎风山》《妇女代表》《杜鹃山》《姑娘心里不平静》等；移植样板戏有《沙家浜》《龙江颂》《海港》等。这批剧目大都录灌制成唱片或卡式录音带，广为流播。

马飞先生集演员、编剧、导演、作曲兼司鼓于一身，尤以作曲成就最高，影响最大。他遵循戏曲音乐创新走"移步不换形"的路子，在传统的框架内出新。如传统唱腔曲牌［金鸡跳］，在《告亲夫》中颜秋容唱，在《井边会》中李三娘唱，在《龙江颂》中江水英唱，却能表现不同人物不同情景的心态，这是因为他掌握了戏曲传统音乐"一曲多用"的创新规律；他敢于创新，提出"古人可以创造出乐曲［草鞋踏］，我们为什么不能创造出乐曲［皮鞋踢］"？在马飞先生的作曲中，处处可以看到创新的步履；在《琼花》唱腔中，用锣经作伴乐，拓开传统锣经伴奏唱腔功能新思路；在《刘明珠》中，一曲"痛彻孺怀"震撼人心，在［小梁州］乐曲和钟鼓声中皇帝唱"鼓响钟鸣，上殿心惊"，在《万山红》中凤来唱的"跨山越岭步儿轻"万层山谷回响的伴唱和《迎风山》中林英唱的"登山哪怕山岭高"的唱段等，都是创新的佳作。他谱写的旋律流畅，舞台动作性强，结构严谨，充分发挥音乐唱腔塑造人物形象和推进戏剧高潮的功能，具有鲜明的艺术风格。

1987 年，马飞先生为新加坡潮剧联谊社三周年志庆撰写了一篇关于探讨潮剧唱腔音乐发展的文章《漫谈戏魂》，这是他一生中唯一一篇亲笔撰写的文章，极其珍贵。该文开篇第一句话便是："潮剧是一个既古老但又是很年轻的剧种。说它古老，是它已有数百年的历史；说其年轻，是它有很强的生命力，在漫长的历史潮流中，它能适应各个时期的多方需求，逐步丰满自身。"可见，马飞先生从投身潮剧音乐创作之日起，就已非常清楚地认识到，潮剧不是僵化的、一成不变的戏曲艺术，而是能"逐步丰满自身"，能不断创新发展的。文中他还特别提到林儒烈先生，他认为林儒烈先生是 20 世纪 30 年代潮剧唱腔音乐创作的杰出代表，原因正在于林儒烈先生"很富于创造性"，能根据新的内容及文学形式的需要，在传统曲牌、唱腔中衍化成诸多板式、调腔、手法，大大地丰富了潮剧的艺术积汇和活跃了舞台的表现力，因而，"林儒烈先生对潮剧唱腔的建树，居功至伟"。

"人生朝露，艺术才是千秋。"林儒烈先生和马飞先生都以创造性的艰辛劳作为我们留下了宝贵的潮剧音乐遗产。潮剧音乐作为像马飞先生所说的"戏魂"，已经在林儒烈先生和马飞先生等无数潮剧音乐工作者的共同努力下，找到了适应于环境和时代发展的"灵魂居所"。

马飞先生作为国家一级作曲家，他将毕生的才华和精力都献给了潮剧艺术，在潮剧编、作、导等方面作出了不可磨灭的贡献，为潮剧的继承和发展增添了光彩的一笔。

就在这次小聚之后不久，翌年 5 月 28 日，马飞先生辞世，享年 67 岁。林紫先生写了一首诗沉痛悼念：

假如我为你写悼词，

可能不写你的名曲，

是如何从心血呕出来的，
是如何流传海内外的声誉。

我想写的是——
当年中央歌剧舞剧院的专家们，
在全国三百多个剧种的作曲家中，
独看中你体现在潮曲的才华与功力，
从而特邀你上京参加《南海长城》谱曲。

这是悼词的主旋律，
这是你的骄傲，
这更是潮剧的骄傲！
马飞，你在天之灵同意我这重笔么？

（写毕于 2015 年乙未春节前夕；载《汕头日报》，2015 年 10 月 4 日）

林毛根先生的文化情怀

——"纪念潮州筝大师林毛根先生音乐会"观后

一曲潮筝《出水莲》，拉开了纪念潮州筝大师林毛根先生音乐会的帷幕。

《出水莲》是一首潮州传统乐曲，古筝演奏部分是林毛根先生的演奏谱，表现水莲花的丰姿秀韵以及颂扬其出淤泥而不染的高贵品质。"重六调"的《出水莲》结构严谨、段落分明，旋律古朴优雅，完整保留了古典的韵味，由林毛根先生的大女儿、汕头市音乐家协会副主席林乔女士演奏。

我坐在剧场中，与其他观众一起，静静地欣赏着这天籁之音，但我的脑中，却翻腾着三十多年前与林毛根先生最初相识时的那些难忘的情景……

1978年2月，我作为知识青年，在海南生活了十三年之后，被汕头市劳动局以国营指标招工回汕，因我有在海南农垦文工团当编剧的经历，便被市文化局要了去，直接分配到了汕头市歌舞团创作组，当时的组长就是林毛根同志。

但我一直未能跟毛根同志见面，听说当时毛根同志尚未"解放"，又兼患有肺气肿，正在家里休养。于是找了个时间，我问明了地址，直接上门去拜候他。

家人引我走进一间斗室，毛根同志斜躺在睡床上，见到我马上坐了起来。我忙上前扶他躺下，端了个凳子坐在他床前。他说已经听团长介绍了我的情况，欢迎我来到歌舞团，有幸成为同事……我见他这么客气，心中反而十分不安，连忙说我初来乍到，一切都有待组长支持帮助。毛根同志笑了笑，说我们都是文化人，彼此都不要再说客气话了。一句话，顿时让我宽松了许多，心下觉得我是遇到好人了。

没过几天，毛根同志竟然抱着病体，带着我走访了几位老文化人，有老领导林山同志、潮剧编剧黄翼先生、书法家陈丁先生等。所到之处，温情融融，令我如沐春风。

转眼到了1979年春，其时毛根同志已经"解放"，担任了歌舞团副团长，身体慢慢好了起来，他的一家也在歌舞团团址——中山公园大同戏院一侧有了一小间平房可以安居。这样，我就可以经常见到毛根同志，也可以见到那时候还很小的林乔、林钟两姐妹。

令我感慨不已的是，流年似水，在我不知不觉间，林乔、林钟两姐妹已经成长为知名的潮筝演奏家！眼前的舞台情景和我当年在歌舞团见到的两姐妹的情景就这样在脑海里反复重叠着，而舞台上"潮州筝大师林毛根先生"几个醒目大字，又让我想了很多很多……

我想，大爱无声，在那艰苦的岁月里，在那简陋的环境中，毛根同志是怎样一点一滴地手把手将筝艺传授给两个幼小的女儿的？这其中，除了父爱，还有什么？

还有的，不就是一种文化情怀吗？

最近，由汕头市文学艺术界联合会携手中国音乐家协会古筝学会、广东省音乐家协会、星海音乐学院共同策划组织的"中国潮筝——全国传统古筝学术交流会"在汕头举行，我应邀参与了《潮州筝学术文论集》的编辑工作，也担任了"纪念潮州筝大师林毛根先生音乐会"和"全国古筝名家交流音乐会"主持词的撰稿。说来这真是一种因缘，让我这个不懂音乐的人，有一次接近、学习潮筝音乐的机会，也得以再一次走近林毛根先生，走近这个潮筝音乐之家。

我在"纪念潮州筝大师林毛根先生音乐会"的主持词中写道：

> 林毛根先生是潮州筝派的第三代传人，中国音乐家协会古筝学会顾问，曾出任第五次全国古筝学术交流会学术委员会主任，被誉为潮州筝艺大师。林毛根先生能以宽泛的视角对待艺术和生活，从而造就了他既有深厚民间根基又有丰富人文思想的独特艺术气质，为中国传统艺术领域增添了一道亮丽的风景。
>
> 今晚的音乐会，演出节目主要由专业院校老师、林毛根先生后人及学生承担。这台晚会，既是对林毛根先生艺术人生的纪念，也是对潮筝艺术比较集中的展示。借此机会，我们表达对林毛根先生和潮州筝乐前辈深深的敬意，同时祝愿潮州筝乐艺术在不断的传承中，发扬光大，大家共同努力，把潮州筝乐建构成最优秀的中华筝乐流派经典！

清代曾先后两任湖南岳麓书院山长的一代鸿儒王文清主张"士先器识而后文艺"。这是要求文化人要有宽阔的胸襟、高远的眼光和良好的素养。而文化，更多地体现为一种历史的积淀，一种社会的氛围，一种精神的需求，它要求有一种与之相适应的文化情怀，对于从事文化工作的人来说，重要的是应有一种文化的使命感；而艺术，则更多地体现为一种精神的创造，一种心灵的表露，一种生命的追求，它要求有一种与之相适应的艺术感觉（即艺术思维），对于从事艺术创造的人来说，重要的是应有一种艺术的神圣感。文化的使命感和艺术的神圣感是文化艺术工作的核心与灵魂。

林毛根先生无疑正是这样的一位文化人，这样一位孜孜从事艺术创造的文化人。

在长期的艺术实践中，林毛根先生形成了自己深邃、典雅的乐思和古朴、清丽的演奏风格。他爱把潮州筝与潮州工夫茶相比拟，说潮州古筝演奏的韵味与工夫茶有异曲同工之妙。潮州音乐很好听，有特殊音阶，腔调不一样，特别有味道，如"活五调"，也叫"活三五"，这个音是在颤动中产生形成的，是一个流动的"悲音"，但学起来难度大。林毛根先生就是以演奏韵味特别浓郁的潮州"活五调"见长。他弹奏的《柳青娘》运用"活五调"特有的颤音效果和惟妙惟肖的"悲调"表达，深深寄予对柳青娘的同情与怜惜。藕断丝连，扣人心弦的演奏尽展"活五调"的神韵。

《出水莲》乐曲还在剧场里回旋，天籁之音宛如撒落湖面，朵朵青莲飘了下来，全场观众安静地陶醉在一片仙境之中。看着林乔女士轻柔的手势，专注的神情，真有乃父之风，我想，林毛根先生在天之灵，此刻一定正幸福地、舒心地微笑着。岁月是有情的，特别是对于那些具有文化情怀的人。

（载《汕头日报》，2016 年 12 月 25 日）

大鹏同风起　翮翮气自雄

——广东潮剧院院长陈学希风云录

提笔写陈学希，脑中不期然地出现庄子《逍遥游》中大鹏的形象。庄子笔下的鲲鹏腾空万里："鹏之大，不知几千里也"，"扶摇直上"，"其翼如垂天之云"。那场面是何等壮观，何等瑰丽雄奇！庄子以新奇的想象，极度的夸张，塑造了一只潇洒飘逸、汪洋恣肆、搏击于万里云天的大鹏形象。

我向来相信地域人文环境对于一个人的性格熏陶起着的决定性的作用，这就是所谓的区域文化性格。近来许多市民、学者都在讨论"汕头精神"，我认为，其实"汕头精神"就是区域文化性格，其最核心的内容应该是自韩愈以来历代潮汕人所体现出来的"热血精神"，就是具有事业心、责任感，做事有热情、有激情、有干劲、有韧性，胸襟高远，崇德尚义，开拓进取，敢作敢为。有了"热血精神"，就可以派生出其他许许多多好的精神。陈学希就是这样一位热血男儿，就像那一腔热血、满怀激情、翱翔入云的鲲鹏。

现在的陈学希身上罩着许多光环，他是中华人民共和国成立以来汕头市文艺界唯一的全国人大代表，而且连任第九、第十届；他又是第六、第七届全国文代会代表；是潮剧首位中国戏剧梅花奖得主；曾被授予"广东省优秀中青年文艺家"和"跨世纪之星"称号；国家一级演员；汕头市优秀专家、拔尖人才。此外，他还是广东省戏剧家协会副主席、汕头市戏剧家协会主席。作为一名表演艺术家，陈学希已经得到这一领域几乎所有的荣誉，但，这仅仅是他这只振翅高飞的大鹏的一翼，另一翼，是他担任广东潮剧院院长以来风云际会所展示的领导艺术及其所取得的成就。

> **广东潮剧院在市场经济大潮中将如何运作？——陈学希担任剧院行政领导职务之后，和剧院领导班子一起充分利用特区、侨乡、剧院的综合优势，闯出一条既有利于潮剧艺术发展又适应市场经济需要的新路子。**

像陈学希风华正茂的这一代人正处于我国社会的一个变革期，一个社会转型期。在八十、九十年代我国实行改革开放、发展市场经济的社会环境下，几乎所有的戏剧团体及其从业人员都出现了严重的错位，生存状态处于困境之中。社会变革、生态环境的变化，对戏剧艺术自身的社会定位和生命形态也提出了新的要求，在某种意义上说，戏剧和它的从业者正处在一种"内外交困"和新旧交接的门槛上。在这种社会历史条件下，不少人产生了困惑、迷惘，甚至悲观失望，"戏曲夕阳论""振兴无望论"风行一时。不少业内人员下歌厅、入商海、远涉重洋走他乡。老一代艺术家年事已高，渐离舞台，青年一代尚未成长或尚未培养起来，中国戏剧舞台青黄不接。振兴中国戏剧、弘扬优秀民族文化的历史重任就落在了当今一代有志气的广大青年身上，他们中不少人担任了领导工作和社会职务，陈学希就是其中之一。

早在 1987 年广东潮剧院晋京参加首届中国艺术节献演《张春郎削发》时，时为文化部副部长的英若诚同志在大加赞赏之余，还对潮剧院的体制改革寄予厚望。他说："表演艺术团体的体制改革，大的剧院困难很多，小的又缺乏代表性。潮剧院规模适中，位置适中，希望你们带个头，在体制改革方面下功夫，搞出好成绩，我们再到汕头向你们取经。"当时陈学希才 28 岁，以其在《张春郎削发》中的精湛表演和为艺术献出一头黑发的执著精神誉满京华。在鲜花和掌声中，他牢牢记住英若诚的这番嘱托。

随着祖国改革开放进程的加深和汕头经济特区的设立，潮剧院作为汕头特区的一个窗口，担负着向海外侨胞传递家乡发展信息、增进他们对祖国了解的特殊使命。汕头市委、市政府将潮剧作为对外文化艺术交流的重头戏，进一步发挥了潮剧的作用。陈学希从一个优秀青年演员到潮剧院的当家人，始终对潮剧现状有着清醒的认识，对振兴潮剧有着强烈的责任感和紧迫感，他相信"戏在人为"，认为只要充分发挥主观能动性，客观条件再差，也能有所作为。他积极主动地贯彻市委、市政府的战略意图，充分发挥自己在海内外潮人中的影响，通过开展对外演出活动和文化交流活动，成功地加强了海内外潮人在经济、文化等方面的交流和沟通，在促进经济发展的同时，也进一步将潮剧发扬光大。

陈学希担任剧院行政领导职务之后，和剧院领导班子一起充分利用特区、侨乡、剧院的综合优势，拓宽海内外文化市场，展开全方位、多渠道经营，取得良好的社会效益和经济效益。经过努力，剧院终于闯出一条既有利于潮剧艺术发展又适应市场经济需要的新路子。在国内一些剧团难以为继的情况下，潮剧却生机勃勃地开放在戏曲百花园中。

广东潮剧院自 1958 年成立以来一直没有自己的剧场。1991 年，汕头市规划建设潮剧艺术中心这项精神文明标志工程，这无疑是潮剧发展史上的一件大事。陈学希从 1996 年开始负责原来由于资金短缺而停建两年的潮剧艺术中心工程的继建工作，他带领剧院一班人想方设法，克服时间紧、任务重、资金短缺等种种困难，只有和他一起奋战的人才知道陈学希为此所付出的心血。为了节约资金，他亲自到原材料产地购买工程所需材料，货比三家，精打细算，仅琉璃瓦一项就节约了几十万元。两年中，他充分调动各方面的积极性，千方百计筹集资金，完善各项配套设施，使工程在 1999 年 8 月 30 日全面竣工，验收交付使用。新建成的潮剧艺术中心是一个具有相当规模的庭院式建筑群，集慧如剧场、世贤伊梨楼、多功能厅为一体，耗资近六千万元。它是潮剧艺术创作研究、排练演出和文化交流、文化经营的中心基地，成为海内外乡亲向往已久的潮剧之家。

有了潮剧艺术中心这个硬件的依托，陈学希多年来形成的弘扬潮剧艺术的构想才有了实现的可能。如何以中心为基地，开展全方位的经营活动，是他想得最多的问题。经过缜密的思考，他提出了一系列切实可行的计划：在保证剧院开展正常的艺术生产和演出活动的前提下，利用现有设备，实行全方位、多层次立体经营，大力发展文化产业，以"潮"字为龙头，盘活艺术中心文化资产，丰富群众的文化生活，努力实现社会效益和经济效益同步增长。还以中心为基地，和其他艺术院校实行横向联合，举办各种形式的教学培训班，开发潮剧艺术资源，为潮剧的将来准备后续力量。

　　身兼演员和行政领导的陈学希深深体会到："硬件"的作用能否真正发挥，关键在于搞好"软件"的建设。陈学希被正式任命为广东潮剧院党委书记、院长之后，立即着手健全剧院的管理体制和运行机制，明确提出"加强内部管理，强化业务职能，树立剧院形象，争创剧院优势"的工作思路，围绕管理工作，他深入群众，调查研究，先后召开各种座谈会，广泛听取意见和建议，并在此基础上制定出一系列管理措施，使剧院管理逐步正规化。他认为，规范化的管理是剧院保持凝聚力和战斗力的前提，是在市场经济形势下发展潮剧事业必不可少的保证。在进行严格管理的同时，陈学希又十分关心剧院干部职工的生活，为改善他们的生活条件和福利待遇尽最大的努力，他认为，这是一个领导干部应尽的职责。由于剧院历史悠久，离退休干部多、老艺员多，陈学希从不把"两多"视为包袱，而是将他们当成剧院宝贵的艺术财富。为此他提出：关心老同志就是关心潮剧事业，稳定老同志就是稳定一方；应充分发挥老同志的作用，搞好剧院"传、帮、带"工作，最大限度地发掘潮剧艺术资源。在他的领导下，剧院老艺员管理科开展了一系列工作，建立老艺员活动室，成立"重阳"艺术团，让老艺员既能发挥余热又能乐在其中。"重阳"艺术团表演的潮剧《江姐上山》获 1999 年广东省老年人艺术节金奖，广东潮剧院也被评为汕头市老干部工作先进单位。

　　　　潮剧的振兴、改革应从何处入手？——陈学希在本届任内，牢牢把握住一个个转瞬即逝的契机，抓住"剧目"和"演员"两个主要环节，以一系列的演艺活动再现了"南国鲜花"的绚丽风采。

　　潮剧是我国一个古老的戏曲剧种，其历史比京剧、越剧、黄梅戏等著名剧种都要长。潮剧是在"中国戏曲"的大题目下派生出来的地域性文化产物，对应着潮汕的风土人情、生活方式和生活习惯，成为组成现代潮汕人"生命故园"的一种象征符号，始终保持着与群众生活的紧密联系，发展到近现代，随着汕头的开埠和市场经济的繁荣，潮剧也始终循着市场经济的规律不断发展。在农村广场戏与海外潮人两个庞大市场的支持下，一百多年来，潮剧始终未出现致命的危机。

　　但没有"致命的危机"不等于没有危机，而且这种危机恰恰存在于剧种本身。因为，发展永远是硬道理，戏曲本来就是一种需要不断变革发展的艺术样式，它的生命力就维系在它的变革发展过程当中。戏曲的变革发展需要一代代的戏曲工作者付出卓绝的努力。如果哪一代人不追求变革发展，戏曲就会断送在那一代人手中。

　　陈学希非常明白这一点，他知道当好潮剧院院长，最重要的是要使潮剧这个历史悠久的地方剧种在自己手头不但得到保护，而且有所提高，有所发展。

　　陈学希 1995 年 10 月担任广东潮剧院副院长（主抓艺术生产），1999 年 6 月担任广东潮剧院院长，而且，自 1992 年 9 月至今，他一直担任（兼任）广东潮剧院一团团长，十多年来，特别是担任院长的五年来，在副院长郭楠、杨联源的辅佐下，开展了一系列重大的提高、发展潮剧艺术的活动。

　　扶植优秀剧目、培养优秀演员，这是使潮剧这一古老剧种得以延续、腾飞的两翼。

　　陈学希认为，潮剧不能只满足于农村广场戏的演出，她应该与现时国内一些比较具有创新精神的戏曲剧种一样，努力打造现代都市戏剧。因为，一部戏曲发展史，就是戏曲从农村走向城市，然后由城市戏曲来领导、推动、提高农村戏曲的历史。

2000年，陈学希将1997年创作、首演于1999年的新编古代戏《葫芦庙》经修改后再次推上舞台，并亲任主演，当年便获"中国曹禺戏剧奖·剧本奖"；2001年10月，《葫芦庙》晋京演出；11月，赴广西参加第七届中国戏剧节，获本届戏剧节"中国曹禺戏剧奖·优秀剧目奖"。2002年，陈学希又将创作、首演于1999年的新编历史剧《德政碑》再次修改推上舞台，12月，赴广州参加第八届广东省艺术节，获本次评奖最高奖——剧目一等奖，该剧还被选送参加2003年9月在西安举行的第八届中国戏剧节。短短三年，接连推出两台有影响的创作剧目，实属不易。

陈学希明白，创新是艺术生产的根本要求，作为艺术生产的组织者应大力提倡艺术的原创意识；剧本创作是剧目生产过程中最为重要的基础性工作，剧本的成败往往决定剧目的成败；同时，决定戏剧成功的因素在不断增加，诸如导演的功力，舞美、灯光以及演员的条件等等，都直接影响或决定着戏剧创作过程及其结果。

为此，这两台戏，陈学希都下足了工本，聘请福建省闽剧院一级导演缪芝莲、一级舞美设计师华山、灯光设计师陈敦、音乐家余亦文（配器）加盟《葫芦庙》剧组；《德政碑》剧组则聘请原北方昆曲剧院总导演丛兆桓、中国话剧院一级舞美设计师王培森、中央戏剧学院舞美系教师胡耀辉、上海越剧院一级舞美设计师孙志贤加盟，均力求在创作意念、戏剧结构、艺术手法、演出形式上有所改革创新。而在作曲上，担任这两部戏作曲的李廷波先生则在保留本剧种音乐特性的基础上，努力在"情"字上下功夫，丰富、发展、加强了乐曲的表现力和音乐色彩，体现了作曲家独特的个性，从而使这两部戏都有了鲜活的灵魂。

潮剧是综合艺术，潮剧艺术的生命力及其艺术高度取决于潮剧艺术家个人的艺术造诣。衡量地方戏曲改革成功与否的主要标志在于是否有一大批成熟演员面世，新剧目和新格局都应融入这些成熟演员的生命之中；地方戏曲艺术成果的最高凝结方式，历来体现在著名演员身上，这是戏曲文化的生命化和人格化。

为了不断推出名演员，从1998年开始，广东潮剧院每年都举办各种比赛活动，先后与有关部门联合举办了"广东潮剧院中青年演员演艺比赛""广东省第二届戏剧演艺大赛暨首届潮剧演艺大赛""广东潮剧院99中青年唱腔、演奏比赛""2001年度中青年艺术专业人员征文比赛暨文化考核"，这些大型比赛，主要目的在于锤炼中青年演员的"技"；今年11月，又将举办"中青年演员继承传统艺术比赛"，这在"技"的基础上再次递升，进到"艺"的层面，这对中青年演员提出了更高的要求，对于弘扬潮剧传统艺术，培养和造就新一代潮剧表演人才，无疑将起到积极的促进作用。同时，广东潮剧院先后选送各门类的青年艺术骨干到京、沪、穗艺术院校或研究机构进修，又与中国戏曲学院联合举办中国戏曲学院潮剧表演成人大专班，这对于提高中青年编剧、作曲、导演、表演、舞美、灯光设计等艺术骨干的专业素质乃至剧院的整体艺术水平也有明显成效。2002年6月，剧院一团赴新加坡演出，其最大特点就是演出阵容齐全，老中青结合。老演员逐渐淡出，青年演员走上前台，刘小丽、张怡凰、林初发、林燕云、陈伟城、陈鸿辉、汤丽娟、黄映伟等成为主要演员，剧院新一代演员已开始担纲。

与这两项主要艺术活动相配套的，是接连举办一系列的艺术研讨活动和出版相关的艺术研究丛书。

近年来，潮剧院先后主办或承办了"潮剧声腔改革研讨会""李志浦剧作研讨会""陈学希潮剧艺术专场演出晚会""姚璇秋从艺50年专场演出""姚璇秋潮剧表演艺术研讨会""广东省舞台美术学术研讨会——管善裕作品与潮剧舞台美术研究""潮剧的继承与发展学术研讨会""陈学希潮剧表演艺术座谈会""郑健英潮剧表演艺术40年专场晚会""李廷波潮剧音乐作品欣赏会""方展荣潮丑表演艺术专场""方展荣潮丑表演艺术座谈会""缅怀潮剧著名导演艺术家郑一标先生座谈会"等大型学术和艺术活动。出版《潮剧获奖剧本选》（1979—1998）、《潮剧声腔改革论文集》《海外潮剧概观》（陈骅著）、《潮剧唱腔演唱探述》（梁森桂著）、《魏启光剧作选》《潮剧剧目汇考》（林淳钧、陈历明编著）等丛书和专著。2000年，由广东省委宣传部、广东省文化厅牵头出版发行《潮剧大典（VCD）》，收辑了100部潮剧剧目，是潮剧艺术与音像媒介的阶段性总汇。

陈学希本人也在工作中认真学习和钻研，努力提高理论水平，他撰写的《谈新时期戏曲团体的领导艺术》《一度创作与二度创作之相得益彰》《浅谈潮汕文化产品的营销策略》等多篇论文分别发表于《戏曲艺术》《广东艺术》等国家级和省级刊物。

新时期戏曲院团的管理者应有什么样的运作态势？——陈学希充分利用全国人大代表和剧院领导的身份，纵横捭阖，展示了开拓进取、敢想敢干、不断求新的领导风格和领导艺术，使潮剧这一古老剧种呈现出勃勃生机。

我一直认为，作为一名文化艺术工作者，应该具有文化的使命感和艺术的神圣感，文化的使命感和艺术的神圣感是文化艺术工作的核心与灵魂。评价一名文化艺术工作者品位的高低，是看他能否把文化艺术作为一种崇高的信仰，同时又能作出无私的奉献；而评价一位文化艺术领导者政绩的大小，则应该看他在使命感和神圣感的驱动下，是否在文化艺术建设上有所取向，有所作为，有没有留下具有时代意义、历史价值的东西，正如当今大家公认的全新的历史观所指出的那样，"无功即有过""不以道德论英雄，以推动时代的进步论英雄"。

陈学希经常谈起海陆丰三个剧种的命运。正字、白字、西秦是海陆丰地区特有也是全国稀有的剧种，据学者预言，"不需要几年时间，这三个有着五六百年甚至更长历史的剧种，将会在我们这个文化中消失"。而且，"中国戏曲360多个剧种里，有一多半像正字戏、西秦戏这样的稀有剧种，正在默默地收敛起过去的辉煌，或者已经消亡或者正在消亡"（傅谨：《中国稀有剧种的命运与前景》）。潮剧会不会遭遇同样的命运呢？陈学希说，他从来不敢抱有侥幸心理，从来不敢掉以轻心。

陈学希觉得，使潮剧免遭灭顶之灾进而重振雄风的重任已经历史地落在了我们这一代人的肩上，他的心头，时时回旋着文化的使命感和艺术的神圣感，他决心在自己任上，使潮剧跃出低谷，步入繁盛之途。

中国剧坛耆宿张庚先生在陈学希潮剧表演艺术专辑《艺海帆影》序言中说："据我所

知，陈学希还不仅仅是一位有志气、有作为、有成就的潮剧演员，而且是一个事业心、使命感都很强的潮剧痴心人。他的从艺和成长，都是处在我国实行改革开放的新时期。这期间，社会上各种演出观赏活动不断丰富，自娱消遣项目日益增多，观众的欣赏趣味常因求新而多变，使戏曲演出不能继续保持以往那样的旺景，潮剧也同样碰到不少困惑和难题。正是在这种严峻情势下，陈学希凭借着自己对潮剧事业的一片痴心，不畏艰难，不怕吃苦，不断地奋搏进取，才获得了今天这样的成就，取得了引人瞩目的佳绩，这是有志于自己所酷爱的事业的人才可以做到的。现在，他不但成长为一个才华出众、艺事不辍的优秀演员，还顺理成章地当上了广东潮剧院院长，一边用心演戏，一边认认真真地抓改革、抓经营、抓管理，艺事政务一肩挑，而且都很投入，很见成效，这使他既拥有多层青春的光彩，大大地充实了自己的人生，同时也用他的意志、智慧和毅力，不断地为潮剧事业的复兴发展注入了生机，增加了新的希望和曙光。陈学希的可爱，更在于此，这是他身上最闪光的亮点。"

是的，陈学希身上最闪光的亮点，正在于他不断地为潮剧事业的复兴发展注入生机，增加新的希望和曙光，他承继了剧院历任领导的一贯做法，不是关起门来，囿于潮汕一隅去振兴潮剧，而是面向海外、面向全国去振兴潮剧，体现了一种恢宏的文化气魄。

潮剧，是两千万海内外潮人共同的乡音，在一代又一代潮剧工作者的不断努力下，如今，潮剧已随着潮人的足迹，跨出国门，遍及五洲，成为一种不受时间、阶层、国界限制的特殊语言，成为联结海外游子乡情乡谊的重要纽带，成为全球潮人传达心声的载体。振兴潮剧，内外同心。不管是老一代潮人还是新一代潮人，都对潮剧艺术表现出一种执著的喜爱和探求，表现出一种时间和空间永远不能隔断的生生不息的乡梓之情。改革开放新时期以来海内外持续不断的"潮剧热"，表现出两千万潮人强烈的当代意识和文化趋向，显示着两千万潮人激越奋进的脉息和生机。潮剧，已与两千万潮人的生活和各种经济商贸活动紧紧地结合在一起。

伴随着这一股持续不断的"潮剧热"而度过演艺"黄金时期"的陈学希，非常珍惜这一来之不易的大好局面，他决心要为这一"潮剧热"添火加温，使之长旺不衰。

早在 1993 年，时任广东潮剧院一团团长的陈学希便积极参与首届（汕头）国际潮剧节的策划和演出活动。迨至 1999 年，已膺任广东潮剧院院长的陈学希更是鼎力主办了又一届（汕头）国际潮剧节，把它办成 20 世纪末一次规模空前、参加人数最多、影响最广的国际性潮剧盛会。这是潮剧在走过 400 多年的历史长河之后，升腾起的两朵最绚丽的浪花。正是在这种热切的交往中，潮剧事业得到了有力的推动和发展。泰国著名侨领、大慈善家谢慧如先生投资在汕头、潮州兴建潮剧艺术中心和艺乐宫，中华民族文化促进会副会长、泰华报人公益基金会主席陈世贤先生倡议成立了振兴潮剧委员会，香港夏帆女士捐资设立潮剧新人新作奖励基金，泰中潮剧联谊会发起筹建国际潮剧联谊会……这些慧德义举，赢得了海内外潮人的交口赞颂和支持，潮剧也在海内外潮人的共同支持下，奠定了振兴、繁荣的坚实的基础。

陈学希同时也意识到，潮剧虽然在海内外潮人中扎下了根基，但这毕竟只是局限于潮人圈中，潮剧要在中华戏曲大花园中牢牢占有一席之地，还必须面向全国，让全国戏曲界时时关注潮剧，时时听到潮剧的弦歌曲乐，时时闻到潮剧这朵"南国鲜花"的醉人芬芳，从而给予潮剧更多的眷顾,更多的支持,使这朵"南国鲜花"长盛不败。

2000年3月,剧院建立"潮剧大观园"网站,旨在以"第四媒体"——互联网为介质,打破时空限制,以迅捷的速度,将潮剧的历史、发展、现状和特点,运用文字、图片、图像、唱段等多种形式,全方位、多视角、立体化地展示在互联网上,形成信息时代全球潮剧爱好者之间最直接、最快捷的交流与互动。希望此举能为21世纪的潮剧艺术的振兴、繁荣、现代化建设与发展发挥应有的作用,以此形成演员与观众之间的交流与互动,并通过互联网促进潮剧艺术的国际交流与传播,将潮剧艺术的博大精深充分展示在互联网上,让世界各地的人们了解和热爱潮剧艺术,促进潮剧艺术的国际化,推动演出市场的发展。

2000年11月16日至17日,由中国戏剧家协会等单位联合主办、广东潮剧院承办的"潮剧的继承与发展"学术研讨会在汕头市隆重举行。这是一次推动潮剧事业的继承与发展,填补潮剧在中国戏剧梅花奖上的空白,提高潮剧艺术知名度的全国性学术研讨会。

出席这次研讨会的有中国剧协副主席何孝充,中国剧协党组副书记、秘书长王蕴明等全国各省市的专家学者共100多人。

研讨会期间,与会专家、学者和各方来宾观看了广东潮剧院一团演出、由陈学希担纲主演的新编古代潮剧《葫芦庙》,同时举行了"陈学希潮剧表演艺术座谈会"。翌年3月,陈学希荣获第18届中国戏剧梅花奖,实现了潮剧在艺术表演全国最高奖上零的突破,这不仅仅是陈学希本人的光荣,也是潮剧这一地方剧种的光荣。

2001年10月19日至22日,应国家文化部、第11届国际潮团联谊年会的邀请,广东潮剧院晋京献演《葫芦庙》《潮剧经典折子戏》和《古乐新韵——潮州音乐欣赏会》。这是潮剧又一次向中国戏曲界展示这一古老剧种的精粹。11月,《葫芦庙》继2000年获中国曹禺戏剧奖·剧本奖之后,荣选参加在广西南宁、柳州举行的第七届中国戏剧节,获中国曹禺戏剧奖·优秀剧目奖等多项奖励。

2001年9月,中央电视台《锦绣梨园》栏目编导甄梅等一行四人专程莅汕拍摄潮剧专题片。这是中央电视台第一次较为系统地从地方文化的角度介绍潮剧艺术,多方位反映潮剧艺术的特色及其历史与现状。同年10月中旬,于第11届国际潮团联谊年会在北京召开期间在中央电视台第11频道《锦绣梨园》栏目里播出。

剧院还认真组织青年演员参加全国性比赛。有一批艺术家和优秀中青年演员在全国、省、市比赛中获得奖励。2002年7月8日,一团青年演员陈鸿辉演出的传统折子戏《闹钗》,参加由国家文化部和湖南省人民政府主办的、在长沙市举行的"全国地方戏曲精品折子戏评比展演暨戏曲青年演员大奖赛",获三等奖。9月11日至15日,由中国剧协、山东省淄博市人民政府、淄博电视台联合主办的"2002年中国戏曲名段演唱电视大赛"在山东淄博举行,这是近年来我国戏曲界规模最大、规格最高的电视大赛。剧院知名演员刘小丽在比赛中获得专业组一等奖,陈鸿辉、汤丽娟、李四海分别获得专业组二等奖。11月2日至6日,应上海戏剧表演"白玉兰"奖组委会邀请,剧院二团赴上海演出,公演《魏宫大面》《老兵回乡》《江姐》《陈三五娘》和折子戏专场。方展荣、郑健英主演《老兵回乡》、林碧芳主演《江姐》,分别角逐"白玉兰"主角奖和配角奖。此行是潮剧时隔多年赴华东地区的一次重要演出,对于弘扬潮汕传统文化,扩大潮剧在华东地区以至在全国的影响，具有重要的意义。

2003 年 2 月 14 日至 17 日，剧院应邀组团赴泉州参加中国民系（闽南）文化节暨第二届中国泉州"海上丝绸之路"文化节，演出剧目是潮剧传统折子戏《柴房会》《回书》《陈三五娘·观灯》，知名演员黄盛典、孙小华、刘小丽、钟怡坤、陈幸希、陈楚卿、林鸿辉等担任主角。15 日晚在泉州影剧院举行"情系闽南"专场文艺晚会，观看演出的有国务院副总理钱其琛、全国政协副主席罗豪才等中央、省、市领导和海内外嘉宾 1 200 多人。

就在我写这篇文章的时候，陈学希又与广东省戏剧家协会共同策划承办"建设广东文化大省粤、潮、汉三大剧种戏剧工作交流活动"，6 月 16 日，广东省文联副主席吕成忠、省剧协副主席李时成和粤剧、汉剧的领头人物梅晓、倪惠英、李仙花等一行 20 余人，就将聚会南澳，共商振兴广东三大剧种大计。

此外，近年剧院一、二团还经常到新加坡等国家以及深圳、珠海、香港等地演出。海内海外、大河上下、左邻右舍，到处都留下了潮剧迷人的倩影和芬芳。至此，经几代人的不懈努力，潮剧在全国戏曲界中已经成为一个人人耳熟能详的著名地方戏曲剧种，盛誉不断。目前，剧院正在积极筹备向联合国教科文组织申报将潮剧列为人类口头和非物质遗产，以期让更多的国家和同行了解、喜爱潮剧，加强保护民族文化遗产的意识，争取得到更多的资助和扶持。

在最近召开的第十届全国人民代表大会第一次会议小组讨论的发言上，陈学希提出，发展文化产业应该走一条以经济带动艺术、以艺术繁荣经济的良性循环的道路。陈学希说，广东提出建设文化大省，是发展文化产业一个极好的机遇。发展文化产业首先要加强广东文化硬件设施和软件的配套建设。围绕建成文化大省和国际大都市的目标，做好总体规划，建设一批上规模上档次的演出场所。利用地方立法权，尽快制定完善有关民族传统文化、新闻出版等法律法规。

潮剧是广东三大剧种之一，潮剧是中国目前考古发现较早的剧种，是地方戏的"活化石"。广东潮剧院已经与中国艺术研究院联合开展潮汕古戏文研究，并且已被列入国家文化部科研项目。陈学希认为，要注意对传统文化艺术史料的研究和整理，把具有潮汕文化浓烈色彩的民间艺术如英歌舞、蜈蚣舞、木偶戏、潮州歌册与旅游结合起来，赋予旅游文化的内涵，使两者相得益彰。

发展文化产业关键在于走市场化运作的道路。陈学希说，上海、浙江一带一个好的剧目，投入往往是几百万到上千万元，但是他们通过市场模式来经营，成立剧目组进行成本核算。广东的文化事业单位体制改革也应该朝市场化的方向发展，这有利于解放艺术生产力，调动艺术创造的积极性，增强文化队伍的凝聚力。潮汕文化随着华侨的漂洋过海而在世界各地生根发芽，影响深远。潮汕作为他们的祖居地和文化发祥地，可以发挥文化酵母的作用，吸引民资、侨资或者外资来投资文化产业，使之形成规模经营。

作为第九、第十届人大代表，陈学希认真履行职责，积极参政议政。回顾五年来作为人民代表的感受，陈学希说，作为人民代表我努力履行职责，反映群众的呼声，为民办实事，不辜负汕头人民的重托。每年北京人代会之前，陈学希总是深入基层了解群众呼声，结合国家方针政策和汕头经济建设的实际，提出针对性较强的建议。几年来，陈学希向全国人大呈递了 5 项提案和 28 个批评建议案，件件得到落实。相信他关于文化艺术要走向市场、关于潮剧要在市场化运作的道路上求得发展的议案，一定会在广东成为文化大省、汕头成为文化大市的奋进程途中发挥重要的作用。

大鹏同风起，翩翩气自雄。改革开放的长风使陈学希如鲲鹏翱翔入云，真是翩翩气度，傲傲自雄。陈学希身上所体现出来的"热血精神"，是一种优良的民族性格，纵览中华民族历史和当今雄居世界民族之林的国家和民族，民族性格即民族精神都起了至关重要的作用。古代哲学家们有"性格决定命运"的铭训，黑格尔有民族性格能"推动那个民族的一切行为和方向"的断言。当前，我国文艺事业正处于发展与腾飞蓄势待发的临界点上，正如李从军同志今年3月在中国文联七届三次全委会上的讲话所指出的："现在的关键问题是如何通过我们的工作，通过文艺家的主观努力，使文艺发展自身的潜力得到最大的发挥，要素得到最大的利用，能量得到最大的释放，推动文艺大繁荣大发展应运而生。我们要进一步增强责任感和使命感，以对文艺事业高度负责的精神，以强烈的进取心、旺盛的创造力，开拓进取，勇往直前，不辜负历史的重托和人民的厚望。"这段话正好详尽而又准确地诠释了以上所说的"热血精神"。建设广东文化大省和汕头文化大市，一定要有这种"热血精神"，这样，我们的文化才有希望，我们的文化事业才能兴旺发达。

2003 年 6 月 10 日

（收入陈学希：《体验与体现》，中国戏剧出版社 2006 年版）

学海探珠

清音雅韵　各臻其妙

—— 漫话纳西古乐与潮州音乐

彩云之南，有一座美丽的古城，由于特殊的地理、人文条件，奇迹般地保存着古老的洞经音乐，这就是20世纪末叶震撼世界乐坛的纳西古乐。1998年早春的一天，当我来到这位于玉龙雪山脚下的清幽小镇，第一次聆听到这古意斑斓的乐曲时，我脑海中不期然地就想起家乡的潮州音乐。特别是当大研纳西古乐会会长宣科先生介绍说："我们的音乐是一些唐宋词牌、曲牌，被道教作为载体传到今天，别的地方都失传了，唯有纳西族把它比较完整地保存下来。"这时，我又很自然地想到，我们的潮州音乐，不是也和唐宋音乐有很密切的渊源关系吗？

纳西音乐与潮州音乐到底有何异同呢？一个大的感觉是：纳西古乐完完全全是中华古乐的"活化石"，而潮州音乐则已经过流变而糅进了本地的民间曲调，具有了一些时代的风韵。我曾写了一首诗来概括当时的这种感受：

> 弦管春宵动古城，清音雅韵颂升平。
> 曲终此夜深思久，潮乐千家应有声。

是的，清音雅韵，各臻其妙，都是中华民族文化的瑰宝，华夏音乐的正声。现在，我将这一虚渺的诗意化为一个也许可资研讨的论题，试图对纳西古乐与潮州音乐的异同作一点浮光掠影式的观照，并就此提出几个对潮州音乐也许有现实借鉴意义的课题，以就教于方家学者。

一

先说说我所感觉到的纳西古乐与潮州音乐的最明显的差别。

第一是仪式性。纳西古乐的演奏显然很注重其仪式，这与道教渊源有关。道教宫观开坛谈经，仪式神秘而隆重，道场灯烛交辉，香烟缭绕，钟鼓齐鸣，庄严肃穆，渲染的是道教的神秘和玄虚静淡的气氛。据说从前演奏洞经音乐时，便有燃灯祈福仪式，当然现在这些都已省略了。但舞台布景仍有一种神秘感。天幕上悬挂着纳西族始祖崇仁利恩的画像，舞台两侧挂着两幅圆形青面獠牙天神像，还悬挂着各色乐器；从出场到退席，都有特殊的编队和纪律、严格的程序和分工。乐队队形以神案为中心，分左右两班，按八字排列。神案灯火辉煌，香烟缥缈。演奏之前，乐队乐师按长幼秩序列队，到神案前举行三跪九叩之礼，然后入座。左右共16位乐师，有固定的座位和名衔，一时很难知其端倪。观赏演奏后我翻看有关资料，才知晓其中奥妙：原来敲木鱼、小鼓的，是乐队负责人，称善长；敲锣、摇铃的，是副善长；第三位则是司鼓……另外，参与演奏的老艺人都是60岁以上的老人，身穿蓝色长袍，更增添了其庄穆气氛。洞经乐队号称"三老"——乐曲老、艺人老、乐器老。老乐曲曲调节奏舒缓，老艺人动作不慌不忙，老乐器古色古香，这样庄穆的演奏加上庄重的仪式，给人的第一感觉是在参加一个宗教仪典，而后才是欣赏音乐，这与观赏轻灵活泼并更迁就演奏者方便的潮州音乐演奏会的感觉是完全不同的。

第二是功能性。纳西古乐特别强调"乐"与"药"的共通性。这与道家宗旨是一致的。道家求长寿，除了以气功、拳术等锻炼身体外，强调以音乐调养精神。在纳西古乐研究会舞台两侧，摆着几只大缸，虽然实际是作为共鸣器用，但在缸体上却贴着一个大大的"药"字，以此时刻提醒观众：古乐是医人精神的。现代先进的医学专家，已把音乐作为治疗手段，正是这种理念的现代应用。

第三是技艺性。洞经乐队有特定的编制，据了解，乐队通常以"8"为基数，人数可按16、24、32的级数增加，最多可达64人，以应八八六十四卦之数。乐队吹拉打弹配备齐全，吹奏乐器有笛子、波波（短小的竹器，形同筚篥），拉弦乐器有京胡、二胡、中胡、大胡，弹拨乐器有琵琶、大三弦、古筝与色古笃，打击乐器有锣、鼓、铙、钹、钟、磬、铃、云锣、木鱼、檀板等，这些都与潮乐乐队差不多。但演奏时，感觉其技法比较单一，一音一字，送弓重拍明显，故此也就颇具节奏感，但总觉得没有潮曲那样善于"加花"而显得丰盈多姿（潮乐这种加花加点称为"催"的演奏方式，在全国其他乐种中是绝无仅有的）。另外，听完整场演奏，感觉似乎从头至尾没有什么高昂洪亮的乐音，后来一问，原来洞经乐队从不使用唢呐，我才恍然大悟。唢呐在潮乐乐队中是一件领奏乐器，声音高亢洪亮，善于表现雄伟壮丽、气势磅礴的场面与烘托欢快热烈、喜庆开朗的声势气氛，适于表现与大海搏击的潮人激昂恢宏的性格。洞经乐队不用唢呐，我估计与其追求浓烈的宗教气氛和玄虚静淡的意境有关，这相应地减弱了其震撼人心的力度。还有一点，据介绍，纳西古乐没有"弦诗"一说，这也可看出其与潮州音乐在技艺上的差别，潮州音乐把曲谱叫做"弦诗"，就是要把曲谱当成是可以吟诵的"诗"来仔细品味，潮乐艺人讲究"一音三韵"，十分重视掌握曲调的神韵，并力求把其韵味演奏出来。事实上，同样的曲谱，因感觉不同，演奏的效果也是全然不同的，故俗谓谱可传而心法之妙不可传也。潮州弦诗经过艺人饱含感情的演奏，其神韵悠远飘逸，自然也反映出技艺之高妙。

第四是创造性。洞经音乐以"老"为其特色，并且是越老越好，从根本上说，是以固守传统为荣。纳西古乐曾被权威的音乐民族学家鉴定为"在丽江'出土'的中国道教音乐和唐宋音乐"。据考道教洞经音乐传入丽江是明嘉靖中叶后至万历初年，已有四五百年的历史，其中有些音乐可远溯至盛唐，如现在纳西人所津津乐道的《八卦》，据说即唐玄宗在开元二十九年（741）亲作的《紫微八卦舞》，还有《浪淘沙》《山坡羊》，也均为唐教坊曲牌。纳西人特别强调这些音乐都是"原汁原味"，并以此作为"全人类珍贵的文化遗产"展示于世界乐坛，因而决不会去改动其一丝一毫，这样也就断然说不上"创造"二字。而潮州音乐虽然同样与唐宋音乐有着密切的渊源关系，特别是弦丝曲中不少曲牌同样出自唐宋曲词，其曲调旋律主干也基本相同，但传衍至今，有些已加花变奏溶进潮腔韵味，有些则与弋阳诸腔、昆腔、汉调、秦腔甚至潮州土生土长的民间小调、民间小戏、民间歌舞相互渗透、糅合，具有更多民俗特色和时代特色。因此可以说，潮州音乐除了同样具有保留古乐遗响的功能之外，还蕴含着相当程度的创造活力。

二

纳西古乐与潮州音乐也有相同之处。

第一，正如上文已提及的，其源都出自唐宋古乐。人们常说"传统是一条河流"，纳西古乐与潮州音乐其实就是同一条河里的水，只是后来朝着不同的方向分流而行，而潮州音乐则沿途多汲取了一些东西，显得稍稍有些膨胀罢了。（诚如黑格尔所言："传统并不是一尊不动的石像，而是生命洋溢的，有如一条江河的洪流，离开它的源头愈远，它就膨胀得越大。"）如果要作点大的划分的话，可以说纳西古乐是由唐宋宫廷音乐而最终流归道教，潮州音乐则是由唐宋宫廷音乐而流归儒家，及至现代，因教宗风貌的不同又在演奏风格上显现出不同的特色。

唐代为我国封建社会的鼎盛时期，音乐得到极大发展，有大量可填词的艺术歌曲"曲子"，更有唐代统治者为了适应自己的享乐需要而大大发展的燕乐——在宴会中使用的音乐。到了唐玄宗时期，大量的道教音乐又纳入宫廷燕乐系统，所以，唐代宫廷古乐，大体上应包括"曲子"和以道曲为重要组成部分的燕乐，概言之，即"曲子"与"法曲"，这些到了宋代又有了发展，特别是"曲子"。

经对照，纳西古乐现遗存唐宋古曲 30 多首，其中曲名与潮州音乐共同者有：［浪淘沙］［柳摇金］［水龙吟］［山坡羊］［一江风］［到春来］［到夏来］［到秋来］［到冬来］［十供养］［步步娇］［万年欢］等十余首。除［十供养］为经腔外，其余都是曲牌。可见，法曲在潮州音乐中已不占主要部分，这是分流入儒乐的结果。而纳西古乐则仍有经腔古乐［八卦］［元始］［万年花］［清和老人］［吉祥］［咒赞］［开经偈］［收经偈］［华通］［五声圣号］等，大体上都是道教洞经音乐的遗范。

第二，有相同的乐律和"口传心授"的传承手段，这是中国传统音乐的共同特点，本来是不必再费笔墨的，但既然要作观照比较，也可以择其要者而言之。首先是两者与中国古代音乐和其他民间音乐一样，都属五声音阶体系，且均有其"五声"之名，即宫、商、角、徵、羽，不同的是潮州筝弦的排列次序是徵、羽、宫、商、角，音乐史家称之为"下徵调"，即二四谱的二、三、四、五、六，同时，其音多"二变"，这二变就是分轻重三六；同时比较突出的一点，就是潮州音乐有活五调，而纳西古乐没有，但大体上都属五声音阶体系是肯定的，都属"华夏正声"。再者，纳西古乐和潮州音乐（主要是笛套古乐）均以我国古老的工尺谱作为传承媒介，而潮州音乐的弦诗古谱则采用更为久远的"二四谱"。以"二三四五六七八"为标记，实际是五声音阶的谱式，而纳西古乐乐谱则没有"二四谱"，这也就是纳西古乐没有活五调的原因，因为只有"二四谱"才有活五之名。

在中国传统音乐的传承过程中，无论是有谱，还是无谱，"口传心授"始终是中国传统音乐传承的主要方式，并成为中国传统音乐体系中的一个重要特征。所谓"口传心授"就是通过口耳来传其形，以内心领悟来体味其神韵，在传"形"的过程中，对其音乐进行深入的体验和理解。纳西古乐与潮州音乐的传承自然离不开这一主要方式，但正如前文所言，由于潮州音乐有"弦诗"一说，故潮州音乐在"心授"方面似乎显得更为突出一些。在"口传心授"方面，纳西古乐与潮州音乐还有一点相同之处，即其传承都是建立在血缘、地缘、社缘的宗亲基础之上的，特别有趣的是，纳西古乐和潮州音乐同样更多的是以行会体现其传承的宗亲性。据资料介绍，1949年中华人民共和国成立前，在经济、文化较发达的丽江坝、拉市坝及金沙江沿线地区，几乎每个乡镇、每条街道、每个大的村寨都组建了洞经会或洞经乐队。这以后，洞经音乐的发展时盛时衰，到1987年，丽江县境内尚能组织演奏活动的有大研、白华、金山、东园、长水、白沙、拉市、石鼓、巨甸九个乐队。去年出版的《潮州音乐人物传略》一书附录的潮州音乐历代社团（自1845年起计），虽为不完全统计，仍有58个之多。估计会比纳西古乐历代社团多一些，因为潮乐还有许多东南亚甚至远至五大洲的民间乐社，这是纳西古乐所没有的。

由以上潮州音乐和纳西古乐行会的简略统计，实际上已涉及这两者之间的又一共同点，即其民间普及性。纳西乐社与潮乐乐社的民间普及，都是以自娱性为其特征的，但现时纳西洞经乐社已经成功地将其活动与旅游和对外宣传结合起来。进入20世纪90年代以来，大凡到丽江观光的旅客，晚上一般都会去有固定场所的洞经乐社欣赏音乐，这已成为这条旅游热线必不可少的一个内容。而且，作为纳西洞经音乐代表的丽江大研纳西古乐会还先后到过英国、法国、瑞士、德国、意大利、挪威等国家作访问演出，据说最近又接到日本、美国、以色列等国的邀请，准备再次周游列国，纳西古乐正以不可阻挡之势走向世界。可以看出，同样是民间普及型音乐，纳西古乐传统的交往方式，正在发生新的变化，大体表现为从消极型转向积极主动型，从封闭型转向开放型。概言之，即纳西古乐已进入一个自主型的新的民族交往阶段，在宣传和利用纳西古乐方面，体现了一种积极主动的进取精神。

三

以上简略的观照远不能涵盖纳西古乐和潮州音乐的异同点，而且，即便所谓"异"或"同"，也是异中有同，同中有异，许多特点是不可能截然分开的。另外，从宏观的音乐文化的角度来看，纳西古乐和潮州音乐彼此间也还有许多值得探讨的课题，包括对我们潮州音乐有现实借鉴意义的课题。

比如：

第一，是否有助于建立多元的综合音乐观。

中国音乐文化的内涵具有多元性和复杂性，它包含着不同民族、地区和类型的音乐，因而不能也不可能确立一种标准统一的模式。正如纳西古乐，这是一种博物馆式的音乐，而潮州音乐则是一种动态音乐，善于融合和创新，这两者之间，并没有高低优劣之分，有的只是不同的生存状态。对于其他类型的民族音乐，大率也应取这种现实客观的态度，即该保存的加以保存，可融合的做不同程度的融合，该更新的做自我更新，该转化的做不同的转化，不用一种文化效度（效用尺度）去替代或衡量另一种效度，不用一种价值标准去替代或衡量另一种价值标准，使各种音乐在文化中取得共生、共存和正常交流，而不是互为取代或互相冲突，这就是我们所应建立的多元综合音乐观。

多元综合音乐观的建立主要是出于以下的考虑：

首先，地区性音乐风格是建立在中国音乐上千年历史演变基础上的，其本身的变异或演化有其内在和潜在的语言、心理、艺术、哲学、美学、地理环境等基础，这就形成了一种生命遗传体的"基因"——音乐风格历史演变框架的"活"的传统，在综合音乐观的参照下它可以成为一个包容各种音乐类型的开放体系。

其次，地区性音乐风格具有社会学意义。地区性音乐风格的建构是根据各地区民族音乐文化的基础来考虑的，了解自己音乐传统的根基与文化业绩，有利于增强各自的自信心、自豪感与自觉意识。尊重、爱护、发展民族民间音乐传统，是一个音乐工作者的民族自尊心在音乐文化上的具体表现。

最后，确定地区性音乐风格有利于保持地方文化生态特征（如音乐与民族、语言、自然地理、生活方式等等），只有保持一定的地方文化生态，其音乐才具有文化个性和吸引力。

建立多元的综合音乐观使我们对保持潮州音乐的传统和继续对其进行变革有更坚定的信念。保持潮州音乐的传统性，并使其继续保持灵活性、可变性和可塑性，将使潮州音乐随着时代的变迁而呈现出更新、更令现代听众容易接受的风貌。

第二，是否有助于建构开放的音乐文化大格局。

音乐和音乐活动是人类社会生活的重要组成部分，现在，由于交通、通信和传播媒介的现代化，我国与世界上其他国家和民族的交往日益密切，中国社会的开放程度也日益扩大，这为我们在科技、教育、思想、文化、体育、卫生等方面分享和利用全人类创造的精神财富和物质财富方面提供了便利的条件，同时，也使我们站在新的起点上，以积极进取的心态和发展、开放的目光来面对现代化、世界化的人类历史潮流。对于中国音乐文化来说，这也是一个值得警醒的时刻，因为，中国的音乐文化传统，只有走现代化的道路，才可能有真正意义上的振兴；中国的音乐文化精粹，只有同现代人类文明有机地融为一体，也才可能弘扬于世界。在这方面，纳西古乐已经作出有益的尝试，并已经取得可喜的成绩。现在的纳西古乐已经走出涣散、无序的状态，形成有组织的稳定局面，有专门的演奏队伍和研究机构；已经从寺庙观堂走进音乐殿堂，从为宗教科仪和文人雅集服务变成为广大人民服务；它的听众也不再仅限善男信女，聆听者已包括寻常百姓到中外政府首脑；它的功能也不再用于祭祀祈祷，已成为修身养性敦睦人伦的音乐；更重要的是，它已成为世界历史文化名城饮誉中外的"文化名牌"，从海内响彻海外，概言之，纳西古乐已经初步形成一个开放的音乐文化大格局。

就总体而言，纳西古乐在短短十几年中所迅速形成的这一格局，潮州音乐在中华人民共和国成立几十年来实际上也早已形成，所不同的只是，在走向世界的格局中，潮州音乐更多的只是局限于潮人圈中，其支持者和欣赏者，更多的是潮侨及其子女，而且大体上仍属自娱自乐性质。相对于纳西古乐主要作为古乐的"活化石"而引起轰动效应，潮州音乐自然不必同样以古效古，我们的优势在于既有传统又有创新，既古意缠绵而又清新灵动，但要使我们的潮州音乐真正走向世界，如同中国民族交响乐团在奥地利维也纳金色大厅中所引起的轰动，则潮州音乐仍须在编创新曲和交流方式上有重大的突破。潮乐应在保持或基本保持潮乐传统音乐形式的前提下，部分汲取西方音乐的表现方式，有更多的加工改编和新创作的作品，诸如当年刘天华的创作《良宵》，彭修文的编配《流水操》等；同时，借鉴纳西古乐的做法，在适当的潮汕旅游点举行定时或不定时的潮乐演奏会，以吸引更多的中外游客，扩大潮乐的影响，也使旅游更具文化的内涵。

潮州音乐具有杰出的兼容力和鲜活的创造力，在以往各个时代特别是新中国建立以来，都涌现出很多既不脱离传统又具有时代精神的新编创乐曲，在世纪之交的新起点上，潮乐创作理应达到更高的水平，展示出更为蓬勃发展的生机。

第三，是否有助于造就高素质的音乐人才。

1988 年，宣科和他的大研古乐会经过挖掘整理，让"无声的中国音乐史"发出了历史性的音响——"纳西古乐"从此走向了世界，世界知道了丽江。在纳西古乐的崛起中，宣科无疑是一个关键人物，而同样毋庸置疑的是，宣科是一个高素质的人才，是一个有深厚文化素养的人。无论东方还是西方，无论古代还是现代，人类文明积淀的养分，在这位老人的心中融会贯通，是文化孕育的力量锻造了他那柄穿透历史迷雾的锋刃之剑，而拥有了这柄锋刃之剑，宣科便可自豪而又自信地捍卫东方古乐文化的神圣地位。宣科是一个传奇人物，他有坎坷的一生，但并非苦难造就了他惊世的发现，即使没有苦难，纳西古乐也依然会从他的手中升腾而光耀中华。归根到底，是他的文化素质，尤其是娴熟的英语、汉语表达天才，起着主导性的作用。因此，对于潮州音乐而言，我们热切地希望，能够更多地涌现高素质的音乐人才，使我们的潮州音乐呈现出更为灿烂的艺术风貌。

第四，是否有助于促进潮乐史诗性作品的出现。

纳西古乐由于为了保古，只能做吉光片羽的演出，而潮州音乐既然一向是与时代同步前进的，就应该有更高的追求，即以潮乐特有的风格，表现历史或现实的重大题材，创作出类似小提琴协奏曲《梁山伯与祝英台》的传世佳作。

潮州音乐曾经有过辉煌的历史，其顶峰为 1957 年以潮州大锣鼓参加第六届世界青年联欢节获得一级金质奖章，这常常让我们引为自豪，自然这也容易让我们沾沾自喜，但就潮州音乐在长期流传中形成的活性结构和旺盛生命力而言，我们还应该创造更为辉煌的景观，我们应该有更开阔的眼界和更宽广的胸襟，我们应该有更高素质的音乐家和更成熟的作品，这样才可以真正在世界现代音乐文化中独树一帜。这种奋进的不甘于现状的心态，是一个担当着创造和承传祖国音乐文化重任的当代音乐工作者所必须具备的。

在中华传统音乐文化的历史长河中，汹涌着纳西古乐和潮州音乐两朵璀璨的浪花，如今，这两朵浪花都将汇入世界音乐文化的大海洋中，人类的文明史将会镌刻这两朵不同寻常的美丽的音乐之花。

（载《广东艺术》2002 年第 3 期）

从潮剧《张春郎削发》看李渔戏曲结构学说

这几年曾有人提出李渔的戏曲结构学说已不适应当今的时代潮流，主张"魔方式""方块式""网络式"的结构。但事实上，历年来出现的优秀戏曲剧目诸如《十五贯》《春草闯堂》《红灯记》《沙家浜》《千古一帝》乃至参加中国首届艺术节并获得好评的潮剧《张春郎削发》，等等，很多都是以"一人一事"即以李渔的结构学说为指导而编撰出来的。应该说，李渔的结构学说还不会过时，他所提出的编剧规则直到今天仍是行之有效的。如果我们将李渔的戏曲结构学说与《张春郎削发》的艺术构思作一综合的比较，从中悟出一些既不悖规则又富有时代意识的经验，那么，这对于当前改编整理传统戏曲是很有指导意义的。

李渔所谓的"结构"，与我们今天所说的"结构"（指根据主题思想、人物性格来组织戏剧冲突和安排情节的一种艺术手段），意思虽大体相近，但又不尽相同。李渔所指更为宽泛一些，包含着"构思""布局"的一部分意思在内，简言之，李渔所说的"结构"，即"总体艺术构思"，其主要内容大约有立主脑、密针线、讲"格局"等。

———

对于"主脑"，迄今为止仍有各种不同的解释，但较为准确的应该是指由"一人一事"构成的、能形象地体现作者"立言本意"的戏剧主线。"立主脑"与"减头绪"是同一问题的两个侧面，均要求戏曲在情节结构上应该集中、凝聚、紧凑、单纯和洗练。

《张春郎削发》（以下简称《张》）这一剧名正好体现了"一人一事"，"一人"即张春郎，"一事"即削发。这"一人一事"之所以能作为"主脑"，是因为它符合李渔所提出的几个条件，即具有体现能力、生发能力和艺术感染能力。

《张》剧力图以张春郎与双娇公主的冲突体现当代观众的审美意识。在骄娇二气融集一身的双娇公主看来，她削掉自己未婚夫张春郎的头发，只不过是一场误会；但张春郎从削发一事感到公主的恃强凌弱、仗势欺人，是对于人格的践踏。"公主轻轻一声令，毁人青春与前程"，"倘若春郎非驸马，就该俯首受欺凌"？正是这一不平之鸣深化了剧本的主题，作者的"立言本意"正在于强调人的尊严和人的价值。毫无疑问，这条以张春郎与双娇公主的冲突贯穿全剧的情感主线，是具有体现能力的。

但是，以上所说的这一"立言本意"，并非作者的刻意追求，也就是说，以作者的初衷而言，他只是有意让观众"评价一段社会生活，体味这段生活中人物的认识、心理、智慧和气度方面的是非美丑"，"从中找到一些生活哲理"，"联想和推论出怎样处理生活中矛盾的方式方法"（肖甲：《潮剧与〈张春郎削发〉》）。由于作者的"立言本意"融化于全剧，有如"入水之盐"，于是观众也就有了各种各样的理解，除了上述的"人的尊严、人的价值"之外，还有诸如"和为贵""有才不可傲物，有势不可欺人""美的追求、爱的平等""皇权只能定生死，爱情却需两情愿"等不同说法。因此应该说，"一人一事"是否具有体现能力，既在于人物事件本身所具备的潜质，也在于作者把握阐发题材的能力，而后者除了创作技巧之外，更有赖于作者那种以当代意识俯视题材的态势。

围绕着张春郎与双娇公主的性格冲突，从"削发"开始，直至以后的"报发""闹发""赔发""结发"，无穷关目，皆系于一发，张春郎被削的一绺头发，是贯穿全剧的主要道具，因此又将表现张、娇二人感情纠葛的寺内、家里和宫中三条情节线有机地交织在一起，这说明"削发"这一"主脑"的确具有外延丰富的生发能力。

区区束发在这里已经成为戏剧结构的强有力的依托，"由削发造成的不平衡，因还发而得到平衡，更因结发而取得和谐与协调"（郭启宏：《发的巧思》）。从这里我们可以悟到一个道理，即"主脑"是否具有生发能力，关键在于整理者是否具有艺术的鉴赏力和想象力，是否能从传统本中慧眼识珠，是否能于"主脑"确立之后，在冲突沿着什么方向、采取什么形式发生、发展和解决的各种可能当中，选择出一个最佳方案。

潮剧传统本《张春兰舍发》中有忠臣牛进忠遭奸臣所害，牛赛花搭救顺德王爷，德宗斩奸臣，认赛花为螟蛉女等情节。整理者将这些枝蔓大刀砍去，让全剧从"削发"开始，造成牵一发而动全剧的悬念；此后，又让"削发"牵动剧中所有人物，使全剧的登场人物，无一人不是因"削发"而出台，无一事不是为"结发"而编撰，顺理成章、妙趣横生地组织了一连串的喜剧情节。整理者恣意阐发，"情节十二变"（李志浦语），又删去冗员，增加了官袍丑鲁国公和项衫丑半空和尚，加强了丑行在全剧中的作用，终于敷演出一出富有人情味和娱乐性的喜剧。正由于整理者的巧思，才使"削发"这一"主脑"具有如此奇趣多姿的生发能力。

至于"主脑"是否具有艺术感染能力，其决定因素则在于"奇特"。李渔认为，作传奇之主脑，"必此一人一事果然奇特，实在可传而后传之"。传统剧目《张春兰舍发》虽是一出内容平庸的宫闱戏，但它有这样一个情节：相国之子张春兰偷看在青云寺还愿的公主，被削发为僧。这一情节不仅饶有风趣，具有尖锐的矛盾冲突，而且符合李渔所说的"未经人见""事甚奇特"的作传奇的要求，因此实"不愧传奇之目"。

审视"主脑"是否具有体现能力、生发能力和艺术感染能力，是我们选择和整理传统剧目"引商刻羽之先，拈韵抽毫之始"必走的第一步，也是最关键的一步。

二

《张》剧之所以能成为一件较为精细完整的艺术品，其中一个重要的原因便在于它在戏剧结构方面达到了"天衣无缝"即针线紧密的高标准。

按照李渔的观点，"针线紧密"应包含两方面的内容，一是要善于"照应埋伏"，二是不能悖理违情。

前文曾提到，《张》剧的"主脑"具有生发能力，即由"削发"生发出"报发""闹发""赔发""结发"等无穷关目,这是在总体布局上的"照应埋伏",其章法之细密巧妙已如前述,不必再赘。

《张》剧在一场之中和场与场之间,也是非常注意瞻前顾后,务使"承上接下,血脉相连"的。作者自己曾谈到,当《张》剧拍成戏曲艺术片,摄制进入合成阶段时,胶带的剪辑师有两处删剪不当。一是将第一场张春郎在青云寺得知双娇公主即将莅寺行香的消息后,好奇心油然而生的一段"内心独白"剪掉。作者认为,这一重要关目万万剪不得,因为张春郎在独白中向观众交代说明双娇公主就是他的未婚妻,要趁此机缘先看一番,如不交代清楚,观众就会以为张春郎的品德作风有问题;二是舞台剧第二场鲁国公出场,帮助春郎之父张崇礼解围,并嘱他对春郎被公主削发之事不可张扬,只可"把将情由密奏君王",接着便转入第三场,皇帝带春郎被削束发回宫,戏虽省略张崇礼"密奏君王"的过程,观众仍明白戏的进展,改为电影时删去鲁国公这一出场,代之以他送给张崇礼的一封信,内容同样是叫他"密奏君王"。"密奏君王"这起着承上启下连锁作用的话却也被删剪了,对此,作者"不得不向操刀者深夜陈情以至隔天整个上午的恳请,几乎是声泪俱下的苦求,幸得终于'感动上帝',把这两个重要章节救回来"(见李志浦:《多方襄助,一意苦求》)。毫无疑问,作者的这种"追求一个少见粗纹缺漏而较为精细完整的艺术品"的严谨的创作态度,除了事业心和责任心之外,也是与李渔"毋令一人无着落,毋令一折不照应"的"密针线"的剧作理论分不开的。

不悖理违情是"密针线"的第二点要求。相对而言,它比偏重于技巧方面的"照应埋伏"显得更重要一些。

张春郎回京,在途经青云寺看望童年好友半空和尚的时候,恰逢其未婚妻双娇公主莅临行香,受好奇心驱使,想趁此机缘先睹娇姿,故扮作献茶的小和尚,不料竟被发觉,当成狂徒偷看公主论罪,欲行斩杀,冲突的缘起合情合理。

张春郎若道出名姓,自能化险为夷,但他从削发一事感到公主的所作所为是对人格的践踏,于是偏偏不肯披露,终被削发,冲突的发展合情合理。

此后,在"寺会"一场中,双娇公主为解铃乔装而来,由于她未能认识自己错误的性质,反而再次伤害了春郎的自尊心,惹起春郎的愤怒:"改装潜来,骗我心声;如此行径,可恨可憎。"至此,势成僵局,冲突趋向高潮,这一切,也是那样的合情合理。

直至鲁国公"智撬禅门",公主又剪下青丝,"投桃报李"之后,春郎才好不容易平了"削发之愤",冲突终于止息;这一场,以"赔发"为契机,以"结发"而圆结,也是那样的合情合理。

正是情节的合情合理才使"针线紧密"成为可能,而且使故事显得可信。亚里士多德说过:"一桩不可能发生而可能成为可信的事,比一桩可能发生而不可能成为可信的事更为可取。"(《诗学》)李渔"密针线"的目的就在于追求这样的艺术真实,本来,"公主竟把驸马的头来剃"是现实生活中根本不可能发生的事,但由于《张》剧在把握人物关系、情节发展及处理"穿插联络之关目"等方面慎之又慎,不违背生活中的客观逻辑,这才虚构出了这一世界上不曾存在而按必然律会有的可信的故事。

三

曾经有人提出这样一种设想：在春郎被削发、公主又已知削发之人是自己的未婚夫之后，张春郎的地位已经从被动变为主动，此时，他应该积极行动起来，如利用婚期在即，在皇家极力封锁消息的情势下，故意走漏风声、传播朝野，使朝内大臣、异邦使者纷纷来京贡贺，以此造成压力，敦促公主就范，向春郎赔礼道歉……若情节由此生发开去，或许该剧会更有喜剧性。

这是一种较具代表性的设想，有其可取之处，若依样写去，相信同样可以写成一出颇热闹的喜剧，但与现在的本子相比较，高低优劣如何呢？春郎是主动好呢，还是如现在这样采取守势好呢？

第一，春郎若主动，势必产生很多行动，并势必以他的行动构成戏剧的主要情节，且不说这样写无助于刻画春郎恃才傲物的性格，即以公子追求（或要弄）公主这一惯常角度而言，其笔法就已显得平庸；春郎若被动，即守株待兔，则双娇公主为了爱情的美满，势必想尽办法接近春郎，而以公主的身份欲逞此举，一定会有许多的心理障碍和舆论障碍，这就很有戏可挖，"寺会"一场正由此而派生。

第二，春郎若主动，他的许多戏剧行动必定会在宫廷中展开，其戏剧场面也就不免入俗；春郎若被动，则双娇公主势必要离开皇宫去寻觅春郎，这就有助于脱通常所见的宫廷场面，让冲突在民间展开，从而赋予戏剧情境的丰富性和新鲜感，同时，观众也可以从充满人间气息的家庭人情矛盾冲突中，产生一种平视的审美效应和平等的心理感觉，从而使剧作添加浓厚的乡土气息和增强一种弥漫着平民意识的亲切感——这，也正是《张》剧受到观众普遍欢迎的重要原因之一。

这样看来，两种写法，孰优孰劣，不就明白可辨了吗？

李渔对戏曲结构提出"脱窠臼"的要求，正是提倡情节结构绝不能落套，应自辟蹊径。

《张》剧的自辟蹊径自然不止于以上所说的对于张春郎如何行动的匠心安排，它还体现在选择了"削发"这一"主脑"之后，"并不满足于且歌且舞中演绎一个有头有尾、有离有合、略带传奇色彩的故事，而是着眼于人物性格的塑造，力图在这一束发里引燃性格碰撞的火花"（郭启宏：《发的巧思》）。

沿着这条贯穿全剧的性格冲突的情感线，剧中人物各自显现了与众不同的鲜明的个性色彩，而这种个性色彩，是绝不类型化和概念化的。

习惯的人物设置套路有二：一是作者按是与非设置两个代表性的对立（或对比）的角色，另加几个各支持一方或在中间摇摆的配角，正面人物总要经受挫折，经过斗争，最终达到既定目的，实现崇高的理想；二是把不幸者定为主人公，性格仅仅是"善良"二字，剧情在他（她）遭反对或迫害以及受同情和支持中发展。《张》剧中的两个主人公的设置，则与这两种套路不同。对于张春郎和双娇公主，我们很难划分谁是正面，谁是反面；谁是先进，谁是落后；也很难说得清谁是不幸者。他们只是各具性格的人，他们的性格是受多种社会因素（包括文化意识）影响和熏陶而形成的，其特殊性和复杂性绝不是简单的、绝对的是与非。张春郎的恃才傲物，既是封建社会小知识分子固有的优点，又使人感到难以理解和接近；双娇公主的纵骄恃势，既是她出身于皇室这一特定的社会地位使然，也是她作为一个聪颖过人的公主的天然秉性。这些，都令观众一时难以褒贬是非，而又感到那么亲切真实，在观剧后的余甘回味中才细细地品味出其性格间的鲜明的差异，并从中体味出人物各自的个性和作者赋予的寄意。

《张》剧把主要功力用于情节结构的铺排和人物形象的塑造，正是深得"脱窠臼"的要旨。

四

李渔特别强调戏曲结构的明晰性与完整性，除了"立主脑""密针线"之外，他还具体论述了格局上的技巧措施，如开场要"开门见山"，冲场要"开手锐利"，大收煞不仅要有"团圆之趣"，而且要似"临去秋波那一转"，使之有余韵等。

《张》剧编剧手法上的一个显著特点即在于开篇夺人，一开场就是公主削了未婚夫的发，而她却不知道那就是自己的未婚夫，张春郎也咽不下这口气，戏剧的矛盾就这样突兀而奇巧地发生了。

不过，李渔所说的"开门见山""开手锐利"的含义还不止于此，他还要求"开场数语，包括通篇；冲场一出，酝酿全部"，使开端成为总括全剧发展以致导向高潮和结局的契机。

《张》剧正是以"削发"为契机，以"报发""闹发"为发展，以"寺会""追殿"导向高潮，直至双娇公主悔羞地剪下青丝向春郎赔礼，鲁国公为之"结发"形成高潮而圆满结束，以一"发"而体现出格局上的文心巧构。

李渔对于如何使开端"开门见山""开手锐利"还提出了一个重要的思想，即他认为开端"最难下笔"，"非结构已完，胸有成竹者，不能措手"；他还以"塑佛开光""画龙点睛"作比方，说明一部戏剧作品的开端必须由全剧最根本、最重要的东西所决定。

那么，决定戏曲开端的最根本、最重要的东西是什么呢？

李渔当时提出了这一问题，但没有作出明确的解答。今天我们回答这个问题自然已不困难：那决定如何开端的最根本、最重要的东西就是该剧的高潮。

现在，已有不少剧作家主张，写戏之初，一定要先把高潮这一决定全剧的环节考虑好，从高潮着手，再倒回去写戏的开端和发展。比如，小仲马说："除非你已经完全想妥了最后一场的运动和对话，否则不应动笔。"E. 李果夫说："你问我怎样写戏，回答是从结尾开始。"P. 惠尔特说："在结尾处开始，再回溯到开场处，然后再动笔。"这里所说的"结尾"也就是高潮，因为在西方戏剧中，高潮之后马上就是结尾。

"结发"便是《张》剧的高潮，双娇公主以"赔青丝补情缘"的方式使冲突得以解决，从而引出"结发夫妻偕老百年"的团圆结局，应该说，无结发煞鼓之妙，便难显削发开锣之巧，"削发"是由"结发"而来的。

"结发"也是《张》剧的结尾，而且真正体现了李渔所说的"团圆之趣"，两个主人公经过情与理激烈冲突的熬煎，终于在鲁国公将春郎与双娇青丝别具深意地结在一起时，达到了感情的和谐和心理的协调。

对于《张》剧来说，这样的结尾是极其自然而丝毫不露"包括之痕"的，但如果依此便将李渔所主张的"团圆之趣"作为一切戏曲结局不可更易的原则，那就失之偏颇而显得太绝对化了。

曾有论者对此类"大团圆"作过宏观的俯览，认为这是一个为全民族普遍接受的历史性的艺术格局，亦即中国式的"团圆迷信"；其形成在于汉民族为人处世崇尚中庸之道，因而也要求艺术上的"中和之美"，同时，长期的封建专制文化也使人们习惯于艺术上的"定于一尊"等。而大团圆结局其实只是"制造了虚幻的感情满足，以片刻的精神慰藉去麻痹吾国人之思想，无形中取消了他们的独立思考"，因而"这是一种享乐主义戏剧观"（汪荡平：《民族性的戏曲意识》）。这些分析是很有道理的，因此，我们对于李渔的"团圆之趣"，切不可作教条主义的理解和运用。

但李渔所主张的结尾应饶有余味，做到"临去秋波那一转"仍然是值得我们遵循的原则，王骥德在《曲律》"论尾声第三十三"中说过："尾声以结束一篇之曲，须是愈着精神，末句更是一极俊语收之，方妙。"李渔对此作了进一步的具体的阐述，他主张"水穷山尽之处，偏宜突起波澜"，做到"收场一出，即勾魂摄魄之具，使人看过数日，而犹觉声音在耳，情形在目"，使人"执卷留连，着难遽别"。这条原则显见不仅适用于戏曲，而且适用于一切叙事文学了。

《张》剧终场的处理就是别具匠心的。当鲁国公唱出"结发夫妻偕老百年"，小红、阿僮、半空欢快地把张春郎与双娇公主拥在一起时，幕后传来"万岁、娘娘驾到"的叫句，众人恭迎皇帝皇后上场，但皇帝只是使了一个眼色，即传旨"摆驾回宫"，住持法聪合十说了声"阿弥陀佛"便落幕，令人觉得意蕴无穷。

概言之，李渔戏曲结构学说指的就是以"一人一事"为特征的"叙述体"式的结构，其核心即"立主脑"。李渔的这一学说，是在继承前人有关思想的基础上，对我国古典戏曲创作的实践经验所作的理论总结，是真正的戏曲结构论。日本戏剧史家青木正儿认为"立主脑"之说，"应无人可更易此论者"（《中国近世戏曲史》）；我国杰出的戏曲史家周贻白也说过，"立主脑"之类，"可以说是作剧的要旨"（《中国戏曲史纲要》）。为什么"立主脑"说能得到中外戏剧史家的一致肯定又经得起实践的检验呢？其一，因为它比较正确地反映了戏曲创作的规律，简明、形象地表达了由酝酿素材到具体构思之间的关键环节；其二，它符合中国传统戏曲"歌""舞""诗"高度综合的整体性的要求；其三，它适应了中国戏曲观众要求剧中人物形象鲜明、故事循序渐进、头尾完整、情节新奇独特、主线与副线有机地交织等这一传统的审美习惯。因此，李渔的结构学说即"主脑"说直至今天仍然具有重要的现实意义，富有实在感和可行性。

如果我们对李渔的结构学说缺乏实事求是的评价和深层次的理解，为了表明所谓的"观念更新"而以话剧的编剧法、以人物行动的逻辑形式或以时空运动的基本规律等来结构戏曲剧本，从而建立所谓的"新的戏曲剧体"，那只能使戏曲这种民族艺术形式步入歧途。

《张春郎削发》的整理者在对传统本注入"当代意识"时，能注意保持中国传统戏曲基本特征的稳定性，以李渔的戏曲结构学说作为总体艺术构思的支撑点，这表明了整理者对戏曲艺术质的规定性有着深刻的认识，同时，对戏曲观众的审美心理和欣赏习惯也表现出高度的尊重，这为我们在进行艺术革新和横向借鉴时，如何做到保持戏曲的鲜明的民族特色提供了带规律性的经验。

（载《戏剧评论》1988 年第 4 期）

广场戏与潮汕民俗

潮剧广场戏又叫跶脚戏、出街戏，是潮剧的民间游艺形式，广泛流行于潮汕农村，深受农民群众欢迎。"凤城二月好春光，社鼓逢逢报赛忙"；"打起锣鼓一百三，戏班送戏到门脚"；"望到颈长长，落雨竹笠当，棚脚炒乌豆，脚腿企到酸"——这些潮汕谣谚所描绘的便是潮剧广场戏源于民间、行于民间又为民间所喜闻乐见的动人情景，而这也正是潮剧广场戏最显著的特点，因此，毫无疑问，潮剧广场戏属于民俗文化的范畴。探讨潮剧广场戏与潮汕民俗的关系，将有助于正确地认识和对待广场戏，从而使其取得合法的地位。

一

民俗是具有不成文规矩的民众生活习惯和生活方式，既是一种体现一定人群某些共同感的社会群体心理，又是一种综合形态的风习性文化意识。民俗文化包括物质文化和非物质文化两大类，研究广场戏与潮汕民俗的关系，可先从"物质文化"（戏台）和"非物质文化"（舞台艺术）谈起。

潮汕山川清秀，"地平如掌树成行"，加之人民生活比较丰裕安适，因而自古以来逐渐形成和乐淳美的民性风俗，这便是音乐、舞蹈、戏剧滋生的温床。明清以前，潮汕民间已普遍出现土生土长的歌舞，有唱英歌、关戏童、斗畲歌等民俗；明清以后，这些民间歌舞与正音戏逐渐融合形成潮腔戏曲，但初时的规制只是席地而演的"涂脚戏"，经过在田野中草草搭台演唱的"摔桶戏"阶段以后，才渐次出现戏棚为"六柱""九柱""十二柱""十四柱"……甚至"二十四柱"的"竹帘戏"，这就是现在我们所看到的广场戏的雏形。

广场戏的戏台有固定和游动两种。固定戏台一般建在关帝庙、妈宫前或私人庭园中，如揭阳北门关帝庙古戏台、澄海莲阳古戏馆和潮州廖厝围卓兴庭院戏台等。现时此类戏台已成古迹，无实用价值。游动戏台一般多临时构筑于乡镇广场或野地高埠之处，有时亦搭于村前秋收后的田埂上，演过即拆。这便是现时我们经常可见的戏台。

如果我们将这两种戏台同我国其他地方的戏台作一比较，就可以知道，潮剧广场戏的固定戏台与我国古代戏曲剧场的主要形制如宋代的"勾栏"、清末的"茶园"并没有什么大的区别，即一般均为土台或石台，呈四方形，三面敞开，一面设上下场门，观众围观。但潮剧广场戏的游动戏台才是真正潮汕的"土特产"，具有独特别致的风格。

这种游动戏台最大的优点是构搭简便而又实用。早期的跶脚戏棚多为六柱，竹竿为架，桐油帆布或谷笪覆顶，木板铺台，色帘作幕，整体似"厂"字状。我们从现收藏于潮州市博物馆的清康熙年间潮州画家陈琼所作《修堤图》中的"演戏庆功"画幅中便可以看到这样的六柱戏棚。及后广场戏的戏棚没有根本性变革，所用材料及构搭方式与此类

"竹帘戏"大同小异。只是台子搭得大一些，多为十二柱，一般阔、深均为 16 米，高 8 米，棚顶改用竹篷，并从"前平后垂"改为"双泻水"，竹帘也改用大幅布幕，舞台周围加用谷笪圈严，只露舞台正面，两侧加悬素色帐幃，弦乐和打击乐从竹帘后移居棚前两侧帐幃后，分开成文武畔（武左文右）。据说这样的规格已与汕头市区大观园戏院的正规戏台基本无异。在农村这样简便的戏棚中能演出与城市戏院规模相当的潮剧，这的确是潮剧广场戏的一大长处。

踮脚戏棚在潮汕农村的普及，固然得益于"地平如掌"的优越地理形势和爱好娱乐活动的地方习尚，但归根到底，还是因为它适应了潮汕农村的物质条件和农民的生活水平，这从踮脚戏棚的初期形制及其变化不大的演进便可以看出。

自明代开始，踮脚戏棚便以演正音戏而在潮汕农村盛行不衰。后来，当以乡土之风擅胜的新兴的潮剧广受欢迎之时，为招徕观众，又出现了"半夜反"（上半夜演正音，下半夜演潮音）的广场戏。这样，潮剧便逐渐以广场戏为主要形式而发展起来，产生了许多适应广场演出的奇妙的舞台艺术，比如：

（1）"双棚窗"。由两组演员同台分演同一剧目，演时台中以道具为隔，其各自表现的情节有内在联系，演员的表演和道白、唱词等亦相互呼应，戏似分散而焦点集中，很吸引观众，适于在广场演出，因此民间流传有"色水（体面、光彩之意）大光灯（一种大型打气煤油灯），好戏双棚窗"的戏谚。

（2）写意道具。过去潮剧舞台上只有一桌二椅（俗称"三牲"），通过摆设位置的变化和演员的表演，便可通用于任何剧目。如桌上摆置御炉薰香即为金銮殿，放置铜镜梳具则是妇人的妆台；一把椅子，《扫窗会》的王金真越墙时当作梯子，《教子》的三娘却可将其当作织布机，等等。为了因陋就简地演出广场戏，这一桌二椅反而造就了潮剧艺术的写意性和强化了虚拟表演的逼真性。

（3）脸谱。潮剧脸谱与一般戏曲艺术一样，是一种美化人物形象的独特的化妆手段。但还有一说，从前，戏曲表演一般都在广场的高台上，演员为了便于观众对人物的识别，才采用色彩鲜明、浓淡相间的化妆手法——脸谱，一般来说，红表忠肝义胆，乌白表奸诈阴险，紫表血气方刚，青黄表凶神恶煞，且极度夸张，浓眉、大眼、狮鼻、阔嘴，的确一目了然。在农村每到一地必演"五福连"一类"开棚戏"，其中《跳加冠》中的土地神还要戴上面具。扮男鬼、演雷公的，也要戴上面具，形成中华人民共和国成立前潮剧鬼戏的一种特殊的演出形式。现在我国其他戏曲剧种的表演已不戴面具，唯潮剧演出《跳加冠》时仍然使用，戏曲史家蒋星煜对此很感兴趣，前些年编辑《中国戏曲剧种辞典》时，曾嘱咐该辞典撰写"潮剧"条的同志，务必把这种表演形式写进去，看来这也是广场戏的一个特点。

（4）帮声。又叫"帮腔"，是当演员唱至最精彩的一段或在某一唱词的句末，由后台众声和之，其调柔曼清扬且具齐唱意味，这是潮剧的一大特色。据考帮声与温州高腔同源，"乃承接正音的余绪"，而潮剧维持这种帮声旧习，历久不改，则与广场戏有关，因"野台唱戏，非'帮腔'不能响亮致远"①。虽然帮声并不全缘广场戏而来，但它得以绵延

---

① 萧遥天：《潮音戏的起源与沿革》，《潮剧研究资料选》，广东省艺术创作研究室 1984 年版，第 153 页。

并臻于完美，在很大程度上有赖于广场戏的实际需要。

广场戏推动潮剧舞台艺术发展的例子，还可以再举出一些，如潮丑的柴脚特技，也主要是为了使在广场远处的观众能看到诸如涉水、登坡一类表演而设计出来的；甚至伴奏音乐中的"三棒鼓""得胜鼓"等锣鼓谱，也是在适应广场戏的过程中趋于成熟的。

广场戏也涌现了不少著名演员。有一说认为广场戏"累出了像洪妙、谢大目等一批名角"①，这是认为广场戏有利于造就一代名师的一家之言，颇有道理，但仍需补充一点，即名角不单是"累"出来的，也是"争"出来的。这是因为以前时常有许多班戏同时同地演出，斗戏夺锦。这种比赛，"必然促进各班努力去提高剧目质量，去发现和培养声、色、艺俱佳的尖端演员"②。而"累"也好，"争"也好，起决定因素的仍是演员本身是否努力。现时由于商品经济的活跃，通俗戏剧的勃兴，有些剧团为了适应广场戏的需求而滥制了一些低质产品，而真正为了艺术而专心钻研、刻苦练功的演员也不多，当今是否能从演广场戏中产生一代名角还很难断定。

以上大体可见，不管是作为物质文化的踮脚戏棚，还是作为非物质文化的潮剧舞台艺术，其滋生与衍发，都与潮汕民俗息息相关；其艺术与传统，都是一种历史的积淀。广场戏至今盛行不衰，说明其具有相对的历史传承性，显示着潮汕地域民众群体普遍的心愿特征。目前，观赏广场戏已成为某种不成文的地域性的风俗，那么，它究竟是恶俗、陋俗还是良俗呢？

二

要区分广场戏是恶俗、陋俗还是良俗，关键在于划分广场戏与封建迷信活动的界限。要说清这个问题，同样需要从民俗文化的角度追溯广场戏的宗教渊源、宗教仪式及甄别其与潮汕民间宗教祭祀仪典的关系。

经许多专家多方寻证，现已确认，中国戏曲的渊源是世俗的宗教祭礼，动源是民间的迎神赛社活动，本源则为民众的审美需求。专家们认为，正是在迎神赛社的既娱神又娱人（其实只能是娱人）的群众观赏性活动中，中国戏曲的诸因素才得到了创造、提炼、砥砺、聚合，最终凝结成璀璨夺目的戏曲艺术宝石③。曾于1987年春到汕头实地考察潮剧历史的英国牛津大学中文教授龙彼得也断言："中国戏剧源于宗教仪典。"潮剧广场戏自然不可能异源别流，它的产生，同样离不开世俗的祭祀礼仪。据考，明嘉靖年间就有以祭祀礼仪为主要特征的潮剧广场戏，如饶平民众为纪念起义失败的"飞龙人主"张琏，在乌石村建飞龙庙，每年六月初六演剧祭祀（《明史·阮通志》）。至清中叶，演风渐盛，只有数百万人口的潮汕地区，竟有200多个职业潮音班。是时，不但"仲春祀先祖，乡坊多演戏"（吴颖：《潮州府志·风俗考》），而且"迎神赛会一年且居其半，梨园婆娑，无日无之"（蓝鼎元：《潮州风俗考》）。这样我们就可以清楚，潮剧广场戏的礼仪性、娱乐性和群众性，

① 林紫：《潮剧广场戏观感》，《汕头日报》，1989年3月2日，第四版。
② 连裕斌：《斗戏夺锦》，《汕头日报》，1985年11月22日，第四版。
③ 详见郭英德：《世俗的祭礼——中国戏曲的宗教精神》，国际文化出版公司1988年版，第37、158－160页。

的确是一种历史的遗留，并且是具有封建意味的历史的遗留。现在，在脱离封建社会不太久的社会主义初级阶段，这种遗留以顽强的民俗意识反复地表露出来，并不足怪。值得提及的倒是潮剧广场戏虽然不可避免地与宗教祭礼仪典联系在一起，其剧目本身却甚少宗教迷信意味。

潮剧距今只有400多年历史，由于其形成的时间不在中国戏剧形成的早期，所以并不体现于内容上的祭祀礼仪规程，而只是作为祭祀礼仪的一种配合形式，在内容上几乎与祭祀礼仪毫无关系，因此，它的剧目也就不可能经历一个从有关四时自然的主题或宗教的主题，演变为哲理讽喻的主题、滑稽戏谑的主题或历史传说的主题这样一个从神到人的完整而漫长的过程。它主要是以忠臣孝子烈女节妇等世俗性的历史人物故事为主题，如《金钗记》《蔡伯皆》《荔镜记》《苏六娘》《金花女》等，一些锦出戏也多是长亭别、官亭别、奏皇门、认像、休妻、扫窗、收孤、投江一类，且长期流传不变。1940年老元正、三正顺、一枝香等戏班曾演过《飞龙乱国》《三白仁》《王金龙》等剧目，40多年后，当普宁潮剧二团、饶平潮剧团、潮阳潮剧团到该乡演戏时，仍然是此类保留着古典形态的传统戏，如《五梅下山》《封神榜》《百花公主》《鱼肠剑》《柴房会》《陆文龙归宋》《杨子良讨亲》《祝枝山嫁女》《王金龙》《长乐宫》《海瑞借剑》等，而且此类传统戏大多已经整理，内容大体健康，已与宗教迷信绝少关联，反之，在被称为"拜神戏"的广场舞台上所上演的，竟也有传统戏《打神告庙》《状元与乞丐》和现代戏《月儿几时圆》等嘲弄封建迷信和传播现代意识的剧目。

潮剧广场戏的宗教仪式主要是指开演正戏之前必加演的五出吉祥戏，按演出顺序排列为《十仙庆寿》《跳加冠》《净棚》《仙姬送子》《京城会》，合称《五福连》（"五福"指"功名财子寿"，并非单指这五出吉祥戏，"连"指剧目，不作"连结"解）。其中《净棚》的原委是南戏的"副末开场"，由扮李世民的演员上台唱念"高搭彩楼巧艳妆，梨园子弟有万千。句句都是翰林造，唱出离合共悲欢。来者万古流传"作为开场白，并无驱邪逐鬼之意，与涉及建祠造庙、修桥筑路一类"动土"仪典时必演的《净土》（演员扮钟馗，执三勾叉驱除邪祟）不同；其余四出各表现汉钟离、张果老、韩湘子、吕洞宾等八仙赴蟠桃大会向瑶池金母庆寿，"土地神"献颂"加冠晋禄"祝词，七仙女送子下凡与董永团圆，吕蒙正与刘氏夫人京城喜会等大吉大利之事，不外取"寿比南山寿更长""福如东海福连绵""加冠晋禄添富贵"等福禄寿喜征瑞称祥之意，也是对具有人格意识而又是超自然的神仙、神灵、神道的信仰崇拜，所以整个仪式又叫做"扮仙"。虽然这一仪式反映了一种基于神话传说而非科学的宿命论，但是，由于它迎合了潮汕地方风俗习性的审美传统和习惯，在繁复虔诚而又洋溢着嘉乐清歌的艺术气氛中，在舞蹈化而又富含象征性的礼仪组合中，以其流荡的浓郁的审美情趣，满足了乡村民众休息娱乐的需要，并以其祈神偿愿的形式，慰藉了芸芸众生媚神颂圣而希冀从神那里换取实惠的心灵，所以，我们应该将其理解为文化水平普遍低下、精神生活普遍贫困的乡村民众的一种难得的心理补偿和精神寄托，从而避免采用简单化的做法将其归结为封建迷信而加以指摘甚至取缔。

现时，随着社会的进步，广场戏开棚的仪式已大大简化，除非特别要求，一般不演全套《五福连》，多数只演《十仙庆寿》或《八仙欢宴》（即十仙中去掉金母和东方朔），而且大多提前在演日戏（多安排在下午）时举行，晚上一开台便演正戏。这种简化的仪式已与现时一般集会主持人必讲吉祥祝词如"恭喜发财""万事胜意"的固定套式相去无几。

除了《五福连》，广场戏被称为"老爷戏""拜神戏"，主要是因为它配合了农村的名目繁多的宗教祭祀节日。

潮俗祭祀节日大约可分为以下四种类型：①时年八节如春节、元宵、清明、端午、中元（鬼节）、中秋、重阳、冬节等的娱乐祈禳节日；②与村乡姓氏宗族祖先有关的宗祠祭祖祀日；③通行潮汕各地品类杂多而统称为"老爷"的神明如土地伯公、安济圣王、三山国王、圣者爷、关爷、玄天上帝、天后圣母、皇姑娘以及先贤圣哲、名人骠将等的斋醮祭祀节日；④不定时的诸如新庙庆成、佛像（老爷）开光等喜庆节日。以上四类中，第二类宗族祭祖祀日自进入近代以后日渐减少，大多于九月初九重阳节一起举行，但近年有复兴趋势；第三类各种神明的斋醮活动自中华人民共和国成立后亦已鲜见，配合此二类仪典的演戏活动也为数较少。其余两类即赛会祈祝、吉庆祝贺等仪典则仍盛行，演戏活动较多。

以赛会祈祝而言，除了潮俗传统八大节之外，从农历正月十五的点灯戏开始，接下去便有：二月拜神戏，三月妈生戏，五月龙船戏、关爷生戏，六月敬神戏，七月施孤戏，八、九月拜神戏，十月起至十二月二十四日之前的谢神戏等，几乎一年到头（除四月外）都可演戏。此类广场戏的风俗性极强，似不宜将其笼统地归于封建迷信活动。

不定时的吉庆祝贺戏近年渐多，除了新庙庆成、佛像（老爷）开光之外，乡（村）道建成、校舍落成等也大多开棚演戏。对此类广场戏要作具体分析，前者纯属配合封建迷信活动，后者则多为海外侨胞资助兴建项目，庆之合法合理。

由此看来，现时在潮俗各式各样的祭祀仪典中，演广场戏而真正配合封建迷信活动的并不多，但即便是新庙庆成之类的活动，也应考虑到中国的国情而作客观的分析，以实事求是的态度看待我国民间宗教信仰这一带普遍性的问题。

严格说起来，所谓"我国民间宗教信仰"这一提法是不够准确的，即这里所说的"宗教"，并非如世界上通行的佛教、基督教、伊斯兰教这三大宗教一样，完整地由教会、仪式、信仰和观念、特殊的感情色彩、道德原则五种要素所构成，而基本上只是老百姓对人佛仙神的一种崇拜。近年不少学者运用历史唯物主义的思想、观点和方法，力求对传统的中国文化作出辩证的分析，如对中国传统文化中的造神运动，就有学者认为，被老百姓崇拜的某些人佛仙神，一般都传说是曾做过好事善事，或具有超凡入圣的道德和学识，在他们身上，寄托着老百姓的善良和希望，因此，"不能认为纯是出于方士和道士的编造，不能认为纯是宗教迷信的产物"[1]；同时，这些善男信女们的宗教信仰也只是一种低层次性的宗教幻想，"他们的信仰意识基本上尚处于最初的感情层次上，只知教规而不知教理"[2]，因此，中国的老百姓没有西方民族对上帝那样的深沉的宗教意识，没有西欧基督教那样哲学化了的理论体系，没有形成基督教那样庞大而严密的宗教组织，因而也就没有足以同"王权"分庭抗礼以至压倒"王权"的教权，众多的善男信女们希冀的只是通过

---

① 黄雨：《神仙传·自序》，广东旅游出版社 1988 年版，第 3 页。
② 摘自《理论信息报》，1988 年 12 月 26 日。

偶像崇拜型的宗教幻想去获取思想上的安慰、精神上的解脱和肉体上的保佑。[①] 学者们的这些分析，有助于我们以实事求是的眼光，穿透笼罩在宗教信仰上的人言人畏的封建迷信的雾障，心平气静地去体察中国老百姓根深蒂固的馨香祷祝的真实心境。

最能说明这种真实心境的莫如在潮汕农村不时可见的这样的对子："佛光普照平安顺，众仙为民造百福。""村兴旺族兴旺村族兴旺，老平安少平安老少平安。"如此等等，说明虔诚的村民们所期待的不外乎村族兴旺平安百福，而且他们所崇拜的包括所有神灵怪杰在内的偶像，也都不离"福""德"二字，有的土地庙干脆就叫做"福德祠"，有的村口供奉的也是"福德老爷"神位。这些在潮汕农村随处可见，有一首潮州弦诗就名为《福德祠》，可知其普及程度。这种但求两全的心态代表了中国源远流长的劝良从善的儒学精神，这种传统的信仰应该说也是社会的一种内聚力，是促进社会安定的一种因素，因为它毕竟与我们一般所反对的降神请仙、占卦算命、阴阳风水、揣骨相面、驱鬼治病、消灾祈雨、上供还愿、打醮招魂等真正的封建迷信活动不同。从这个意义上说，对于农村中存在的这种流布极广而又根本无法禁绝的信仰意识，我们大可不必忧心忡忡。也就是说，任其自然并加以适当引导，要比强行制止高明得多。几十年来政府对此类活动曾采取过强硬的措施和手段，但随废随兴，此废彼兴，这就多少能说明一些问题。

另一方面，由于农村此类祀神活动归根到底仍属一种陋俗，我们对此也不宜提倡，而且，对于一些村乡成立所谓"理事会"，组织大型游神的迷信活动，对因争"老爷"进各姓宗庙的房界姓氏冲突和利用传统节日搞停工停课的迷信活动，对奢靡浪费、聚众赌博甚至刑事犯罪等超越一般祭祀性质的迷信活动，还应大力取缔，凡配合此类迷信活动的广场戏也不能提倡。

目前，在农村配合此类迷信活动的广场戏并不多，请演广场戏一般都要经过乡镇一级政府批准，演出过程也由地方派出所派员巡卫，基本上都是有组织的活动，很少发生各种不良现象；同时，随着农民物质生活和文化素质的提高，这类活动也日益向健康方面发展，这从演广场戏时村民们选贴的对联便可看出其档次的提高，如"盛世安居歌大治，稔年福乐答上苍"；"忆往昔三餐难度，看今朝全村繁荣"；"迎来四海诚心人，同庆合办一条心"等。可见，在不可避免地因配合节日庆典而在外观上存在一些封建迷信色彩的同时，广场戏对于活跃农村文化生活、敦睦乡谊、联络海外华侨旅港同胞以造福桑梓等方面，已日益产生不可忽视的影响；而且，究其实广场戏与"老爷戏""拜神戏"是两个不同的概念，"你拜你的神，我演我的戏"，它只是农村祭祀活动的附属物。既然这样，如果仍然从观念上将广场戏与封建迷信等同起来，认为这是一种陋俗甚至是一种恶俗而讳莫如深，那就不但是樊篱自置，也是杞人忧天了。

总之，从民俗文化的角度看，广场戏自是一种良俗，有着不可低估的历史功绩和继续存在的历史价值，甚至可以说，正是在广场戏的漫长的演进中，在农村民众审美欣赏的苛严要求下，今天的潮剧才历史地达到既可登大雅之堂，又可赢得农村最广大观众欢迎的雅俗共赏的境界。在今天许多人都在为戏曲的危机而蹙锁双眉的时候，我们开始重新探寻戏曲生存和发展的新途径，也开始重新咀嚼这条并不陌生的真理——"戏曲的生命力在民

---

① 详见郭英德：《世俗的祭礼——中国戏曲的宗教精神》，国际文化出版公司 1988 年版，第 37、158 - 160 页。

间，在人民中。"（曹禺在中国首届戏剧节上的献词）现在广场戏的重新繁荣，正如潮阳县潮剧团团长潘经义所说，是"回到原来生长的土壤中去"，为此我们应该额手称庆，大胆支持、宣传、引导和管理，并且用心探究广场戏与潮剧改革的关系，扬长革弊，使振兴潮剧的口号真正落实到行动中去。

（1990 年起先后刊载于《文化参考报》《韩山师专学报》《中国戏剧》《潮剧研究》等报刊）

潮剧的喜剧传统

2011 年初秋的一天，中山大学的吴国钦教授到我们《广东文艺研究》编辑部座谈，他说最近正在写一篇文章，题目大概是"刍议潮剧编剧的优良传统"。吴教授问我："你认为潮剧编剧家最响亮的名字都有哪几个？"我略略想了一下，说："如果参照元曲四大家的提法，要说'潮剧四大家'，那就非谢吟、张华云、魏启光、李志浦莫属，也就是说，潮剧以喜剧见长，这'四大家'的喜剧剧作，代表了潮剧编剧艺术的最高成就。"吴教授表示接受我的说法，回去后把这写进他的文章里了。该文在我刊发表的时候，我另加了一个题目："绮丽戏文，生花妙笔——刍议潮剧编剧的优良传统"。

我觉得，"绮丽戏文，生花妙笔"可以概括潮剧剧本的艺术特色，因为潮剧语言注重本色，又具文采，善于运用方言、俚语、歇后语等，具有特殊的方言文学风味，而由于"潮丑"是潮剧艺术中最具特色的行当，与之相对应的剧本语言更是诙谐风趣、妙语连珠。握有一支"生花妙笔"，能写出"绮丽戏文"，是一个真正的潮剧编剧应该具备的艺术潜质。

我经常说，我是潮剧的"边缘人"，因为我从没有在潮剧团体待过。但我自 1980 年从汕头市歌舞团调到汕头地区戏剧研究室（后更名为"汕头市艺术研究室"）工作以后，却一直都是以潮剧研究为主业，其间创办、主编了《潮剧年鉴》《潮剧研究》等丛刊，直至 2005 年我退休前夕，还受潮汕历史文化研究中心所托，主编出版了《潮汕近现代戏剧》一书，所以对潮剧也算是有所涉猎。我在这次与吴国钦教授的座谈中提出的"潮剧四大家"和"潮剧以喜剧见长"的观点，是我对潮剧进行较长时间研习后自然而然形成的一种推论。但在此之前，似乎从来没有听人说过这样的话，我说的会不会太武断了？

潮剧承继南戏的"三小"传统，"小生、小旦、小丑"的表演精彩纷呈。尤其是"丑"行当，分工细致，多达十大门类，表演程式丰富，说白诙谐，妙语连珠，表演滑稽风趣，与"京丑""川丑"并列为地方戏三大丑行。但是不是就可以说"潮剧以喜剧见长"呢？我提出这样一个关于潮剧艺术特质的命题，依据何在？

此后不久，我干脆把我思考的这一命题写成一篇论文：《潮剧的喜剧传统》，并提交给同年 11 月 27 日至 12 月 2 日在海南举办的琼闽粤台及东南亚地区闽南语系剧种研讨会。

在此期间，我正在编写《潮剧与潮乐》，这部书稿属于广东省委宣传部主办、暨南大学出版社编辑出版的广东省三大民系"潮汕文化丛书"，我把这一思考也写入书中。吴国钦教授应邀为本书作序《一部潮剧与潮乐的概论性著作》。序中提到："本书从对潮丑的研究入手，深入剖析潮剧深厚的喜剧艺术积淀，得出其以喜剧见长的结论。他提出：'潮剧以喜剧见长。潮剧，需要更多如《荔镜记》《苏六娘》《柴房会》《张春郎削发》那样达到雅俗共赏艺术境界的喜剧，需要更多像谢吟、张华云、魏启光、李志浦那样握有生花妙笔的潮剧编剧。'这就属于个人有创意的艺术见解，可供潮剧研究者思考与切磋。"这样一来，就把我的这一艺术观点正式公之于世了。

中国戏曲虽然成熟于十二世纪到十四世纪的宋元时期，但它的若干艺术因素却经历了一千多年的酝酿。

以喜剧而论，远自公元前五六世纪，宫廷中就曾豢养一些俳优，专以简单、滑稽的人物扮演，供帝王、贵臣取乐。为了使这些会说话的"玩偶"在宫廷贵族面前出尽洋相，让自己开心，他们从民间挑来的俳优，大都是身长不满三尺的侏儒。然而这些俳优的见识和口才，却高于许多宫廷贵族。他们有时还能在滑稽调笑中，讽刺那些宫廷贵族的愚蠢。秦汉时期，俳优之风更盛。民间也出现了嘲弄东海黄公的角觝戏和《凤求凰》《陌上桑》等喜剧性的歌曲。南北朝到唐的参军戏，则是汲取了宫廷里俳优、侏儒的讽刺手法，由一个叫做参军的角色装作呆头呆脑的贵官，一个叫做苍鹘的角色装作机灵活跳的奴仆，让扮演贵官的参军在苍鹘的挑逗之下，丑相百出，演出一场场引人发笑的短剧。宋代杂剧、金元院本里有更多受到人民群众喜爱的讽刺性剧目。可惜这些剧作的底本几乎都没有流传下来，今天我们仅能从有关记载中，约略考知一部分剧目的故事梗概。流传到今天的，主要是元明清三代的部分杂剧、传奇作品。在这些宝贵的戏曲遗产中，有很大一部分是可以称作喜剧的。

戏剧活动，本质上是供人娱乐的。而从戏剧娱乐的特性来说，喜剧的表演尤为突出。从先秦俳优的滑稽调笑，汉代优伶的捷辩机锋，唐宋参军戏的伶牙俐齿，到宋金杂剧的插科打诨，古代的喜剧性表演艺术绵绵不绝，不断发展，直接促成了戏曲的成熟。可以说，中国古代戏剧就是在笑声中拉开帷幕的。

《中国喜剧史》主编陬蒂先生认为，明传奇和元杂剧有相同之处，同样有文人参与创作。不同的是元代的剧作家地位低下，而到了明代则有相当地位的文人学士投身戏剧创作，因而也就有了"文人喜剧"这一戏剧流派。

应该说，从元代到明代，绝大多数参与喜剧创作的文人，其格调都是比较高尚的，其喜剧作品的主流都是调侃谐谑、讽世抒愤，表现了该时代文人乐观的生活情趣和积极的处世态度。"文人写喜剧"这一传统，一直延续到当代。

潮剧的喜剧传统悠久而深厚，单就丑行十类而言，便可看出潮剧对于中国传统喜剧因素的强大承袭力。

潮剧独特的艺术风格是：①语言注重本色，又具文采，善于运用方言、俚语、歇后语等，具有特殊的方言文学风味；②唱腔婉转低回，抒情优美；③生、旦表演轻歌曼舞，优柔俏丽；④丑行分工细致，程式丰富；⑤舞台美术具有民间工艺特色和乡土特点；⑥潮剧音乐和表演形式善于兼收并蓄、博采众长而融为一体，创造力较强，程式严而不僵。而最能体现这些独特艺术风格的戏剧体裁便是喜剧。

潮剧在500多年的历史演变中，逐渐突出了以"三小"即小生、小旦、小丑为主的喜剧人物结构。我们从众多的传统戏及新创作剧目中，不难看出这种人物结构规律。聪明的编剧懂得扬长避短，不管什么题材，只要能加进这"三小"，就在所不辞。反过来说，即这种喜剧人物结构也给了编剧一种无形的制约——你要写潮剧剧本，就要特别注意有此"三小"在内。

这正是隗芾先生所说的自明代开始的"文人喜剧"给我们留下的宝贵文化遗产。我在《潮剧与潮乐》一书中曾总结说,潮剧演变发展的历史大体有三大规律:一是潮剧的发展受社会政治、经济因素以及戏曲内部规律的制约,但更多的是与潮汕地域的风俗人情息息相关;二是潮剧的发展是知识与艺术、学者与艺人相结合的历史,潮剧艺术黄金期的到来与一批具有较高文化程度的戏剧家的加入息息相关;三是潮剧的发展依赖于一大批成熟演员的面世,潮剧艺术的生命力及其艺术高度与潮剧艺术家个人的艺术造诣息息相关。

潮剧的"文人喜剧"时代,离不开这几个响亮的名字——谢吟、张华云、魏启光、李志浦。这就是我提出的"潮剧四大家"。

这四位潮剧剧作家,都深谙艺术之道,深谙观众心理,都很尊重潮剧这个以喜剧见长的艺术特质,在剧作中时时注意突出以"三小"即小生、小旦、小丑为主的喜剧人物结构,都懂得把小生的俊逸风流、小旦的活泼轻俏、小丑的灵动谐趣同聚一台,带给观众一种雅致、跃动、笑嚷的综合艺术感受,从而为观众建构起一个非常精妙的艺术格局。

谢吟是潮剧编剧时间最长、所编剧目最多的编剧。谢吟剧作以多方取材为特色,注重群众喜爱,有取材于潮州歌册如《秦凤兰》《二度梅》等,也有取材于当地民间故事如《金花牧羊》《孟姜女》等,还有取材于章回小说如《狄青》《樊梨花》;既有改编自无声电影故事的潮剧如《空谷兰》,也有改编自其他剧种故事的潮剧如《文素臣》《猫儿换太子》,还有改编自外国电影故事的潮剧如《就是我》。他的又一特色是通俗、本色,迎合大众口味,运用群众语言,使妇幼能懂,所以成活率、上座率高。

谢吟整理的《陈三五娘》极一时之盛,成为经典剧目;张华云与谢吟合作整理的《苏六娘》家喻户晓,盛演不衰;魏启光整理的《柴房会》,其语言及表演均令人叹为观止;李志浦整理创作的《张春郎削发》别开生面,轰动京城。这几个喜剧都是活在观众心里的好戏。

以写出《苏六娘》《剪辫记》《程咬金宿店》《双喜店》《难解元》《判妻》《南荆钗记》等著名喜剧的张华云先生为例。

从网上查到的条目是这样写的:

张华云(1909—1993)是潮汕地区早期知名潮剧大师,广东省普宁市燎原镇泥沟村人。潮剧编剧、诗人、教育家。1934年毕业于中山大学文学院历史系。长期从事教育工作,曾任普宁简易师范、广东省立韩山师范学校教务主任。1938年任中共创办的西山公学校长。1939年后在潮汕各地从事中学教育。1950年,于普宁兴文中学任校长的张华云应李雪光之邀请,担任中华人民共和国成立后汕头市第一中学的第一任校长。1952年后任中国民主同盟汕头分部主任,农工民主党广东省委常委,政协汕头市委副主席,汕头市文联副主席。1954年在汕头市第一届人民代表大会上当选为汕头市副市长。1957年的反右运动中被列为汕头市"第一号右派分子",长期受到不公正的对待,1981年才得以平反昭雪,出任汕头市政协委员会副主席。张华云爱好潮剧,尤其是喜剧。

不管张华云先生的经历如何,他作为文人应该说是名正言顺的;而他"爱好潮剧,尤其是喜剧"也就这样堂而皇之地列于条目之上。

1992年4月30日的《汕头日报》刊登了我写的一篇文章《登山泛水，肆意酣歌——浅析张华云先生喜剧的艺术特质》：

> 潮剧老剧作家张华云先生数十年所著八部传统古装喜剧早已结集出版，近日，为张老八秩晋四荣寿大庆，又举行了"张华云潮剧剧作展演"，这是潮剧史上的盛事，标示着张老作为一名喜剧专门家在潮剧舞台上已独树一帜。艺术史上无论哪一种艺术类型，能取得成就的，总是有赖于专门家的创造和努力。潮剧喜剧创作的鼎盛期，是和张华云的名字联系在一起的。
>
> 中国的喜剧，从俳优、参军戏等原始形态开始，就把人的天然本性投入这种逗笑的戏剧形式之中，人类渴求自由、追寻理想的本性通过喜剧而得到宣泄和寄托。从这个意义上讲，喜剧是人类自身的战胜者，是自信心、优越感的表现。有人认为，年轻人容易写好一部悲剧，而不容易写好一部喜剧，这是因为写好一部喜剧，需要有成年人的明察秋毫、烛幽索隐、谙通世事、洞悉人情等一切人类智慧、成熟的因素，而这一切，正是喜剧创作的天赋才能。张老一生潜心喜剧创作并获得成功，所赖者正在于此。
>
> 热爱喜剧的人必然热爱生活，这是张老获得成功的又一个因素。正如张老自己所言，他生在潮汕，长在潮汕，喝潮汕的水，吸潮汕的空气，吃潮汕土地打出来的粮食和潮汕湖海捕捞得的鱼虾，潮汕的一丘一壑，一草一木，风俗习惯，文化艺术，都已融化在他的思想感情里。张老的这种思想感情，在他的代表作《苏六娘》中得到淋漓尽致的体现。桃花和渡伯都是性格爽朗、乐于助人的劳动人民，张老在他俩身上倾注了自己挚爱乡土的深情，他赋以新内容、新语言的"灯笼歌""蚯蚓歌"等唱段，本身就是一幅幅浸染着淳厚山水韵味的乡土风俗画，张老爱它们的"土气息，泥滋味"，他认为这一切"都很美"，这种对于生活美、人性美、社会美的大胆肯定，正是喜剧的本质。
>
> 喜剧又离不开对于假丑恶的揭露，揭露假丑恶和歌颂真善美是喜剧的双翼。《苏六娘》中的杨子良，《剪辫记》中的林秉金，《双喜店》中的店婆，《判妻》中的何长、黄三，《南荆钗记》中的巫娇娥、刘迪，他们或好色，或贪财，或势利，或寡情，无一不逆伦理之常，逾道德之规。张老活画出此类人物的人情世相，继而痛加鞭挞讥讽，正是站在人类崇高精神的制高点去俯视整个社会和全部人生，从而以美丑的强烈对照表明了自己鲜明的人生观和审美观。
>
> 张老的谙通世事和热爱生活，使他的剧作形成了"登山泛水，肆意酣歌"的显著的艺术特质。摄入张老视野的，不但有潮汕的地理景物诸如韩山、韩祠、韩江、西湖、荔浦等，更有那饱含悲喜之泪的情山和恨海；张老肆意酣歌，其笔底波澜所及，那痴情脉脉的六娘，柔情款款的定金小姐，贤淑娴顺的温良枝和玉洁冰清的牧羊女金花，都无不卷带着山海深情熨帖着观众的身心。那符合中国戏曲观众传统审美心理的美满团圆的结局，又使人领悟到剧作者那宽容宏大的气质，领悟到人生乐观、通达、超然的意趣，从而使观众也和剧作者一起，暂时脱离了

自身的环境和地位，满怀激情地去憧憬自由和理想——这，正是张华云喜剧的真正艺术魅力之所在。

张老的生活道路是坎坷不平的，难得的是张老能够嬉笑着同注定要消失的逆境诀别，又能微笑着同观众交流自己的生活体验，这种超越剧作本身的精神正是张老喜剧创作的原动力。

潮剧研究专家、时任广东潮剧院副院长的陈骅先生告诉我："张华云先生看了你这篇文章以后，很是满意，说是讲出了他最核心的东西。"后来张华云先生把这篇文章作为附录选入他的文集《铁岭兰香》中。

魏启光先生也钟情于喜剧。据陈骅先生介绍，魏启光不止一次说过，我国喜剧源远流长，优秀的喜剧作品一直受到观众的欢迎。当今社会就更加需要喜剧，因为人们都希望从喜剧的笑声中找到生活的乐趣，喜剧是大有前途的；他还认为，潮剧与中华民族喜剧传统有血缘关系，同时又具有潮汕地域文化哺育而成的特色，在舞台上丑与生、旦鼎足而立，有一整套独特的表演技巧，历代又涌现出一批批优秀的丑角艺术家，是喜剧意蕴极为浓厚的剧种，更明显地具有发展喜剧的基础和条件。正是这些，使魏启光先生在编剧伊始，就对喜剧产生特殊的偏爱，并一直没有停止过对喜剧艺术的实践和追求。

魏启光先生的喜剧作品占了他剧作中的大部分，而且有多种表现，如《王茂生进酒》中的王茂生"以水当酒"，并让宾主在大堂之上一同"饮水思源"，这分明是幽默喜剧；《续荔镜记》中对都堂、知府、县令采用嘲弄、讽刺的手法加以鞭挞和刻画，显然是讽刺喜剧；而《柴房会》本是一出恸人心扉的悲剧，却是"悲剧题材喜剧做"，其"反悲为喜，悲喜交集"是喜剧的另一种形态。由此可见其笔下的喜剧，是何等丰富多彩。

魏启光先生笔下的喜剧通常都隐藏着深邃的内涵意蕴，在丰富多彩的同时表现出鲜明的寓意性和思想性。他在平时的言谈中常说，戏属喜属悲，是笑是哭，这些都只是手段，不是目的，目的是要借助喜剧悲剧的手法，讴歌真善美，鞭挞假恶丑，要在喜怒哀乐中寓以殷实的情性，深刻的意象，使人在欣赏中获得教益。所以他笔下的喜剧从来就没有离开内容的需要去单纯堆砌笑料，更不见有格调不高的噱头，不管是滑稽型、讽刺型，还是幽默型、抒情型，皆着力于从不同的喜剧性格和喜剧性格本身的不同侧面之间的对立、对照中去捕捉喜剧的"灵魂"和挖掘喜剧的"笑源"，而后才将这些通过典型化的途径集中到喜剧的放射点——通常是丑角的身上，把丑角饰演的人物置身于真实而有意义的喜剧冲突之中，并在兼顾其行当的同时赋予他们个性化、立体化的特征和比较深刻的思想内涵，而且还善于根据剧情的发展，服从内容的需要，对剧本的情节和段落结构作巧妙安排，正谐搭配、冷热相间、多味调和、自然成趣，从而使其作品内容实在、形象深刻、主题鲜明、寓教于乐。这些成功之处，在我们细嚼他每一部喜剧作品时，几乎一一可触。

喜剧是"引人笑、逗人乐"的艺术，它既能娱人、教人，也能损人、害人。魏启光先生从自己的实践中充分认识到这一点，所以他写喜剧时，才一再坚持以是否有益于人们的身心健康为基本准则，力戒坠入油滑，流于庸俗，保持作品高尚的品位，因此，他的不少作品都能产生生动的喜剧效果，以欢乐人生、催人向上的心态去赢得观众，从而使他在潮剧同行中获得"喜剧大师"的美称。

要说魏启光的喜剧，当以《柴房会》为代表。

《柴房会》是潮剧传统折子戏，在二十世纪二三十年代十分流行。其原本是丑、旦的唱工戏，1961年魏启光与艺人卢吟词、郭石梅合作，由魏启光执笔，增加主角李老三惊鬼而在慌乱中爬上梯的情节，因而有了梯子功、椅子功等的表演，成为唱做并重的丑戏，也成为方展荣的成名戏。半个多世纪以来，此剧在舞台上屡演不衰，被誉为"绝妙人间鬼趣图"，驰名大江南北、海内海外。

正如有的论家所指出的，《柴房会》虽还保留以往广为人知的人物、故事和一些精彩唱段，但通过奇思妙构，推陈出新，原来人鬼结合的荒谬情节、恐怖的阴森场面和低俗的道白唱词已荡然无存，着力强化的是借"鬼魂"寓情性的主旨和李老三仗义挞伐无赖的行动，潮丑耍梯、钻桌、跳椅等灵巧机趣的特技表演也被大量吸纳到戏中，这就不仅赋予改编的剧本以深意新意，同时也使演员有技术可献，观众有戏可看，大大增强了它的观赏性和喜剧性。

但在这里我要特别强调的是《柴房会》的语言艺术。《柴房会》的语言艺术，说通俗点就是老丑口白——顺口溜。记得我第一次看《柴房会》，一开场，李老三持雨伞、背囊仔上，念：

> 为生计，走四方，
> 肩膀作米瓮，
> 两足走忙忙。
> 专卖胭脂膀苑共水粉，
> 赚些微利度三餐。
> 虽无四两命，
> 却有三分力，
> 自赚自食免忧烦。

简单几句话，一下子就把一个老实善良、勤走力作的小商贩的形象勾勒出来了，也引起我浓厚的兴致继续往下看。

接着又是李老三与店家义哥儿段很有趣的对话，终于，义哥开了柴房，李老三进去后一看便说："一间儒是儒（虽是雅致），可惜灰尘网蜘蛛。老义唅，拿把扫帚来。"义哥因怕鬼，不敢进房去拿，战战兢兢地说："扫帚在楼梯下，你自己去拿。"这一小段戏，既点明柴房有鬼，已久无人居；又以"儒"与"蛛"巧妙押韵，增加老丑口白的生动性；再者是点明房内有梯子，为下面李老三惊鬼无处可躲要上楼作铺垫。从这里可以看出，魏启光先生写戏真是惜墨如金，又针线绵密，功夫真是细致了得。

《柴房会》可圈可点的地方很多，这里就不一一点评了。据说魏启光先生写戏时常常出现一种胶着的状态，用他自己的话说，是三夜三日也写不出一个字来。但他写出的剧本，一经落笔，一定是不俗的形象和极其准确生动的语言！《柴房会》是1961年由魏启光先生执笔改编的，到了1980年重新排演（由潮剧院一团首演，方展荣饰李老三，吴玲儿饰莫二娘），剧本竟可以一字不改。足见魏先生的功力确非一般！

下面说说李志浦的喜剧。

由李志浦改编创作的《张春郎削发》，适逢改革开放之初，当时广东潮剧院的艺术家们正当年富力强，蓄势待发。大家倾心倾力，使《张》剧沐浴着新时期的阳光雨露而开放得格外鲜艳夺目，成为古树新花又一枝，备受赞誉，扬名遐迩。

1987年，当《张春郎削发》赴京参加首届中国艺术节之际，我应《戏剧报》之约，写了一篇专稿，题目是"在继承中革新——潮剧《张春郎削发》的成功之路"。在文中，我强调："整理本中增加了官袍丑鲁国公和踢鞋、项衫丑半空和尚，加上原有的小丑阿僮，从而加强了丑行在全剧中的作用，更好地渲染了喜剧的气氛。"这正是李志浦先生的聪明之处。

关于渲染"喜剧的气氛"，换一个角度来说，那就是努力做到"雅俗共赏"。

1994年，李志浦先生以一部新创作的《陈太爷选婿》夺得第四届全国舞台艺术最高政府奖"文华奖"。这是李志浦先生在探求戏曲艺术雅俗共赏道路上的又一次成功尝试。如果说《张春郎削发》的雅俗共赏，是因旧本《张春兰舍发》提供了一定基础的话（在雅的基础上求俗），那么，《陈太爷选婿》则完全是依据编剧法敷演而成的（在俗的题材中求雅），结果两者同样达到了雅俗共赏的境界（当然还不能说尽善尽美）。

雅俗共赏是李志浦先生的创作风格，他认为，"雅俗共赏是审美要求的最高境界"，《张春郎削发》《陈太爷选婿》便是他"雅俗共赏"艺术追求的成功实践。他的创作方法，可以归结为"三抓""三重"，即抓局（格局）、抓人、抓魂，着重传统戏曲结构、重视戏曲人物铺排、注重剧作的当代意识。正是这"三抓""三重"，使戏曲作品既适应时代的需要，又赢得观众的喜爱，从而水到渠成地达到雅俗共赏的艺术境界——而雅俗共赏的戏就必定是喜剧。

作为名丑，方展荣先生对这个论题有特别的兴趣，他还专门给我写来一封信：

> ……我是丑角，主要是表演，有点体会和经验。其实潮剧的发展，前是受到童伶制的阻碍，后是师资问题。但最大的问题是潮剧几百年历史中表演上唱腔上都没有形成流派。无流派的竞争，当然也就发展慢。全国戏曲中好像除了潮剧，梨园戏也存在这个问题。古老剧种几百年无流派形成是很可惜的，也值得你们考究。黄梅、越剧，历史很短，可流派琳琅满目。

> 解放后，潮剧忙于发掘、整理、开发，我看，只有《苏六娘》中的乳娘、杨子良，是张华云写出来的，后还有《荔镜记》中的县官，《张春郎削发》中的鲁国公、半空，《翁万达主婚》中的嘉靖。余者都是整理、发掘出来的丑戏。至于《辞郎洲》中的差官，还谈不上。

> 整理加工的《闹钗》《柴房会》等都没有像川剧一样去挖东西，像你所说的"喜剧色彩"在哪里？但为什么一样会引起人们的快乐？因为这是审美的问题，舞台上的"坏人"在观众的心里变成"不坏"，全是"喜剧"人物，而正面的人物变成更喜、更好、更美。如我饰演的娄阿鼠很坏，可许多观众反倒说方展荣演得滑稽、趣味；《闹钗》中那个胡琏明明是坏孩子，可因为其中有许多许多的工夫给观众享受，许多台词生活气息强，观众笑了，不恨胡琏了。这个问题是值得

研究的。

严格说起来，解放后我们是没有写出什么丑戏来的。我是在继承前人的东西上出效果的。好多年来，我对新创作出来的所谓"丑"戏，感觉是很痛苦的；我对编剧的意见，也就是说他们写不出新的"丑"戏来。例如《王茂生进酒》一剧，只有电影本，到了舞台演出，问题便非常大。几十年来，自从有了电影以后，舞台上的演出极少，连舞台上解决一个"过场"都没办法，致使一个好好的戏都无法演下去……

六十多年来，潮剧的改革、整理、发掘、继承都取得了极大的成绩，但在剧本创作上是存在问题的，《辞》剧存个"送郎"，《万山红》存二条曲，《江姐》是不是我们的创作？有待研究。揭阳的《丁日昌》和普宁的《百里桥》是否流传颂唱？主要是这些戏，包括近些年那些获奖的作品，在全国的影响都不大，倒是《张春郎削发》一剧有许多剧种移植。李志浦自己有说到，但无人研究为什么。我认为，这是因为《张》剧喜剧因素强大。又如《苏六娘》，喜剧因素特别，故在观众心目中不可磨灭。现在你研究这个题目真是太好了！……

方展荣先生这封信，至少透露了他的两点重要看法：一是他认为新中国成立后潮剧界对于丑戏的重视不够，甚至于没有写出一部真正的"丑"戏；二是他认为只要让潮剧具有足够强大的"喜剧因素"，便可以走遍全国，比如《张春郎削发》。

我想，方展荣先生的这两点看法，是有道理的。上文提到，20 世纪 60 年代初，潮剧曾开展对"丑"行当表演艺术的整理和研究，但这种整理和研究大多只是停留在理论和口头上，真正的行动并不多，这其中的原因，很大程度上是大家并没有认识到"潮剧以喜剧见长"这一艺术特质，很多关于潮丑的研究，还只是停留在局部的、个别的层面，缺乏一种自觉的本体的喜剧意识。在实际的创作中，只有"潮剧四大家"真正把潮剧作为喜剧来写，到了李志浦先生，他才将这种自觉上升为理论，并以之指导自己的创作，将这种喜剧的意识贯穿于创作的全过程，所以才有了《张春郎削发》的出现和轰动。

现在，是到了该正视潮剧的喜剧传统的时候了。如果我们仍然对这个问题视而不见或避而不谈，那么，我们关于继承、振兴、发展潮剧的许多措施和行动，将会成为无源之水、无本之木。

潮剧以喜剧见长。继承、振兴和发展潮剧，需要更多像《陈三五娘》《苏六娘》《南山会》《柴房会》《闹钗》《张春郎削发》那样达到雅俗共赏艺术境界的喜剧，需要更多像谢吟、张华云、魏启光、李志浦那样握有生花妙笔的潮剧编剧。

2017 年 10 月

关注戏剧作品的文学性

2000年12月8—21日，我分别在广州和深圳参加"2000年小剧场戏剧展暨学术研讨会"和"2000年全国戏剧创作信息交流会"。"戏剧作品应重视文学性"成为这两次戏剧活动中大家评议的焦点。中国艺术研究院话剧研究所所长田本相教授在看完13台小剧场剧目之后，总结本次小剧场展演，他认为这些剧目大体都存在两大弊病，一是缺乏思想性；二是缺乏文学性，即我们的作者缺乏独立思想和文学写作的最佳状态。同样，深圳大学艺术学院戏剧系主任、著名导演熊源伟认为，中国戏剧家缺乏的是批判意识、独立人格和自由的创作心态。中央戏剧学院戏文系主任张先教授认为，戏剧中文本作用的弱化，很重要的原因是我们的剧作家在写作时缺乏对人的思考，缺乏戏剧作品应有的丰富性，以致对人物精神世界的开掘过于肤浅，不能创造出人物丰富、真实、细腻的内心空间，许多剧作，追求的是政治化、道德化、通俗化而缺乏情感化。著名剧作家魏明伦认为，剧作家的天职是要写出具有对历史和生活独立思考、独立发现和独特表现的戏剧作品。他认为，现在的社会生活尽管呈现出一种"无序"，戏剧现状也出现一种"无序"，但剧作家的精神状态和主观世界绝不能"无序"，剧作家在创作中应尽可能最大限度地体现出作家本人的思想光芒和艺术上的独创性。与此同时，他特别强调戏剧作品在通常所说的具有三性即思想性、艺术性、观赏性之外，还应具有文学性，要把这"四性"作为写戏的最高追求。时隔不久，在2001年1月4日《中国文化报》"河北专刊"上，我又读到胡世铎先生的文章，他也认为，戏剧创作要进入"三学"状态，首要为文学状态，即剧作家应以文学的眼光和视角观察社会生活，反映事物的本质，通过文学性的语言，小说散文式的笔调，诗一般的意境，达到"剧诗"境界，使作品具有一定的文化品位和文化含量。

看来，有感于目前的戏剧创作还是以浮躁的操作代替扎实的对生活的思考居多，许多剧作总在追求一种功利目的，戏剧界的众多有识之士已经深感不安，已经大声疾呼戏剧作品文学性的问题了。

但到底什么是戏剧作品的文学性呢？从以上这些戏剧界的有识之士的言谈中，我们已经可以感悟到，他们所指，已不仅仅是戏剧文本整体概念上的诗化和剧作所必须具有的深刻的思想内涵。归根到底，戏剧作品的文学性，在于我们的戏剧作品，应该更多地关注和表现人的情感世界。

对此，我深有同感。自从在"文化大革命"中写了太多的配合政治宣传的剧（节）目之后，我就经常思索一个看似简单其实是最复杂的命题——"什么是真正的戏剧？"

我认为，古往今来戏剧创作的中心永远是人物的塑造。但以往我们对此关注不够，因而付出了过于惨重的代价。我们曾创作了成千上万的配合形势、宣传政治口号、图解政策的现代戏或赋予某种鲜明"当代意识"的历史剧，但到头来只成为匆匆掠过戏剧舞台的一股股燥热的罡风。主题负载得过于沉重，宣传性过于强烈，最终模糊了艺术创造的思辨性，使我们的作者在进行创作时缺少艺术的思维，缺少对于戏剧人物情感世界的深层次开掘，由此衍生出来的剧本，是永远不可能成为真正的戏剧作品的。

新时期以来，与以上这种戏剧现象并行不悖的，是一批当代戏剧家勇敢的戏剧主张和艰辛的创作实践所形成的另一种令人振奋的戏剧景观。

著名剧作家郭启宏在《传神史剧论》（《剧本》1988年第1期）一文中谈到，史剧在数十年来的发展大致经历了三个阶段，第一阶段是演义史剧阶段，第二阶段是学者史剧和写真史剧阶段，第三阶段是传神史剧阶段。传神史剧的代表性作品，是时下出现的《新亭泪》《晋宫寒月》等剧。"传神史剧"的定义是：传历史之神，传人物之神、传作者之神。我赞同"传神史剧"说，我认为，我们所选取的历史人物的壮举、有意义的生活片断或闪光的思想，无疑都是作为那一历史背景之下的历史人物的最具神采的表现，写出了历史上真实人物之"神"，也就使我们笔下的历史人物具有了不可辩驳的真实性；而作者之所以选择历史人物这样的壮举、生活片断和思想的闪光点，其实也已体现了作者本人的思想意识，寄寓着自己的审美情趣，因此，在这样创造出来的人物身上，也必然传达了作者的"神"。应该说，这样的传神史剧，才能真正地符合历史的真实，同时也使作者当代意识的体现成为可能。

在看了郭启宏先生的文章以后，我特意仔细地研读了郑怀兴的《新亭泪》。《新亭泪》中所表现出来的，正是一个有着强烈人生责任感和历史使命感的剧作家对于剧中人物情感世界的深层开掘，体现出作者鲜明的个性特征。体现于郑怀兴剧作中的鲜明的个性特征，是他在对历史和人生的状摹之中所蕴含的忧患意识。他的历史剧缺少清丽、明净或浓艳热烈的氛围，但内容的深层却使人感到有一股酸辛、苦涩、忧伤、焦虑、悲愤的潜流在流动。《新亭泪》通过王敦作乱，刘隗逃叛，周伯仁以身殉国一系列情节，发出了历史的兴亡之感："风景不殊，正自有山河之异。"这种兴亡之感，并不只系于王氏一姓，亦不尽系于司马氏的东晋小朝廷，而是对于中国历史上频繁发生的同室操戈、生灵涂炭现象的感慨，我们从剧作里可以隐隐触摸到历史人物"举世混浊我独清，世人皆醉我独醒"的人世孤独感和人生忧伤，模糊探查到作者"念天地之悠悠，独怆然而涕下"的幽深心境，从而引发心灵的共振。作者在这里透示出来的是对于不完善的历史、社会和人生的那种不可名状、忽忽如狂的主体感受，即典型的忧患意识，因而剧作在观众心中便获取了一种超越题材与时间的价值。郑怀兴历史剧这种超越题材、时间价值的审美效果的取得，与他处理题材的如下三种眼光有关：

第一，挖掘历史的深层底蕴。他的剧作不停留在历史事件的表层描述上，而是力图深入被历史表象所掩盖的内在的深刻的本质中去。在他的剧作所提供的情节、事件、矛盾冲突、人物命运之中，我们总感到有一种潜在的、深藏的、混沌的寓意存在。这种寓意，不同于当前一些哲理剧中所引发的哲理，它更加隐晦、模糊、感性化，缺乏明确的外延和清晰的意象，可以把它概括为一种人生意识或宇宙意识。换一个角度讲，也可以说是作者在作品中对于我们民族历史文化心理积淀的一种把握和具象化。《新亭泪》对此体现得最为突出，无论是渔父的超然出世、周伯仁的知不可为而为之、王导的明哲保身，都是某种特定人生态度的外化，这种人生态度投射于动荡而混沌的时势世事上，形成许多复杂的生存状态，构成缓缓流动的历史内容，在这股沉重的历史阔流面前，一切事件都成了水面上漂浮的枝叶。

第二，揭示人物的心灵轨迹。郑怀兴的笔力总是透过由复杂的人物关系和错综的矛盾纠葛所编织而成的密网，深入人物心灵发展的完整世界。因此，观众已不再是单纯地从欣赏中获得事件印象，而是从人物的情感发展中得到了人生的心灵体验，正如郑怀兴自己所言："揭示历史发展的规律，总结历代盛衰更替的经验，让人民以史为镜，这都应该属于历史剧创作的副产品，并不是剧作者执意追求的。我是想通过刻画历史人物的内心活动，去探寻人类心灵的奥秘，去表现我所认识到的人类情感。"

第三，保持超然静观的心理距离。郑怀兴在观察历史、社会、人生时，常常拉开一段距离，保持一种冷观的姿态，从而使作品具有一种超逸的力量。他的剧作中总有一个与社会矛盾热点保持一定距离，而能站在圈外评说是非、褒贬功过的人物，这个人物恰恰回响着作者的心声。《新亭泪》里那个超尘绝俗、高蹈出世的渔父暂且不论，即使周伯仁，他亦能从一己的恩怨荣辱、拮据窘境里获得某种精神的超脱。这种类型人物的设置，虽然在不同的作品中给人以似曾相识的感觉，但它使剧作在表现历史和人生时，加深了清晰度和深刻度，抹上了一层理性的光辉。

基于以上三种眼光，对于历史题材的剪裁和处理，就能在总体上把握这一题材所蕴含的精神实质，做到"以形取神"，也只有这样，才有利于创造真实可信的历史氛围，为事件、情节、人物的变动、增删和虚构，提供可能的、合理的依据。

郑怀兴认为，写历史剧应该带有浪漫主义色彩，而且，由于戏曲是一种写意艺术，犹如国画，实中带虚，虚中有实，因此，应该在似与不似之间追求意境之美。基于这种美学追求，他善于以诗入戏，以戏写诗。

这种历史剧中不可或缺的诗意是如何获得的呢？首先，诗意来自以情感结构全剧，戏剧常见的情节节奏为人物情感节奏所取代；其次，诗意还来自对某种永久性观念的思考，对某种精神价值的思考，而这种思考又都渗透了情感；再次，诗意也产生于情节的简单与内容的深刻的对比中，使人不断去咀嚼回味，不断有新的心灵体验和精神发现。归根到底，诗意是戏剧艺术的最高境界。

时至今日，郑怀兴的创作依然受到人们的关注。《新剧本》2002年第4期傅玲的文章《郑怀兴：心灵好似大宇宙》对其创作做了准确的概括："郑怀兴总是用心灵去体验和感知古人，在气脉相通的那一瞬间下笔着墨。他认为虽然历史与现实遥遥相隔，但人性却是相同的，是有规律可循的。一个心灵好像一个宇宙，为创作提供了广袤无垠的天地。这就是剧作家与史学家最大的不同，他们重视的永远是人物的内心世界，而不是事件本身。"

郑怀兴的历史剧，对于我们在历史剧创作中如何体现时代精神，如何体现作者个体意识以及如何追求诗意的美特别是追求剧作的文学性等方面，是很有借鉴意义的。一位剧作家说："故事是可以编的，只有心灵不能编。"作家王安忆说："写作是从我内心出发的，是我心灵的需要。"剧作者应该确立自我，扩大自我，强化创作中的主体意识。一部成功的作品，除了必须凝聚作者的全部心血和泪水，倾注作者的全部感情之外，还必须是作者自己对生活独特的发现和独特的表现，也只有这样，我们的剧作才能真正成为探寻和表现剧中人物灵魂的艺术作品。这正如中国画的创作，中国画有"能品、精品、神品、逸品"

之分，中国文人对绘画作品最高评价是逸品。前三者均依据于客观物象为准则，唯有逸品，超脱了客体，从艺术程式里脱离出来，不受任何框框所束缚，以主观感受为主体，感情真实，平淡天真，达到物我两忘之境界。我认为，不论是历史剧，还是现代戏，或是改编整理的传统剧目，一个有艺术追求的剧作者，应努力使自己的剧作成为"逸品"。

2001年，我的新作历史歌剧《大漠孤烟》获得第二届中国戏剧文学奖金奖，为此我写了一篇创作感言《寻找伟大诗人的灵魂》，我在文中写道："作为艺术创作，有些基本原则是永远不会变更的，艺术作品归根到底并不是为了解决有形的自然和社会问题的，而是解决人最深刻的灵魂问题的。"我所思索的问题和所持的观点，既来自于自己的创作实践，也来自我1997年到上海戏剧学院高级编剧研修班进修以后，从理论上得到的彻解。

担任"艺术原理"课程的朱国庆教授在他的专著里，反复阐明这样一条艺术原理："艺术的目的是对人类的终极关怀。"我终于较为系统地理解了艺术创作的本义。我认识到，艺术创作是形上意义的心灵实践，是艺术家灵魂深处的磨折，是艺术家终极性情感的燃烧，而在外在形式上，则表现为一种空灵感、飘逸感，一种陌生化的象外之象；与此同时，我也重新认识了艺术家，艺术家是人类的弱者，真正的艺术家都有大缺憾、大遗憾，但正由于如此，他们对世界的认识就有一种"技进于道"的大感觉（语出汤显祖，意谓中国戏曲的感情与思想不是停留在形而下的层面上，而是进入到形而上的"道"的层次，也就是王国维所说的"至情"，即艺术要表现的是一种"万古之性情"，而不是那种日常的琐碎的情感）。能看到世界、人生的最高本质，而在笔下，则体现为个体生命处于极端状态下的痛苦。就这样，艺术家蚌病生珠，由弱者变为大智者，实现了对人类灵魂的积极拯救。——我多年思索和主张的创作理念，在朱教授的著作里得到了强有力的理论支持。

我在文中又回顾了该剧的创作过程：

创作的欲望肇起于我1996年的一次西域之旅。我来到著名的阳关，王维一首缠绵淡雅的《渭城曲》，那"劝君更进一杯酒，西出阳关无故人"的对友人的淳厚之情，早已使阳关坡峰上荒落的土墩，成为千百年来人们心中向往的圣地。今天我万里迢迢，穿过无边的戈壁荒漠到这里来，可以说完全是受了王维那《渭城曲》的诱惑，是王维让阳关成了镂刻山河、雕镂人心的名胜古迹，这真是诗的魔力、文人的魔力。我决意要写王维，同时要写出西域带给我的那种既苍莽又清空的感觉。

我开始认真地阅读王维的诗文和一切可以搜寻得到的有关文字资料。河南省社会科学院张清华研究员给我寄来了《王维年谱》《王维诗选注》《诗佛王摩诘传》等经他多年研究编撰出版的专著，还有辽宁大学中文系毕宝魁教授，也给我寄来了他编著的中国古代著名文学家传记丛书之一的《王维传》，这些都给予我很大的帮助。但是我在这里面寻觅的，不是现成的人物和故事，也不是现成的结论，我在寻觅王维那独特的灵魂。

王维的一生多灾多难，王维的内心充满了矛盾和痛苦。但王维终归是大诗人的王维，他始终坦诚、执著、自识，远离了贪婪、附庸、嫉妒种种人类恶习，永葆着自身人品、诗品顽强的生命力，并非世俗所谓的"百年诗酒风流客，一个乾坤浪荡人"。他自我解脱，不变心性，不因宠辱得失而抛却自在，不因风霜雨雪而易移萎缩，所以他的诗才有了千年的阅历，万年的长久，他也才有了诗人的神韵和学者的品性。王维正是有了果敢的放弃，也才有了他"息阴无恶木，饮水必清源"的高洁情怀，也才有了他金石般的千古名篇。

"明月松间照",照一片娴静淡泊寄寓他无所栖息的灵魂;"清泉石上流",流一江春水细浪淘洗他劳累庸碌的身躯。王维拥有精神上的明月清泉,这正是我所寻觅的诗人那不朽而独特的灵魂。

恰巧,当我徘徊于王维的灵魂世界时,又一个人物钻进了我的脑际,就是那位唱红了《青藏高原》又突然销声匿迹的著名女歌手。听闻她出家当了尼姑,这使我陷入莫名的怅惘之中。我极喜欢这首《青藏高原》,那高亢入云、清澈无尘的歌声,多少次导引着我进入那澄碧而神秘的莽原雪域。——可是,就这样一位充满激情、活泼鲜脱的女歌手,竟然一头钻进尼庵古寺,去陪伴青灯古佛渡过她那灿烂的青春年华!我猜想她一定有着大伤痛、大悲哀,一定有一件刻骨镂心、伤心绝伦的大事件让她下了狠心远离尘世,遁入空门。由此我想到王维"丧妻不娶,三十年孤居一室,摒绝尘累"的历史记载,王维在婚姻问题上是否也有大伤痛、大悲哀呢?我决意让王维的灵魂与这位当代歌手的灵魂"合理碰撞",写一出灵魂的惨剧。

找到了灵魂的碰撞点,戏也就找到了矛盾冲突的凝聚点。一个多月后,剧本完成了。

我将剧本寄给朱国庆教授,并在信中即兴写下这样一段话:"我努力去写人的玄学状态,不具体于生活实境,想以此表现一代诗人的内心情感,企图制造一种心灵交融的情境。歌剧有这方面的优越条件,即使不能演出,在剧本中也可以创造这种氛围。"朱教授不但很快看完剧本,还很快写来一篇评论文章,对剧作予以充分肯定。

朱教授在《写人的玄学状态——评陈韩星历史歌剧〈大漠孤烟〉和古代诗人系列》中说:"读完《大漠孤烟》全剧之后,确实有一种清空的感觉,也就是说这个戏中没有我们经常看到的耳熟能详的直接功利的主题以及相应的复杂众多的人物情节,而是充满着一种对人的形而上的价值,即人的终极价值、最高价值的探索和追求。这种最高价值就是人的思想人格,即人与大自然,人与人的最高的和谐。它是一种超越日常功利的像清泉一般的美感,所以才使得《大漠孤烟》这部作品有一种清空感。"

朱教授的评价使我对剧作增加了信心,我将剧本和朱教授的论文寄给中国戏剧文学学会,参加第二届中国戏剧文学奖评奖活动。9月初,获奖通知书寄到了,《大漠孤烟》获得金奖,朱教授的论文获得一等奖!我和朱教授,一个在汕头,一个在上海,灵犀一点通,遥相祝贺,共享创造的欢乐。

我们在电话中取得共识:让我们高兴的,不只是剧本和论文获得这两个奖项的最高奖,而且是多年来我们所主张和坚持的创作理念与艺术理论,得到了中国戏剧最高层专家评委们的认同,这意味着中国戏剧长期僵化的坚冰将要被敲破,戏剧艺术将回归到本体,将恢复她本来应该拥有的充满迷人魅力的面目。

中央戏剧学院戏文系主任张先教授发表在《剧本》月刊上的一篇题为"剧本创作应面对人生精神的苦难"的文章指出:"只关注人的生存状态,没有关注人的精神世界。这种创作观念是与戏剧艺术的本质规律相违背的。""优秀的艺术家的创作都是以展示个体人的精神世界为基础的。"真是无独有偶,一南一北两位戏文系教授,都提出了同样的问题,并坚持同样的理论观点,真是人同此心,心同此理,艺术源头的溪流总是按照固有的河道前行,尽管千回百转,最终还是会在具有平常心的艺术理论家的心田和笔下涓涓流出……

其实,以上所涉及的论题,我们的戏剧大师早已说得很透彻,如曹禺就说过:"写戏,主要是写人——揭示人物的内心世界。"焦菊隐也说过："不忘以人为本,注重民族的表现形式和诗意。"(转引自北京人民艺术剧院院刊《北京人艺》2000 年第 4 期郑榕文《寄语新世纪》)总而言之,关注戏剧作品的文学性,了解一切描写对象的精神世界,思索和表现他们各自的独特的灵魂,这是戏剧编剧真正应该干的事。

最后应该指出的是,我们现在如此强调戏剧作品的文学性,这是有历史依据的。元代的戏曲是最辉煌的,为什么?正是有关(汉卿)、马(致远)、白(朴)、郑(光祖)四大家以及王实甫等这些文学家投身其中,正是他们使元代的戏曲艺术成为继唐诗、宋词之后的又一中国文学的高峰。可以说,剧作家的作用和功劳是第一位的,正是他们领导了戏曲的发展,这就是魏明伦先生所说的"编剧主将制",也正如他所言,21 世纪我们的戏剧艺术要重振雄风,关键在于走"编剧主将制"的道路。

(载《潮声》2002 年第 6 期、《广东艺术》2003 年第 1 期。2003 年 9 月获第三届中国戏剧文学奖论文一等奖。2004 年 10 月获"中国曹禺戏剧奖·评论奖·提名奖")

塑造具有独立意义的戏剧人物

　　塑造具有独立意义的戏剧人物是历史题材乃至地方题材戏剧创作中应该首先考虑的一个问题。

　　具有独立意义的戏剧人物指的是能够独树一帜、前所未有而与众不同的、既屹立于舞台又深入人心的艺术形象。远的如元代关汉卿《窦娥冤》中的窦娥，王实甫《西厢记》中的崔莺莺，明代汤显祖《牡丹亭》中的杜丽娘；近的如曹禺《雷雨》中的周朴园，新编古代戏《十五贯》中的况钟，《春草闯堂》中的春草，《徐九经升官记》中的徐九经，《张春郎削发》中的张春郎，等等。这些艺术形象已经达到了恍如世人的程度，即当我们想起某一出剧时，脑海里便会立时出现一个活生生的人物，他（她）与这出剧的剧名已经具有同等的意义，融合而不可分离。

　　古往今来戏剧创作的中心永远是人物的塑造。人物是戏剧情节和结构的基础，是体现作品主题和作者创作思想的主要途径，同时也影响着戏剧的体裁和风格，但更为重要的是，成功的人物形象会使作品产生长久的艺术生命力，从而为人类的文化长廊增添新的不可磨灭的艺术形象。

　　戏剧编剧的责任和价值也正在于塑造出这样的具有独立意义的戏剧人物，实际上，这也就是一种伟大的创造。王蒙同志今年 2 月 9 日在全国编剧人员座谈会上的讲话中，提出了艺术上四条"比较永恒的标准"，即真实的原则、理想的原则、创造的原则和愉悦的原则，其中最重要的是创造的原则。王蒙同志说，"我们写出来的作品无论如何要是个创造"。这就是说，在创作上我们不能模仿，不能沿袭，不能强求一律，也不能趋时迎合，而应该是对未知的经验、未知的世界、未知的情感的开拓。对于戏剧编剧来说，就是要创造出如上所说的具有独立意义的能够长存于舞台与人心的戏剧人物。

　　那么，怎样才能塑造出具有独立意义的戏剧人物呢？

　　塑造戏剧人物通常有两种方法：一是按照生活中的原型，予以一定程度的虚构，但仍取其真名实姓；二是综合生活中的各种原型，按照作者所要表达的主题的需要，塑造出一个并非生活中实际存在的戏剧人物。

　　第一种戏剧人物由于受真人真事的限制，即使有所虚构，也难免缺少戏剧性。这些年来，不少剧作者出于政治任务的需要，为了某一个领袖人物或英雄人物，往往以其所做之事或所到之处编成一部戏，这种手法到底能否写出真正具有艺术价值的戏剧人物，我一直都很怀疑。

　　第二种戏剧人物由于不受真人真事的局限，虚构的天地广阔得很，因此容易写出动人的戏剧情节，古今中外大量的具有独立意义的戏剧人物就是这样创造出来的。

　　现在的问题是，假如我们要写历史上实有其名的领袖或英雄人物，或者地方题材，写那些地方上、历史上的真人真事，在不能虚构人名、地名及事件本身的特有条件下，该怎么样写才能塑造出具有独立意义的戏剧人物呢？

在实践中，我摸索并总结出一种介乎两者之间的塑造戏剧人物的方法，这就是：认真选择历史上或现实中某个人物的一个壮举（或一段有意义的生活，或一个闪光的思想，或一种充满哲理和诗意的心灵状态），以此作为全剧的高潮，然后虚构出其他的戏剧情节（这些虚构的情节必须不失这一历史人物所处年代的历史真实，而且应该具有引人入胜的戏剧性）。如我与洪寿仁同志合写的《蝴蝶兰》就是选取吴凤为革除台湾阿里山区世代相传的杀人恶俗"猎头祭"而装扮成红衣人中箭壮烈献身的壮举作为全剧的高潮；我写的《东坡三折》中的《赤壁怀古》，则截取苏东坡夜游赤壁的一段有意义的生活敷演成篇，这两部戏剧作品先后获省以上创作一等奖，说明这种创作方法是可以得到理解的，据此塑造出来的历史人物，也是可以得到承认的。

有人也许会问，这样写出来的戏剧人物，是仍用其真名实姓好呢，还是另外假托一个姓名好呢？我认为，这种具有独立意义的戏剧人物，其用真名实姓与否，已经不具有重要的意义，因为这种戏剧人物实际上已经成为一种艺术创造的典型。不过，作为地方题材来说，则仍是用真名实姓为好，因为这样可以让当地人知道这是地方题材，显得亲切。

也许有人又会问，这样写出来的戏剧人物，会不会搞史学研究的学者不承认，认为其不符合历史呢？这就关系到"传神史剧"的问题了。

《剧本》1988 年第 1 期刊登了郭启宏的具有创见的文章《传神史剧论》，郭启宏认为，史剧在数十年来的发展大致经历了三个阶段，第一阶段是演义史剧阶段，第二阶段是学者史剧和写真史剧阶段，第三阶段是传神史剧阶段。传神史剧的代表性作品，是时下出现的《新亭泪》《晋宫寒月》等剧。"传神史剧"的定义是：传历史之神、传人物之神、传作者之神。我以为，上述的创作方法与"传神史剧"的本质是一致的，因为我们所选取的历史人物的壮举、有意义的生活片断或闪光的思想，无疑都是作为那一历史背景之下的历史人物的最具神采的表现，写出了历史上真实人物之"神"，也就使我们笔下的历史人物具有了不可辩驳的真实性；而作者之所以选择历史人物这样的壮举、生活片断和思想的闪光点，也体现了作者本人的思想意识，寄寓着自己的审美情趣，因此，这样创造出来的人物，也必然传达了作者的"神"。应该说，这样的传神史剧，才是真正地符合历史的真实，同时也使作者当代意识的体现成为可能。

1989 年 11 月 15 日

韩愈诗歌的谐谑风格

韩愈的诗歌，在思想内容上着重表现了诗人"骨相崚嶒，俯视一切"的自我形象，在形式的创新和语言的运用上，又常常表现为"搜奇抉怪，雕镂文字"，因而形成了卓然自成一家的宏伟奇诡的风格。但是，"凡卓然而立的诗人，其诗歌的艺术风格，绝不会只是单一的一种"，"把韩诗风格理解成单一的奇崛险怪，是艺术上的偏见"。① 钱基博先生曾经称赞韩诗"戏笑怒骂，皆成文章"②，这正是不具偏见所作出的公允的评价。

关于韩愈诗歌的谐谑风格，自唐以来的诗论家时有言及，但多是只言片语，专论文章尚不多见，本文拟就这个题目作点寻章摘句的工作，以为引玉之砖。

一

探讨韩诗的谐谑风格，首先应该从诗人的主观条件及其所处的社会历史环境等方面去研究其形成的可能性。

钱锺书说："退之可爱，正以虽自命学道，而言行失检，文字不根处，仍极近人。"③ 韩愈的"近人"，在于他"真率之相不掩"，具有一般人的共性，但是，这只是韩愈主观条件的一个方面。作为一代文豪的韩愈，他更具有与众不同的特点，这就是他的那种"手持文柄，高视寰海"的典型的自我形象，而这正是韩诗谐谑风格形成的极其重要的原因。

列宁认为，真正的幽默，是一种"优美的健康的品质"。历来具有幽默感的人，决不会终日愁眉苦脸，他应该对人生充满自信。

韩愈一生坎坷，但他是一个充满自信、勇于进取的人。

德宗贞元二年（786），19岁的韩愈，怀着干一番大事业的天真幻想，向京城长安进发。路上，他写下了《条山苍》这样的诗："条山苍，河水黄。浪波沄沄去，松柏在高冈。"《条山苍》是韩愈初踏人生之旅写下的述志诗篇，"十六字中，见一生气概"④。韩愈的一生，正是这样昂着头走下去的。

韩愈参加进士考试，历四次才中；三次参加博学鸿辞科试，均以失败而告终。但韩愈采取精神胜利法，认为中榜者"只系其逢，不系巧愚"，以此使痛苦的心情暂时得到融解，而且在这种时候，他的自我期许更高。

---

① 阎琦：《韩诗论稿》。
② 《韩愈志·韩集籀读录》。
③ 钱锺书：《谈艺录》。
④ 程学恂：《韩诗臆说》。

从贞元十九年（803）贬官阳山算起，到元和十四年（819）远谪潮州为止，韩愈在短短的十五年中，四次遭贬，但总的看来，他情绪并不颓唐。韩愈在考场上、官场上进行着顽强不屈的斗争；在领导文体改革的战场上，他更是显示了极具韧性的自我奋斗的精神。他孜孜矻矻地从事被时人理解成"寂寞之道"的古文创作，表现出"知与罪我非计"的勇气，终于重振了衰靡八代的文风。

韩愈的自信，还表现在其他领域。比如，在元和九年（814）平息吴元济叛乱的淮西战役中，韩愈积极主战，向宪宗进言说："用四海九州之力，除此小寇，难易可知，泰山压卵未足为喻。"[①] 他的自信，使他立了战功。韩愈又针对当时士大夫耻于相师的社会风气，写了《师说》这篇提倡师道的文章，背叛了"人之患在好为人师"的孟氏说教。他"抗颜而为师"，自然靠的是一种不顾流俗，勇于向社会陋习作斗争的自信精神。

另一个领域，是韩愈攘斥佛老的斗争。他以正统自居，将唯心主义发展程度更高的佛学，视之如无物，对各种祸福报应之类的骗术，全不置信。他倡导儒家道统，志与佛道为敌的呐喊，至《原道》已臻其极。而韩愈之所以能写出这篇崇儒辟佛的宣言书，正如宋代韩元吉所言，他是一个"勇于自信者"。韩愈的自信，有时简直到了目中无人的地步。在《重答张籍书》中，韩愈写道："天下欲使兹人有知乎，则吾之命不可期；如使兹人有知乎，非我其谁哉！"韩愈既如此把自己看作当世的孟轲，自然时时处处理直气壮，对异端邪说极尽嘲讽之能事。

韩诗谐谑风格形成的主观因素，除了自信之外，还在于他具有超群的智慧和旷达真挚的良好品格。

韩愈敏慧过人，力大才博。他在《上兵部李侍郎书》中曾说过："凡自唐虞以来，编简所存……奇辞奥旨，靡不通达。"虽有自吹自擂之嫌，但考察他一生的行状和著作，就知道还是有根据的。

韩愈才气横溢，却并不盛气凌人，对于朋辈和晚辈，他有着真挚的感情。以韩愈这样一个卓荦大家，在他的诗作中，竟然出现"低头拜东野""吾愿身为云，东野变为龙，四方上下逐东野"这样的句子。对此，沈德潜不禁啧啧赞道："古人胸襟，广大尔许！"在《答李翊书》中，韩愈又体现出奖掖后进的拳拳之心。他把自己学习古文的经验和盘说出，娓娓道来，循循善诱。韩愈正因为对上下左右都赤诚相见，因此，在他给朋侪的诗文中，也就可以随意地开开玩笑。

韩诗谐谑风格的形成，还有其客观原因。首先是社会环境。唐代文禁不严，几乎什么题材都可以入诗。比如，卢仝有一个诗友叫做马异，因为马异的名与卢仝的名刚好相反，卢仝便在一首诗中写道："昨日同不同，异自异，是谓大同而小异。今日同自同，异不异，是谓同不往兮异不至。"在当时，似这样以游戏之笔叙写友情的例子是很多的。

其次是传统及前人的影响。韩愈对于在他之前的具有幽默感的作家的模仿，比如仿陶，那真是其迹凿凿，正如钱锺书《谈艺录》所云："陶渊明《止酒》一篇，已开昌黎以文为戏笔调矣。"韩愈"以文为戏"自然不只仿陶，比如《毛颖传》，其谐谑笔调，有人

---

① 韩愈：《论淮西事宜状》。

认为，"此本南朝俳谐文《驴九锡鸡九锡》之类而小变之耳"①；又如《进学解》，他的思想内容与表达方式，均与汉代赋家东方朔的《答客难》和扬雄的《解嘲》有着传承关系。与《进学解》异曲同工的，是韩愈的五言古诗《泷吏》，由文而诗，自然一脉相承。

最后是韩愈当时所处的社会地位。韩愈出身于书香世家。韩愈的祖先，曾做到尚书令，当时属于正二品；韩愈本人也曾做到兵、刑、吏三部侍郎，当时属于正四品。《新唐书》编者将韩愈一族列进《宰相世系表》，这反映了他们在唐代统治集团里占据了比较重要的地位。

但韩愈的地位之高其实还不在于政界，而在于文坛。他是"古文之主""一代文宗"；与韩愈同时代的刘禹锡，则以他亲眼所见，干脆称之为"文章盟主"。韩愈"以文名于四方"，在他的周围，集结了众多文士。作为他的朋友的，有孟郊、柳宗元、刘禹锡、李观、欧阳詹、樊宗师等；作为他的学生或介于学生与朋友之间的，有张籍、李汉、李翱、皇甫湜、沈亚之、孙樵、贾岛、卢同、李贺等。所有这些人，都十分崇拜韩愈，韩愈自然而然地便成了他们的"盟主"。韩愈的这种居高临下的地位，使他在一定程度上可以无所顾忌，以至于"其资谈笑，助谐谑，叙人情，状物态，一寓于诗，而曲尽其妙"②。

总而言之，基于以上的主客观原因，韩诗具有另一种面目，另一副笔墨。

二

韩愈的具有谐谑风格的诗歌，绝大部分作于初贬阳山到再贬潮州之前［贞元十九年（803）到元和十三年（818）］，即季镇淮先生所划分的韩诗创作的"中期"。在分析韩愈的这部分诗作时，又大略可将其归为以下三大类型。

第一，谑而不虐。

这类诗歌，大多是韩愈与朋友之间的唱酬之作。比如《寄卢同》。上面说过，卢同以游戏之笔写了《与马异结交诗》，韩愈于元和六年（811）春，也仿效卢同这种游戏之笔，作诗取笑他："往年弄笔嘲同异，怪辞惊众谤未已。"在这首诗中，韩愈还讥笑了卢同的"呆"：一群恶少跨在卢家山墙上窥伺卢同家，全家惊扰不安，卢同忍受了多少次，终于忍不住，遣人向任河南令的韩愈告发。韩愈大怒，派人捉拿恶少，扬言要将他们处死——韩愈只是要吓唬一下坏人，而卢同竟信以为真，赶紧派人息偃官司，正言劝告韩愈不必用猛刑。在这样的饱含着戏谑成分的描述中，不是洋溢着一种朋友间的无拘无束的友爱之情吗？但舒芜在为陈迩冬选注的《韩愈诗选》所作的《序》中，却将此戏语当成了真言，认为韩愈"似乎对于屠杀、流血有一种特别的欣赏"。这实在是一种误解。实际上，就在这个选注本中，陈迩冬先生的观点便已与此相左，陈先生明白指出，韩愈这样写，是"故张其词""故作诙谐语"。

又如《调张籍》。诗中主要是谈李白、杜甫的诗歌成就和自己的学习心得，似乎与谐谑沾不上边。但是，全诗采取了天上人间、神仙凡人的对比与夸张想象之词，才思富赡，

---

① 叶少蕴：《避暑语录》（下卷）。
② 欧阳修：《六一诗话》。

出人意表，正切合了前人所盛称的"以想象出诙诡"。

且看诗人的想象："我愿生两翅，捕逐出八荒。精神忽交通，百怪入我肠。刺手拔鲸牙，举瓢酌天浆。腾身跨汗漫，不著织女襄。"请看，在这里，我们不是可以触摸到一缕逸兴遄飞的怪诞的诗风吗！

在诗的最后四句，诗人善意地规劝老朋友张籍，不要老是钻在书堆中忙碌经营（也不要像白居易一样尽写什么民俗小诗），还是和他一起向李、杜学习，在瑰丽广阔的诗国里高高飞翔吧！至此，韩愈才用具体的诗句，同张籍开了一个善意的玩笑，正如程学恂所说："调意于末四句见之。"韩愈为什么要与张籍开这样的玩笑呢？程推测，韩、张两人"当时论诗意见，或有不合处，故公借此点化他"。纵观全诗，我们可以看到，韩愈"点化"的手法实在高明，他欲发议论，却借形象说话；欲助文友，反以谐语相戏。难怪朱彝尊认为，这首"议论诗，是又别一调"。

第二，谑浪笑傲。

这部分诗歌，主要是为嘲讽、鞭挞当时黑暗腐败的社会现实而作。韩愈是个勇敢的诗人，他"刳肝以为纸，沥血以书辞"，在他的许多"狠重奇险"的诗作中，广泛而真实地反映了中唐时期的社会动荡、政治黑暗和民生疾苦，批判和揭露了当时泛滥成灾的佛道二教的虚妄荒诞。除此之外，韩愈还大量地运用谐谑的笔法，"欲正乃奇，求厉自温"[1] 使我们透过字面上的谐，看到隐藏着的讥讽的深意。

有人认为，"幽默是转移愤恨之情的文雅方式"。现在，我们就来看看韩愈是怎样通过这种文雅、合法的方式，将自己的一腔愤恨之情疏泄出去。为了论述的方便，我们不妨先集中看看他的讥讽佛道二教的同类诗作。

先看《谒衡岳庙遂宿岳寺题门楼》。诗中写到，诗人登上台阶，弯着腰向神像进献干肉和酒，想借这些菲薄的祭品来表明自己的虔诚，而"庙令老人识神意，睢盱侦伺能鞠躬。手持杯珓导我掷，云此最吉余难同"。程学恂认为这寥寥数语，"尽是谐谑得妙"。阎琦在《韩诗论稿》中则说得更明白："在我们面前的不是恭而敬之的老和尚，而是一个善于揣测问卜人心意、装模作样、巴结地方官吏的老僧；而站在一旁的诗人，我们也分明看到嘴角眼边讥讽的微笑。"

接着来看《游青龙寺赠崔大补阙》。这首诗作于元和元年（806），与《谒衡岳庙遂宿岳寺题门楼》的写作时间仅相隔一年，在写法上酷似《谒衡岳庙遂宿岳寺题门楼》。诗人在描写青龙寺内柿树叶红实骈的奇观之后，突然插入这样四句："二三道士席其间，灵液屡进颇黎碗。忽惊颜色变韶稚，却信灵仙非怪诞。"初看似乎不觉得为戏谑，但仔细一想，不由得要赞叹诗人实在戏谑得微妙：和尚们个个脸色红润，好像吃了柿汁变得年轻了，真要让人相信神仙是真有其事似的。——韩愈从不相信佛道延年益寿的邪说，因而，"这表面上是写柿叶、柿实的火红，骨子里却在对佛家的妄诞暗下针砭呢"[2]。

从《谒衡岳庙遂宿岳寺题门楼》到《游青龙寺赠崔大补阙》，韩愈谐谑的笔调几乎是一模一样的。可以这样说，这个时期，韩愈对于佛道二教的嘲讥，尚停留在谑俳的阶段。

---

[1] 钱锺书：《谈艺录》。
[2] 阎琦：《韩诗论稿》。

在元和二年（807）写的《嘲鼾睡》中，诗人的笔调明显地变得尖刻了。在诗中，韩愈着意刻画了一位叫做淡公的人打呼噜时的情状神态。诗人介绍说，此公十分好睡，而且一睡就打起呼噜来。这是一种悲号惨叫的声音，当它在宇宙间扩散时，"牛马惊不食，百鬼聚相待。木枕十字裂，镜面生痱瘰。铁佛闻皱眉，石人战摇腿"。而诗人自己听到这种声音时，五脏也快震裂了。有人认为，《嘲鼾睡》诗"怪诘无意义"，并进而断言，此"非退之作"。何孟春在《余冬诗话》中反驳道："春以为不然，此张籍之所谓驳杂者，退之特用为戏耳。"但韩愈之"为戏"到底抱有什么目的呢？陈沆认为，《嘲鼾睡》一篇，语皆托讽，但诗中"极状悠谬无根之口，等诸寐寝呓语之声，无可寻求，何从计较？"好像韩愈的这两首诗，是无为之作。不过有人却看出了其中的奥秘，如何焯便认为："此篇多用佛经，因其浮屠而戏之。"蒋抱玄也认为这是"借佛语以谑释子"，这更是一语破的。①

但这奥秘并不是人人都能看出，舒芜就认为："韩诗中确有一些这种败笔，例如嘲笑别人鼾声之大，比喻为彭越、英布的'呼冤受菹醢'之声，虽是开玩笑，实在是恶态，并且已经有了杀气。"② 这里所说的"恶态""杀气"，应该说都是不实之词。韩愈其实只是"借佛语以谑释子"。诗中的"淡公"，想必便是一个面目可憎、令人望而生厌的"大和尚"，韩愈只不过用较为尖刻的谐谑笔调将其仔细地描写一番罢了。

韩愈对佛道二教的疾恶如仇，到了《华山女》，才毕露其锋芒。元和十四年（819）正月，韩愈不顾身家性命，写了《论佛骨表》向宪宗劝谏，《华山女》当作于写《论佛骨表》的前后，因为正月宪宗迎佛骨时，"御楼以观，异入大内"，韩愈诗中的"撞钟吹螺闹宫廷"，正是描述了迎佛这种繁缛的场面。

这首诗绘声绘色地描写了佛教徒和道教徒争夺听众和财物的一个场面，通过这个小小的闹剧场面，对佛道二教主要是对于佛教给予了极其辛辣的讽刺：所谓的广大无边的佛法，抵挡不住一个女道士的色相；而道教徒战胜佛教徒的"法宝"，也不是什么神异的道术，而是女道士的姿色。韩愈知道华山女是一个高张艳帜，以色相骗人，诱惑豪绅子弟、公卿大臣乃至宫廷内戚的惯手，因而在诗中直叙其丑行秽迹。他写到，华山女的住处，"云窗雾阁事恍惚，重重翠幔深金屏"，以此暗示华山女与豪家少年的暧昧关系。

在诗的最后，韩愈写道："仙梯难攀俗缘重，浪凭青鸟通丁宁。"实际上这也是一种戏谑的手法，正意反说，讽刺深微入妙。正如朱熹所言："观其卒章，豪家少年，云窗雾阁，翠幔金屏，青鸟丁宁等语，亵慢甚矣，岂真似神仙处之哉？"

同是以反对道教为主题的，还有一首《谢自然诗》，但"此篇全以议论作诗，词严义正，明目张胆"，与《华山女》手法迥异。就艺术效果而论，程学恂认为，"《华山女》胜《谢自然》篇，其中讽刺都在隐约，结处不辟仙教之失，而云登仙之难，正是妙于讥兴"③。可见前人也早已体味到了谐谑手法的艺术力量。

除了以上各篇，韩愈对佛道二教的嘲讽，还散见于其余一些诗章中。据统计，韩愈在

---

① 《韩昌黎诗系年集释》。
② 陈迩冬选注：《韩愈诗选·序》。
③ 《韩昌黎诗系年集释》。

诗文中提到的僧侣、道士达十五六人之多，而"唯大颠、颖师免于嘲诲，此外皆为嬉笑之具"①。

现在，我们再来看看韩愈疏泄另一种"愤恨之情"的诗歌。这里暂举《泷吏》一首为例。

阎琦在《韩诗论稿》中高度评价了这首诗，认为中国古典诗歌中痛骂奸臣误国的作品，要推《泷吏》为巧骂第一。这篇"嬉笑怒骂而又深入骨髓的力作"是怎样"巧骂"的呢？首先，韩愈借小吏之口骂自己，实际上是将普天下贪赃枉法、败坏国家的权贵骂了一通："不知官在朝，有益国家不。得无虱其间，不武亦不文。仁义饬其躬，巧奸败群伦。"接着，韩愈"叩头谢吏言"，半推半就地作了回答，全是反话正说："历官二十余，国恩并未酬。凡吏之所诃，嗟实颇有之。不即金木诛，敢不识恩私。"在"正言若反"中，韩愈终于巧妙而又淋漓尽致地表达了自己的怨愤，这不能不说是谐浪笑傲手法的一大成功。

韩愈的这类诗作，在他的具有谐谑风格的诗歌中，占着较大的比重。

第三，谐谑成趣。

所谓谐谑成趣，换言之，就是幽默。幽默"是一种对现实人生中丰繁的喜剧性内容的发掘、表现、理解、创造的特殊能力"②；而且，幽默要求其内容"有深刻而丰富的精神基础"③。下面我们就来看看韩愈在诗歌中表现出来的幽默才能和这些诗歌的深刻而丰富的内涵。

贞元十九年（803）春，"隆冬夺春序而肆其寒"，韩愈见到大雪严寒的凄厉景色，有感而发，写了《苦寒》诗。诗中这样描写受冻的麻雀："啾啾窗间雀，不知己微纤。举头仰天鸣，所愿晷刻淹。不如弹射死，却得亲炰燖。"这是说麻雀受不了寒冷的折磨，既希望日影把移动的脚步放慢，又甘心情愿给人射死，并且煮熟，觉得这样反而能够接近火的炙热。"这种匪夷所思的构思，较孟郊《寒地百姓吟》的'寒者愿为蛾，烧死彼华膏'构思相似而又过之。"④ 韩愈的"过人之处"，即在于他有幽默的才能。看不到这一点，也就无从体味韩诗的谐谑风格。邹进先在《韩愈诗文译释》中，是这样理解这两句诗的："依我看它们不如被弹丸射死，那还能得到水烫火烤的温暖。"把雀儿的自我愿望理解为旁观者的想法，那种幽默感也就大为减弱了。诗人的这种幽默的手法，把苦寒肆虐的天气描写得多么逼真，气氛又渲染得多么强烈！诗人使人们如临其境地感受苦寒的折磨，是深有寄意的。其时，韩愈正坐着四门博士的冷板凳，权臣用事，朝廷失政，国事和个人的遭际，都一如隆冬烈寒。因此，他希望"人主近贤退不肖，使恩泽下流，施及草木"。这就是他的深沉的寄寓。

又如《郑群赠簟》。韩愈在郑群府中见到一张名贵的蕲州竹簟，便爱不忍释。作为老朋友的郑群洞悉韩愈的心思，把席子慷慨地送给了他。韩愈如获至宝，马上叫仆人扫净地面，铺开竹席。他翻身舒服地躺下，觉得仿佛什么疾病都痊愈了；而且，由于有了这张可

① 钱锺书：《谈艺录》。
② 徐桐：《试论幽默》，《文学评论》1984 年第 2 期。
③ 《美学》（第 2 卷）。
④ 江辛眉：《论韩愈诗的几个问题》，《中华文史论丛》1980 年第 1 辑。

爱的簟子，"却愿天日恒炎曦"。诗人就是通过这样"宁过毋不及"的幽默笔法，把赠簟之事写得极为风趣，生动地表现了愉快的心情。

在《落齿》中，韩愈不厌其烦地述写自己的落齿之状："去年落一齿，今年落一齿。俄然落六七，落势殊未已。余存皆动摇，尽落应始止。"牙齿之衰，已到了如此地步，但他不灰心，不绝望，还开起玩笑来。他说，一年落一个吧，按目前这种情况，还得二十年才落完呢；同时，他甚至认为，"语讹默固好"，"嚼废软还美"。韩愈虽是"曲折写来，只如白话"，却赢得了朱彝尊的满口彩声："真率意，道得痛快！正是昌黎本色。"这自然也要归功于诗人的幽默手法。从这首诗和《郑群赠簟》中，我们不也可以窥见作者的情性，了解到他那种达观的态度和率真的性格吗？

韩愈的幽默感不仅仅表现在这些生活琐事上，且看下面两首。在诗《三星行》的开头，韩愈直笔介绍了自己生辰的星命："我生之辰，月宿南斗。牛奋其角，箕张其口。"斗、牛、箕"三星各在天"，照理说，命运该是很好的了，可是，"牛不见服箱，斗不挹酒浆。箕独有神灵，无时停簸扬"，自己处处受人摆弄，生活很不安定。韩愈驰骋想象，使这首诗奇趣横生，程学恂对此赞不绝口："比兴之妙，不可言喻，伤绝谐绝，真风真雅。"①

元和元年（806）六月，韩愈由江陵召拜国子博士。回朝后，谗臣多有蜚语，韩愈恐为其害，遂于元和二年（807）请求分司东都，《三星行》即写于赴东都之前。韩愈在诗中埋怨自己生不逢辰，命宫不好，谐谑中含有愤激。在写作手法上，钱锺书认为，这是"就现成典故比喻字面上更生新意，将错而遽认真，坐实以为凿空"。诗人曲喻隐指，虽幻却真，正是深得幽默之妙。

《晚春》诗的末句这样写道："榆荚只能随柳絮，等闲缭乱走空园。"韩愈在这里以谐趣的笔调，故意嘲弄"杨花榆荚"没有红紫美艳的花，一如人之无才华，写不出有文采的篇章，因而只好屈身与柳絮为伍，随风飞舞。过了三年，元和十一年（816），诗人又写了一首同题小诗，末两句也这样写道："杨花榆荚无才思，惟解漫天作雪飞。"韩愈为什么总是拈出"杨花榆荚"来加以嘲戏呢？其实，诗人的嘲戏是"半假半真，亦庄亦谐，他并非存心托讽，而是观杨花飞舞而忽有所触，随寄一点幽默的情趣"②。诗人的"幽默的情趣"在于，他对榆荚的"漫天作雪飞"不仅深含怜惜之情，而且也隐含着赞美之意。因为"杨花榆荚"不因"无才思"而藏拙，不畏"班门弄斧"之讥，争鸣争放，为晓春添色，正是"柳丝榆荚自芳菲，不管桃飘与李飞"③，这勇气岂不是很可爱吗？韩愈正是通过这样诙谐的写法，暗示了自己生不逢时而又企望"达则兼济天下"的感慨和情怀。

以上，我们涉猎了韩愈的部分带有谐谑风格的诗歌，从中可以看到，韩诗的确有其自然、诙谐的一面，它是韩诗艺术风格一个重要的组成部分；同时，这部分诗歌写得真切动人，故可读性较高，也是不容忽视的重要侧面。在韩诗的研究中，我们当然应强调它的奇崛，它的狠、重、奇、险的一面，但如果忽视了其谐谑风格的另一面，那便是人为地割裂

---

① 《韩昌黎诗系年集释》。
② 《唐诗鉴赏诗典》。
③ 《红楼梦·黛玉葬花词》。

了韩诗。而且，正如上文所涉及的某些诗论家的观点一样，也必然会影响对韩愈思想、性格和艺术才能全面、正确的研究。

林语堂在他的力作《苏东坡传》中说："个性永远是一个谜。"苏东坡自然是一个谜，韩愈应该也是一个谜。作为古文运动的领袖、一代文豪的韩愈，是主张"文以载道"的，但他的笔下却常常卷起奇波怪澜，写出那么多漫画式的诗篇。对于艺术典型乃至历史人物的研究，应该"直接深入人物的心灵深处，去体验其丰富的内心世界和复杂的性格情趣"[①]。对韩愈的研究，也应有这种新的观念。这样，我们所研究的韩愈，才是一个有性灵的人，一个具有鲜明的个性但并非超然于物外的普通的人。

（收入韩愈学术讨论会组织委员会编：《韩愈研究论文集》，广东人民出版社 1988 年版）

---

① 朱立元：《略论艺术典型的复杂性》，《红旗》1986 年第 5 期。

论韩愈与僧侣的交往

"游山灵运常携客，辟佛昌黎亦爱僧。"① 这是一种很奇特的社会现象。对于韩愈这种自相矛盾的表现，历代论家多有评议，迄今未有定论。

元代李治曾批评说："退之生平挺特，力以周、孔之学为学，故著《原道》等篇，抵排异端。至以谏迎佛骨，虽获戾，一斥几万里而不悔。斯亦足以为大醇矣！奈何恶其为人而日与之亲，又作为歌诗语言，以光大其徒，且示己所相爱慕之深。有是心，则有是言，言既如是，则与平生所素著者，岂不大相反耶？"清代颜元也有类似批评，《存人篇》云："昌黎诛佛不遗余力，死生以之，真儒阵战将也。惜其贬潮州时，闻老僧大颠，召至州郭，与之盘桓；及其将行也，又留衣为别。夫使大颠可教，则一二见，可化之归儒；不可教，则为不就抚之猾寇，又何久相盘桓、留衣相赠乎？不几夷、跖结社乎？"宋代朱熹的抨击则更率直明快："韩公本体功夫有欠缺处，如其不然，岂其无自主宰，只被朝廷一贬，异教一言，而便如此失其常度？"②

但也有论家认为，对韩愈的这种做法应作具体分析，不能一味斥责，例如，陈克明先生便觉得，韩愈在反佛的原则问题上并不退让，在非原则问题上则仍可同僧、道结交往来，这样做，"既可减少斗争中的阻力，又能取得某些统治阶层的谅解"，同时，"通过交往还可向他们施加某些影响"③。陈历明先生则认为，这是韩愈反佛的一种策略，因为"韩愈不是一个单纯的学者，他是一个思想家和政治家，他必须与中央保持一致，至少修正地保持一致。在这处有相当数量的人安宁地信佛的地方，他必须与佛门的僧人摆出'和平共处'的姿态，坚持他反佛思想核心"④。

这些或贬或褒的评议，都各有自己看问题的角度，但其共同的一点，则都是在肯定了韩愈反佛之后才作评论的。在以为韩愈反佛的正确性已成定论的前提下来看待他的与僧侣的交往，其实是很难把问题说清楚的。因此，要评论韩愈与僧侣的交往，首先需要分析的是韩愈的反佛。

——

关于韩愈的反佛，陈克明先生将其归纳为如下三点：①经常宣传"严夷夏之防"或

---

① 袁枚：《随园诗话》（卷十四）。
② 《答廖子晦》。
③ 《韩愈述评》。
④ 《潮州韩愈研究会首届年会论文集》。

"抵排异端"，这是他反对佛、道的理论根据和精神支柱；②严正指出崇佛佞道"上行下效"的恶习，势必带来无穷无尽的灾害；③抓住某些具体事例不放，用以揭露佛、道思想的流毒和欺骗。①

"尊王攘夷"是唐代古文运动的中心思想。陈寅恪认为，韩愈之所以得为唐代古文运动领袖者，盖因他对释迦（夷狄之人）与佛（夷狄之法）"力排痛斥"②。但是，韩愈的排斥夷狄，实际上是汲取了周之四夷交侵、晋之五胡乱华的历史教训，同时也有鉴于安史之乱、藩镇割据的现实，因此，多少带有"盲目排外"的因素，而且，"显然是违反大唐一贯的宗教信仰的国策的"③。

至于崇佛佞道使得都人若狂、靡费无计以及沾染了烧香磕头、吃斋念经等恶习，这些在柳宗元看来，则统统是佛教的"迹"，即偏向、外在的表现，韩愈是"忿其外而遗其中，是知石而不知韫玉也"④。

而韩愈在《论佛骨表》中所告诫唐宪宗的道理，也只是些"事佛求福，乃更得祸"的空话。他认为，"乱世相继，运祚不长"的宋、齐、梁、陈等几代君王，就是因佞佛而短命的，这其实是从迷信到迷信，以虚妄劝虚妄，哪里有一点涉及佛理的地方呢？因此，唐宪宗在接到谏表时，只能这样理解："至谓东汉奉佛之后，帝王咸致夭促，何言之乖剌也！"在接到韩愈从潮州发来的《谢上表》时，思想仍然未能跳出这个框框："然愈为人臣，不当言人主事佛乃年促也。"实际上唐宪宗怪责韩愈的根由不在于佛而在于寿，韩愈反佛的内容及效果由此可见一斑。难怪朱熹对韩愈的反佛要作如许评语："于本然之全体则疑其所未睹。"⑤

可以说，韩愈反佛的姿态是强硬的，但其脚跟是浮浅的。虽然他态度的坚决表现了一个独立思想家的刚毅气概，但可惜他"没有提出深湛的理论"⑥，"纯为文人，率乏理论上之建设，不能推陈出新，取佛教势力而代之"⑦。在这方面，韩愈反而不及他的弟子李翱。李翱写有《去佛斋》一文，总结了过去排佛失败的经验教训，认为那是"排之者不知其心。虽辩而当，不能使其徒无哗而劝来者，故使其术若彼其炽也"⑧。

正因此，韩愈反佛的指向便不免有些茫然，由是他对佛与佛僧的态度也就难以很鲜明地保持统一，也许可以这样说，韩愈是不由自主地"近僧"的。那么，韩愈为什么会不由自主地"近僧"呢？这与佛教的本质及当时的社会环境有什么必然的联系呢？

二

佛教是一种宗教，它与基督教、伊斯兰教及中国土生土长的道教一样，都是对现实世

① 陈克明：《韩愈述评》。
② 陈寅恪：《论韩愈》，转引自《韩昌黎诗系年集释》。
③ 张华云：《韩愈为什么和大颠订交》。
④ 见《柳河东集》卷二十五《送僧浩初序》。
⑤ 见朱熹校《昌黎集》中《与孟简书》注。
⑥ 见陈克明《韩愈述评》中张岱年《序》。
⑦ 汤用彤：《隋唐佛教史稿》。
⑧ 《李文公集》（卷四）。

界的一种反映。

但佛教与其他宗教又有所不同，佛教是以人道而不是以神道设教的，它尊重的是人格而不是神格。佛教的创始人释迦牟尼是公元前六七世纪出生于现尼泊尔国内的"人"而不是"神"。"佛"的原义是"已经觉悟的人"，它的核心是主张行善、普度众生。这些都是"佛"的本来面目，与后来受人为扭曲所造成的形象不同，因此，不加辨别地笼统地反佛，是缺乏科学的态度的。

释迦牟尼是一个出身于贵族的王子，但他舍弃了世俗的富贵尊荣，为人说教。他所讲的故事，"洋溢着他所倡导的几种基本道理，最主要的是和平、牺牲、慈爱、诚信、平等、无私、克制贪欲、禁戒残暴等"[①]。鲁迅早已注意到了佛经故事的价值，曾施资六十元委托南京金陵刻经处刻印佛教文学作品《百喻经》，后又极力赞助王晶青校点，以《痴华鬘》为名由上海北新书局出版，并为之作《序》，文中说："常闻天竺寓言之富，如大林深泉，他国艺文，往往蒙其影响，即翻为华言之佛经中，亦随在可见。"他在看了大量的佛教书籍如《瑜伽师地论》《翻译名义集》《阅藏知津》后对好友许寿裳说："释迦牟尼真是大哲，他把我们平常对于人生难以解决的问题，早给我们启示了，真是大哲。"[②]

另外，据学者考证，"马、恩批判一切宗教，独不及佛"[③]。在《马克思恩格斯全集》的索引本中，我们看到"佛教"并没有归纳到被批评的"宗教"项下，而是另立条目；恩格斯1859年在《新美国百科全书》中发表的《缅甸》一文，称佛教为泛神论，提到缅甸的僧人"比较遵守'清贫'（无私产）和'独身'的戒行"[④]。这些大概可作以上观点的佐证。

佛教已有两千五百多年的历史，它能够流传到今天，说明它本身具有活力。佛教中有许多艰深的学问，如哲学、历史、逻辑、文学、艺术、天文、地理、数学等，它曾为人类文明作出宝贵的贡献。对于中国来说，"伴随着佛教的传播，推进了我国与邻国的文化交流，加深了与邻国的友谊与了解"[⑤]；而且，佛教已成为我国古代文化一个重要的组成部分，"当我们研究我国古代文化史时，无论是哲学史、文学史、艺术史、宗教史，还是政治史、经济史，乃至于建筑史、印刷史等，都可以看到佛教思想的影响"[⑥]。因此，佛教是具有某些进步的因素的。

佛教自东汉末年传入我国以后，虽经著名的"三武（指北魏太武帝、北周武帝、唐武宗）灭佛运动"和唐初太史令傅奕、中唐韩愈等的竭力攻击，仍然慢慢地站稳了脚跟。在唐代，信奉佛教的大约有这两大类人，一类是文化较低的王公贵族（有时甚至包括帝王）和下层的苦难大众，他们对于佛教只是出于一种宗教式的迷狂，他们选择的是建筑佛寺、禁欲苦行、供佛斋食、广行善事、诵经礼拜等一系列纯宗教迷信的活动，这就是前面已经说过的韩愈所攻击的那种"去精取粗""得形遗神"的佛教；另一类人，是那些具有较高

①　常任侠：《佛经文学故事选·序》。
②　许寿裳：《亡友鲁迅印象记》。
③　郑僧一：《佛教的本质与责任感》，《法音》1987年第4期。
④　《马克思恩格斯全集》（第18册），国际出版社1975年版。
⑤　任继愈：《中国佛教史》（第1卷）。
⑥　楼宇烈：《影印〈佛学大辞典〉说明》。

思辨能力和文化修养的士大夫文人，他们"更偏重从佛教中选择那些与传统文化较契合、较适宜于中国文人士大夫心理结构与人生观的文化因素，塑造着一个新的、中国式的佛教"①。

这个新的、中国式的佛教，也是五花八门、宗派众多的。但自唐代中后期开始，以万物皆空、一切本无、以心为本、清净空澄的思想为其特色，以内心精神自我解脱为主、哲理思辨型的禅宗却异军突起，得到了士大夫的一致推崇。这种适合中国士大夫口味的佛教，其核心是"我心即佛"，借用豁堂和尚的词作形象化的解释，就是："自家拍掌，响彻千山响。"这种佛教，是"直观地探索人的本性的伦理学，是应对机智、游戏三昧、表现悟性的对话艺术，是自然清净、行卧自由的生活方式与人生情趣的结合"②。据说禅宗为了更充分地表现哲理、启迪听者，创造出了一套以自然、凝练、含蓄为特征的表达方式，即所谓"千七百公案"，这些古怪玄妙的话头留下了成百部的语录、灯录，宋普济编著的《五灯会元》正是其集大成者。这种风趣高雅、理趣盎然的艺术性对话已"完全脱去了过去那种令人昏睡的枯燥和使人眼花缭乱的推理，对士大夫尤其是富于艺术修养的文化人很有诱惑力"③。因此，自中唐以后，"焚香洗钵"的人便多起来了，颜真卿、王维、柳宗元、刘禹锡、李翱等都纷纷向禅宗靠拢，以禅为雅，大有"儒门淡泊，收拾不住，皆归释氏"④ 之势。

事实上，到了中唐，不只士大夫中禅悦之风已非常盛行，同时，禅僧也逐渐士大夫化，正如宋代理学家程颐所言："今之学释者，往往皆高明之人。"⑤ 正是在这种社会风气的浸润之下，"唐宋以来的知识分子，不管是崇信佛老的还是反对佛老的，无一不出入于佛老"⑥，韩愈自然也不能例外。

"存在决定意识"，既然佛教作为一种宗教存在于人类社会之中，那么，即使韩愈当年并不自觉地意识到这种存在，也必然会不知不觉地受其影响。我以为，这便是韩愈不由自主地与僧侣频繁交往的基本原因。

三

据统计，与韩愈交往的僧侣有元惠、文畅、澄观、诚盈、广宣、高闲、大颠、令纵、无本（贾岛）、文约、灵师、颖师、秀禅师等。若论专长，这十几位中大约可分出诗僧、琴僧、书僧、酒僧等几类，即基本上都是通诗书、解吟咏、晓音律、喜博弈、能饮酒的才僧，韩愈与之交往，诚如陈克明先生所言，是"对人才的赏识"⑦。但这仅仅是一个层次，而且只是较低的层次。韩愈处在禅悦之风盛行的中唐，他与僧侣的交往，理应有更高的层

① 葛兆光：《禅宗与中国文化》。
② 葛兆光：《禅宗与中国文化》。
③ 葛兆光：《禅宗与中国文化》。
④ 北宋张方平语。
⑤ 《二程全书》（卷十八）。
⑥ 楼宇烈：《漫谈儒释道"三教"的融合》，《文史知识》1986 年第 8 期。
⑦ 陈克明：《韩愈述评》。

次，正如庄青先生所指出的，韩愈称赞大颠"识道理"，"应该是指那些儒、禅相通、相近的哲理"①。从高层次着眼，对于与韩愈交往的僧侣，就应按修行、学问、修福这三类出家人来划分。

所谓"学问"，也就是重在"闻思"。在这十几位僧侣中，真正称得上"学问"的，大约只有澄观和大颠两人。从数量上看，似乎所占比例太小，但这两人占有举足轻重的地位，正是在与澄观和大颠的交往中，韩愈才表现出了实质性的言行。

澄观，姓夏侯，越州山阴（今浙江绍兴）人，生于唐玄宗开元二十五年（737）。据史载，澄观身长九尺四寸，垂手过膝，历九朝，为七帝之门师，"其道德尊妙，学识皆通内外"②。澄观早年广学律、禅、三论、天台、华严各宗的教义，后虽以振兴华严学说为己任，"但思想中掺有禅宗、天台及《起信论》的成分"，至晚年尤得"诸宗融会、禅教一致的宗趣"③。贞元十五年（799），澄观入宫阐说华严宗旨，德宗授以"清凉国师"的称号；元和五年（810），宪宗又向他请教华严法界之旨，豁然有得，加号"大统清凉国师"④。"国师"是我国历代帝王赐予佛教徒中一些学德兼备的高僧的称号，是僧录、僧统、法师、国师这佛门"职称系列"中的最高一级，具有"入对不称臣，登殿赐高座"的尊荣。

面对这样一个一代大师，韩愈作为一个后生小官（其时为观察推官），居然向他赠送一首以藐视佛法为主题的《送僧澄观》诗。对于韩愈此举，宋代大僧人契嵩认为，"是必韩子以观公道望尊大，当佛教之徒冠首，假之为诗，示其轻慢卑抑佛法之意气，而感学者趋尚之志耳，非真赠观者也"⑤。这就是说，韩愈的赠诗，只是一种向佛门进攻的手段，并无诚心可言。

但事实似非如是。正如潘德舆所说："夫退之之心，所憎者，佛也，非僧也。佛立教者也，故可憎；僧或无生理而为之，或无知识而为之，可悯而不可憎也。《送澄观》云'皆言澄观虽僧徒，公才吏用当今无。'是欲其归正而用其才，不以僧徒异视，故用虽字见意。"⑥ 这样的分析很有道理。韩愈赠诗的本意正在于惜才，也就是说，他对澄观是敬佩的，对他的道德修行是心悦诚服的，只是叹惜如此博学宏通的人才，竟然去当了和尚。因此，韩愈情不自禁地说："向风长叹不可见，我欲收敛加冠巾。"这完全是一种挚情有加的语言，并不如一些论家所说的"此便是勒令还俗"⑦ 那样气势汹汹。

韩愈的这番规劝到底产生了多大的效果，史书上未见记载，且韩愈似乎也一直未能与澄观晤面。阎琦在《韩诗论稿》中提到韩愈在洛阳闲居时（约于贞元十六、十七年间）澄观曾来问候他，但韩愈见澄观老态十足，很失望，即令老和尚回去。此事孰真孰假，书中未下断语。我们试按年代推断，其时澄观63岁，韩愈32岁，相差几近一半，以澄观当

① 庄青：《韩愈果真是"三贬三变"吗?》，《潮州韩愈研究会首届年会论文集》。
② 转引自《韩昌黎诗系年集释》。
③ 《中国佛教》（第二辑）。
④ 转引自《韩昌黎诗系年集释》。
⑤ 契嵩：《非韩》。
⑥ 转引自《韩昌黎诗系年集释》。
⑦ 陈善：《扪虱新话》。

时地位，屈驾前来拜会一个暂居洛阳而尚无实职的小官，似乎不大可能，此其一。其二，澄观于文宗开成三年（838）三月圆寂，享年102岁，韩愈还比他早逝14年，以澄观的高寿，怎么会在63岁时便"老态十足"呢？其三，以韩愈素有的待人接物的态度，他决不至于在一个长辈面前如此无礼。据此分析，这段传闻实不可信。退一步说，即便传闻属实，韩愈与澄观也没说上几句话，直接的思想交流断不可能。总之，就已有的史料来看，韩愈与澄观事实上并没有什么交往，更谈不上有什么"艺术化的对话"，我们只能从这首诗中领悟到韩愈对佛教乃至僧侣的那种一贯的主张及其总的指导思想。

至于大颠，情形就大不一样了。韩愈给大颠的三封信是真是假，众说纷纭，且不去管它；但韩愈数次造访大颠并恳谈赠衣，却是千真万确的事实。而且，韩愈称大颠"颇聪明，识道理"，与之语，"不尽解"，这分明指的就是如前所述的那种机锋警敏的禅僧对答和探奥玄妙的禅理了。

大颠乃南派禅宗大师，早年于海潮岩（西岩）出家，拜曹溪派系的惠照为师，但在南宗禅创始人惠能的第二代传人希迁禅师处才获得曹溪真传。据《传灯录》载，大颠初次参拜希迁禅师时，希迁问大颠："哪个是汝心？"大颠答道："言语者是。"一语不当，当即被希迁喝出，过了十来天，大颠又来问希迁："前者既不是，除此外何者是心？"希迁答道："除却扬眉动目将心来。"大颠说："无师可将来。"希迁说："原来有心，何言无心？无心尽同谤。"大颠于是大悟。此段对话正所谓"风趣高雅，理趣盎然"的艺术性对话。那么，当韩愈与大颠攀谈之际，这两人的对答是否也这般有"禅味"呢？

孟简在《大颠别传》中对此有生动的记述，兹取大意转录如下：

颠：今子之貌，郁郁然似有不怿者，何也？
愈：因贬而祸患不测，冀万一于速归。
颠：子之死生祸福，其命岂不悬诸天乎，汝姑自修而任命可也。
愈：佛家无死生，无欲无念，无喜无忧，然愈岂能妄取空语，安于天命乎？佛者，夷狄之一法耳，自后汉流入中国，汉宋陈魏，事佛弥谨而莫不夭且乱也。
颠：佛者天下之器也，其言则幽明性命之理，其教则舍恶而趋善，去伪而存真。
愈：佛者不谈先王之法，而妄倡乎轮回生死之说，身不践仁义忠信之行，而造乎报应轮回祸福之故，使其徒不耕而食，不蚕而衣，践先王之道。
颠：心地无非，佛之常乐。如孔子言，积善之家，必有余庆；佛之与人子言，必依于孝；与人臣言，必依于忠。此众人所共守之言也。
愈：儒家之道，孝悌忠信，是以不耕不蚕而不为素餐也。

孟简笔下的这段对话几近杜撰，类乎创作，他怎么可能如此详尽地了解韩愈与大颠对话的内容呢？因此，对其真实性大可不必去追究。但这段对话另有其研究的价值，这就是：为什么孟简要让大颠说出儒家的话来呢？

这个问题很有趣，要回答是既易又难。易者，可以说这是孟简时刻站在老友韩愈的立场上，刻意贬佛，让佛门大师向儒学投降；难者，则可能与当时的佛儒交融的大气候有关，也许孟简是有意无意地在"创作"中融合进了"当代意识"。

那个时代，正是唐德宗倡导儒、道、释三教调和的时代，孟简让大颠接受某些儒学，当是合乎道理的。有论家亦已指出，"难得的是大颠对一些儒家之道亦有所解"①。如果这样解释得通的话，那么，韩愈会不会也在某种程度上接受了一些禅理呢？

美国纽约州立大学教授蔡涵墨在《禅宗〈祖堂集〉中有关韩愈的新资料》一文中介绍，由福建泉州招庆寺静、筠二禅僧编撰于南唐保大十年（952）的《祖堂集》，是现存的初期禅宗史书的最古本，其第五卷载有石头希迁弟子的传记，开卷便有大颠和韩愈交往的记载。

蔡涵墨认为，读者可以从这段有关韩愈和大颠问答的记录中看到韩愈在这次"谈禅"中的心路历程，从中便可以看到他对禅宗的了解和接受，这段记录的主要片断是这样的：

> 侍郎又问曰："未审佛还有光也无？"师曰："有。"进曰："如何是佛光？"师唤云："侍郎。"侍郎应："喏。"师曰："看还见摩。"侍郎曰："弟子到这里却不会。"师云："这里若会，得是真佛光。故佛道一道，非青、黄、赤、白色。透过须弥卢围，遍照山河大地。非眼见，非耳闻。故五目不睹其容，二听不闻其响，一切至凡虚幻无能惑也。"师欲归山，留一偈曰："辞君莫怪归山早，为忆松萝对月宫，台殿不将金锁闭，来时自有白云封。"
>
> 自后，侍郎特到山复礼，乃问："弟子军州事多，佛法中省要处，乞师指示。"师良久。侍郎罔措，登时三平造侍者在后背敲禅床，师乃回视，云："作摩？"对曰："先以定动，然后智拔。"侍郎向三平云："和尚格调高峻，弟子罔措，今于侍者边却有入处。"礼谢三平，却归州。
>
> 后一日上山礼师，师睡次，见来，不起便问："游山来？老僧礼拜来？"侍郎曰："游山来。"师曰："还将得游山杖来不？"对曰："不将得来。"师曰："若不将来，空来何益？"

对于这段记录，蔡涵墨解释说："开始的时候，他（指韩愈）对大师的道理茫无头绪，所以说：'弟子到这里却不会。'后来他听到大颠对佛光的解释，才有所悟。韩愈不了解大颠的沉默，然后从三平侍者那里得到'入处'才领悟到自然、无为的行为的价值。引文内大颠最后的话：'空来何益？'似乎暗示韩愈对他的教导已经可以自悟，不必其他人的帮助——不须'将杖来游'，可以'空来'了。"蔡涵墨在该文结语中提醒读者说，"不应该以为《祖堂集》是禅宗人士的作品而漠视这些有关韩愈对禅宗兴趣与态度的新资料"。

这些新资料自然是应该引起我们的注意的，但正如孟简的《大颠别传》一样，这些关于韩愈与大颠问答的记录究其实也只是小说家言，陈善《扪虱新话》早已指出："今世所传韩退之别传，乃一切奇撰《昌黎集》中文义长短，以为问答，如市侩稽较。"蔡涵墨认为，"《祖堂集》的记载，反而和《昌黎先生集》里面所记述对大颠的印象吻合"，这正印

---

① 庄青：《韩愈果真是"三贬三变"吗？》，《潮州韩愈研究会首届年会论文集》。

证了陈善的断语。

以上所详引的两大部分韩愈与大颠对话的文学记载（用今天的话来说，其实这也就是"纪实小说"），当然仍有其一定的研究价值，甚至还有其"历史价值"①。从这些记载中，我们可以了解到当时的历史风貌和普遍的社会心理，不过，如果单靠这些旁证材料，要说清韩愈是否接受禅理这个问题，还是难以令人信服的，真正有力的证据应该是韩愈本人的文章，这且留待下节再试作表述。

第三个应该谈到的僧人，应该是贾岛了。关于韩愈与贾岛的传说很多，按理说贾岛也应归在"学问"名下，但他与澄观、大颠确乎不可等量齐观。贾岛只是一个小有名气的诗人，而且韩愈对于他，是处于居高临下的地位，贾岛始终是韩愈的学生，他们之间的关系，充其量也只是诗友而已。地位的高下，决定了他们之间不可能进行平等的"艺术性对话"。

不过贾岛倒是韩愈"加冠巾"政策的直接受益者。据说贾岛为僧时，洛阳令规定僧徒午后不得出寺，贾岛愤而作诗曰："不如牛与羊，犹得日暮归。"此事为韩愈得知，愈"惜其才，俾反俗应举"②。

遗憾的是贾岛屡试不第，后来又再度为僧。贾岛的再度出家，主要是由于家贫："下第只空囊，如何住帝乡？"③所以归根结底，韩愈的政策还是失败了。

这件事对我们有什么启示呢？大概我们可以这样认为，韩愈的"加冠巾"政策是脱离当时的社会现实的，是与当时的社会潮流格格不入的。在那个时代，出家为僧的，往往是以下几种人：一是苦无生计的庶民或穷书生；一是看破红尘寻找填补心灵空白的极乐世界的士大夫；一是如欧阳修所说的那种"天下无事，智谋雄伟非常之士，无所用其能者，往往伏而不出，秘演隐于浮屠"④的奇男子。这些出家人或各有隐衷，或各有志向，但韩愈往往不加分析地一见到有才情的僧人，便劝其还俗。实际上这最多也只是一种良好的愿望而已，因为韩愈不可能改变这些人的社会地位和他们赖以生存的物质条件，也不可能从根本上改变他们的思想。韩愈的这种想法和做法，用今天的话来说，就是"主观脱离客观，理论脱离实际"，因此必然要处处碰壁，乃至归于失败，贾岛是如此，澄观、灵师、惠师等也都是如此。

灵师、惠师、颖师、文畅、秀禅、高闲、令纵、诚盈这些都是韩愈"反复惜其才调"的和尚，该属于"修行"一类。他们大都有一技之长或与众不同的行状，如灵师擅围棋，惠师爱山水，颖师善弹琴，文畅喜文章，秀禅嗜钓鱼，高闲工书法，等等。而且，这些僧徒也大多注重自身的修养，品高行洁，因而受到韩愈的赏识和敬重。

另有一类出家人，意在"修福"，并没有什么德行，也不见得有什么专长，他们与韩愈的交往，实为趋炎附势，其代表人物就是韩诗中提到的文约和广宣。

文约"市井生而云鹤性"⑤，"去荤为浮屠"后，仍孜孜于名利。韩愈于是"振威一

---

① 陈寅恪：《顺宗实录与续玄怪录》。
② 计有功：《唐诗纪事》（卷四十），转引自《韩昌黎诗系年集释》。
③ 见《贾长江集》卷三《下第》。
④ 李文治：《明释担当遗诗集序》。
⑤ 刘禹锡：《赠别约师引》。

喝"："汝既出家还扰扰，何人更得死前休！"真令文约"三日耳聋"①。

广宣则更卑馋，方世举《国史补》提到这样一件事：韦相贯之为尚书右丞入内，僧广宣赞门曰："窃闻阁下不久拜相。"贯之叱曰："安得此不轨之言！"命纸草奏，僧恐惧走出。可见广宣属于奔走于公卿之门的趋炎小人，韩愈为广宣写诗，其诗题干脆将其劣行点出：《广宣上人频见过》。对于这种人，韩愈反而劝其闭门学道："学道穷年何所得？吟诗竟日未能回。"可见韩愈对这类以"修福"为目的而又自己寻上门来的出家人，是"不足与言，而方且厌厌矣"②。

以上初步分析了韩愈与三类出家人交往的一些情况，我们可以看出，韩愈对僧侣是憎爱分明的，在交友的情分上，也是有亲疏厚薄之别的。但总的看来，凡他中意的僧侣，他们之间都达到了"举杯畅饮，谈诗论文、脱略形迹的地步"，因此，"不仅仅限于一般的交游"③。那么，在这些交往中，韩愈的思想是否会受到一些影响呢？这就是上面提到的需要作进一步分析的问题。

四

为了说清这个问题，我们可以先来看看孙昌武先生在《韩愈散文艺术论》中的一段话：

> 对于佛教，韩愈辟之甚严，是中国历史上有名的反佛健将。但对于佛教之哲学，他并非一无所取。他一生中与名僧多有交往，如文畅、澄观、广宣上人等；贬潮州，他还与大颠和尚往还论道。他主张对佛徒要"人其人，火其书"，告以儒家之说；实际上他反而接受了一些佛说。例如他的《原性》离性而言情，显然有取于禅宗"明心见性"之说，不同于儒家传统的"天命之谓性"的观点，从而他发展了"正心诚意"的理论，又给宋儒调和儒释的心性学说开了先河。他在《送高闲上人序》里，称赞高闲师浮屠法，能一生死，解外胶，其为心泊然无所起，其于世，必淡然无所嗜，讲的是禅师的修证方法，与柳宗元称赞佛徒"不爱官、不争能，乐山水而嗜闲安""其于性情爽然，不与孔子异道"（《送僧浩初序》，《柳河东集》卷二十五）的观点相似，后人说"观此言语，乃深得历代祖师向上休歇一路"（马永卿《懒真子》卷二）。后来从李翱到宋儒，也都反佛，又都同样接受禅宗学说，是韩愈的这一倾向的进一步发展。④

这段话已经说得很清楚了。韩愈《原性》一篇，以为喜怒哀乐皆出乎情而非性，这正是他"流入于佛老"的一个确凿的证据；而韩愈的《原道》，据孙昌武先生的分析，也"受到六朝以来佛教文学的影响，不只把'道'看作是一种政治、伦理原则，还看做是一

---

① 《唐宋诗醇》评语。
② 方世举语，转引自《韩昌黎诗系年集释》。
③ 陈克明：《韩愈述评》。
④ 孙昌武：《韩愈散文艺术论》，南开大学出版社1986年版。

种精神本体，一种'理'"①。由此看来，韩愈对于佛教的哲学，的确并非一无所取，"断不能于此新禅宗学说浓厚之环境气氛中无所接受感发"②。

应该说，韩愈汲取佛教思想的过程是"流入异端而不自知"③，但当他进行文学构思时，却"毫无顾忌地采用了佛教文学的题材、形式和风格"④，他是自觉地汲取佛学养分来丰富自己的创作的，并不像人们所传说的那样仇视佛经⑤。

韩愈作于长庆三年（823）的《柳州罗池庙碑》就是这样一篇采用非正统写法而显得风神绵邈的奇文。

《柳州罗池庙碑》写的是柳宗元为神的故事。文章写在一个园亭聚会上，柳宗元预言他一年后"将死，死而为神"，后来他果然"及期而死"，真的成了神，在祠堂落成的当天，有一个醉酒狂徒李仪"慢侮堂上"，于是柳宗元显圣使之暴毙；韩愈接着对此加以评说，写了《迎送享神诗》，对柳宗元在柳州任刺史的德政大加赞颂。

此类神鬼故事出自一个自我标榜为儒家正宗的韩愈笔下，难免令人大惑不解。《旧唐书》中《韩愈传》的作者刘昫就把它说成是韩愈最荒唐的一个作品，是"文章之甚纰缪者"⑥；今人杨群（上海大学文学院历史系讲师）甚至推断此文"其实不是韩愈所作"⑦。

之所以有这类批评甚至怀疑的论点，其源盖出于仍是用正统的眼光来看待韩愈的创作。的确，韩愈虚构了一个荒诞不经的故事，采用的却是"碑"这种传统上用以记载不可更移的历史事实的文体，内容与形式的不一致性首先就不能不使人感到困惑。

如果我们考察一下韩愈晚年关于风格的观点，也许对此就可以有另外的解释了。

据陈幼石先生分析，韩愈到了晚年，特别是在被贬潮州（819）前，他对于风格似乎有一种新的观点，即他似乎发现"主题的道德思想意义并不是取决于主题本身正统与否，而是取决于对待这些题材的态度"，因此，"既然观察一个题材的角度可以有多种多样，表现这些角度的途径也就不拘一格"⑧。说明这一观点的例子除了这篇"碑"文之外，还有《毛颖传》和《鳄鱼文》足资见证。看来，以风格的变化去解释韩愈此类文章的创作，应该是合乎逻辑的。

这种风格的变化能否从佛经故事中找到它的渊源呢？

陈幼石先生认为，《柳州罗池庙碑》"就主题、风格和文学技巧来看……更接近晋代志怪体"⑨。而鲁迅先生曾经在《中国小说的历史的变迁》中说："还有一种助六朝人志怪思想发达的，便是印度思想之输入。因为晋、宋、齐、梁四朝，佛教大行，当时所译的佛经很多，而同时鬼神奇异之说杂出，所以当时合中印两国底鬼怪到小说里，使它更加发展起来。"由此观之，韩愈的这类取材奇妙、形式荒诞的游戏文字，是在"努力复兴魏晋时

① 孙昌武：《韩愈散文艺术论》，南开大学出版社1986年版。
② 陈寅恪：《论韩愈》。
③ 陈善：《扪虱新话》。
④ 见陈幼石《韩柳欧苏古文论》第一章《韩愈："道""文"的复古与正统的建立》。
⑤ 参看饶宗颐：《韩愈南山诗与昙无讖译马鸣佛所行赞》，《中国文学报》（京都，1963）。
⑥ 《唐书》（卷一六〇）。
⑦ 《〈柳州罗池庙碑〉质疑辨伪》（油印本）。
⑧ 见陈幼石《韩柳欧苏古文论》第一章《韩愈："道""文"的复古与正统的建立》。
⑨ 见陈幼石《韩柳欧苏古文论》第一章《韩愈："道""文"的复古与正统的建立》。

代志怪小说这一较古的体裁"①，因而它们应该是离不开对于佛经文学风格的借鉴的，其做法正如司马光《书心经后赠绍鉴》中所说的"遍观佛书，取其精华而排其糟粕耳"。

除了风格的借鉴之外，在《柳州罗池庙碑》中，还流露出了韩愈对修禅的兴趣。《迎送享神诗》中有一句"春与猨吟兮，秋鹤与飞"，典出《抱朴子》中"君子化为猿鹤"语。据杨群先生考证，在唐代，将猿、鹤与柳宗元联系起来的第一个人不是韩愈，而是柳宗元的朋友吴武陵。但吴武陵的原意是同情柳宗元独"与猿鸟为伍"的悲惨孤独的境况，到了韩愈笔下，"却变成了柳宗元乐于在柳州安居乐业，乐于永远与猿鸟为伍，去过那种悠然自得、优哉游哉的神仙生活了"②。这种"神仙生活"其实正是禅僧的生活方式："问日居山何似好？起时日高睡时早，山中软草以为衣，斋食松柏随时饱，卧崖龛，石枕脑，一抱乱草为衣袄，面前若有狼藉生，一阵风来自扫了，独隐山，实畅道，更无诸事乱相挠。"③ 韩愈写作《柳州罗池庙碑》之时，年已五十六，当他回首碌碌政界生涯，寄哀思于当年挚友柳柳州时，难保不会对这种"烟霞闲骨格，泉石野生涯"的禅僧生活产生难以自抑的歆慕之情。由是我们自然也可以得出与陈寅恪先生一样的结论："禅学于退之之影响亦大矣哉！"④

韩愈与僧侣的交往是受到佛学进步因素的吸引，它不是一种偶然的孤立的社会现象，在其交往过程中受影响的主要不是僧侣而是韩愈，这就是本文试图表述的观点。如果要对韩愈与僧侣交往本身作出或褒或贬的评价，我想这已经不是一件困难的事情，倘若我们将这一社会现象作一个纵的比较，例如从宋代欧阳修、苏轼、程颐、黄庭坚与僧侣的拳拳之情，从明代汤显祖、董其昌、唐元徵、袁宗道结社交禅的逸逸之心，从清代曹雪芹体现在《红楼梦》中的他对禅学的研习，直至现代鲁迅先生与杉本法师、内山完造居士的挚交，老舍先生与宗月大师、大虚法师的过从等此类脉脉相续的士僧交往来看，也许我们就不能对韩愈予以过多的贬责，也不能把他与僧侣的交往看作是为了"减少斗争中的阻力"，或认为这是他反佛的一种策略。我们甚至还可以这样认为，韩愈在某些方面顺应潮流，对僧侣不存成见，对佛家学说表现出闳通吸纳的态度，这正是他之所以成为一代宗师的重要原因之一，而韩愈的这种虚心向学的精神，对于我们也是有砥砺警策的意义的。

（收入 1998 年广东高等教育出版社出版、中国唐代文学学会韩愈研究会与汕头市文化局合编《韩愈研究》第 2 辑）

---

① 见陈幼石《韩柳欧苏古文论》第一章《韩愈："道""文"的复古与正统的建立》。
② 《〈柳州罗池庙碑〉质疑辨伪》（油印本）。
③ 敦煌《山僧歌》。
④ 《论韩愈》。

试论韩愈莅潮与潮人素质形成的关系

张华云先生在"潮汕风采"丛书之《胜景画卷·序》中写道:"百代文宗的韩文公以谏迎佛骨获罪,贬来潮州当刺史。这对他是塞翁失马,对我潮则是福星高照。虽为期不过八月,其影响竟及千秋。从此文风鼎盛,人才辈出,有海滨邹鲁之称。观乎山川桥梁、祠堂橡木,无不姓韩,足见其感人之深远。"这段话已阐明了本文的观点,即"赢得江山改姓韩"的韩愈,对于与此相表里的潮人素质的形成,也同样具有深远的影响。这一观点想必不少潮人是赞同的。但不以为然的也大有人在,如彭妙艳先生就认为:"韩愈贬潮,时间仅仅七八个月,而且十分悲观失望,能有什么作为?"① 方展谋先生算计得更精确:"名义上逗留八个月,实际上三月下旬到,十月又调走,实足仅仅六个月。"因此他断言:"短短的六个月,别说在古代那落后条件下,即使在现今的先进科技条件下,能干出多少事?"② 萧遥天先生也曾说过这样的话:"韩愈是一位古文家,每篇掷地有金石声,足垂天地而不朽。治潮八月,则一点贡献都没有,未敢恭维。""他在潮州的一切所谓治绩,完全是官场的虚应公事。"③ 政绩既微乎其微,又遑论对潮人素质影响之有?看来,时人对韩愈治潮的功绩及其影响,在看法上分歧还相当大,而且恐怕谁也说服不了谁。但作为学术讨论,大概是谁都可以发表一点意见的,为此,本文便知其难为而为之,也来热闹几句。

一

应该承认,韩愈在潮州的时间很短,不足八个月,他的确也干不了多少事;但不管怎么说,潮人对韩愈的崇敬,又是千真万确的事实,正所谓"八月居潮万古名",人人无法否认。这到底是什么原因呢?

如果要作点区别的话,潮人对于韩愈的崇敬,大致可分为两大类,一是仕宦阶层,一是普通百姓。

仕宦阶层所尊崇的主要是韩愈的道德文章和治潮方略。韩愈是正统的儒家人物,就其一生来看,"韩愈所提倡的排佛、古文运动、创立道统论,与社会发展和哲学发展的总趋势符合",他的"许多主张,符合历史潮流"④。就其莅潮八月的短暂一瞬来看,他从儒家立场出发制定的"以德礼为先而辅之以政刑"的治潮方针,也顺应了社会历史的发展趋

---

① 彭妙艳:《应该有一点"割爱意识"》,《现代人报》。
② 方展谋:《韩愈、方耀与潮州兴学》,《汕头工人报》。
③ 均引自曾楚楠:《韩愈治潮的功绩及其影响》,《汕头大走向》1989 年第 1 期;《海滨邹鲁,美誉不虚》,载《旅暹潮州同乡会六十周年纪念特刊》。
④ 任继愈:《韩愈的历史地位》,《韩愈研究论文集》,广东人民出版社 1988 年版。

势，符合封建大一统中国的利益，对健全潮州的封建秩序，发展封建文化、经济具有指导意义，他因此成为"潮州发展史上一位承先启后的转捩性的人物"①，得到莅潮诸仕宦的崇奉。

就历史阶段来看，莅潮仕宦崇奉韩愈，最勤专力而又蔚成风气的，是在推崇理学的宋代。据饶宗颐先生考证，两宋莅潮官吏，蜀士及闽贤为多，而在庆元（1195）以后，莅潮诸仕宦，有不少为朱子门人。"故朱学亦传播及于潮，潮刊大字韩集中，有朱子《考异》，朱子著述亦在潮镂版（如《中庸辑略》《朱子家礼》）"，"元明以后，理学地位益隆，韩公在潮之地位遂与日月争光"②，怪不得韩祠正殿朱楹上题写着这样的赞颂之语："原道开理学渊源，吏部文章，长昭日月；辟佛作中流砥柱，孤臣羁旅，独占江山。"看来韩氏的被尊奉，确是历史潮流使然。

韩愈又是一位大文学家，"名以文传"，在他莅潮之前，他文名就已震烁潮郡；莅潮之后，他的最早的文集《昌黎文录》由赵德收辑而成，并由于赵德的推崇（如《文录·序》写道："昌黎公，圣人之徒欤。其文高出，与古之遗文不相上下。"），更赢得读书人广泛的信仰。及至宋代，由于文人特别吃香，加之欧阳修整理、印行的《韩昌黎文集》和苏轼的韩祠碑文，韩愈"一代文宗"的历史地位便逐渐得以确立。

潮人推崇韩愈的具体表现，是韩文公祠的建造，这也是仕宦阶层所为。最早建韩祠于潮州金山之麓的，是北宋咸平二年（999）莅潮当通判的陈尧佐；九十年后，元祐五年（1090），来潮主事的朝散郎王涤，又迁建韩文公祠于城南，并请苏轼写了碑记；又过了九十多年，原任太常寺卿的常州人丁允元知潮州，于淳熙十六年（1189），又在东山修建韩祠。此后，韩祠于元、明、清以至民国年间，又曾多次修建。倡建的仕宦有王源（明）、金松涧（明）、张之洞（清）、刘侯武（民国）等。除潮州古城区之外，潮汕各地还另外建有韩祠多处，如在潮阳有明隆庆六年（1572）由知县黄一宠改"东岩庙"而成的韩文公祠；在普宁有清道光年间改昆岗书院而成的韩文公祠；在惠来有清乾隆二年（1737）由知县杨宗秉于文昌阁塔建筑群旧址增建的韩文公祠等等。这些仕宦尊崇韩氏，建祠奉祀，说到底，是尊崇其"文起八代之衰，道济天下之溺"的才气，"忠犯人主之怒，勇夺三军之帅"的勇气和"匹夫而为百世师，一言而为天下法"的名气。换言之，崇韩立祠，是为了"风示潮人"③"养士治民""以公为师"④。应该说，这是一种中国式的崇拜，即这是以伟大人物的人格、道德与学问等的修养所产生的权威慑服后代的崇拜，当然其中不免有中国封建社会所造成的盲目崇拜甚至迷信神化的成分，如"潮人之祀公也，饮食必祭，水旱疾疫，凡有求，必祷焉"⑤之类。但若历史地客观地加以分析，仕宦们乃至潮人百姓对韩愈的崇拜，绝不是虚妄的、无中生有的，其中一个重要因素是，韩愈"有爱在民"，他许多深得民心的主张，并不只是停留在口头上或诗章里，他是身体力行，力创政绩。

---

① 均引自曾楚楠：《韩愈治潮的功绩及其影响》，《汕头大走向》1989 年第 1 期；《海滨邹鲁，美誉不虚》，载《旅暹潮州同乡会六十周年纪念特刊》。

② 饶宗颐：《宋代潮州之韩学》，《韩愈研究论文集》，广东人民出版社 1988 年版。

③ 引自《中国人名大辞典》。

④ 苏东坡：《潮州昌黎伯韩文公庙碑》。

⑤ 苏东坡：《潮州昌黎伯韩文公庙碑》。

身体力行且有政绩是普通百姓衡量一个官员好坏优劣最简捷、最直观的标准。那么，韩愈在短短的八个月中，干了些什么事，才如此赢得民心呢？

按一般通行的说法，韩愈在潮州刺史任上，着实干了四件事：一是祭鳄驱鳄；二是释放奴婢；三是奖励农桑；四是延师兴学。描述这些政绩的文章甚多，这里不赘。但有一点应强调指出的是，韩愈所做的这一切，集中体现的是他的为人处世即"不为一己求安乐，但愿众生得解苦"（古潮州鳄渡亭楹联）和"得官即办兴国事，失位不失爱民心"的品德。唐时任用官吏有一定的标准，以流内官来说就有"四善二十七最"的要求，所谓"四善"就是德义有闻、清慎明若、公平可称、恪勤匪懈，简言之，即德、慎、公、勤四字，这是对各类官员共同的品德要求。考察韩愈一生行状，不论是任朝廷大员抑或贬为地方官佐，他都恪守着这些品德标准，勤修德政，爱民若赤，这就至为难能可贵。就以他居官廉洁来说，韩愈抵潮之后，岭南节度使孔戣担心他因"州小俸薄"开支欠缺，因而"特加优礼"，"每月别给钱五十千，以送使钱充者"，但韩愈觉得受之"非循省之道"，"非廉者所为……名且不正"，乃婉言谢绝。这还不算，他为了在潮兴学，曾在经济上予以大力支持，慷慨解囊，"出己俸百千，以为举本；收其赢余，以给学生厨馔"（韩愈：《潮州请置乡校牒》）。"人因惠爱传"，对于这样一位积极用世，以"修身、齐家、治国、平天下"为己任的人物，潮州百姓"信之深，思之至"，正是极为自然之事。

将潮人尊崇韩愈分为仕宦阶层和普通百姓两类，主要是为了表述方便，事实上，正如老百姓也会欣赏韩愈的道德文章一样，仕宦们也钦佩韩愈的处世为人。"民心如镜长相映"①，总之，韩愈得到潮人的爱戴和颂扬，绝不是什么"历史的误会"，也不是什么一般的"恋旧崇圣的意识"②。

至于以时间的长短来衡量为官的业绩大小，那更是不值一驳。官者，掌权率民之人也。俗语道：为官一方，造福百姓；做官一时，为人一世。衡量为官好坏，应看其所作所为是否具有社会价值和历史价值。1984年，全国侨联副主席连贯庆贺韩祠重修的题词说得好："为人民做了好事，人民永远纪念他。"只要是不具偏见的人，谁能否认这一天下至理呢？

二

一方山水养一方人。人的素质的形成与文化的氛围（山川名胜、人文传说等）有直接的关系。

潮州（指古潮州，包括现在的潮汕地区）地处亚热带，南濒大海，气候宜人，地貌以平原丘陵为主。清淑的山川气候孕育了和乐淳美的民性风俗。秦汉两代，秦皇南征军众和汉帝平越大军曾至这"百越蛮荒"居留；西晋永嘉之乱后，又有大量中原士民成批移居潮地，这样，潮州原有"人杂夷獠，不知礼仪"③的越、畲、俚、僚等少数民族逐渐为中原

---

① 许士杰同志题赠潮州韩文公祠诗句。
② 彭妙艳：《应该有一点"割爱意识"》，《现代人报》。
③ 引自唐·杜佑：《通典》。

南下汉人同化，中州华夏繁衍盛区的衣冠望族带来了温谦知礼的嘉风雅范，遂使"潮虽小民，也知讲礼义"（苏轼：《与吴子野》）。因此，应该说，潮人在其总体素质上，是具有炎黄文化气韵的。比如，潮人的善走，勇于向陌生地区谋生的秉性（至今全世界特别是东南亚均有潮人），就有如汉唐士民之不远万里南迁入潮；又比如，潮人的凝聚力（在海外，潮人会馆、社团是最普遍的民间组织），也充分体现了中华民族不易为异邦侵略（或同化）的民族性。还有，正如清乾隆年间长州人盂亮揆《潮州上元竹枝词》所描绘的那样，"怪他风俗由来异，裾屐翩翩似晋人"。清末潮州妇女出门，头面披纱，飘垂及膝，走路时手挽纱巾，匆匆而行，不敢旁顾，此种"春风游女飘遗悦"[1] 的习俗，也深蕴着中原的风情……凡此种种，都说明潮人与华夏民族息息相通，古潮州是"接伊洛之渊源"，才"开海滨之邹鲁"[2]，是一个源于邹鲁又异于邹鲁，独具岭海又兼有旧邦的岭海文化的氛围。

那么，韩愈对于这种岭海文化氛围的形成，是不是有着决定性的作用呢？

从历史发展阶段来看，潮州在晋安帝义熙九年（413）建立义安郡之后，就已成为粤东政治、经济、文化的中心；入唐以后更加发展，如农业已相当发达，作为全国大州郡之一，也遵玄宗皇帝圣诏于开元二十六年（738）扩建荔峰寺为开元镇国禅寺，开始汇集佛教经典和地方文物；而且，在韩愈之前，唐大历十四年（779），有由宰相累谪为潮州刺史的常衮莅潮，唐贞元十二年（796），有由御史中丞贬任潮州刺史的李宿莅潮，他们"办学校，勤农桑"，也使潮州的经济、文化有一定程度的发展，如此等等，都说明潮州在韩愈到来之前，就已具有一定的岭海文化。

但岭海文化作为一种氛围得以形成并迁延至今，却应是在韩愈莅潮之后，正如《海阳县志》所言："潮州，昌黎过纪而后，素有海滨邹鲁之称。"

这种岭海文化氛围的真正形成，是在宋代。前面说过，潮州韩祠的建造，首推陈尧佐。陈所处的年代在北宋初期，是他最早提及与今天名字相同的西湖山（见《游湖山》），也是他最早将潮州山水附上韩姓，他有一首叫《韩山》的诗可以为证。此后，除了直接与韩愈有关的韩祠、苏碑、韩木、灵山留衣等之外，潮州的山川古迹，也大多冠上与韩愈有关的名字，如笔架山改为韩山，恶溪改为韩江，广济桥称为湘子桥，还有昌黎路、昌黎小学、景韩亭、叩齿庵、竹竿山等，围绕韩愈的人化了的自然环境亦即岭海文化的氛围，在陈尧佐之后便渐次形成。

为了明了这种氛围的形成及其影响，这里不避烦琐，试列举一些韩愈以后历代名人的潮汕诗词：

> 休嗟城邑住天荒，已得仙枝耀故乡。
> 从此方舆载人物，海滨邹鲁是潮阳。
>
> ——宋·陈尧佐：《送王生及第归潮阳》

> 退之自谓如夫子，原道深排佛老非。

---

① 丘逢甲诗句，全诗见《岭云海日楼诗钞》，上海古籍出版社 1982 年版，第 154 页。
② 此联句见自福建泉州开元寺后石碑。福州、泉州、潮州、皆称为海滨邹鲁。

不识大颠何似者，数书珍重更留衣。

——宋·周敦颐：《题大颠堂壁》

惆怅昌黎去不还，小亭牢落古松间。
月明夜静神游处，三十二峰江上山。

——宋·刘允：《韩山》

老大韩家十八郎，犹将云锦制衣裳。
至今南斗无精彩，只放文星一点光。

——宋·杨万里：《韩山》

笑为先生一问天：身前身后两般看。
亭前树子关何事？亦得天公赐姓韩！

——宋·杨万里：《韩木》

到来六月海风清，寒尽逢春问早耕。
嘶马不停芳草短，哀鸿欲集远沙平。
谁将姓氏惊童稚，漫使文章涸老兵。
风雨韩江桥不断，未枯橡木石阶横。

——清·吴颖：《己亥元旦》

高植一株笋翠峦，侍郎手泽倚栏杆。
根深八月蟠祠古，叶毓双旌度岁寒。
棱影参差侵曲水，奇花多少映祠坛。
游人若问科名事，为指芳林归姓韩。

——清·郑兰枝：《潮州八景·韩祠橡木》

过桥寻胜迹，徙倚夕阳隈。
绿水迎潮去，青山抱郭来。
文章随代起，烟瘴几时开。
不有韩夫子，人心尚草莱。

——清·吴兴祚：《题韩祠诗》

鲜花翠柏喜同堂，澄海春风百卉香。
一曲宋元遗韵在，冠山韩水此情长。

——当代·老舍：《赠澄海艺香潮剧团》

雪漫蓝关飞老泪，谏迎佛骨何须悔。南国诗情堪足慰。纲不坠，古今皆是民为贵。　稻海银渠波叠翠，鳄鱼退去群情沸。文扫八朝衰飒气。游人醉，象狮江畔遥相对。

——当代·刘海粟，调寄《渔家傲》

……

　　这些回环在字里行间的韩山韩水，具有深远旷缈的历史感和蕴藉亲切的乡土感。这些充盈着韩山韩水钟灵之气的诗文，会引发读者去体味中国传统文化那淳厚的气息，于幽思冥想之后滋生一种自豪而又儒雅的心态；而那时时处处可以登临赏览的韩祠、苏碑、鳄渡、留衣亭等胜迹，它们或古雅端方，或质朴凝重，或其水浩浩，或其亭翼然，都流荡着韩愈以及与他相关的苏轼、大颠那"文章浩瀚雄千古"的翰墨之香，也会令人于瞻顾流连之际，萌生一种崇高而又虔诚的心态。正是这种崇高而虔诚、自豪而儒雅的心态的长期浸濡，才使得一代又一代的潮人逐渐地具备了自尊、自重、坦诚、沉静、文雅、专注等优良的秉性气质，而这集中体现为潮州地域上自唐宋以来"才人济济，文士跄跄"的独特的文化现象。

三

　　但是，我们还应该看到，这些潮人素质的形成，单单依靠岭海文化氛围的熏陶，还是远远不够的，因为，能够感受这种文化氛围的，还必须是具有一定文化素养的人。

　　因此，我们在谈论潮人素质的形成条件时，一定不能忘记韩愈莅潮的一桩最大功劳——兴学。

　　历来有识之士总是把素质的培养与教育紧密地联系在一起。远的不说，时至今日，疾呼加强教育之声仍不绝于耳，如夏衍老先生1988年与《瞭望》记者纵谈全民文化素质时就说过："中国当代最紧迫的问题是提高国民文化素质，也就是要认认真真地抓教育事业，尤其是中小学教育的问题。"[1]

　　办学是韩愈的一贯主张，他在莅潮的17年前（802），便写了著名的《师说》；办学也是韩愈一生积极从事的活动，他34岁时（贞元十七年），便获授国子监四门博士，后来又两次为国子博士，一次为国子监祭酒。莅潮之初，他仍身体力行，在潮州兴办学校，把《师说》的理论与实践结合起来。

　　在谈论韩愈莅潮兴学这一节时，有一点应强调指出的是，韩愈并不是潮州乡校的始创者，把韩愈莅潮作为潮人知学与未知学的界限，是不公允的。

　　这是因为，从唐代社会来看，当时的统治者特别尊重知识、尊重人才。早在唐高祖李渊入长安为大丞相时起，他便已下令置生员，使"京师至州县皆有教"[2]。至唐太宗一代，各级学校更达到空前昌盛和完备的程度，潮州也不例外。不然，在韩愈莅潮之时，就不会

---

[1] 引自《了望》1988年总第45期。
[2] 引自《唐代的学校》。

有"沉雅专静"的赵德秀才供其选用，况且与赵德同时的人物，还有进士洪奋虬。若上溯至初唐，有科名的还有陈元光（爵列通侯）及其子陈朝佩（登王维榜进士）等。另外，早韩愈140年，就开始有朝廷大官贬来潮州任刺史，陆续有常怀德、李皋、常衮、李宿等，他们都是热心教育，施行"以礼义教民""兴学教士"的有见识的官员。① 所以说，苏轼所撰《潮州昌黎伯韩文公庙碑》碑文中"始潮人未知学，公命进士赵德为之师，由是潮之士皆笃于文行，延及齐民"一说，其实是不确之论。

那么，韩愈在潮兴学的功绩，又体现在哪些方面呢？归结起来，大约是以下两方面：

其一，当时的潮州尚属荒僻之地，州学时设时停，很不正常。正如韩愈在《潮州请置乡校牒》中所说："此州学废日久"；同时，因为至韩愈莅潮之前，数任"刺史县令不躬为之师"，使"闾里后生，无所从学"，因此，"进士明经，百十年间，不闻有业成贡于王庭、试于有司者"，这正与《师说》中所抨击的"师道之不传也久矣"的社会现象相同。在这种情况下，韩愈的莅潮兴学，用当今的语言来说，就是"整顿乡校，振兴教育"，使一度荒寂的乡校教育重获生机。可以说，如果不经过这一"芸芸吾师，乡校立于斯"② 的"整顿"和"振兴"的阶段，如果没有韩愈的教育思想和教材、教员等一整套成形的教育制度的确立和沿用，潮州的教育事业就会是另外一种面目。从这一意义上说，韩愈对潮州的教育事业是作出了承先启后、重振学风、重树楷模的贡献。

其二，韩愈一贯的办学主张及其文集在潮的流布，使其"王化德治"的儒家思想深入人心，并影响了千秋万代。

韩愈的教育思想，从他对赵德的评价便可一窥端倪。韩愈认为，赵德"颇通经，有文章，能知先王之道，论说且排异端而宗孔氏，可以为师"，这就说明他是主张以儒家经学为主要教学内容的。按陈荣照先生的归纳论析，具体来说还可分列为以下五个方面：①性三品说，"上者可教而下者可制"；②教育目的与内容：儒家的道统"三纲五常"，德育、智育、政治教育；③发掘人才与培养人才；④讲究学习方法；⑤重视师道。③ 这些集中到一点，就是灌输了作为儒家核心的礼制观念，亦即韩愈一向所主张的"以德礼为先"的儒家礼教。这使僻处岭海一隅的潮州子民也感受到天子的神圣慈武，从而"同心同德"地臣服大唐圣朝。对于一个统一国家来说，这种维系"世道人心"的教化无疑是必要的；而由这种教化所衍生的圣贤崇拜和民族信仰，其对于潮人心理素质的影响，也是不能低估的。

因为，自韩愈莅潮之后，潮人人心归附，热衷科举仕途，甚至以韩愈手植橡木花开多寡占卜科名盛衰，从此，"崇师训业，绵绵厥后，三百余年，士风日盛"④，使"至今潮阳人，比屋皆诗书"，真可谓"博士文章夸八代，韩江水浪漾宏辞"，此种盛况，堪足资证韩愈所授儒学在潮已广播人心。

---

① 据弘治庚申本《潮州府志·官师志》载："常怀德、高宗仪凤间刺潮。以礼义教民，民皆化之。""李皋，衡州刺史，以观察诬奏，改刺潮州。""常衮，京兆人，德宗初，以宰相贬潮州刺史，兴学教士，潮俗为之丕变。""李宿，贞元十三年，由御史中丞出刺潮。"

② 均引自《城南校歌》："凤水各区，治化溯昌黎，城南庙貌华哉足瞻依，以一匹夫，而为百世师。芸芸吾师，乡校立于斯。莘莘学子，诲之以道义，为国为家，宜养浩然气。"

③ 详见陈荣照：《试论作为教育家的韩愈》，《韩愈研究论文集》，广东人民出版社1988年版。

④ 引自王大宝：《韩木赞》。

韩愈兴学倡道所结下的果实是丰硕的。十年树木，百年树人，继赵德之后，人文蔚起，至宋代又有林巽、许申、卢侗、刘允、吴复古、张夔、王大宝等七贤，与赵德合称唐宋八贤，潮俗又称为"前八贤"；至明代崇祯戊辰年（1628），潮州有辜朝荐、郭之奇、黄奇遇、宋兆禴、李士淳、梁应龙、杨任斯、陈所献八人同科考得进士，被称为"戊辰八贤"，即所谓"后八贤"。此后，又有明代的前七贤与后七贤。除此之外，潮州历史上还曾出现过三个状元，即明代正德年间东莆人林大钦、清康熙年间揭阳人林德荣和乾隆年间海阳人黄仁勇。至此，潮州终于赢得了"海滨邹鲁"的美誉。在学校设置和科举文绩方面，以宋代为例，据曾楚楠先生查考，南宋前期，除州、县学外，潮州已正式设立了韩山（建于 1243 年）、元公（建于 1249 年）两所书院。淳熙元年（1174），潮州有三千名士子参加乡试，全郡共选取贡生二十人上京（即所谓"棘围共试三千士，海郡联飞二十人"）；自此"人物日盛"，至绍定元年（1228），只五十余年间，参加乡试士子已达六千六百余人，平均每科递增二百余人；又过了三十多年，至南宋中期景定五年（1264），应试之士已"至万以上人"，竟占当时人口总数的十五分之一！而每科从成千上万名士子中取录的二十几名贡生，到京城参加会试，一科中进士五名以上的就有九次。其中在建炎二年（1128）的戊申科，是科就共中王大宝、吴廷宝等九人，王大宝并高中正奏一甲第二名（榜眼），开潮郡士子登鼎甲的先例，以至于宋元间修成的《潮州三阳志》要作如是评述："潮二书院，它郡所无，文风之盛也所不及也！"这种"儒风开海峤""香火遍瀛洲"的鼎盛的人文景观和人文道德的形成，如果不归功于韩愈，又该归功于谁呢？

韩愈的这一"功不在禹下"的业绩足标榜千古而不朽，正是他的兴学育才，才使得潮人的素质大大提高，除了以上所说的自尊、自重、坦诚、沉静、文雅、专注等素质外，还应再加上勤学、奋发、进取等，这正是潮人素质的最显著的特点。

潮州是个名贤荟萃的地方，潮籍或曾莅潮赫有声名的除韩愈外，还有史称"十相留声"的常衮、李宗闵、杨嗣复、李德裕、陈尧佐、赵鼎、吴潜、文天祥、陆秀夫、张世杰，以及王大宝、林大钦、翁万达、丁日昌、丘逢甲、郑成功等，他们也都赢得潮人的爱戴和景仰，但赢得江山易姓、冠以"吾潮导师"而对潮人素质产生深远影响的，却只有韩愈一人，这真是一个值得认真探究的问题，本文的粗浅涉猎远不能对此作出解答；同时，由于侧重点不同，本文对韩愈莅潮所授儒学的消极影响方面和潮人素质某些弱点，也未能作全面的评述。因此，期待着对韩愈莅潮功绩和影响有不同看法的先生，能对此作些专论，以避免偏颇，得出一个大家都满意的结论。

［收入张清华、杨丕祥主编：《韩愈研究》（第 3 辑），中国文联出版社 2002 年版］

艺术化再现韩愈的艰难探求

自 1984 年，我在韩山师专就读干部专修班初涉韩愈研究以来，二十年间，我一共写了三篇研究韩愈的论文和三部关于韩愈的文艺作品。迄今为止，有关韩愈的论文很多，但有关韩愈的文艺作品较少。据我所知，这些年，先后曾有汤林尧、宋瑞府写的六集系列电视剧《韩愈》（发表于河南省焦作市文联编辑出版的文学季刊《月季》，1989 年第 2 期）和刘振娅、张清华写的 15 集电视连续剧《韩愈》，应该说，这些写于韩愈家乡的电视剧本，都有很强的史实性，也不乏独到的艺术建构，但因资金投入等客观原因，很遗憾一直未能搬上荧屏。

我写于 1994 年的电视连续剧《热血韩愈》在 1997 年由汕头市文化局、汕头丽影影视广告制作中心策划，香港通发实业有限公司、汕头丽影影视广告制作中心、广东电视台联合投资，由广东电视台改编更名为《韩愈传奇》搬上荧屏。潮州市、汕头市电视台均曾于当年全剧播映。当地媒体称之为"本地题材、本地作者编著、本地策划投资"，"首次将唐宋八大家之首韩愈的形象搬上荧屏"，这在当时也算潮汕文化界的一件盛事。

广东电视台在宣传广告资料中这样写道："韩愈是唐代著名的文学家、思想家、教育家。韩愈一腔热血，忧国为民，敢于直谏皇上，因而曾两度被贬。《韩愈传奇》描述的便是其第二次被贬岭南任潮州刺史的曲折经历。剧中主要描述韩愈在潮州任职期间，为百姓除鳄害、办学校，经历一场场生死荣辱的角斗，粉碎当地官吏孔家父子的割据阴谋等一系列事迹。《韩愈传奇》场面恢宏，故事曲折，人物生动，服饰华丽，制作精良；在音乐舞蹈方面，'霓裳羽衣舞''墨舞''波斯舞''潮州大锣鼓'更是一展盛唐风采，加上潮人风俗'出花园''海葬'和刀光剑影的武打等，使全剧既具思想性，亦具观赏性，堪称历史剧的上乘之作。"

广东电视台摄制组的创作态度是很认真的，确实花了很多心血，也下了本钱，比如专门请了上海人民艺术剧院著名演员严翔担纲饰演韩愈，请了曾在电视剧《红楼梦》中出演平儿的北京著名演员沈玲饰演柳枝等。该剧播映后于 1999 年获第三届广东省"五个一工程"奖，但在潮州，观众还是有较大的意见。经我了解，意见主要有两条，一条来自专家，认为韩愈"粉碎当地官吏孔家父子的割据阴谋"纯属杜撰，当时哪里有这回事？一条来自市民百姓，认为韩愈身边哪里有那么多的年轻女子，这样不是把韩愈搞"花"了吗？这两条意见所指的内容都是我原剧本里没有的，其实这也正是当时电视剧制作的通病——戏说历史，取悦观众。应该说，即使是一种通病，作为这些历史电视剧的编导，他们在摄制时还是很认真的，问题的根子在于他们的创作观念。因为他们在看待韩愈这一类具有出类拔萃的文学才能的历史人物时，总是为了适应时下观众的欣赏需求，忘记了艺术的个性化原则，不知不觉地又把他们当作一般的历史人物，当作一般的封建官吏来对待，他们所虚构的情节或所加的"花点子",一般都不是从特定的人物出发,因而我们就难以看到像韩愈这样的一代才人的独特风采。

类似的问题,也出现在苏东坡题材的创作上。在写苏东坡的作品中,有写他判案的(如湛江的粤剧《东坡判案》),有写他惜才用才的(如浙江的昆剧《惜分飞》),有写他办学的(如海南的琼剧《东坡办学》),也有写他的流徙生活的(如广东电视台拍摄的电视剧《天涯芳草》)。这些艺术作品都从不同的角度对苏东坡作了形象的刻画,应该说都各有其成功之处,但我认为,这种种写法,仍然未能抓住苏东坡形象的实质,这里的关键在于把苏东坡混同于一般的官吏——道理很简单:在封建社会里,只要是较有人民性的清官,谁不会去正确地办案,热心地提携人才和办学呢?而仕途坎坷、流徙困顿的,又何止一个苏东坡呢?

时任汕头市文化局局长的方烈文在看了《韩愈传奇》的摄制大纲后,写下这样一段文字:"加了很多味精,有了新的味道,总觉得变了味:①韩愈的戏少了,人是灰灰的;②那些男男女女、恩恩怨怨,在表现主题方面总觉得是暗暗淡淡的。韩愈是怎样一个人?"——这正是问题的症结所在,人物没有个性,拍得再"好看",也不是韩愈,达不到"艺术化再现韩愈"的目的。

我们作为韩学研究的参与者和韩愈题材的文学创作者,总是希望在舞台上、在荧屏上、在银幕上,再现韩愈作为一代大家特别是大文学家的奕奕神采,让当今的观众了解当年的韩愈是怎样想的,是怎样写下那些光辉辞章的,在个人的品格和人生的事业上是如何千锤百炼、矢志追求而臻于极致的。对于艺术创作来说,这里有一个如何将历史戏剧化的课题。

历史戏剧化的关键在创作主体。创作主体是沟通历史和现实的桥梁,历史和现实的互动需要创作主体在历史剧中将二者搓捏糅合在一起。创作主体在对现实和历史进行搓捏糅合的过程中,最重要的是要酝酿产生诗意感悟,这种诗意感悟是历史戏剧化的灵魂。

历史戏剧化就是将历史诗化。在历史戏剧化中,与戏剧历史化不一样,剧作家并不像历史学家一样去辨别史实的真伪,他需要的是感悟历史,在历史与现实之间寻找激情和诗意。为此,泰戈尔提出了一个"历史情味"的概念。他认为在艺术创作中将历史题材进行加工改造的关键是寻找历史题材中的"历史情味"。他说:"在所有未确定的情味里可以提出一个'历史情味',这个情味就是史诗的生命。"[1] 泰戈尔认为在莎士比亚《安东尼和克莉奥佩特拉》中"历史情味结合着艳情与同情情味",包含一个"心灵的深邃和博大","诗人在一个巨大的历史舞台上,创造了我们男女之间的甜蜜和痛苦的爱情游戏,并加以夸大"。[2] 这就是历史情味。因此,"不管作家保留还是分割历史,只有复制历史情味,他的创作活动才能获得成功"[3]。"对历史的真正的情味的享受",使读者从世俗的、混乱的、没有意义的现实生活中解脱出来,通过观照历史来开阔视野,汲取营养,丰富壮大自己。所以,历史题材创作有其独特的意义,它的意义不在于获取历史真实或达到某种古为今用

① 泰戈尔著,倪培耕译:《历史小说》,吕六同编:《20世纪世界小说理论经典》(上),华夏出版社1995年版。
② 泰戈尔著,倪培耕译:《历史小说》,吕六同编:《20世纪世界小说理论经典》(上),华夏出版社1995年版。
③ 泰戈尔著,倪培耕译:《历史小说》,吕六同编:《20世纪世界小说理论经典》(上),华夏出版社1995年版。

的功利目的，它的意义在于能使观众享受历史情味，获得美的熏陶。

对于电视剧而言，这个"创作主体"包括编剧、导演、演员、作曲、舞美制作等，其中编剧和导演是最主要的。现在的问题是，编剧和导演是否能够在"诗意感悟"和"将历史诗化"的过程中取得共识，甚至达到同步？如果不能取得共识和达到同步，那么，编剧的一些关于历史的感悟，他的那些在剧本中体现出来的"历史情味"，就很难出现在荧屏上。我们理解导演的苦心，他为了让观众能关注这部电视剧，不得不调动一切的艺术手段，包括一些取悦观众的手段，但这往往容易陷入"戏说历史，取悦观众"的泥淖之中——这真是一个很难解决的矛盾，这也是电视剧制作中的一个难点。

在《热血韩愈》中，我是这样来寻求所谓的"历史情味"的。

我认为，韩愈像唐代大多数文人那样，追求的是以出世的精神做入世的事业的既独善其身又兼济天下的人生境界，而这种人生境界，正是当时独特的"历史情味"。

历史上，许多有为文人的出世，是为了更好地入世。古代文人的这种精神状态，与中国历朝统治者对文人并不予以重视甚至加以迫害的做法息息相关。

古代文人受迫害的例子不胜枚举，就连名列堂堂唐宋八大家的韩愈、苏东坡也不能幸免。像韩愈、苏东坡这样的大文人，为什么在屡遭迫害之后，仍然那么关心国计民生，并且身体力行，在自己力所能及的范围内尽力做一些于国于民有益的事？我觉得，写人物，重要的是写出他的内心感情，写古代文人，更要写出他们的这种在出世与入世之间的情感漩涡，写韩愈、苏东坡也一样。韩愈来到潮州，短短的七八个月，大体做了四件事：祭鳄、释奴、励农、兴学。其中以兴学功绩最大，遗泽后世。为什么他也在出世与入世之间最终选择了入世？虽然韩愈是个儒家，以一般概念而言，他可能不会有出世的思想，但他与那么多僧侣交往，难免会受到出世思想的影响，特别是在他遭贬之后，更有可能"产生亲近佛经，试图体验佛理的欲望"，因而可能产生这种出世的思想。不管怎么说，韩愈在思想上也是经过痛苦斗争的，但他到底还是一个有血气的忧国忧民的可敬的文人。我在写《韩愈》的电视文学本时，写到一半，觉得题目还应加上"热血"二字，成为《热血韩愈》，因为韩愈的所作所为，非热血男儿而不能为。——天下人都在癫狂佞佛，连皇上也乐此不疲，然而，"群臣不言其非，御史不举其失"，韩愈为国为民，写了《论佛骨表》，希望皇上为社稷计，不要再干这种劳民伤财之事，却横遭贬谪，差点连脑袋都弄丢了，这是何苦呢？韩愈的所思所行，如果不用"热血"解释，又该如何解释？他来到潮州，如果换成别人，也许早已灰心丧气什么事也不干了，可是他还干了那么多的事，单单兴学一项，就让潮郡人民世世代代受益，"功不在禹下"，如果他不是有"热血"，他又如何能做出这般事来？历史不断重复，出世与入世的心灵挣扎，自然也代代绵延，但中国文人的可贵之处，就在于经过这样一番痛苦的灵魂煎熬之后，仍然死心塌地地要为国家、为人民做点有益的事，这种执著不渝的追求精神、忧国忧民的自觉意识、以天下为己任的坦荡胸怀，实在是一种非常美好的心灵；与此同时，在这种痛苦的状态中所产生的文学，也因此产生了弥足珍贵的人类情感和思想，具有一种最博大最深沉的美的魅力。我认为，戏剧作者的一个重要任务，就是要满腔热情地表现这种心灵美和艺术美——我是怀着这种愿望和感情来抒写韩愈的。

关于韩愈的"出世"思想，这是我在《热血韩愈》电视文学本中所着力表现的一个重要内容。西北大学中文系阎琦教授看了这部电视剧本后，给我写来一封信。信中写道：

> ……《热血韩愈》匆匆浏览一过，亦对电视脚本处理韩愈与佛教关系与拙文（指阎琦所撰《元和末年韩愈与佛教关系之探讨》一文——笔者）基本观点大致相同而感到惊喜。
>
> 佛教有两面：一是其宗教性，二是其哲学性。作为宗教，韩愈是反对它的，作为哲学，韩愈因贬潮而产生了意欲认和的念头。此前，中国知识分子受范文澜《中国通史》彻底反佛的影响太深（当然，根子是马克思的"宗教是麻醉人民的精神鸦片"），一律视佛教为糟粕，对于佛教的哲学的一面认识极不够。我有一位早年信奉马列、延安出身的老师，最近几年研究佛学，他说，马列主义给他打开了认知社会的一面窗口，佛学又为他打开了认知世界的另一面窗口。所说就是这个道理。其实我对佛学略无所知，但是这个粗浅的道理算明白了。应该说，您用艺术、形象的文字，解释这一道理比我的文章生动得多……

在我的文章《论韩愈与僧侣的交往》一文的结语中，我这样写道：

> 韩愈与僧侣的交往是受到佛学进步因素的吸引，它不是一种偶然的孤立的社会现象，在其交往过程中受影响的主要不是僧侣而是韩愈，这就是本文所试图表述的观点。如果要对韩愈与僧侣交往本身作出或褒或贬的评价，我想这已经不是一件困难的事情，倘若我们将这一社会现象作一个纵的比较，例如从宋代欧阳修、苏轼、程颐、黄庭坚与僧侣的拳拳之情，从明代汤显祖、董其昌、唐元徵、袁宗道结社交禅的逸逸之心，从清代曹雪芹体现在《红楼梦》中的他对禅学的研习，直至现代鲁迅先生与杉本法师、内山完造居士的挚交，老舍先生与宗月大师、大虚法师的过从等此类脉脉相续的士僧交往来看，也许我们就不能对韩愈予以过多的贬责，也不能把他与僧侣的交往看作是为了"减少斗争中的阻力"，或认为这是他反佛的一种策略，我们甚至还可以这样认为，韩愈在某些方面顺应潮流，对僧侣不存成见，对佛家学说表现出阔通吸纳的态度，这正是他之所以成为一代宗师的重要原因之一，而韩愈的这种虚心向学的精神，对于我们也是有砥砺警策的意义的。

我是搞文艺创作的，我的理论研究归根到底也是为创作服务的。当我经过张清华、阎琦、陈新璋、隗蒂、曾楚楠等研究韩愈的专家、学者的指点之后，在某些方面能有一点心得时，我的喜悦是难以言喻的。但我的目的还不止于此，我还应该将学习所得融入艺术作品中。

有了文艺理论的浸淫，在创作时我不满足于生活表象的描述。我认为，艺术表现的对象不是一般的生活，而是终极的生活，不是一般的真实，而是终极的真实，艺术的现实主义不是一般的现实主义而是最后的最终的现实主义，或曰最高的现实主义。

在生活中有一种极端的、极限的、最高的、最迷人又最恼人的、最无形又是最真实的部分，这一部分生活具备神秘性的风采，它是生活的最高或曰最后的真相，这种高级的生存只有真正有悟性的人才能看见，大多数人只能见到现象真实。正如《金刚经》中说："凡所有相皆是虚妄；若见诸相非相，即见如来。"王安石在《游褒禅山记》中说得好："夫夷以近，则游者众；险以远，则至者少。而世之奇伟瑰怪非常之观，常在于险远，而人之所罕至焉，故非有志者，不能至也。"正由于如此，必须要由先知先觉者来揭示给广大百姓。这个崇高的任务就由哲学家、宗教家、艺术家来承担。

生活中"夷而近"与"险而远"这两部分生活，可用形下与形上、象内与象外、现象界与真实界、科学与玄学来加以划分，一般说的深或浅，物质生活与精神生活的区别还不足以说清楚二者的区别。因为深与浅都是相对的界限，很难划开，而精神生活中本身就有形下之精神与形上之精神之分，所以，精神物质的说法也不准确。

划分这两部分生活意义在于使玄学家（包括哲学家、宗教家、艺术家）与科学家各司其职，不要越俎代庖。由于长期以来，没有将这一界限划清，所以我们艺术家所干的与科学家（包括自然科学、社会科学）没有质的区别，所谓形象思维也只是科学思维而非玄学思维，其后果是我们的艺术家把自己的注意力定位在形下象内的层次上，偶尔也触及形上象外层次，却是不自觉的，于是这种形上象外的生活长期以来被人忽视，艺术也丧失了它作为人类最高旨趣的崇高地位。

要改变这种现状，我们的艺术家（包括创作家、理论家）必须有一种灵魂的极限运动，必须要比一般人生活得更深入更深刻，只有这样他们才可以发现真正的象外之象，景外之景，才可以将这种奇特的生活告诉人们，所谓艺术家要"深入生活"的口号，只有在这个意义上，才是正确的。

当然，灵魂的极限运动就是人与他周围的不以个人意志为转移的自然与社会的矛盾运动的发展的极点。这里肯定有更多的痛苦、磨难，但因而也有更为无限的风光，艺术家在这种"险而远"的生活中将最终修炼成一种理想人格，在这个意义上艺术家又是最幸福的人。

以上这大段文字是上海戏剧学院朱国庆教授在他的《文艺理论》一书中的主要观点，我根据自己的理解将其集纳在一起，虽然看起来有些玄奥，但真正的艺术创作离不开这些基本原理，它的正确性是不容置疑的。事实上当今一些电视连续剧也正遵循着这条正确的创作原则，出现了诸如《大明宫词》这样充满"历史情味"和"将历史诗化"的上乘之作。当然，当我们的这种艺术追求与时下的种种浮浅的艺术操作大相径庭时，我们内心的创作苦恼和艺术实践的艰难也就不可避免了。

2002年，我又写了六场清唱剧《八月居潮万古名》；今年年初，又写了一部关于"韩愈在潮州"的五幕历史歌剧《驱鳄记》，与电视剧《韩愈传奇》合起来，就是三部有关韩愈题材的文艺作品。

这三种不同的艺术样式试图从不同的侧面，表现唐代著名文学家、思想家、教育家韩愈"得官即办兴国事，失位不失爱民心"的高尚品德，力求再现韩愈把自己对百姓、对国家的满腔热血倾注于潮州山山水水之间，赢得潮州百姓的衷心爱戴，从此江山改姓韩的历史场景；同时也力图深入韩愈那不同凡响的内心世界，表现其独特的思想光芒和人格魅力。但笔者始终认为在这样一位卓荦大家面前，自己的任何笔墨都显得苍白无力，艺术创作的过程也一定是艰难探求的过程，笔者其实是知其不可为而为之。现把所感所得所虑，坦诚地与韩学研究者和艺术创作者进行交流，一是真诚地冀望得到大家的批评指导，再者是希望有更多的人拿起笔来，写出对得起韩愈、对得起老百姓，也对得起自己良知的好作品。

2004 年 9 月 20 日

（本文为参加 2004 年 10 月潮州市"韩愈与潮州学术研讨会"论文）

　　附记：2013 年下半年，应深圳翔星影视文化传播有限公司之邀，我将电视文学剧本《热血韩愈》改写为电影文学剧本《韩愈》，算起来，从创作《热血韩愈》到《韩愈》定稿已历经整整二十年。现电影文学剧本《韩愈》已经由国家广电总局和广东省广电局审核批准立项。这是自改革开放以来首部获得国家级广电主管部门批准拍摄的韩愈题材电影作品，列粤影单证字〔2013〕第 97 号。

从韩愈文录看潮州音乐的演化与流播

——兼议潮州音乐的源起

韩愈在潮州当了八个月的刺史,他兴教育,除民害,做了不少好事。他在唐代潮州音乐的流播上也给我们留下几条实证。在他的多篇祭文中,如《鳄鱼文》《祭止雨文》《祭界石文》《祭大湖神文》等,有关潮州音乐的文字记载有"吹击管鼓,侑香洁之""侑以音声,以谢神贶""躬斋洗,奏音声"等。从中我们可以知道,唐代潮州音乐的流播是与宗教祭祀活动紧紧联系在一起的,而其中的吹击管鼓即是武乐,奏音声则是文乐,而文乐应该就是我们今天所说的庙堂音乐。这些文录是仅有而宝贵的,它证明了韩愈莅潮之后,已接触到潮州音乐,且有一定的印象,这些对我们了解唐代潮州音乐的流播有一定的帮助。本文拟就唐代以来潮州音乐(主要是锣鼓乐和庙堂音乐)的演化与流播谈点粗浅的看法。

韩愈文录所记载的唐代潮州音乐与宗教祭祀活动紧密结合的情况,突出说明了潮州宗教音乐(主要是佛教音乐,即现在所谓的庙堂音乐)在潮州已相当普及,佛教音乐已成为潮州音乐的重要组成部分。除了佛教音乐之外,潮州孔庙祭祀音乐也是唐代雅乐的生动遗存。

宋代潮州曾出现一种祭孔的大成乐。据饶宗颐先生在海外搜集到的《永乐大典·三阳志》中记述嘉定十四年重修供奉孔子的宣圣庙大成殿,恢复旧制云:自宋以来,潮城孔庙每年于仲春及仲秋举行祭孔典礼,演奏大成乐。所用乐器有编钟、编磬十六枚,琴自一弦至九弦共十张,笙、瑟、凤箫等,初由士子执器登歌、至淳熙年间由民间乐工演奏……可见演奏阵容之庞大与正规。这是当时儒学文化所提倡的礼乐,是宋代大晟府教坊音乐,原名叫"大晟乐",也是当时宗庙祭典用之雅乐。此为中原古乐在潮汕传播的明证,但孔庙祭祀音乐到近代已消亡。

流传至今的庙堂音乐,是寺院、善堂做法事时(如诵佛、拜忏等)唱奏的音乐,分为"祥和腔""香花板"两类。此外尚有"外江板"等其他流派。使用的乐器有法器经鼓、鼓脚钹、双音、引磬等,以唢呐(有的则用大横笛)领奏,并配以其他弹拨、弦索乐器。曲调玄奇古朴,别具一格,但在流播过程中没有太大的变化,在潮州音乐中也没有占据重要的位置。

至于韩愈文录中所提到的"吹击管鼓",则在韩愈以后的漫长岁月中得到很大的发展,形成了在潮州音乐中占有重要地位的潮州锣鼓乐。

源于宋元南戏的潮剧,明代称为潮腔、潮调。潮剧的舞台艺术,前辈老艺人称为"三股索"。三股索是指演员、武场打击乐和文场的伴乐,这是一个形象生动的比喻,意即舞台的节奏有如三股索合成一条绳,松紧应一致,才既美观又有力,强调舞台的节奏要整齐划一,艺术才有感染力。潮剧的打击乐称为潮剧锣鼓,明清时期的潮剧锣鼓应该是潮州锣鼓乐的雏形,而韩愈文录中所说的"击鼓",其实只是极其简单的敲打乐。

但值得探究的倒是韩愈为何将"吹管"与"击鼓"连在一起?"吹管"与"击鼓"就是

吹奏乐与锣鼓敲击在一起演奏，这是潮州锣鼓乐一种鲜明的独特的演奏形式，发展到今天，这种形式的潮州锣鼓乐已经被誉为"东方交响乐"，格调绮丽清朗的管弦乐与雄浑粗犷的大锣鼓奇妙融合，正如韩江之融入大海，刚柔相济，动静相宜。值得称奇的是远在一千多年前，为何便有这样虽简单却又奇妙的结合？这是韩愈文录留给我们的一个最有意思的记录。

在锣鼓敲击乐与管弦乐结合演奏的多种形式的潮州锣鼓乐中，最具群众性的就是潮州大锣鼓。

潮州大锣鼓的演化流播也很有意思。明、清时期，潮州城楼的差役以锣鼓敲击简单的鼓点取乐。其形式仿自江湖卖艺班（潮州人称为"做把戏"）的敲击方法，鼓点只有快慢之分，后尝试吸收一些戏班中家喻户晓的过场锣鼓和烘托舞台表演动作的锣鼓，如：快慢抠槌、招诗、行兵和武科锣鼓等，使演奏有了较多的变化，演奏效果截然不同，初步形成了潮州锣鼓的快三板和慢二板鼓点。经过历代艺人不断的改造和创新，更加丰富了鼓点内容以及对乐器的改革和组合。

另外，潮州锣鼓乐的演化和流播与其所在地方的风俗习惯是分不开的。潮州一向有游神赛会的习惯，每年的农历正月至三月之间，各神庙周边的民众自择"吉日"，聚众将庙里的神像抬上路去巡游，以求百姓来年平安、吉祥。为烘托游神活动的喜庆、热闹气氛，各社群纷纷把锣鼓击班引用到神像巡游的队伍前面演奏，意在于为"神灵"鸣锣开道；同时，也将唢呐鼓首班置于神像后面的巡游队伍跟随演奏，表示为"神灵"歌功颂德。

"这种伴随游神的演奏模式很快被广大民众认可而得以保留下来，也促进了演奏形式的进一步健全和演奏套路的进一步完善，故在此间的二板、三板套式已基本形成。其所演奏的乐曲主要是一些歌唱性较强的快、慢速度的民间小调，这些民间小调既通俗又悦耳，加上小锣鼓的和伴，使民众更为喜爱。另外，为了适应这种长时间的游行演奏，锣鼓敲击与吹奏乐采用轮流演奏、轮流休息的做法，演奏者根据这种做法结合戏班中的分工名称而称锣鼓敲击部分为'前棚'，称吹奏乐部分为'后棚'。这种前、后棚相互配合的模式为其逐渐融为一体奠定了基础。"

"时至清朝时期，南戏流入潮州府城，潮腔、潮调等地方戏的形成，尤其是清代中期，随着西秦、外江、弋阳、昆腔诸声腔的传入，这些戏曲音乐与潮州民间小调音乐互为影响，融合嫁接而产生了一批锣鼓敲击乐与管弦乐结合得更完美的演奏的种类。潮州大锣鼓就是这种结合的代表。"①

潮州大锣鼓经数代鼓师的不断创新，从乐谱资料到司鼓演奏技术都有很大的提高，特别是在锣鼓组合方面，从原来的几面斗锣扩展到现在的几十面，同时采用了潮剧击乐专用的"击锣""京锣""风锣"，在乐曲演奏中取得很好的演奏效果，司鼓的演奏技法除了继承传统的"挑""拔""扬""刮"等姿势，还借鉴交响乐的一些指挥手势，运用到大锣鼓的司鼓表演中，根据乐曲的情绪气氛给予编配，特别是在舒展乐段，用柔和的手势指挥着打击乐的合奏，这样，提高司鼓的表演技巧和时代气息，也使打击乐在演奏中起到更好的烘托作用。

潮州锣鼓乐，自唐代滥觞，历经前辈先贤的继承发展，至明代与戏曲融合，清代至民

---

① 引自黄唯奇、黄义孝：《潮州大锣鼓的演变和发展》。

国不断创新，中华人民共和国成立至今，飞跃发展，与时俱进，走向辉煌。其中的潮州大锣鼓以形式丰富、气势磅礴而闻名于世，归结于潮州音乐而列入国务院公布的第一批国家级非物质文化遗产名录。

本文粗略谈了潮州音乐的演化与流播，但有一个问题似乎也应顺便提一提。时至今日，已公认潮州音乐历史悠久，保留了中华民族音乐文化基因，被称为"华夏正声"，是中华民族传统音乐文化之一，也是人类的文化遗产。但中原音乐文化是何时、如何传入潮州的呢？

同样属于潮州音乐的潮阳笛套音乐，其来源是这样记载的：南宋末年，宋帝昺南逃，宋室左藏朝仪大夫吴丙随文天祥率勤王之师抵潮。吴丙是宫廷乐官，其时带来乐工、歌伎、礼乐。后来吴丙在潮阳安居落户。明代江西提学李龄（潮阳棉城人）告老回乡于潮阳修建学宫，传播宫廷音乐；及后任过广西副使的陈淳临因奉旨平交趾有功获御赐，荣归故里潮阳棉城时，圣上赐予一班乐师、歌伎随其还乡。这是宋明时期中原音乐辗转传播入潮的例证，故潮阳素以"笙、箫、管、笛为主乐器的笛套音乐"闻名。《潮阳县志·风俗志》有记载曰："帝乡万里虽非唐魏比，然被化深矣，其盛时弦歌达于四境……"可见其时潮阳音乐风行盛况。而潮地南海之滨北有五岭之嶂，使上古的中原之音得以比较完整地保存于此。

潮州音乐的其他乐种，其传入是否也与此相类似呢？

按以往习惯的说法，在韩愈之前，大开潮州乐化之风的，是唐永隆元年（680）镇抚潮州的陈元光。陈元光之父陈政为协律郎，是太常寺的最高音乐官，是唐代的音乐家。陈元光幼承家学，也是个音乐的行家。他官居镇抚时，推行"乐武治化"，认为武正可以镇压，乐正可以抚慰，所以许多人认为，是他把中原音乐文化带入潮州，唐永隆年间就是潮州音乐发源之时。

这个开辟漳州的将领陈政（616—677），其生平事迹如何？史书是这样记载的：

陈政，字一民，号素轩，河南光州固始人。以良家子从军，青年时随其父陈犊攻克临汾等群，唐太宗任其为左郎将。

唐高宗总章二年（669），闽中曾镇府年老乞休，又因泉（治今福州）潮州"蛮僚"啸乱，唐廷遣戎卫归德将军陈政更代，晋升陈政为朝议大夫，统岭南行军总管事，率府兵三千六百人入漳。此时，福建多为狂锋獠之地，百事待兴。入漳伊始，受尽劳累病苦。陈政所率唐军来到柳营江畔（今江东）扎营，并打退少数民族武装，进军盘陀梁山之下。后来，少数民族首领组织更大规模的狙击，陈政以众寡不敌退守九龙山（今九龙岭），且耕且守。同时，奏请增兵，朝命以陈政之兄陈敏、陈敷带领五十八姓军校南下支持。

唐咸亨元年（670），陈敏兄弟奉母魏箴与年仅14岁的陈元光同行。至须江县（今浙江省江山市）地，陈敏、陈敷不幸相继病逝。陈政迎其母，葬二位兄长于汉兴（今福建浦城），领众军校入闽会合。陈政采纳军咨祭酒丁儒之策，瓦解柳营江西少数民族武装，教化西北山峒的黎民，围歼少数顽固之敌于蒲葵关下，打通了南进的道路，于是，进屯梁山外的云霄镇。在边事稍有安息时，便建宅于云霄火田村居住。他曾经渡云霄江，指着江水对父老说："此水如上党之清漳"，因改云霄江名为"漳江"，此即后来以漳州命名的来由。

唐仪凤二年（677）4 月，陈政病故于军中，享年 62 岁。南宋绍兴二十年（1150），追封陈政祚昌开佑侯。

陈政墓在福建省漳州市云霄县城西 3 公里处的将军山麓。

从引文可以看出，陈政并未任过乐官，那么，以往所说的"协律郎"又是怎么来的？原来，隋朝的太府卿陈茂有一子亦名陈政，史书说他"倜傥有才略，使弓马，善钟律。炀帝时，历位协律郎。宇文化及之乱，以为太常卿。后归唐，终梁州总管"。

另据史料记载，唐代的"协律郎"有以下 6 位：严郢、诸葛畋、李潼、张文收、崔纵、李愬。这其中也没有提到陈政。可见，将唐代的陈政视为协律郎，无异张冠李戴。

至于陈元光，史书称其为"开漳圣王"：

> 陈元光（657—711），字廷炬，光州人。生而敏异，长博通经史，尤耽黄石公素书及太公韬略。自著兵法、射法服习之。年十三，领乡荐第一。总章二年（669），随父领兵入闽。父卒，代领其众。会广冠陈谦连结洞蛮苗自成、雷万兴等进攻潮阳，陷之。永隆二年（681），盗起，攻南海边邑，循州司马高王定，受命专政，檄元光潜师入潮。沿山倍道袭寇垒，俘获以万计，岭表悉平。还军于漳，事闻进正议大夫、岭南行军总管。垂拱二年（686），上疏请建一州泉潮间，以控岭表，委刺史领其事。诏从之。

> 陈元光开漳立州，厉行法治、重视垦荒、兴修水利，对开发漳州作出了卓越贡献，为百姓所称颂崇拜，并逐步形成民间信仰文化。千百年来，闽南和台湾以及海内外漳籍同胞缅怀陈元光的丰功伟绩，尊称他为"开漳圣王"。

那么，关于陈政父子与潮州音乐源起之说，到底是怎么回事呢？

军队中设乐，古已有之。陈元光《龙湖集·漳州新城秋宴》有句曰：

> ……琥珀杯方酌，鲛绡席未尘。秦箫吹引凤，邹律奏生春。缥缈纤歌过，婆娑庙舞神。会知冥漠处，百怪恼精魂。

从上诗可知，当时官宴之排场，已相当可观：杯用琥珀，席铺鲛绡，筵上伴以歌舞，其精妙处能令"百怪"恼妒。诗题点明"漳州新城"，而该城原为潮州之属地，兴建之初，官宴之排场即已如此，则原首府潮州之乐舞宴会场面，应亦如是甚至更有过之。

因此，陈政父子虽未任过乐官，但他们推行"乐武治化"，仍有轨辙可寻。如果说，陈元光《漳州新城秋宴》诗所反映的是当时的官乐、军乐，那么，133 年后韩愈诸多祭神文中所描写的，就更接近于庙堂音乐。两者之性质虽略有区别，但都可以视为研究潮州音乐源起的珍贵文献。

2009 年 8 月 8 日

（本文为参加 2009 年 9 月潮州市韩愈国际学术研讨会论文）

李商隐诗歌的悲剧美

一、"一生襟抱未曾开"的际遇使李商隐的创作思绪始终沉湎于幽怨感伤的悲剧氛围之中

李商隐所处的时代，属于李唐王朝江河日下、社会动荡不安、由昌盛走向衰落的时期，又碰上牛党与李党之争，人事纷纭，朝政乖舛，所以其虽有满腹才华，终于难以尽情施展，最后于壮年时期郁郁去世。他的一生，是充满悲愤而又无可奈何的一生；也是一生都在上演悲剧的诗人——"一生襟抱未曾开"的际遇使他毕生的创作思绪始终沉湎于幽怨感伤的悲剧氛围之中。

作为晚唐时代最有名的诗人，李商隐的大半生却是在不同的幕府过着漂泊的生活。他有才，却无命，终至才命两相妨。长期的生活折磨，使他把一切的痛苦、彷徨与矛盾，全部发泄在诗歌中。他不敢明说，却又不能不说，也不能潇洒地摆脱，于是只好婉转含蓄地，甚至于拐弯抹角地、隐晦地表达出来，这就很自然地形成一片朦胧的境界。可以说，幽怨感伤的悲剧氛围，便是这朦胧的境界得以滋生孕育的温床。

梓幕期间，抑郁寡欢的诗人写了大量的思家念友、惜别伤春之作，并且往往和自己漂泊无依的身世之感联系在一起。春风春鸟、秋月秋蝉、夏云暑雨、冬月寒霜，在他眼里都是那样凄苦寂寥。那种思念之情和孤独之感让诗人无法自持而化于笔端，篇篇深情贯注，充满苍凉孤寂之感。在这些催人泪下的诗歌的背后，我们看到，诗人渴望有一个可以栖息归依的地方。

时世、家世、身世，从各方面促成了李商隐易于感伤的、内向型的性格与心态。他所禀赋的才情，他的悲剧性和内向型的性格，使他灵心善感，而且感情异常丰富细腻。多感、有情，及其所带有的悲剧色彩，在他的创作中表现得十分突出。那些纤柔细小、流离无依的事物，如莺、蝉、柳、蝶、泪、细雨，以及柔弱美丽的女子等，常常是李商隐诗中吟咏的对象。

李商隐写于晚年（859）的《锦瑟》一诗，极负盛名，也最难索解，千百年来众说纷纭，莫衷一是。但纵观诸家宏论，结合其悲剧性的一生，似应以"自伤"说最具说服力。简概地说，"怜才自伤"应是本诗的要旨。

就诗中四句而言。第三句"庄生晓梦迷蝴蝶"，当为回想青年时代的壮志雄心，但又无法伸展，故曰"迷"；第四句"望帝春心托杜鹃"，当为壮志难酬，一片雄心，唯有付之吟咏，有如望帝之化为杜鹃；第五句"沧海月明珠有泪"与第六句"蓝田日暖玉生烟"，则以珠玉自喻。珠有与月同盈虚的传说，现今沧海月明而珠不能自盈，是以有泪；

玉韫山中，终不为人所采，则蓝田日暖，亦徒见宝玉生烟罢了。将诗中四句作如此解释，可以如实地概括李商隐的一生，也可以作为李商隐一生行状的自白。故末联即接以"此情可待成追忆，只是当时已惘然"，也就顺理成章了，不难理解了。

《锦瑟》所呈现的，是一些似有而实无、虽实无而又分明可见的一个个意象：庄生梦蝶、杜鹃啼血、良玉生烟、沧海珠泪。这些意象所构成的不是一个有着完整画面的境界，而是错综纠结于其间的怅惘、感伤、寂寞、向往、失望的情思，是弥漫着这些情思的心象。诗的境界超越时空限制，真与幻、古与今、心灵与外物之间不再有界限存在，通篇糅融着五个在逻辑上并无必然联系的象喻和用以贯串这五个象喻的迷惘感伤的情绪。李商隐由闲听奏瑟而引发了对年华的思忆和对身世的感伤，从而写下这首千古名篇，正是他的创作思绪始终沉湎于幽怨感伤的悲剧氛围之中的一个极妙极有力的印证。

二、"虚负凌云万丈才"的失落使李商隐的大部分诗歌闪烁着凄怨空寂的悲剧美

梁启超在《饮冰室文集·中国韵文里头所表现的情感》一文中谈及李商隐的《锦瑟》《碧城》《圣女祠》等诗时，说："他讲的什么事，我理会不着。拆开一句一句地叫我解释，我连文义也解不出来。但我觉得他美，读起来令我精神上得一种新鲜的愉快。须知美是多方面的，美是含有神秘性的。"

这种不可言状的、含有神秘性的美，应该就是悲剧美。

悲剧美是由撼人心魄的悲剧情境所营造的。

悲剧情境既是艺术的境界，又是人生的境界。

纵观文学史上的佳作，大多数抒发的都是一种人生的缺憾感、忧患感，以及历史的苍茫感，往往只有这种悲剧性的感觉才能带给我们强烈的震撼和共鸣，带给我们一种别有韵味的凄怨空寂的艺术美的感受。

人类的悲剧意识是一种历经千百年而积淀在人类血液中的根深蒂固的情怀，这种悲剧情怀源于悲剧情境。

钱锺书曾在文学的长河里溯流而上，把这些悲剧情怀的源头总结分类，列为四大悲剧情境：一种是可望而不可即的"企慕情境"；一种是登高望远、悲从中来的"农山心境"（孔子带徒弟登上农山，喟然长叹"登高望远，使人心悲"，钱锺书认为这是人类普遍具有的一种悲剧情怀，遂将其命名为"农山心境"）；一种是虽然天高地阔，却因为自己处境窘迫而感到天地狭小、无处容身的悲剧情境；还有一种是身处众人之中，却倍感孤独的心境。①

李商隐的悲剧情怀离不开这四大悲剧情境，但似乎与后两种悲剧情境更为息息相关。

唐文宗大和三年（829），少年才俊的李商隐结识了担任洛阳东都留守的令狐楚。令狐楚不仅聘用这位年仅十八岁的年轻人入幕做巡官，还亲自教授李商隐写作骈文，待之如子。早期流落困顿的生活终于结束了。随后的几年里，李商隐忙着读书、科考、交游、恋

---

① 程帆主编：《我听钱锺书讲文学》，中国致公出版社 2002 年版。

爱，踌躇满志地规划着自己的未来。

唐文宗开成二年（837），二十六岁的李商隐第三次应进士科考，终于及第。据说其中有令狐楚的援引之功。带着登科的喜悦，李商隐来到了令狐楚的兴元节度使幕府。不幸的是，这年冬天，令狐楚卒于任上。令狐楚的知遇和提携之恩，让李商隐铭感终生，他曾沉痛地说："百生终莫报，九死谅难追。"不过，他万万没有想到，恩师的去世将是自己人生的又一大转折，前面有一连串的磨难在等着他。

李商隐虽然性格优柔内向，多愁善感，志向却非常远大。他早期不少言志之作，就抒发了"欲回天地"的抱负。初入社会，他的进取之心很盛，对时局国事的关注尤为密切。特别是"甘露事变"后，他写下了一系列感时伤乱、激锐峻切的政治诗，形成其诗歌创作的第一次高潮，这也是李商隐自觉"天高地阔"的阶段。

令狐楚死后，李商隐失去了重要的依托。第二年，应泾原节度使王茂元之聘，他来到泾原（今甘肃泾川县）。王茂元不但极其赏识李商隐的才学，而且把自己的女儿嫁给了他。李商隐终于在泾州找到了他的爱情归宿，但后来也为之付出了惨痛的代价。

晚唐时期，以牛僧孺和李德裕为首的两大官僚集团斗争非常激烈，持续了四十多年之久，史称"牛李党争"。唐文宗时期正是党派倾轧的白热化阶段。令狐楚父子属于牛党，王茂元则属于李党。李商隐成为王茂元的女婿后，令狐楚的儿子令狐绹对他十分忌恨，牛党中人更是斥之为"背恩""无行"，极力排挤、打击他，对他的名誉和仕途都造成了极坏的影响。从此，李商隐陷入朋党争斗的漩涡，成了政争的牺牲品。

开成三年（838），李商隐参加博学宏词科考试，本来已被录取，复审时因朝中某官员说"此人不堪"而被斥落。第二年，李商隐应吏部拔萃科考入选，被任命为秘书省校书郎，但仅仅过了三四个月，就被排挤出京师，转任弘农（今河南灵宝市）县尉这样的小官俗吏。后来，李商隐因同情被逼犯科的穷民而触怒上司，不甘受其辱责，愤而辞职，回到岳父的幕府做书记。

开成五年（840），唐文宗去世，武宗李炎即位，改元会昌。大唐帝国进入晚唐时期。武宗即位后，李德裕做了宰相，李党受到重用，王茂元也被召回京做了朝官。李商隐再次参加吏部考试，重入秘书省。虽然职位不高，却让三十一岁的他看到了希望，凌云壮志再度升腾而起。他期望致力于大唐的中兴，渴望着能被朝廷重用。

然而不久，李商隐母亲去世，他离职回乡服丧。会昌三年（843），岳父王茂元也死于任所。等到三年服丧期满，重返秘书省时，已是会昌六年（846）了。几个月后，武宗去世，宣宗即位。唐宣宗一上台就大黜李党，启用牛党。身为牛党要人的令狐绹做了宰相之后，李商隐受到打击和压抑，在京没有出路，他只好到远方幕府去安身。

两试吏部、两入秘书省、屡遭挫折、"沦贱艰虞多"的身世境遇，再加上敏锐而纤细、内向而缠绵、多愁而善感的性格气质，使李商隐对人生的悲剧有极为丰富、深刻、细腻的感受。

在《正月十五夜闻京有灯恨不得观》中，他慨叹自己"身闲不睹中兴盛，羞逐乡人赛紫姑"。自认本来应该是身居京华、执掌要津的朝廷大员，又何以落魄至乡间与那乡人竞看迎神赛会？从而深觉羞惭。于是，命运引起他对自身的另一种思考，使他不得不把自己已觉察到的却无力战胜的心绪表露出来。

他在《有感》中感叹:"中路因循我所长,古来才命两相妨。"这里说的是,自己之所长,从来都是循乎中道因其自然,可惜,从古以来,"才"与"命",总是两两相妨。潜伏于他意识深层的正是自觉卑微、自感孱弱的另外一面。

在《咏怀寄秘阁旧僚二十六韵》里,诗人说自己:"攻文枯若木,处世钝如锤。"这个"钝"字虽有陶渊明"守拙"之意,是才大而难被世知的反语,但是,它毕竟在更深一层处包含了诗人痛感自己一筹莫展、举步维艰的自卑心态。又说:"仆御嫌夫懦,孩童笑叔痴。"这一"懦"一"痴",仍是以表面的自我嘲讽来反讽世道之不明、命运之不公,却同时点破了诗人对自身懦弱与顽昧的自觉意识。因而,下边进一步说:"遇炙谁先啖,逢箫即更吹。"慨叹无人知遇自己。

很显然,这位怀瑾握玉的才子,在"欲逐风波千万里,未知何日到龙津"时,身心体验的只能是那种"纵使有花兼有月,可堪无酒又无人"(《春日寄怀》)的凄凉的外部世界,以及"留得枯荷听雨声"的衰败的内心世界。

类似的诗句还有不少,如:

"同君身世属离忧";(《与同年李定言曲水闲话戏作》)
"对泣风前类楚囚";(《与同年李定言曲水闲话戏作》)
"不惊春物少,只觉夕阳多"。(《西溪》)
……

感叹、忧伤、苦闷、彷徨、畏惧、怅惘,形成李商隐心灵世界里长久覆盖的阴云。这层层挥之不去的云霾,对李商隐此时期的诗歌创作产生了深刻的影响,最明显的就是在题材和内容上,由先前的较多关注现实政治逐步转向关注个人身世遭遇,抒写人生感慨。这是李商隐处境窘迫而陷入天地狭小、无处容身的悲剧情境的阶段。

身处众人之中,却倍感孤独,是李商隐的另一种悲剧心境。这是一种情思弥漫与现实空间巨大反差的心灵阻隔。如:

"断无消息石榴红";(《无题·凤尾香罗》)
"更隔蓬山一万重";(《无题·来是空言》)
"倾城消息隔重帘";(《水天闲话旧事》)
"重衾幽梦他年断,别树羁雌昨夜惊";(《银河吹笙》)
"芭蕉不展丁香结,同向春风各自愁";(《代赠》)
"来时西馆阻佳期,去后漳河隔梦思"。(《代魏官私赠》)
……

从这些惨淡的诗句,可以看出,孤独的生命意识已潜入李商隐的爱情诗境,反射着诗人落寞、凄凉而又无力自振的心态。这是潜入李商隐意识深层的一种终生难徙的孤独感。

这种孤独感表现在政治上,首先是对于社会危机、世道衰落的"黄昏"兆象的警觉,以及这种警觉无人理解时茫然四顾的悲哀。其次是他受阻于种种险恶人情时,长久沉沦,无人援引，又无力自振的孤独生存状态所引起的感慨。《嫦娥》诗："云母屏风烛影深，长河渐落晓星沉。嫦娥应悔偷灵药，碧海青天夜夜心。"就表现了这种永恒的孤独感。

从这些惨淡的诗句，也可以看出，李商隐对于这种阻隔情状的刻骨体验，如同他对于天地狭小、无处容身的悲剧情境的抒写，同样显得多么的悲壮而绚丽！

——这便是李商隐大部分诗歌所闪烁着的凄怨空寂的悲剧美。

悲剧之谓美，正如有的文艺理论家所指出的，这是因为悲剧是一种解脱的艺术，而解脱则是人类的高级精神活动，是一种高于物质修养的道德修养，在心灵上是完全自由的，更接近永恒不灭的纯洁的真与美，亦即更接近全面而自由发展的人性，更彻底地实现了自我。同时，这种解脱的艺术可以产生两种形式的美，一种是阳刚美，一种是阴柔美。具有阳刚美的悲壮（悲愤）是以激发生命感、更彻底地自我实现为目标的；具有阴柔美的悲凉（悲怆）则是以心灵的丰富扩大、从解脱中获得更高自由为标志的。[1]

李商隐的诗歌正是具有这种阴柔美色彩的悲剧美。具体说来，大体可分为朦胧之美、梦幻之美和悲怆之美。

1. 由情与爱弥漫而成的绵邈幽深、恍惚迷茫的朦胧之美

上面说过，《锦瑟》传达所感的内容是通过五个在逻辑上并无必然联系的象喻和用以贯串这五个象喻的迷惘感伤情绪。喻体本身不同程度地带有朦胧的性质，而本体又未出现，诗就自然构成多层次的朦胧境界，难以确解。

李商隐诗的朦胧，与亲切可感的情思意象常常统一在一起。读者尽管难以明了诗的思想内容，但那可供神游的诗境，却很容易在脑海里浮现。所以这些朦胧诗虽号称难懂，却又广为传诵。

东方艺术讲究虚实相生，故而特别注重含蓄蕴藉，讲究"不迫不露"而有"余韵"（张戒《岁寒堂诗话》），主张"妙在含糊""若有若无为美"，欣赏某种朦胧的美感。又由于在"虚实"的关系上常常偏于"虚"的张扬，于是在艺术创作中又特别注重不着迹象、超逸灵动之美，有人称之为"空灵"，有人称之为"化境"。这些创作追求，构成了东方艺术的精神特征。

李商隐的诗，正具有这些东方艺术的精神特征，"在感情表达上细腻而又深沉，在脉络节奏上婉曲而又缓慢，在语言色彩上哀艳而又清丽，在吐字音响上往往表现为低抑而又沉郁。故其言景物则如笼晓雾，抒感怀则如在梦境；以喻声音，常似有似无，不绝如缕，以比色相，则有如镜中之花，相中之色，水中之月，可望而不可置于眉睫之前也。"[2]

因而，李商隐诗所营造的朦胧的境界，虽然朦胧，但感情绝不颓废，这就使得他的诗，特别弥漫着一种难以形容的朦胧之美。

李商隐的朦胧诗，很多都是描写缠绵悱恻、刻骨铭心、可望而不可即的爱情。

大和九年（835），发生了震惊朝野的"甘露事变"，宦官仇士良大批逐杀朝官，时局混乱，仕进之途受阻，李商隐便跑到河南济源县的玉阳山、王屋山一带学道去了。道教是唐朝的国教，势力很大。当时一些文人、朝中官员乃至皇亲国戚都与道教有密切来往。入

① 朱国庆：《艺术新解》，中国戏剧出版社 2005 年版。
② 黄世中：《李商隐诗选》，中华书局 2005 年版。

世心切的李商隐自然不会真的想遗落世外。据一些研究者考证，在玉阳山，李商隐认识了陪同玉真公主一块入道的宫女宋华阳，并与之产生了深厚的感情。李商隐后来写了大量的诗歌来追忆这段零落未果、痛苦不堪的爱情，如著名的《碧城三首》《过圣女祠》《河阳诗》等，莫不是隐晦曲折、空灵飘忽而又痛切惆怅。

关于李商隐的朦胧诗，时人已有大量论述，这里不赘。但有一点应着重指出的是，李商隐的确是表现心灵历程的高手，在其整个创作生涯中，充溢弥漫着强烈的主观化倾向，从而造就了一种创造性的审美境界，体现了一种超越现实而回归心灵的鲜明而独特的艺术个性，而这种艺术个性在诗境建构中的体现，也就是作为李商隐诗歌最显著标志的内向型的绵邈幽深、朦胧恍惚之美。

2. 由雨与梦编织衍展而成的寂寥怅惘、幽远托兴的梦幻之美

"君问归期未有期，巴山夜雨涨秋池。何当共剪西窗烛，却话巴山夜雨时。"李商隐爱写雨，尤其是蒙蒙细雨。巴山秋夜的雨，正是这样淅淅沥沥的雨，这使得一个漂泊的游子，竟夕作怀乡之思；千丝万点的雨，化作千丝万缕的相思情，巴山夜雨升华为长相思中最美好的境界。

李商隐写雨也多与思归相联系，如《二月二日》诗："新滩莫悟游人意，更作风檐夜雨声。"此诗前面已写到"万里忆归元亮井，三年从事亚夫营"的不快情绪，最后把这种不快情绪转嫁给新滩似雨之声，虽心境凄凉，却丝毫看不出怨意。

当然，写雨也离不开思恋情人。《春雨》一诗所思正是"白门杨柳"的一段恋情。"红楼隔雨相望冷，珠箔飘灯独自归。"写他到红楼去遥望伊人，总因一点痴情，在茫茫丝雨中伫立多时，但不见帘中佳人，始于中宵雨幕中，在珠帘飘洒的灯光下惆怅而归。如若没有"隔雨相望冷"，就失去了诗情画意，诗的最后才写出"玉珰缄札何由达，万里云罗一雁飞"这样的失落感。

李商隐写雨思乡思归思人的佳句还有不少：

> 却忆短亭回首处，夜来烟雨满池塘。（《寄怀韦蟾》）
> 休问梁园旧宾客，茂陵秋雨病相如。（《寄令狐郎中》）
> 秋阴不散霜飞晚，留得枯荷听雨声。（《宿骆氏亭寄怀崔雍崔衮》）
> 飒飒东南细雨来，芙蓉塘外有轻雷。（《无题》）
> 一春梦雨常飘瓦，尽日灵风不满旗。（《重过圣女祠》）
> ……

从这可看出李商隐写雨有一个鲜明的特征，即无论思乡、思归、思人，都能经过雨丝的过滤，把自己的思想净化。诗人在失意的仕途中，忙于毫无意义的文牍生活，别家离乡，漂泊各地，只有"雨"能使他暂时宁静下来，纵情遐思，吟咏生涯，把身心转移到自然的境界、心中的佳境。虽然他是用咏雨诗衬托身世的凄凉和爱情的失意，但它又是美的，这足以反映诗人良好的素质和心态。

李商隐又爱写梦。写雨，是心绪的归依；写梦，是想象的升华。写雨，是平面的渲染；写梦，是立体的建构。所以，对比起写雨，写梦更能体现李商隐的人生哲学。

"悠扬归梦惟灯见，濩落生涯只自知。"（《七月二十九日崇让宅宴作》）在这"悠扬归梦"中，我们不是可以窥见诗人"永忆江湖归白发，欲回天地入扁舟"那样的归意吗？——这是一种保持了崇高意志的归意。

这种归意，李商隐写得极为潇洒。如《夜雨》："如何为相忆，魂梦过潇湘。""梦"是代表诗人无所不至、驰骋自如的想象的最好的艺术代词。他甚至写了一首主体能支配梦境的诗："滞雨长安夜，残灯独客愁。故乡云水地，归梦不宜秋。"（《滞雨》）他不说没有归梦，却说"归梦不宜秋"，表现了主体炽烈的感情和灵奇的想象：我不该让弥漫哀愁的归梦，去污染那美妙的故乡水云！这种"归梦"的写法反衬了他对故乡印象之美及爱恋之深，"不归"是为了最终能与家乡美好云水融为一体的完美的"归"。——似这样写"白日梦"，真是写到极致了。

说到底，这些写梦的诗，都是李商隐心造幻影的记录，写的都是他的梦想。据统计，李商隐在诗中写到梦与梦境的有70多处。这些梦，按其内容大致可分为四类：其一，为青春之梦、爱情之梦。如《燕台四首》《晓起》《乐游原》《夜思》《少年》《岳阳楼》《过楚宫》《代元城吴令暗为答》《闺情》等诗。其二，为诗人的理想之梦。如《街西池馆》《牡丹》《东还》《锦瑟》等。其三，诗人平生四处作幕，漂泊颠沛的生涯，始终萦回在诗人心际的思乡之梦。此类诗数量最多，如《归墅》《西溪》《戏赠张书记》《春雨》《七月二十九日崇让宅宴作》《端居》等。其四，是表现对人生的彻悟而倾向于皈依宗教的梦。如《十字水期韦潘侍御同年不至》《五月六日夜忆往岁秋与澈师同宿》《题白石莲花寄楚公》等。不仅诗题或诗面出现"梦"字的作品是写梦或与梦有关，如果以这类作品为参照，许多表面并非写梦的作品，其实也可以认为是"白日梦"的一种表现。如《昨日》《九日》《正月崇让宅》《春雨》《念远》《夜雨寄北》《安定城楼》《二月二日》《梓州罢吟寄同舍》等。

"梦不是什么神秘的不可解释的东西，梦是与人类的意识与潜意识密切相伴的一种心理想象，一种精神状态。它以变形、想象、象征、隐喻、影指、幻化等方式，曲折地映射客观现实，表现主观心灵，从而与文学艺术发生这样那样的瓜葛，并成为像李商隐这样的诗人诗心的主宰。扩大一点，甚至可以说，没有各色各样的梦想，不体验各色各样的梦境，不善于写出种种梦的感觉，就没有诗人……而我们的李商隐确实就可以说是由他自己的白日梦所育成的一代诗宗。"[1]

李商隐诗的最大成功是将日常生活美化成诗。他在日常生活中，着意渲染雨，刻意追寻梦，这就构成了由雨与梦编织衍展而成的寂寥怅惘、幽远托兴的梦幻之美。

3. 由品与行交织映衬而成的人格高蹈、孤芳自赏的悲怆之美

李商隐现存诗歌约600首，多半属于吟咏怀抱、感慨身世之作。他以七律、七绝形式写成的抒情诗，尤其是无题诗，是其独特艺术风貌的代表。他的咏史诗情韵深长，善于突破"史"的局限，真正进入"诗"的领域，将咏史诗的创作往更具典型性、抒情性的境界推进。他在抒情过程中渐渐融合多重人生感受，淡化具体情事，扩展为对整个人生、世情的感知，体现出一种由品与行交织映衬而成的人格高蹈、孤芳自赏的悲怆之美。

---

① 董乃斌：《李商隐的心灵世界》，上海古籍出版社1992年版。

刘学锴先生在《古代诗歌中的人生感慨和李商隐诗的基本特征》一文中指出："抒写人生感慨，是李商隐诗的一个基本特征。它既纵贯诗人的整个创作历程，又弥漫渗透在各种题材、体裁的诗作之中。"孤芳自赏正是人生感慨的一种表现形式。

能"孤芳自赏"的诗人（当然也包括其他文人士子），首先应具有高尚的品行情操，不然就会变成"自我陶醉"或"自以为是""自命清高"。高尚的情操，对一个伟大的作家来说，是必备的条件。在中国古代的作家中，具有高尚情操，而又能重视此种情操、"孤芳自赏"的，首推屈原。凡读过《楚辞》的人，都可以确切地感受到这一点。《离骚》中有这么一句话："纷吾既有此内美兮，又重之以修能。"内美，是指内在本质之美；而修能，则是指外在的才华之美。这就充分显示出，屈原是多么注重自身的内在美和外在美。正是由于屈原特重自身的美，也就很自然地培养出高尚的情操；而为了维护此种情操，他自然不可能同流合污。可惜，古今中外的社会都是一样，有美好品质的人，往往会受到来自四面八方有形或无形的打击，结果是：如不能同流合污，就只有孤芳自赏，只有在无尽的寂寞中不懈地追求。"路曼曼其修远兮，吾将上下而求索"（《离骚》），这是屈原一生的写照，其实也可以说是李商隐一生的写照。正由于有此种情操，诗人才会为了坚持自己的原则而作出永无止境的追求；也只有这样，才能有那一份执著，才能有那一份风格，才能有那一份激情，才能在作品中涌现出许多为一般人所难以想象得到的智慧。李商隐有许多诗，正是品与行相交织、执著与激情相激荡而产生出来的伟大作品。

李商隐极力维护自己的人格独立，保持传统的孤标独出的精神。他在《少将》诗中说："一朝拔剑起，上马即如飞。"不仅幻想一朝腾飞的命运转机，而且自信有一种拔剑挺立、腾越驰骋的巨大能力。他还多次借对松的吟咏来喻托自己的人格，如《李肱所遗画松书两诗得四十一韵》说："孤根邈无倚，直立撑鸿蒙。端如君子身，挺如壮士胸。"《题小松》中云："怜君孤秀植庭中，细叶轻荫满座风。桃李盛时虽寂寞，雪霜多后始青葱。一年几多枯荣事，百尺方资柱石功。"《高松》中又曰："高松出众木，伴我向天涯。"都表现出内心世界的高洁孤傲，有着强烈的自我意识，展示了他人格中刚强、进取、自我实现的一面。

但是，在更多的时候，在这个难堪的世界里，他只能感受到自身的生命是何等的卑微，在仕途经济这个生命的核心问题上，自己又是怎样的一筹莫展，委屈难伸。正所谓："虚负凌云万丈才，一生襟抱未曾开。"（崔珏：《哭李商隐》）因而，形成了他人格深层中占主导位置的悲怆的情结。

李商隐不像一般诗人，会把这一悲怆的情结尽可能清晰地表达出来，而是把心灵中的这一抑郁情状，化为恍惚迷离的诗的意象。这反而形成了一种悲怆之美。

朦胧之美、梦幻之美和悲怆之美，融合而成李商隐诗歌的悲剧美。李商隐是悲剧文学的大家，他的许多好诗，都是一片生命悲情的展现，这当然是他可悲的一生所凝塑成的。他的诗，悲而能沉，郁而能结，含血泪于言外，是最好的悲剧诗。他将那份悲情从自我的生命提升出来，化而成为一种大我生命的悲情，也就是说，诗人"具有对整个宇宙人生的宏大悲愿，他的诗往往是一片对整个人生的感慨，而不是实实地指着自己的一两件伤心事在掉泪。'夕阳无限好，只是近黄昏''春蚕到死丝方尽，蜡炬成灰泪始干''庄生晓梦迷蝴蝶，望帝春心托杜鹃''古来才命两相妨'，这是义山的悲情，却也是天下人共有的悲情。这种诗，是意境，而不是事体，只有能张开眼睛观照整个大我人生的诗人，才能写出具有高深意境，而足以拨动读者心弦的诗。义山便是这种能发大我悲愿的诗人"。①

《红楼梦》是一部伟大的悲剧，是美的毁灭，情的毁灭，同时也渗透着曹雪芹对整个人生的深深的感悟，这正是《红楼梦》最高的层面，是对人生终极意义的追问——有限生命的意义何在？何处是人生的归宿？——这也使得《红楼梦》自始至终充满忧郁的情调、浓郁的诗意。李商隐的诗是另一文学体裁上的《红楼梦》，那忧郁的情调、浓郁的诗意、凄怨空寂的悲剧美，千百年来让无数人为之反复咀嚼，苦苦思索。李商隐确实是继李白、杜甫、韩愈之后，自成境界的又一大家。

参考文献

[1] 周振甫注：《李商隐选集》，江苏教育出版社 2006 年版。

[2] 许总著：《唐诗史》，江苏教育出版社 1994 年版。

[3] 郁贤皓、朱易安、陈伯海撰：《李商隐及其作品选》，上海古籍出版社 1999 年版。

[4] 武略：《李商隐》，五洲传播出版社 2005 年版。

[5] 刘学锴、梁玉芳主编：《中国首届李商隐学术研讨会纪念文集》，中国李商隐研究会、平乐县人民政府编印 1992 年版。

2006 年 5 月 8 日

（本文为参加 2006 年广西南宁"李商隐学术研讨会"论文，载
广东文艺职业学院学报《广东文艺研究》2008 年 12 月创刊号）

---

① 邓中龙：《李商隐诗译注》，岳麓书社 2000 年版。

乡土特色浓郁的潮人文化

——汕头经济特区的文化实践

汕头位于广东省东部，地处东南沿海，濒临太平洋，是一个美丽的港口城市，是北回归线与中国海岸线交汇处的一方绿洲。

1981年国务院批准设立汕头经济特区，并于1984年和1991年两度扩大特区范围，现在特区面积234平方公里，人口100多万。

汕头经济特区文化涵容于传统潮人文化之中，是一种源远流长的地域性群体文化，又是一种刚柔兼具、动静相济的典型的岭海文化，起源于新石器时代，距今至少五千年。

远古时代，畲族先民便创造了口头文学——畲歌仔。隋唐以后，随着战乱、戍边、远谪和民族大迁移，大批中原汉人南下，带来了先进的中原文化，经宋、明数代，人文渐盛，名贤辈出，潮郡被誉为"海滨邹鲁"。

汕头是近代中国沿海最早对外开放的港口之一，也是近代中国最大的移民口岸，在历史发展的进程中，逐步形成经济外向、华侨众多、海外交流密切的特点，是一个著名的侨乡。中原文化的早期传入衍化、长期稳定的地域文化积淀、海外潮人对故土文化的眷恋情结，使汕头经济特区的文化发展自始至终体现着乡土特色浓郁的鲜明特点。

一、独具异彩的潮人文化

1. 中原文化的早期传入衍化

秦汉以前，潮郡是古闽越族先民繁衍之地。自秦以后，为了逃避战乱和天灾，中原汉人后裔逐渐移居潮郡，带来了先进的中原文化。唐宋以后，各个时期均涌现出一批名贤和文史著作，成为潮人文化的宝贵遗产和精神财富，也成为中华民族光辉灿烂的文化艺术的重要组成部分。

在中原文化入主潮地之前，潮郡已有百越文化存在。三国时期，揭阳人吴砀举孝廉；入唐以后，海阳人赵德中了进士，成为潮人中封建文化的代表人物；而大颠和尚写经逾千卷，且为心经作注，更为唐代潮人操作之冠首。唐朝以后，常衮、韩愈、李德裕、李宗闵、杨嗣复、陈尧佐、周敦颐、赵鼎、朱熹等公卿重臣，先后莅潮，对潮郡的文化发展，起了很大的促进作用。特别是韩愈刺潮以后，起用赵德置办乡校，使兴学树人之风，薪传火接，绵延不断。

韩愈刺潮，对于岭海文化氛围的形成，有着决定性的作用。

自中原汉人南下，中州华夏繁衍盛区的名门望族便带来了温谦知礼的嘉风雅范，使"潮虽小，也知讲礼义"（苏轼：《与吴子野书》）。因而，潮人在其总体素质上，已兼具炎黄气韵与华夏风采，古潮郡是"接伊洛之渊源"，才"开海滨之邹鲁"，有一个源于邹鲁又异于邹鲁、独具岭海又兼有旧邦的岭海文化的氛围。

岭海文化氛围的真正形成，是在宋代。最早建韩文公祠于潮州金山之麓的，是北宋咸平二年（999）莅潮当通判的陈尧佐，也是他最早将潮州山水附上韩姓，他有一首叫《韩山》的诗可以为证。此后，除了直接与韩愈有关的韩祠、苏碑、韩木、灵山留衣亭等之外，潮郡的山川古迹，也大多冠上与韩愈有关的名字，如笔架山改为韩山，恶溪改为韩江，广济桥称为湘子桥，还有昌黎路、昌黎小学、景韩亭、叩齿庵、竹竿山等，一个围绕韩愈的人化了的自然环境亦即岭海文化的氛围，在陈尧佐之后便渐次形成。许许多多入潮诗人的诗作，也为这种独特的氛围增添了翰墨之香，如：

休嗟城邑住天荒，已得仙枝耀故乡。
从此方舆载人物，海滨邹鲁是潮阳。

宋·陈尧佐：《送王生及第归潮阳》

过桥寻胜迹，徙倚夕阳隈。
绿水迎潮去，青山抱郭来。
文章随代起，烟瘴几时开。
不有韩夫子，人心尚草莱。

清·吴兴祚：《谒韩祠》

鲜花翠柏喜同堂，澄海春风百卉香。
一曲宋元遗韵在，冠山韩水此情长。

当代·老舍：《赠澄海艺香潮剧团》

这些回环在字里行间的韩山韩水，具有深远旷缈的历史感和蕴藉亲切的乡土感。这些充盈着韩山韩水钟灵之气的诗文，会诱发读者去体味中国传统文化淳厚的气息，于幽思冥想之后滋生一种自豪而又儒雅的心态；而那时时处处可以登临赏览的韩祠、苏碑、鳄渡、留衣亭等胜迹，它们或古雅端方，或质朴凝重，或其水皓皓，或其亭翼然，都流荡着韩愈以及与他相关的苏轼、大颠那"文章浩瀚雄千古"的嘉风儒范，也会令人于瞻依流连之际，萌生一种崇高而又虔诚的心态。正是这种种崇高而虔诚、自豪而儒雅的心态的长期浸濡，才使得一代又一代的潮人逐渐具备了自尊、自重、坦诚、沉静、文雅、专注等优良的秉性气质，而这又集中体现为潮郡地域上自唐宋以后"才人济济，文士跄跄"的独特的文化现象。

宋代潮人文化开始崛起，呈现出前所未有的繁荣局面。这时，出现了宋真宗召试第一、敢于揭发时弊的许申；一向清介的张夔；为民请命奏免灾赋、辨明冤狱的刘允；辞官不就、策忤权贵的林巽；疏请收复华北失地的王大宝；事亲至孝、乡评所推的卢侗；志趣超逸为东坡所厚的吴复古。后人把以上七人称为潮州"前七贤"；连同被韩愈器重的赵德合称为"潮州八贤"。

明代，潮郡人文鼎盛，才人辈出。仅嘉靖一朝，在潮州西湖"雁塔题名"的各种名人就有 115 人。崇祯戊辰科（1628）同榜进士辜朝荐、郭之奇、黄奇遇、宋兆柏、李士淳、梁应龙、杨任斯、陈所献被称为"潮州后八贤"。特别是出现了三任兵部尚书，"文盖天下，武把三关""通古今，操笔顷刻万言"、抗御外敌、边功显赫的"岭南第一名臣"翁万达，连同明代潮人第一状元林大钦和一代名贤萧端蒙、林大春、薛侃、唐伯元、林熙春、郑大进、黄仁勇、丁日昌等，统称为"明清十杰"。至此，潮郡已被誉为"海滨邹鲁"。

历史上潮人先贤创作了大批著作，仅收入《广东通志》的潮人遗墨就有 124 种，其中各种诗文集 69 部，另外，还有地方志 63 种。

清代潮人文化又有很大发展，潮属各县文人学士的各种文史和学术研究著作极其丰富，在《潮州志》中存有目录的，就有 170 多部。

民国以后，在"五四"新文化运动推动下，出现了革命文学活动的新局面，涌现了一批在全国有影响的作家、艺术家、学者和专家，突出的有杜国庠、洪灵菲、戴平万、冯铿、郑正秋、蔡楚生、陈波儿、柯柏年、许涤新、梅益、林山等。据考自唐至 1949 年历代潮人著作凡 1 100 余种，其中集部诗文著作共 600 余种，足见潮郡历史上确是云蒸霞蔚，菁华翕聚，不愧为"岭海名邦"。

2. 长期稳定的地域文化积淀

汕头地处僻远的南国角落，三面环山，一面通海，山海之间，是一片广阔的平原。在这与潮汐起伏的大海紧紧相连的大平原上，流淌着一条从中原大地汇流而来的永远平静如镜的大河——韩江。韩江带来了中原文化的魂魄，也一路带来了南岭山水的灵秀，但她的脉搏，更直接沟通了大海的潮汐，于是，在这河海之间，便萌生了一种刚柔兼具、动静相济的潮人文化。这种既恬淡怡然，又沉毅刚烈的潮人文化，萦绕于边郡之地，呈现出长期稳定的地域文化积淀状态。

在这里，来自中原的关帝与来自闽南的妈祖在毗邻的庙宇中共享香火，清悠儒雅的丝竹乐韵与刚猛壮激的大锣鼓都为老百姓所喜爱，商埠学府一样繁盛，海内海外都是潮人的家乡……这种种奇特的文化现象，自古延续至今。

在这样长期稳定的地域文化积淀中，产生了地方特色鲜明的语言、戏剧、音乐、潮菜、工夫茶、工艺品、民情风俗和文化心态等潮人文化。

潮语古朴典雅，词汇丰富，保留较多的古语音、古语汇和古语法，可谓唐音古韵千年不易。瑞典著名汉学家高本汉认为："汕头语是现今中国方言最古远、最特殊的。"潮语本是古代中原汉人语言在潮地衍变的产物，历经千百年后，中原汉族语言早已发生了极大的变化，潮语却仍然保留着古汉语的八个声调，处于长期稳定的状态，成为联结海内外潮人最强大的纽带。

潮剧是用潮语演唱的地方戏曲剧种，为广东三大地方剧种之一，其源可溯宋元南戏，由明代潮腔、潮调发展而来。在其形成发展即在南戏地方化的过程中，曾受弋阳腔、昆腔、西秦、外江等声腔剧种的影响，并吸收潮郡民间艺术和民间音乐如歌册、畲歌、蛋舞、纸影、木偶、花灯、锣鼓、佛曲、道调等的精华，从而逐渐融汇成曲牌板腔混合而具有地方风采的独立剧种。潮剧最具特色的行当是丑行和彩罗衣旦，潮剧老丑有特殊的声型——痰火声，又称"内喉声"，音色深厚洪亮，铿锵流畅。彩罗衣旦饰演天真乖巧、聪明伶俐的喜剧人物，台步身段有独特的风格。潮剧具有特殊的方言文学风味，善于运用方言、俗语、歇后语等，具有浓厚的乡土韵味，被誉为"乡音"，在海内外潮人心中永远占据芬芳之地。

潮乐在中华民族民间音乐艺术中独树一帜，是中国乐苑奇葩，其突出特点是古老、典雅、优美、抒情。潮乐源于唐，成于明。潮乐特有的"二四谱"及其特殊音律，与唐宋盛行的乐器和乐律有密切的关系，同时又与潮郡民间乐调相渗透、融合，承袭融汇了正字、昆腔、西秦、外江诸剧种的音乐，至明代中叶形成一种曲目丰富、形式多样、自成体系的音乐艺术。赵朴初1986年2月在汕头市政协丝竹社欣赏潮乐演奏后赋诗道："潮州音乐有宗风，流畅中和听不同。曲调宋元应有自，浪淘沙又小桃红。"这是对潮乐的确切评价和赞誉。潮乐的基本调式有五种，即轻六调、重六调、活五调、反线调、轻三重六调。最具特色的乐器是二弦和打击乐。潮乐与潮剧一样，有极为广泛的群众基础。

潮菜属广东三大菜系之一，名甲天下、誉满全球。潮菜的突出特点是清淡鲜美、精细可口，小吃富有地方风味和美食特色。潮菜渊源可溯盛唐时代，随着韩愈等大批京官名宦被贬南来，他们带来了中原文化，也带来了饮食文化；南宋末年，宋室南迁，流亡于潮郡一带，也带来宫廷御膳的影响。这些，加上本地特产的鲜美海产品，自然使潮菜气质高雅，独具特色，登得上大堂，也入得了名宴，潮郡自此也成了一方美食乐土，饮食文化绚丽多彩，美不胜收。

工夫茶与潮剧可说是潮人文化的双璧，潮人无人不晓工夫茶。当年潮人漂洋过海谋生，也许孑然一身，也许身无长物，但在这些"打起包裹过暹罗"的乡亲的包裹里，必定装有一套工夫茶具——这是潮人文化一个最独特的现象。潮人好茶之风，举世皆知；潮人泡茶的工夫，举世称奇。工夫茶发展至今，已成为一种茶道，一种茶文化，有人还誉称其是茶文化的高峰，总结为"和、爱、精、洁、思"五字，认为工夫茶不是专为解渴，而是一种合乎道德、科学和艺术的真善美的高级享受。如今工夫茶已随着潮人的足迹，香遍五洲四海。当客旅异邦的潮人乡亲一壶在手，三两邀茗，那真是乡情洋溢，其乐何如，如果此时更有一轮圆月临空俯照，那情那景，更可谓人生极致。

汕头抽纱闻名遐迩，为汕头工艺品之冠。抽纱顾名思义，是抽掉布面上的部分经线和纬线之后，再用针线织上各种图案的日用工艺品，但这是狭义的抽纱。随着时代的变化和制作技艺的改革，抽纱已成为织绣工艺的一大门类，在传统的手绣手编基础上，又增加了机绣机编两类，这就是广义的抽纱。汕头抽纱最突出的特点是精美，在繁多的产品中以重工绣品玻璃纱手帕和台布最富有艺术欣赏和珍藏的价值。汕头工艺品久负盛名的还有陶瓷和金木雕等。金木雕以优质樟木为原料，在精雕细刻的基础上，经磨光涂漆、贴上纯金箔而成，金碧辉煌，与浙江东阳木雕齐名，被誉为中国两大木雕品种之一。

民俗是潮人文化最具特色的重要组成部分。潮人民俗大体与中原民俗相同，但又有鲜明的地方特色，这突出体现为潮人祭祖和信奉神明特别虔诚和认真。潮俗祭祀节日大致可分为以下四种类型：①时年八节如春节、元宵、清明、端午、中元（鬼节）、中秋、重阳、冬节等的娱乐祈禳节日；②与村乡姓氏宗族祖先有关的宗祠祭祖祀日；③通行潮郡各地品类杂多而统称为"老爷"的神明如土地伯公、安济圣王、三山国王、圣者爷、关爷、玄天上帝、天后圣母、皇姑娘以及先贤圣哲、名人骠将等的斋醮祭祀节日；④不定时的诸如新庙庆成、佛像（或老爷）开光等喜庆节日。潮人除日常勤于馨香祷祝之外，在以上所列重大节日里，潮属村镇自明代至今，还盛行请演广场戏。"凤城二月好春光，社鼓逢逢报赛忙"；"打起锣鼓一百三，戏班送戏到门脚"等潮俗谣谚，生动地表现了这一最具特色的海内外潮人均喜闻乐见的祭祀演戏风尚。

来自中原的文化源流和岭海兼具的特殊的人文地理环境，决定了潮人群体具有相互矛盾的性格和文化心态，一方面，潮人具有冒险、开拓、进取、容纳、创新、开放的精神；另一方面，又具有下意识的保守、柔顺、排他、封闭的消极因素。但是，在潮人的骨血里，更多的是搏击、进取、开拓的气质，更多的是阳刚之气。不然，我们就无法解释为什么潮郡会一直传留壮怀激烈的大锣鼓，为什么会风行源于北方山东而今只存留在这方土地上的具有亚洲雄风的男性舞蹈"英歌舞"；不然，我们就无法解释为什么潮人的足迹会遍及世界各个角落，为什么潮人社团能以鼎盛的财力扬帆于世界商海。潮人文化心态中的敢于革新、经世务实、重商求富的秉性是名闻全球的。

长期稳定的地域文化积淀，使潮人文化具有高度的凝聚力，同时又蕴藏着无限的创造力和生命力。

3. 海外潮人对故土文化的眷恋情结

潮郡自南宋末年逐步向海外移民，至清代前期，在汕头被列为对外通商口岸（1860）之后进入高峰期，初步形成海外潮人社会。目前，潮人在本土有1 000多万人，在海外也有1 000多万人，有"海内一个潮汕，海外一个潮汕"的说法。

潮人移居海外，走的是一条血泪之路。千千万万破产的农民和手工业者，迫于生活的极端贫困，在走投无路的情况下，赤手空拳漂洋过海到南洋去。民谣云："一溪目汁（眼泪）一船人，一条浴布去过番。"生动地描绘了潮人背井离乡、冒险闯荡天下的悲壮情景。

当初潮人移民海外，筚路蓝缕、披荆斩棘，开发南洋的蛮荒之地，也许只是想到如何生存，如何繁衍后代。他们没有料到，在经历一个多世纪的风雨沧桑之后，他们那与家梓桑田永难割舍的赤子情愫，会最终使潮人文化远播海外，成为世界文明的一大景观。

当今环宇之内，几乎随处可见潮人文化的踪迹，可以说，有大海的地方就有潮声。潮剧、潮乐、潮菜、工夫茶、抽纱、陶瓷、金木雕等，已为世人所接受、喜爱；而潮语和春节、清明、冬节等传统节日及祭祖扫墓、婚丧喜庆诸多潮人民情风俗，更为世人所耳熟能详，久见不怪，视为中国传统文化之一脉。

潮人对故土文化的深情眷恋，集中维系于潮剧。

潮剧是潮人文化的代表，以海外潮人为主要服务对象的专业和非专业潮剧表演团体及其活动，是潮剧一种特殊的生存形态。据考潮剧以戏班形式到南洋演出起码始于一个多世纪以前，二十世纪三四十年代是海外潮剧的黄金时代。

历史上，泰国是潮剧海外演出最早、也最兴盛的国家。潮剧跟随潮人乘红头船进入泰国已有200多年的历史。至1930年前后，以曼谷为中心形成了海外潮剧基地，潮剧戏班多达20余班。在曼谷街头、朱门绣户里，不时可听到潮剧委婉的唱腔和潮州弦乐的袅袅之音。泰国，可说是潮剧的第二故乡。

新加坡是个只有200多万人口的国家，历史较短，民族组成也较杂。这里的潮人热心潮剧，除了对潮剧情有独钟之外，还出自一种寻根意识。这里的潮剧艺术，更追求传统的韵味。小小的新加坡，有5个唱演潮剧的社团，其中最早的余娱儒乐社肇创于1912年，卓有声名。

远在大洋彼岸的美国和法国，同样有着千千万万将潮剧视同祖国、视同家乡的老一辈和新一代潮人，他们有着更为浓烈的寻根意识。正如一位记者笔下所描述的："祖父对孙子说，母亲对女儿说，学潮剧吧，那里面有我们的根！在世界的任何角落，只要你哼起潮剧，你就能找到同胞和乡亲。"可以说，潮剧，是2 000万海内外潮人共同的乡音。如今，潮剧已随着潮人的足迹，跨出国门，遍及五洲，成为一种不受时间、阶层、国界限制的特殊语言，成为联结海外游子乡情乡谊的重要纽带，成为全球潮人传达心声的载体。

海外潮人对故土文化的眷恋情结，产生了值得重视的海外潮人文化。海外潮人文化是潮人文化的重要组成部分，海外潮人的拳拳赤子之心，是海外潮人文化得以绵延的原动力。

二、富有活力的潮人文化

1. 潮人文化成为跨越国界的经济力

建立汕头经济特区的主要依据是汕头具有华侨众多的人缘优势。人缘优势离不开文化优势，从一开始，潮人文化就在汕头经济特区的创建过程中发挥了巨大的不可替代的作用。

华侨有与祖国家乡共命运的血缘天性，潮籍华侨也不例外，而且爱国爱乡的感情更为强烈，国际潮团联谊年会是中国唯一一个在海外以乡谊为纽带而组织起来的世界性组织。改革开放大潮的到来，调动了潮侨支援特区建设的积极性，但由于政治历史的原因，改革开放之初，许多潮侨对国内情况还不够了解，甚至还有着各种各样的疑虑，正是在这种情况下，凝聚力、融合性特别强大的潮人文化成为独特的弥结海内外潮人心灵鸿沟的黏合剂。

以元宵迎春联欢节为主的节会文艺演出，营造了一个海内外潮人共叙乡情梓谊的良好文化氛围，也造就了一个万民共乐的特殊的人文环境。这些融融喜乐的大型文艺晚会，是一种在同一场所、社会各阶层人群参与其间而获得共同艺术语言、共同审美情趣的盛大聚会。奇光异彩的元宵花灯，粗犷豪放的潮汕大锣鼓，优美的潮汕弦乐，热情奔放的英歌舞、布马舞、蜈蚣舞等潮汕民间舞蹈，使海内外潮人共同沉浸在浓烈而温馨的乡土气氛之中。月是故乡明，水是故乡甜，人是故乡亲。游子心，故土情，为了家乡的兴旺发达，谁还记挂过去的芥蒂，谁不捧上一颗赤子之心呢？

潮人华侨群体生活在海外经济社会，他们中间，有不少著名金融家和实业家，海外赤子报效祖国家乡的一个实际行动，就是投资支援祖国家乡的经济建设，捐资兴建学校、医院等文教卫生福利事业。由于经济特区从一开始就体现了社会主义市场经济的某些基本特征，所以，经济特区的文化发展也必然建立在社会主义市场经济基础之上，遵循市场经济规律运转。过去都说"文化搭台，经济唱戏"，其实，在改革开放新时期，伴随着海外潮人对特区经济建设的高度参与，潮人文化已成为一种跨越国界的经济力。

以汕头迎春联欢节而言，这一大型广场艺术活动，所投入的人力物力财力，是其他小型活动所不可比拟的，就主办者的初衷而言，显然不可能将其视作单纯的群众性娱乐活动。汕头市委领导在首届迎春联欢节的欢迎大会上曾明确指出，"汕头迎春联欢节是经济技术交流、外经外贸洽谈、振兴汕头的盛会"，其宗旨是广交朋友，敦睦乡谊，增进合作，扩大贸易。可见，迎春联欢节是一次重要的经济、侨务及外事活动。据不完全统计，应邀参加首届迎春联欢节的有来自泰国、美国、新加坡、比利时、老挝、菲律宾以及中国香港和澳门等 12 个国家和地区共 306 位海外嘉宾，在短短的 5 天时间里，便成交商品出口额 2 737 万美元，达成投资额为 1 283 万美元、人民币 260 万元的一批经济技术合作协议，洽谈技术交易项目 440 多个。汕头迎春联欢节一共举行六届，在汕头经济特区起步及发展的过程中，其所起的作用是举足轻重的。

潮人文化成为跨越国界经济力的另一条最便当的途径，是潮剧广场戏。

广场戏是潮剧的民间游艺形式，自明代开始便广泛流行于潮郡农村，中华人民共和国成立后一度销声匿迹，20 世纪 80 年代初重新勃兴。潮剧广场戏的勃兴并非一帆风顺，初时，在大多数人的观念中，广场戏只不过是"老爷戏""拜神戏"的别称，剧团演出广场戏，大体上还是处于一种"地下"状态。随着改革开放的扩大和深化，主管戏剧演出的汕头市文化局站在弘扬潮人文化的高度，以市场经济的眼光正确看待广场戏，接连组织对广场戏的考察、研讨活动，理直气壮地为广场戏正名。事实上，不管正名与否，广场戏始终遵循着市场经济规律，在海内外潮人共同的热切期盼和参与中，平静而又迅猛地发展起来，进入农村和海外两大市场，形成一股令全国戏曲界为之惊叹不已的当代"潮剧热"。

潮汕大地上的数十个专业和职业潮剧团靠演广场戏解决了全国多数戏曲演出团体难以解决的两大难题：经济与观众。这些剧团，大体上每年平均收入都在五六十万元，观众人数平均都在 100 万人次以上。广场戏帮助剧团渡过了全国戏曲剧团共同面临的难关，而作为潮人文化代表的潮剧，也在改革开放的新形势下，找到了自己生存和发展的新途径——纳入市场经济，面向广大群众。

潮剧广场戏得以重新繁荣，海外潮人功不可没。

广场戏在潮汕农村演出，大多是选择村乡的喜庆日子，如乡（村）道建成、校舍落成、新庙庆成、佛像开光（或老爷开光）等，这些多是海外潮人侨胞资助兴建的项目，也多是由这些潮人侨胞捐资请戏。这样，广场戏对于活跃农村文化生活、敦睦乡谊方面的好处自不待言，对于联络海外潮人侨胞造福桑梓方面，其经济上的作用，更是不可低估。

潮剧自 20 世纪 80 年代以来，还经常应海外潮人社团的邀请，到东南亚甚至西欧一些国家和地区演出。潮剧团到海外演出，无不受到当地潮人的热烈欢迎。在远离乡邦的异国土地上，在与家乡截然迥异的文化氛围中，令人惊奇地存在着一个与潮人文化同一母体的潮剧圈，不管是老一代潮人还是新一代潮人，都对潮剧艺术表现出一种执著的喜爱和探求，表现出一种时间和空间永远不能隔断的生生不息的乡梓之情，表现出一种通过潮剧所包容的中国人最注重的"伦理亲情"观念而熏陶出来的对于祖国传统文化珍惜和热爱的眷眷之心。与此同时，潮剧圈得以形成和长期存在，也反映了潮剧圈实际上已完全包容在潮人经济圈之中，没有潮人经济圈的强大实力，也就不可能存在这样一个需要耗资耗时的潮剧圈，就这一意义而言，潮剧圈离不开潮人经济圈在经济上的强有力的支持，潮人经济圈的凝聚和融合在很大程度上也有赖于以潮剧为代表的潮人文化。可以这样说，改革开放新时期以来海内外持续不断的潮剧热，表现出两千万潮人强烈的当代意识和文化趋向，显示着两千万潮人激越奋进的脉息和生机。潮剧，已与两千万潮人的生活和各种经济商贸活动紧紧地结合在一起。

1993年春在汕头市举行的国际潮剧节，是这一股当代"潮剧热"的高潮，也是潮剧在走过四百多年的历史长河之后，升腾起的一朵最绚丽的浪花。来自中国闽粤两省和香港以及美国、法国、泰国、新加坡等国家和地区的29个专业或业余潮剧、潮乐表演团体，为广大观众献演了47个长短剧目，参加团体之多、人数之众、地域之广在潮汕历史上尚属首次。在开幕式上，海内外20多个潮剧团联合演出潮剧传统吉祥戏《五福连》，经过再创作和赋予新意的《五福连》，荟萃了潮剧界的精英，有400多人参加演出，场面壮观，气势恢宏，是潮剧演出史上的壮举。

"把我们传统的潮剧唱出手足情深的歌声，带给故乡深切的问候与诚挚的祝福。"——这是镌印在美国洛杉矶玄武山福德善堂潮剧团《代表团名册》上的两句话，它道出了1 000万海外潮人对家乡的一片深情。正是在这种"乡情浓于酒"的以国际潮剧节为高潮的热切交往中，潮剧事业得到了有力的推动和发展。泰国著名侨领、大慈善家谢慧如先生在汕头、潮州投资兴建潮剧艺术中心和艺乐宫，中华民族文化促进会副会长、泰华报人公益基金会主席陈世贤先生组织成立了振兴潮剧委员会，香港夏帆女士捐资设立潮剧新人新作奖励基金，泰中潮剧联谊会发起筹建国际潮剧联谊会……这些慧德义举，赢得了海内外潮人的交口赞颂和支持。

振兴潮剧，内外同心。以潮剧为代表的潮人文化，伴随着汕头经济特区的崛起和海外潮人的积极参与，成为商品经济大潮中最先涌动的一股经济力。

2. 潮人文化与当代世界文化的接轨交融

潮人文化从其肇始之初，就呈现出一种独特的游离传统的边缘形态，具有开放融合、兼容互补、博采众长、为我所用的文化特征。这一文化特征，与外向型的特区经济似乎有着一种先天的默契。

改革开放使潮人文化走向世界，也使潮人文化广泛汲取世界文化的精华。对外文化交流在汕头经济特区文化发展中占据着显要的位置。

1987年以来，由汕头市文化局组织的对外文化交流活动的团次、人数，每年都持直线上升趋势，交流的地域范围也逐年扩大，共先后派出近百个潮剧、潮乐、杂技、歌舞等文化艺术团组，近4 000人次，分赴美国、法国、澳大利亚、新西兰、希腊、爱尔兰、日本、新加坡、马来西亚、泰国、非洲六国以及中国香港、澳门、台湾等进行演出活动；出国举办讲学、传艺、展览、学术交流等活动达1 000多场次，观众达1 000多万人次。与此同时，自1990年以来，汕头市接待并有选择地引进美国、澳大利亚、俄国、越南、蒙古、菲律宾及中国香港、台湾的文化学术团组及艺术表演团体来汕演出近20个，人数1 000多人，演出场次近百场，观众达20多万人次。

1995年5月8日，受国家文化部委派，中国（汕头）少儿艺术团一行25人，远涉重洋，参加希腊国际少儿艺术节，并应邀赴爱尔兰访问演出。往年艺术节邀请的只有希腊附近的一些地中海国家演出团体，极少有亚洲团体出现。这次艺术节邀请的除中国外，其他都是欧洲国家。中国（汕头）少儿艺术团带去了包括潮人文化在内的东方优秀传统艺术，具有中国民族特色的多姿多彩的歌舞节目，为本次艺术节增添了光彩和新鲜感，在艺术节闭幕式上，希腊卡尔其查市国际艺术节负责人玛塔姆女士高兴地称赞说："本次艺术节虽然没有评名次，但中国汕头少儿艺术团给希腊人民留下了难忘的印象，你们的表演是整个艺术节中最棒的一个。"在爱尔兰首都都柏林的几场访问演出中，爱尔兰全国报刊、电台、电视台齐齐上阵，轮番报道中国（汕头）少儿艺术团演出盛况，中国驻爱尔兰大使馆范大使高兴地说："这样对待一个中国小天使艺术团的友好态度是过去极少见到的，演出取得了轰动效应，是一次扩大中国影响的娃娃外交。"

1996 年 5 月，由汕头市 5 名小姑娘组成的中国手风琴代表队在第三届澳大利亚国际手风琴锦标赛和第四届新西兰南太平洋国际手风琴锦标赛上异军突起，技惊四座，获得空前佳绩。分别获得开放年龄组第三名，13～15 岁组的第二、三名，12 岁以下年龄组的第一、二名；开放年龄组的第二、三名，13～15 岁年龄组的第二名，12 岁以下年龄组的第一、二名。在这两项赛事中，还获得两个特别奖，一个是古典音乐演奏最高价值奖，一个是 96 国际手风琴最高成就教师奖。翩翩少儿出蓬瀛，国际乐坛奏强音。汕头小手风琴手不负国家重托，在大洋洲广阔海天拉出一片中国人引以为傲的灿烂云霞。

在走向世界的潮人文化中，还要特别提到汕头市唯一一家公开发行的文艺期刊——《潮声》。

《潮声》是中国特区现代文化大雅大俗之声，为国际大 16 开本。《潮声》自创刊以来，以潮味、侨味、特味为办刊宗旨，运用文艺形式较为完整系统地向海内外宣传展示潮人文化。《潮声》发挥侨乡优势，多方发掘有关潮侨的历史和现状选题，有计划地为"潮"和"侨"设置栏目，如"海外潮人俊彦""风水宝地""潮汕风物志"等，成为闻名遐迩的特区期刊、著名侨乡期刊、现代文艺期刊。《潮声》1990 年获首届全国期刊展览整体设计一等奖，1991 年获广东省优秀期刊奖，1992 年在广东省期刊优秀作品评选中获两个一等奖和两个二等奖，1993 年获汕头市十佳文艺作品奖，1994 年被选送参加美国洛杉矶"中国期刊展"，1995 年被选定为澳洲期刊展销会定期展销刊物之一，1996 年被选送参加在北京举行的"中国出版成就展"和国家新闻出版署在新加坡、马来西亚举办的"96 中国期刊展"。

《潮声》作为一份地级市文艺刊物，连获殊荣，全国少见，这是丰厚的潮人文化为刊物提供源源不绝的养分，这是开放的特区文化为刊物插上凌空翱翔的翅膀，大河上下，大洋彼岸，到处可以听到激越澎湃的"潮声"。

一些大型国际性学术讨论会，使潮人文化从历史思辨的层面走向世界。

1986 年 11 月 30 日至 12 月 3 日，韩愈学术讨论会在汕头市举行，这是一次国际学术交流的盛会，有来自美国、法国、日本、新加坡和中国香港等地的专家学者 15 人，来自内地各高等院校和文化科研单位的专家学者 58 人。这次讨论会以韩愈在我国历史上的地位和作用为主题，内容涉及韩愈的政治思想、哲学思想、文艺思想、文学成就、诗歌创作、对汉语语言发展的贡献，以及韩愈在潮州的政绩、韩愈的籍贯考证等各个方面。这是国家改革开放以来，首次举行的国际性韩愈学术讨论会，受惠于韩愈的潮汕人民，以切切实实的行动和科学的研究态度去纪念韩愈，扩大了韩愈在全国、全世界的影响。

1990 年 11 月 15 日至 19 日，"潮汕历史文献与文化学术讨论会"在汕头大学举行，出席会议的海内外专家学者 118 人，其中有中国历史文献学会会长刘乃和教授，国际著名汉学家、潮籍学者饶宗颐教授。会议将潮汕历史文献与文化学术提升至全国性、国际性的层次，是潮人文化史上的空前盛事。

1992年11月17日至20日，在翁万达逝世440周年之际，"翁万达国际学术研讨会"在汕头大学举行，来自新加坡、日本和中国香港、台湾及大陆13所高等院校与潮汕地区专家学者及翁氏乡亲近百人赴会。翁万达是潮籍最有影响的历史人物，是明代屈指可数的一位重要军事家，被称为嘉靖中叶"第一边臣"。翁万达文韬武略，为平南御北、修筑长城、捍卫疆域作出卓越的贡献。翁万达的威德，为潮人所同仰，世人所共钦，在泰国，翁万达被尊为"英勇大帝"，立庙祭祀的达100多处。"翁万达国际学术研讨会"更提高了翁万达的国际声望。

1994年8月18日至22日，"海上丝绸之路与潮汕文化"国际学术研讨会在汕头大学和南澳岛举行，出席会议的有来自日本、法国、美国和中国香港及内地各省市专家学者80多名。海上丝绸之路是中国历史上与世界各国建立经济、外交关系，开展海上交通和商贸活动，进行思想文化交流和建立友谊、促进繁荣的道路。汕头南澳岛在中国海上丝绸之路占有重要位置，是海上交通要塞和兵家必争之地，是潮人开辟对外贸易和海外移民的通道。关于"海上丝绸之路"的研究，是全国以至国际的一个重要课题。这次会议填补了潮人文化研究海外交通史方面的空白，将促进学术界在这一领域的深入研究。

伴随着海外潮人在经济领域的成功拓展，汕头经济特区加强对外文化交流，积极弘扬潮人文化，使潮人文化初具世界影响。近年海内外潮籍学者酝酿建立"潮州学"，以期吸引海内外学界朋友参加，使之成为一门世界性的学问。如今，潮学研究已蔚然有成，潮人文化在与当代世界文化接轨交融之中，已显绚烂前景。

3. 潮人文化富有张力的拓展

外向型、动态化的经济特区为潮人文化的拓展创造了一个富有活力生机的良好氛围，潮人文化在成为跨越国界的经济力并与世界文化接轨交融的同时，其内在的潜能也得到合乎时宜的释放，找到了适合自身发展的社会坐标，伴随着汕头经济特区的崛起，走进了一个舒展跃动的新天地。

创办于汕头经济特区成立初期的汕头大学，像一剂强心剂，加速了潮人文化的跃动。那来自四面八方的高素质的专家学者，再一次带来了中原大都市蕴蓄深厚的文化；那频频举行的各种各样的讲座、研讨会，使潮籍学人如沐春风。李嘉诚先生捐资兴办汕头大学功德如山，潮人文化的拓展自此有了一个坚实的基地。

1991年11月21日，在原广东省政协吴南生主席倡议下，汕头市成立"潮汕历史文化研究中心"。"中心"由海内外热心潮汕历史文化研究的潮人自愿组成，汕头经济特区的人缘优势在这里得到淋漓尽致的发挥，"中心"一呼百应，迅速扩展，硕果累累。"中心"像一条高速运转的印刷流水线，源源不绝地汲取、梳理、集纳，又源源不绝地推出一册册沉甸甸的文献、专著、丛书。

"潮汕文库"是由潮汕历史文化研究中心和汕头大学潮汕文化研究中心联合主办的一项大型文化工程，分类纲目如下：①潮汕历史文献丛编；②潮汕金石丛编；③潮汕文物考古丛书；④潮汕历史文化资料丛编；⑤潮汕历史文化研究丛书；⑥潮汕历史文化名人传记丛书；⑦海外潮人历史文化丛书；⑧潮汕民俗丛书；⑨潮汕历史文化音像丛编；⑩潮汕历史文化画册、影集；⑪潮汕历史文化研究论丛。"潮汕文库"第一期工程计划出版 100 部书，现已出版的有《翁万达集》《林大钦集》《饶宗颐潮汕地方史论集》《潮汕考古文集》《蓝鼎元论潮文集》《〈金钗记〉及其研究》《潮剧闻见录》《潮汕方言熟语辞典》等共 20 多种。可以预期，照此速度推进，潮汕文库将是何等壮观，何等辉煌！

"中心"还设立了"潮汕历史文化资料库""潮汕文化名人档案库"，定期编印《潮学研究》丛书，与《汕头特区晚报》合办"潮汕文化"专版……凡此种种，使潮汕历史文化的研究进入全面系统、有序运作的轨道，潮学研究自此有了一个运筹帷幄的大本营。

在潮剧、潮乐研究方面，汕头市文化局也做了开创性的工作。作为广东地方剧种志首卷的《潮剧志》，历十年辛苦终于编纂成书，于 1995 年出版发行。《潮剧年鉴》《潮剧研究》及《潮乐研究》丛书也陆续编印问世，填补了潮剧、潮乐研究史上的空白。流散在民间的潮剧、潮乐资料，经艰辛搜寻，也有重要收获，早期的潮剧、潮乐唱片，带谱的早期潮乐、潮汕方言歌等，都已收集归档，并编印成《潮乐十大套专辑》《潮汕方言歌选》《器乐曲集成》《民歌集成》《戏曲音乐集成》等志书。

由汕头大学隗芾教授创办的汕头大学出版社，自 1993 年以来，共编辑出版潮汕历史文化方面的书籍凡 30 余种，除了以上提及的《潮学研究》《潮剧研究》等丛书、《潮剧志》和潮汕历史文化研究中心编撰的部分书籍之外，尚有《汕头经济特区年鉴》《潮汕历代书画录·潮州市卷》《潮汕胜迹》《潮汕民俗大观》和潮汕历史小说系列，等等。

与琳琅满目的潮汕历史文化典籍相映成趣的，是作为舞台艺术的潮剧，在汕头经济特区文化海洋中独领风骚，扬帆竞发。

潮剧艺术生命的延伸取决于剧本和演员。以雅韵柔情见长的潮剧，语言既重本色又具文采，音乐唱腔则轻婉低回、静谧淳美，生、旦表演轻歌曼舞、优柔俏丽，丑行分工细密，程式丰富。潮剧的这些艺术特色，使她既能赢得农村最广大观众的欢迎，又能毫无愧色地登上高雅的艺术殿堂。潮剧曾有过值得骄傲的黄金时代，1957 年，潮剧首次晋京演出，经过整理的传统剧目《陈三五娘》《苏六娘》《辩本》《扫窗会》《闹钗》轰动京城，一代潮剧青衣演员姚璇秋脱颖而出；1959 年，《辞郎洲》《刺梁骥》《芦林会》再次晋京演出。除此之外，新整理的传统剧目，具代表性的还有《告亲夫》《蔡伯喈》《柴房会》《井边会》《金花女》《闹开封》《王茂生进酒》《火烧临江楼》《龙井渡头》等；新创作的现代剧，具代表性的有《江姐》《松柏长青》《党重给我光明》《滨海风潮》等。这些灿若锦绣、繁富丰美的剧目，使著名戏剧家田汉、老舍连连发出"潮音今已动宫墙""潮剧春花色色香"的由衷赞叹。

作为潮剧剧种代表的广东潮剧院，在汕头经济特区成立以后，在潮剧创作、整理、演出上再创辉煌。新编历史故事剧《袁崇焕》获全国优秀剧本奖；整理改编传统剧目《张春郎削发》获首届中国艺术节纪念奖，拍摄成彩色宽银幕戏曲艺术影片；新编历史故事剧《陈太爷选婿》获第四届"文华奖"新剧目奖和剧作奖。汕头市文化局组织辅导所属各县市戏剧创作，也出现了获全国性奖励和有一定影响的创作剧目，如《李队长筹粮》《恩怨宋家妇》《丁日昌》《百里桥》等，还有其他不胜枚举的数以百计的专业和业余创作剧目。

面对这如同潮学典籍一样令人目不暇接的剧作长廊，我们不能不惊异潮剧在潮汕民间的普及程度及其旺盛的生命力，也不能不为潮剧拥有这么庞大的作者群而感到欣慰。正是潮剧作者的辛勤劳作,潮剧的剧本创作才能持之以恒,靠其生生不息的活力而蔚成大观。

创建于1959年的广东汕头戏曲学校,几十年来培养了数以千计的潮剧艺员,其中的方展荣、陈学希、张长城、范泽华、郑健英、陈秦梦等早已成为潮剧之星。汕头经济特区建立以来,汕头戏曲学校焕发青春,走上了快出多出精尖人才的办学大道,教学相长,十分活跃,戏校学生演出团数次赴东南亚各国演出,备受赞赏,潮剧后继人才正在茁壮成长。

在这欣欣向荣、充满生机活力的文艺园地中,还有两朵鲜艳夺目的鲜花——汕头潮乐曲艺团和汕头海洋少女艺术团。

汕头潮乐曲艺团是潮汕地区唯一的音乐曲艺团体,成立于1958年,重建于1980年,以整理、创作、演奏潮乐和表演潮汕民间曲艺节目为主,有浓郁的潮汕民俗风情和滨海地方特色,以雅俗共赏的艺术风格演绎五千年潮人文化,弘扬潮人谦和淳厚的儒雅风范,一向为海内外潮人所欢迎。近年曾出访泰国、新加坡、法国、马来西亚、中国香港等国家和地区,享有较高声誉。

汕头海洋少女艺术团组建于1992年,由汕头海洋集团公司创办,是文化与企业联姻、艺术发展企业化的有益尝试。海洋少女艺术团荟萃各路精英俊彦,旨在建立一个有少女特色、海洋特色的具有社会效益和经营能力的新型文艺团体。该团组建以来,与南方歌舞团联合创作演出大型舞剧《潮汕赋》,创作排演以潮人文化为题材的《彩云飞》《雨中景》《绣春图》《剪绫谣》《金凤花》《海之魂》等舞蹈节目,活跃在汕头文艺舞台上。

潮人文化的勃勃生机活力还体现在汕头文化领域的各个方面,进入千家万户的汕头电视台、汕头有线电视台、汕头广播电台及各种报刊,都为潮人文化的弘扬作出宝贵的贡献,不能一一尽述。

三、充满希望的潮人文化

迈向新世纪的汕头经济特区以现代化的国际港口城市为战略发展目标,未来的汕头将是现代化、国际化的世界城,与此相适应的汕头文化必定以传统的潮人文化为根基,继续面向大海,实行全方位开放,大胆吸收外来文化的一切积极因素,学习和借鉴全人类的一切优秀文化成果,以大海的气魄铸造新一代潮人文化,建成具有海洋特色、侨乡特色、特区特色、汕头地方特色的现代化国际都市文化,使汕头成为国内外有影响的文化城市以及中国沿海较大规模的宣传文化交流中心。

中共汕头市委围绕这一总体目标,制订了《汕头市宣传思想文化百花计划》。在文化艺术方面,"要使艺术建设、社会文化建设、文化设施建设和文化人才建设卓有成效,居国内先进地位。文化艺术队伍实力雄厚,出现一批在国内外有较高档次、有较强效应的艺术精品,形成集中外艺术精髓之大成、熔优秀传统文化于一炉的'汕头艺术'。广东潮剧院成为国内外有影响的地方戏剧创作、表演、培训、研究基地。潮汕历史文化研究中心在整理出版地方优秀历史文化方面发挥重要作用。传统文化跻身世界艺术之林,人民文化生活消费指标相当于中等发达国家水平。社会文化网络向现代化和高品位发展,群众文化活动场所遍布城乡。建立全市公共图书馆联机网络和新华书店的联售网络,市和各市区县馆、店逐步建成电子计算机信息系统,全市藏书达到人均一册以上。建立多层次、多体制、多功能的城乡电影放映网络，城市电影院全面实现立体声化、空调化、豪华化，电影覆盖率百分之百。文物保护达到国内先进水平，并有若干专题博物馆。全市及各市县建成面积分别为 2 000 至 2 500 平方米的图书馆、文化馆和博物馆。全市形成布局合理、法规健全、管理现代化的文化市场，高档次的艺术项目和高雅的娱乐项目成为社会文化活动的主体。形成文化艺术产品、文化器材、文化人才、文化技术、文化信息等各类市场。拥有一大批包括大型娱乐城、游乐城、国际艺术交流中心、音乐厅和文化艺术学校等在内的艺术殿堂和文化设施，形成独具特色的汕头文化景观和建筑群落。""到 2010 年，汕头宣传文化事业要完成一个大的飞跃，多项硬、软件建设在国内居领先地位，在海内外能产生重大的影响，真正成为现代化国际港口城市的有力的文化支柱。"

> 江波、海浪，淌过岁月，留下沧桑；
> 乡情、乡恋，聚在心头，飘向远方。
> 说不清从哪个时候，
> 潮起潮落，就有了红头船的摇荡；
> 说不清从哪个时候，
> 海内海外，就有了扯不断的相思情网。
> 啊，相思情浓，潮水情长，
> 汇聚了潮人奋博的力量！
>
> 江波、海浪，淌过岁月，留下沧桑；
> 乡情、乡恋，聚在心头，飘向远方。
> 说不清从哪个时候，
> 日出日落，就有了金海岸的辉煌；
> 说不清从哪个时候，
> 天上地下，就有了看不尽的美丽港湾。
> 啊，黄金海岸，美丽港湾，
> 汇聚着潮人共同的希望！

海洋是流动的，流动的海洋使潮人文化充满生机；潮人是活跃的，活跃的潮人使汕头充满活力。潮人文化源远流长，潮人文化充满希望。汕头人民正扬起世纪的风帆，迎向大海，去挥洒当代潮人的阳刚之气，去展示和创造潮人文化的雄伟和壮丽！

（载《第五次中国经济特区暨沿海开放城市文化发展理论研讨会论文集》，文化艺术出版社 1998 年版；2002 年 11 月获香港世界华人交流协会、世界文化艺术研究中心颁发"国际优秀论文奖"；2003 年 7 月入选中国文化信息协会与中华名人系列丛书编辑部联合主编的大型文集《中华名人文论大全》）

讲　座

读书与创造

——我的读书心得

读书，除了一般所说的改善知识结构、提升审美品位、陶冶品格情操之外，最主要的目的是创造。如果一个人只读书，不创造，那就无异于一座书橱。明朝学问家陈继儒在《小窗幽记》中说："有书癖而无剪裁，徒号书橱。"说的就是这个意思。

1979年，我去厦门采风时经过漳州，在一位地方文化人那里见到过他那一柜柜的书和资料，收藏不可谓不丰富，读的书也不少，但这位先生不会写文章，也不会提出自己的创见，一大堆的资料放在他家里，好像博物馆的藏品一样，不能发挥作用，这样的读书和收藏，除了储存之外，又有什么更大的意义呢？类似的人还不少，在我们潮汕，有好几位热心收藏潮剧资料的民间潮剧爱好者，但他们也只停留在收、藏和欣赏的层次，不能把所得所感表达出来，更谈不上进行什么创造性的工作，所以这样的收藏和读书也就没有更大的价值。

与此相反的是，大家所熟知的一代汉学家饶宗颐，在读书与创造方面，无疑是值得我们学习的楷模。饶宗颐的父亲饶锷有一座藏书楼叫做"天啸楼"，里面的藏书数以十万计。饶宗颐从六七岁就开始看这些珍贵的藏书，如《古今图书集成》《四部备要》《丛书集成》等。他的父亲不但藏书、看书，而且很注重著书立说，著有《天啸楼文集》七卷，他把这个好传统传给了儿子。饶宗颐从小就学习写作，而且路子很正，一开始就在父亲的指导下学习韩文，就是学习韩愈的文章。他的父亲认为作文应从韩文入手，先立其大，养足一腔子气，然后由韩入欧（阳修），化百炼钢为绕指柔。所以饶宗颐从小就在作文上步入正途，为以后成为大学者打下了坚实的基础。由于他读得进又化得出，一路读书一路写作、创造，治学领域广涉八个方面，即敦煌学、甲骨学、史学、楚辞学、词学、目录学、考古金石学及书画等，成为享誉中外的国际汉学大师。

读书与创造就像理论与实践，两者是相辅相成的。饶宗颐之所以能成为国际汉学大师，在于他能始终坚持在读书中创造。这个过程，正如清代诗人袁牧所说的："蚕食桑，而吐者丝，非桑也；蜂采花，而所酿者蜜，非花也。"如果说"食桑采花"可比做读书，那么"吐丝酿蜜"就是创造了。

读书是一种创造性的脑力活动。像饶宗颐这样，其之所以能取得成功，都与勤读书、善思考有关。具体说来，就学术领域而言，从读书到创造，大约要经过这样三个层次：首先是要有创见，其次是要在研究方法和内容表述上力求创新，在此基础上最终才能完成创造。

一、创见

创见就是独到的见解，创造性的见解。艾芜在《对目前文艺的一点感想》中说："一个文艺工作者，最怕没创见。"

所谓有创见就是既读书而又不尽信书，要加上自己的思考，创造性地去读书。

毛泽东同志一生喜爱读书，有许多有关读书的轶事。他在读《韩昌黎文集》时，凡是认为道理讲得不对、用词不好的地方，便打叉画杠，注上批判和补充的话；相反，如果与自己观点相同、文字优美之处，就圈圈点点，写上"此论颇精""此言甚合吾意"等批语，并加以综合、概括、比较，然后写出自己创造性的见解，也就是自己的创见。

但创造性地去读书这只是一个方面，更重要的方面是要结合实际情况提出自己的创见，不能从书本到书本。比如，在我们潮汕农村，有配合农村各种祭祀节日的名目繁多的潮剧演出，中华人民共和国成立前一般称为"踮脚戏"，之后则通称为"广场戏"，因其与宗教祭祀仪典联系在一起，又被称为"老爷戏""拜神戏"，一度被禁演。20 世纪 80 年代初期，潮剧团在演出广场戏时，大体上还是处于一种"地下"状态。当时人们对广场戏仍是一种似是而非的认识，那些年，请戏的手续非常烦琐，而各专业潮剧团又陷于逐渐失去观众、演出市场疲软的困境。随着改革开放的扩大和深化，广场戏终于涌入农村广阔的演出市场。至 20 世纪 80 年代中期，几乎所有的专业潮剧团都以农村为主要基地，大演广场戏。经过几年的实践、摸索和总结，1989 年冬，汕头市文化局制定了《农村"广场戏"演出管理暂行规定》，把对广场戏的管理权下放到镇文化站，并使之真正纳入文化演出市场的管理范围。广场戏的演出管理走上了正轨，但对于广场戏仍然有种种非议，要求禁演广场戏的"读者来信"仍不时见诸报端，广场戏始终未能正名。当时适逢我新任汕头市艺术研究室主任，研究室作为潮汕地区一个专门的戏剧研究机构，有责任就这个问题提出比较权威的意见。为此我专门作了一番调查研究，连续写了《"潮剧热"探视》《广场戏与潮汕民俗》《潮剧与文化市场》等几篇论文，提出广场戏是一种民俗活动，与"老爷戏""拜神戏"是两个不同的概念，"你拜你的神，我演我的戏"，它只是农村祭祀活动的附属物，娱神其实是娱人；从本质上看，它属于市场戏剧，有利于还戏于民，活跃农村文化生活，同时，广场戏的勃兴也为处于困境的地方剧种拓开了生路，使潮剧这一艺术瑰宝得以保存并重放光彩，因此，对广场戏要热情扶植，积极引导，要理直气壮地为广场戏正名。对于潮汕这一"广场戏现象"，广东省戏曲界也表示了极大的关注，中国戏剧家协会广东分会与汕头市文化局、汕尾市文化局曾在汕头市联合召开"广场戏创作、认题座谈会"。经过戏剧界专家和文化主管部门的共同努力，潮剧广场戏终于得以正名，循着市场经济的规律平静而又迅猛地在农村发展起来，形成一股令戏曲界为之惊羡不已的当代潮剧热，被誉为"南国希望的田野上盛开的戏曲之花"。

二、创新

创新是以新思维、新发明和新描述为特征的一种概念化过程。它起源于拉丁语，原意有三层含义：第一，更新；第二，创造新的东西；第三，改变。创新是人类特有的认识能力和实践能力，是人类主观能动性的高级表现形式，是推动民族进步和社会发展的不竭动力。口语上，经常用"创新"一词表示改革的结果。

下面我用歌剧《大漠孤烟》的创作过程来阐明关于"创新"的概念。

1. 创作观念的创新

2001 年春节刚过，我给上海戏剧学院的朱国庆教授寄去了我在春节期间完稿的新戏——历史歌剧《大漠孤烟》。我在信中说："……我努力去写人的玄学状态，不具体于生活实境，想以此表现一代诗人的内心情感，企图制造一种心灵交融的情境。歌剧有这方面的优越条件，即使不能演出，在剧本中也可以创造这种氛围。"

我在信中谈到的"写人的玄学状态"，这个命题是当年我和朱国庆教授经常一起讨论的话题。我以为诗本质上属于玄学（哲学、宗教、艺术），诗人本质上是一个玄学家。所谓玄学就不是科学，科学是直接功利的，无论是自然科学还是社会科学（包括政治科学），都是为了直接解决有形的自然和社会问题；而玄学则是非功利的，是一种不用之用，是解决人最深刻的灵魂问题的。一首诗解决不了现实的苦难，却可以给人以人格的震动，一个诗人可能同时是一个政治家、一个社会活动家，但他本质上是人类灵魂的塑造者。我们之所以崇拜苏东坡、韩愈、柳宗元等大诗人，主要是他们的诗歌震撼了我们的灵魂，给予了我们终极的关怀。所以，我们今天回过头来写他们，就应该把他们作为诗人的这种本质特征凸现出来，写他们是如何在灵魂上自救并救世的，这便是我所说的"写人的玄学状态"。

南宋词论家张炎曾标举"清空"二字与创作中的"质实"相对，他说："词要清空，不要质实，清空则古雅峭拔，质实则凝涩晦昧。"张炎说的质实就是我们现在讲的过于落实，脂肪性病变，大量堆砌一些与灵魂净化无关或关系不大的东西；而清空则正相反，是从大量的生活现象中空灵出来，自觉地凸现人的终极真实即灵魂真实，自觉地去做艺术家该做的事。我所说的"写人的玄学状态而不具体于生活实境"，就是反对质实而提倡清空的。

朱国庆教授在读完《大漠孤烟》全剧之后，专门写了一篇剧论《写人的玄学状态——评陈韩星历史歌剧〈大漠孤烟〉和古代诗人系列》。他写道：

> 读完《大漠孤烟》，确实有一种清空的感觉，也就是说这个戏中没有我们经常看到的耳熟能详的直接功利的主题以及相应的复杂众多的人物情节，而是充满着一种对人的形而上的价值，即人的终极价值、最高价值的探索和追求。这种最高价值就是人的理想人格，即人与大自然，人与人的最高的和谐。它是一种超越日常功利的像清泉一般的美感，所以才使得《大漠孤烟》这部作品有一种清空感。

我以为，这个"写人的玄学状态"的戏剧创作过程，就体现了以新思维、新描述为特征的一种创新观念。本剧 2001 年获第二届中国戏剧文学奖金奖第一名（现该奖已更名为"全国戏剧文化奖"，列为国家级"评比达标表彰保留项目"）。

2. 创作手法的创新

还是以《大漠孤烟》为例。

就戏剧创作而言，现在已经很难再有什么新的创作手法，因为在我们的前面，一代又一代的戏剧大师已经把戏剧手法用尽了，正如好诗在唐代已经写完了一样。现在所谓的新的戏剧创作手法，只不过是力争在最恰当的地方运用尽可能完美的手法罢了。

《大漠孤烟》是歌剧，歌剧离不开歌词。如何在抒写王维的歌剧中写好歌词，既不脱离王维诗歌的整体氛围，又能恰到好处地表达剧作者的意愿？这是一个很大的难题。

首先要很好地读懂王维的诗，先把自己沉浸于王维的诗歌海洋中，这才谈得上从王维的诗情中脱化而出，再加入剧作者的主观意绪。

河南省社会科学院研究员、韩愈研究所所长、王维研究专家张清华教授在看完《大漠孤烟》一剧后，写了一篇剧评《透过史实挖掘诗人的内在品格——韩星先生剧作〈大漠孤烟〉读后》。对于剧本语言和歌词创作，张清华教授作了这样的评述：

> 学者们评价中唐大文学家韩愈时说他写孟郊文似孟郊，写樊宗师文似樊宗师，写柳宗元文似柳宗元，韩星先生此剧写王维而文似王维。结构的谨约，语言的雅洁，格调的畅适，情愫的纯美都似王诗。这不仅仅在于剧中贴切地融入了王维的名诗句，更令人注目的是他创造的意境：如第三场渭水客舍送行，第四场在辛夷坞幻化出与崔芙蓉的酬唱，结构、场景、语言都做到净洁、畅适，给人以甜美、惬意的感受。请看二人对唱一节：

崔芙蓉唱：朝梵坐看云起时，
　　　　　夜禅遥思桃源客。
王　维唱：焚香笑谢桃源人，
　　　　　总嫌陶令太落寞。
崔芙蓉唱：摩诘堪为意中人，
　　　　　怎奈父亲有嘱托。
王　维唱：自从妻丧思再娶，
　　　　　却碍芙蓉成佛陀。
崔芙蓉唱：清风明月荡俗念，
　　　　　孤烟落日炼魂魄。
王　维唱：清溪白石悦鸟性，
　　　　　空山新雨熄心魔。
崔芙蓉唱：只将心香化花瓣，
　　　　　飘飘洒洒君前落。
王　维唱：惟思洞户细细寻，
　　　　　缤纷花瓣慰孤寞。
崔芙蓉唱：摩诘啊，那不是花瓣，
　　　　　那是我凋零的心一颗。

　　　　王　维唱：芙蓉啊，这不是花瓣，
　　　　　　　　　这是你送给我的——
　　　　　　　　　五彩的歌！

　　这其中涉及一种创作手法叫做脱化。唐代诗僧皎然在他的《诗式》一书中，写了一种文学现象——诗家"三偷"：一偷语，二偷意，三偷势。其中的偷意便是脱化。

　　当然，皎然所说的"偷"，只是一种形象化的借代词，所谓"偷"的本义，其实是创作领域的一个重要命题：借鉴。诗家"三偷"，就是诗人从立意到技法到用词的全面借鉴。

　　举几个例子吧。

　　先说"偷语"。比如王维的"漠漠水田飞白鹭，阴阴夏木啭黄鹂"取自李嘉佑的"水田飞白鹭，夏木啭黄鹂"；苏东坡的"明月几时有，把酒问青天"，取自李白的"青天有月来几时，我今停杯一问之"。

　　再说"偷意"。比如韦应物的"西施且一笑，众女安得妍"，入了白居易的诗，便化作"回眸一笑百媚生"；李华《吊古战场文》"其存其没，家莫闻知。人或有言，将信将疑。悁悁心目，寤寐见之"被陈陶脱化为千古名句"可怜无定河边骨，犹是春闺梦里人"。

　　最后说"偷势"。比如王安石的"地蟠三楚大，天入五湖低"，取自杜甫的"星垂平野阔，月涌大江流"；还有王安石的"一水护田将绿绕，两山排闼送青来"，取自李白的"两岸青山相对出，孤帆一片日边来"。

　　作为歌剧里的歌词创作，都离不开这"三偷"，特别是有关古代诗人的歌剧创作，就更要根据这个诗人的诗作，适当运用"三偷"的创作技巧。

　　以我的创作体会，最适用和用得最多的"三偷"技巧是"偷意"。正如上面所引辛夷坞幻化出的王维与崔芙蓉的酬唱，其歌词便是由王维的《辋川集》和相关的诗作"偷意"而成，如：

　　　　木末芙蓉花，山中发红萼。
　　　　涧户寂无人，纷纷开且落。（《辛夷坞》）
　　　　悠然远山暮，独向白云归。
　　　　菱蔓弱难定，杨花轻易飞。（《归辋川作》节选）
　　　　空山不见人，但闻人语响。
　　　　返景入深林，复照青苔上。（《鹿柴》）
　　　　空山新雨后，天气晚来秋。
　　　　明月松间照，清泉石上流。（《山居秋暝》）
　　　　……

　　中国古典诗词是一笔无与伦比的精神财富，妙词隽语如流珠涌玉，不可胜数。适当运用"三偷"特别是"脱化"的创作技巧，无疑是"致富"之道，也是在恰当的地方运用的一种属于创新范畴的戏剧创作手法。

三、创造

创见和创新的直接成果就是创造。创造就是发明、制造前所未有的事物；对于学术和艺术范畴而言，就是著书立说或创作文艺作品。

不管在哪个范畴或哪个领域，从创见、创新到创造，都离不开丰富的想象力，换句话说，丰富的想象力是创造的前提条件。

爱因斯坦说："想象力比知识更重要，因为知识是有限的，而想象力概括着世界的一切，推动着进步，并且是知识进化的源泉。"

黑格尔说："如果谈到本领，最杰出的本领就是想象。"

雨果说："诗人有两只眼睛，一只叫做观察，一只称为想象。文艺家的知觉形象皆为观察与想象的结晶。"

前不久，教育进展国际评估组织对全球 21 个国家的调查显示，中国孩子的计算能力排名世界第一，而创造力却排名倒数第五。一个第一和一个倒数第五真实地反映了中国普通教育的结果，也让人们可以看出中国普通教育中最缺少的是什么。

中国孩子的计算能力强，这是世界许多教育发达国家所羡慕的。但这只表明，中国孩子接受知识的能力强，多做练习、多背数学公式，多抠数学习题，结果自然会好。中国的普通教育培养了很多具有数学天分的人才，但在现实中数学在各领域的应用却很狭窄，所谓的数学家不少都去搞像"哥德巴赫猜想"之类的高端数学命题去了。

中国的孩子缺少想象力吗？

中国的孩子没有创造力吗？

回答当然都是否定的。但为什么中国孩子的创造力就是发挥不出来或是体现不出来？为什么中国的学生会被人们视为书呆子，大学毕了业，还会被人认为是无用之人？

在学校，孩子们要做个好学生，孩子的大脑就像一个图书馆一样，只要能把知识装进去，这"图书馆"就是一流的，装的越多，说明"图书馆"的质量越高。但人的大脑这个"图书馆"的功能不仅仅是"知识的宝藏"，它的真正效能应是一个"知识的喷泉"。不论是普通教育还是高等教育，要想培养人才的创造力，就需在教育的过程中完成人们大脑从知识的宝库到知识的喷泉的转变。一个人吸收的知识再多，如果不能在实践中应用，那是典型的书呆子。一个人再学高八斗，如果没有创造力，也只能算是个懂得些之乎者也已焉哉的穷酸秀才。

有关资讯曾这样分析：

在这里，应当反思的是中国的教育管理者和教育工作者，更应当反思的是我们的教育体制和社会的心态。读书好的学生未必就要有创造力，能考上大学的学生也不要求有创造力。在这种环境下，还会有人觉得孩子们的创造力重要吗？

教育与社会现实脱节是中国教育的一大弊端，到了大学阶段，这种现象更突出。大学生就业难为什么这几年这么突出，从深层上讲是大学培养的人才不适应经济发展对新型人才需求的变化。换言之，市场上需要的人才，大学培养的不多，市场上饱和的人才，大学却培养出一大堆。

教育的根本目的是什么？教育的真谛又是什么？

人们会说，教育是为了培养国家和社会所需要的各类人才，也有人会认为，教育是进入精英阶层的阶梯。有的人会说，上了大学好当官，也有的人讲，只有读书好才能有前途。但这一切真是教育的根本目的吗？

对一个国家和社会而言，教育的最终目的是提高人的创造力。在 21 世纪，具有创新意识的人才将主导社会经济发展的走向，不论是新的产品的研发、新行业的崛起、新的管理意识，这一切离不开人的创造力。教育的方法和手段正日益革新，社会对高端人才的需要更加突出专业化、职业化。而这一切，都对教育提出了严峻的挑战。从人才战略的角度观察，21 世纪的竞争将更加集中在人才的竞争上，有人将此比喻为"人才战争"。

人才竞争的基础是教育的普及和提高，面向社会、面向市场的教育体制、高质量的大学、具有远见的教育理念、人才素质的提高、创新能力的培养，这些都体现着教育的功能。面对 21 世纪，教育的地平线也是人才的地平线，因为它是一个国家和民族现实和未来发展最关键的基础。

拥有创造力的人才，一个民族才有前行的动力，一个国家才会在全球化的经济发展中立于不败之地，一个社会才能更加富有活力。

说到创造力，就一定离不开想象力，离不开想象活动。苏联音乐心理学专家捷普洛夫说："一个人的想象活动与其情绪生活是紧密地联系着的……创造想象的重大创造，永远产生于丰富的感情之中。"所以，归根结底，我们要热爱生活，始终对事业保持饱满的热情。对生活和事业的执著追求，才是想象力和创造力的不竭源泉。

文化学者余秋雨说："一个民族，如果它的文化敏感带集中在思考层面和创造层面上，那它的复兴已有希望；反之，如果它的文化敏感带集中在匠艺层面和记忆层面上，那它的衰势已无可避免。"

温暖的朝阳撒满我们工作、学习的大路，飘一路欢歌，留一串笑语，播一路温馨——以愉悦的心情工作，以感悟的心态学习，以想象的心境创造。让我们以主动积极的姿态，去创造人生美好的生活，去创造生命永恒的价值。

（2010 年 5 月 10 日于广东文艺职业学院图书馆讲演。载馆刊《陶园》2010 年总第 2 期）

舒展艺术想象的翅膀

对一个国家和社会而言，教育的最终目的是提高人的创造力。

拥有充裕的具有创造力的人才，一个民族才有前行的动力，一个社会才更加富有活力，一个国家才会在全球化的经济发展中立于不败之地。

创造力离不开想象力。

一、想象力比知识更重要

"想象"的词义：①心理学上指在知觉材料的基础上，经过新的配合而创造出新形象的心理过程。②对于不在眼前的事物想出它的具体形象。

"想象力"的词义：在知觉材料的基础上，经过新的配合而创造出新形象的能力。

1. 名家语录

德·黑格尔："如果谈到本领，最杰出的本领就是想象。"

美·爱因斯坦："想象力比知识更重要，因为知识是有限的，而想象力概括着世界的一切，推动着进步，并且是知识进化的源泉。"

法·雨果："诗人有两只眼睛，一只叫做观察，一只称为想象。文艺家的知觉形象皆为观察与想象的结晶。"

德·马克思："想象，这一作用于人类发展如此之大的功能，开始于此时产生神话、传奇和传说等未记载的文学，而业已给人类以强有力的影响。"

西晋·陆机："精骛八极，心游万仞。"（《文赋》）

南北朝·刘勰："思接千载，视通万里。"（《文心雕龙》）

莫言（中国首位诺贝尔文学奖获得者）："只有有想象力的人才能写作，只有想象力丰富的人才可能成为优秀作家。"（《我在寻根过程中扎根》）

"莫言的想象力超越了人类存在。"——诺贝尔文学奖评委语

严歌苓（著名作家）："想象力是作家最重要的素质。"

刘伟林（华南师范大学教授）："神思是中国古典美学、文艺学中的一个重要审美范畴，对于当今的文艺创作与研究仍有现实指导意义。神思就是想象。神思为艺术作品赋予了时空意义。艺术想象充满了情感，是情感激发的过程。"（《神思论》）

陈望（著名画家、曾任潮汕文联主席）："创造的能力，一靠阅历（生活底子），二靠想象（艺术素质）。"

2. 读书与创造

大学创新的根本要义是培养创新型人才。

读书，除了一般所说的改善知识结构、提升审美品位、陶冶品格情操之外，最主要的目的是创造。如果一个人只读书，不创造，那就无异于一个书橱。

读书与创造就像理论与实践，两者是相辅相成的。在读书中创造，这个过程，正如清代诗人袁枚所说的："蚕食桑，而吐者丝，非桑也；蜂采花，而所酿者蜜，非花也。"如果说"食桑采花"可比做读书，那么"吐丝酿蜜"就是创造了。

读书是一种创造性的脑力活动。许多自学成才的人，之所以能取得成功，都与勤读书、善思考有关。具体说来，就学术领域而言，从读书到创造，大约要经过这样三个层次：首先是要有创见，其次是要在研究方法和内容表述上力求创新，在此基础上最终才能完成创造。

创见就是独到的见解，创造性的见解。艾芜在《对目前文艺的一点感想》中说："一个文艺工作者，最怕没创见。"所谓有创见就是既读书而又不尽信书，要加上自己的思考，创造性地去读书。

创新是以新思维、新发明和新描述为特征的一种概念化过程。起源于拉丁语，它原有三层含义：第一，更新；第二，创造新的东西；第三，改变。创新是人类特有的认识能力和实践能力，是人类主观能动性的高级表现形式，是推动民族进步和社会发展的不竭动力。党的十七届六中全会《决定》指出："把创新精神贯穿文化创作生产的全过程。"

创见和创新的直接成果就是创造（包括创意、创造性的工作）。创造就是发明、制造前所未有的事物；对于学术和艺术范畴而言，就是著书立说或创作文艺作品。美国作家、戏剧批评家布鲁克斯·阿特金森说："法则不过是创造的副产品，而创造本身才是艺术的唯一职守。"

不管在哪个范畴或哪个领域，从创见、创新到创造，都离不开丰富的想象力，换句话说，丰富的想象力是创造的前提条件。

严歌苓说："作为一个作家来讲，不仅仅是要在真实生活中搜集细节，还要想象，必须有举一反'百'的能力，一旦你创作出一个人物形象以后，你要根据对他的一点点了解，来设想他做人、处事的所有细节，然后要靠细节一点一点把他的生命逻辑给呈现出来。所以想象力是作家最重要的素质，离开想象力，了解再多的细节都是没有用的。"

"睁开你思维的眼睛，就是你要看到你的人物在做什么，他的动作、语言、细节。一旦感觉走进瓶颈了，你尽量闭上眼睛，让你脑子里的眼睛睁开去看这个人物。这就是想象力。培养你的想象力，就像你练肌肉，脑子也是可以训练的。"

3. 艺术想象力

艺术并非单纯重复"第一自然"，一个艺术家应该同时具有理性的想象力和感性的想象力，要创造气象宏伟、情感细腻的"第二自然"。

生活中自己没有经历过的，需要用过去相似的经验加以虚构想象。即使自己确实经历过的生活事件，也需要用想象来丰富补充。

所谓艺术创造中的"自我超越"现象，实际上是一种想象的力量。

所谓艺术想象力，就是在"有"中发现"无"，即是在人们熟悉的生存经验中发现被人们忽略或无法感知的那些东西；就是在"无"中创造"有"，创造出新的艺术形式。

二、想象力从何而来

1. 注重培养丰富的感情

苏联心理学家捷普洛夫说："一个人的想象活动与其情绪生活是紧密地联系着的。……创造想象的重大创造，永远产生于丰富的感情之中。"

归根结底，热爱生活、始终对事业保持饱满的热情、对生活和事业有着执著的追求，这就是想象力和创造力的不竭源泉。

2. 要善于"发现"

文化学者余秋雨说过："有的人一辈子搞艺术，但一辈子没有真正的艺术感觉，更没有艺术的触角。"有艺术的感觉、有艺术的触角才会有从生活到艺术的"发现"。提高文化素养，学会欣赏，学会归纳总结，对艺术有一种全身心的关注和投入，就会保持一种良好的态势，也才会有艺术的感觉、艺术的触角。

艺术作品既然是抒情的，作者就不应该是生活的旁观者，不该麻木，他的感情应比一般人更加敏锐，喜怒哀乐应先人而感，这才是艺术家的气质。苏东坡说"多情应笑我，早生华发"，他就是真正的艺术家！

[举例]

我写唐代诗人王维的歌剧《大漠孤烟》时，在构思阶段，我偶然间看到一则报道：那位唱红了《青藏高原》的著名女歌手李娜突然销声匿迹，出家当了尼姑。这使我陷入莫名的怅惘之中。我极喜欢这首《青藏高原》，那高亢入云、清澈无尘的歌声，多少次导引着我进入那澄碧而神秘的莽原雪域。——可是，就这样一位充满激情、活泼鲜脱的女歌手，竟然一头钻进尼庵古寺，去陪伴青灯古佛度过她那灿烂的青春年华！我猜想她一定有着大伤痛、大悲哀，一定有一件刻骨镂心、伤心绝伦的大事件让她下了狠心远离尘世，遁入空门。由此我想到王维"丧妻不娶，三十年孤居一室，摒绝尘累"的历史记载，王维在婚姻问题上是否也有大伤痛、大悲哀呢？我决意让王维的灵魂与这位当代歌手的灵魂"合理碰撞"，写一出灵魂惨剧。

找到了灵魂的碰撞点，戏也就找到了矛盾冲突的凝聚点。我没有去仔细构思剧本的情节，甚至连结局也没有完全想好，2001年，新世纪的第一天，我就动笔了。我信笔写去，该怎么样就怎么样。一个多月后，剧本完成了。后来这个剧本获第二届中国戏剧文学奖金奖第一名。

3. 善于处理艺术真实与生活真实的关系，源于生活而高于生活

毛泽东在《在延安文艺座谈会上的讲话》说："人类的社会生活虽是文学艺术的唯一源泉，虽是较之后者有不可比拟的生动丰富的内容，但是人民还是不满足于前者而要求后者。这是为什么呢？因为虽然两者都是美，但是文艺作品中反映出来的生活却可以而且应该比普通的实际生活更高，更强烈，更有集中性，更典型，更理想，因此就更带普遍性。"

4. 能否等待灵感

创作时的确存在灵感，作家也需要灵感。

灵感实际上就是创作当中的精神状态，一种豁然开朗的感觉。这个时候，感情最充沛，下笔如有神。一切都没计划、没准备，但写得非常顺畅，心情非常愉快。这种创作，实际上等于精神享受。

灵感，不是心血来潮、灵机一动的产物。只有自己完全被沉思占有时，才可能有灵感。

俄国画家列宾说："灵感是对艰苦劳动的奖赏。"

灵感是一种潜意识的突然活跃（人的一生所记忆的，绝大部分化成了潜意识）。

灵感可以等，要等偶然因素的刺激；但创作不能单纯靠等待灵感。

灵感来自作家的天赋、悟性、学习、勤奋、交流、激情、观察、思考、人生和性情。最重要的是天赋、悟性、激情、性情和人生，也就是与作家自身的条件密切相关。

灵感的强烈与否，不能决定一个作家创作上的成就。李白的灵感比杜甫强烈，但杜甫的成就也很高。李白与杜甫的成就并无高低之分，只是风格不同。

靠灵感写作的作家并不是天才。

三、培养想象力的途径——博览群书

博览群书不是泛泛而读：一是可参考苏东坡的"八面读书法"，即从一部专著或其他的资料中，只找本次有用的资料，其他的暂时舍弃不读；待下次再写新的论文时，从新的角度再读一次；如此反复多次，"八"只是泛指。二是为了某一项创作专题，尽可能多地搜集包括书籍在内的所有素材。三是分门别类做卡片，有条件的可在电脑中存储。我的电脑就设了几个条目，如"小知识""艺林撷英""诗萃""语丝"等，在创作时触类旁通，起到意想不到的效果。

［举例］

如在朗诵诗《中国的选择》中，写到汶川特大地震，怎样避免写那些通用的、一般化的语言呢？那就要有知识的积累，或者要临时再作知识的补充。我找到有关资料，汶川有一种珙桐树，树上开的是鸽子花，我就展开想象，写成以下一段诗句，我觉得这是我这首朗诵诗中写得最为满意的一段：

> 还记得汶川的鸽子花吗？
> 薄薄的花瓣，雪亮雪亮，宛若白鸽，
> 它就绽开在西南地区珍贵的珙桐树上，
> 在晓风丹露里舒展，
> 在宁静的枝丫间摇曳交错。
> 可是，就在 2008 年的 5 月 12 日，
> 美丽的鸽子花还没有来得及盛开，
> 短短的一刹那间，
> 小小的花蕾就被粉碎，满地狼藉，山河尽墨；
> 一个个美丽的家园，

就这样遭到史无前例的摧毁；

那些与花儿一样的生命，

就这样一个个地萎缩、夭折……

但是，

在这场特大的地震灾难中，

让我们无法忘怀的，

是党和国家领导人那坚定而劳碌的身影；

让我们充满希望的，

是党和国家领导人那气壮山河的胆魄！

三年过去了，

岷江的水啊带走了遍体连心的伤痛，

大巴山的雨啊浇开了新生的鸽子花朵。

一个筚路蓝缕的民族，

就这样在血泪交迸中重新开启山林；

一个古老坚强的民族，

就这样在九曲十八弯的蜀道上奋进、高歌！

美丽的鸽子花啊依然在晓风丹露里舒展，

舒展得那么娇美、婷婷；

美丽的鸽子花啊依然在宁静的枝丫间摇曳，

摇曳得那么轻盈、洒脱……

[参考]

余秋雨的读书"五法则"：

第一，读书时要给书分个类，不要混为一谈。阅读分为知识型阅读、消遣型阅读、精神型阅读，这三类阅读都需要，不要贬低哪一类，但是要分清楚，混成一类很麻烦。现在比较勤快的人忙着知识型的阅读，比较懒惰的人忙着消遣型的阅读。但是不管谁都不要忘了精神型的阅读。进行这样的阅读分类后，及时选择适合自己的阅读作品，会有更大的收获。

第二，要读一流的书。要先问老师、年纪大一点儿的朋友、作家，分清楚一流、二流及三流的书，然后选择一流书也就是经典的书来读。年轻的孩子可能认为第一流的精品书特别难读，但其逻辑清晰，读起来层次分明轻松，更有助于学习。而一些三流的书，文字看起来很简单，但逻辑很混乱，会让今后的阅读产生倦怠，所以还是应该努力地去读第一流的书。

第三，读书尽量不要多，量多了以后，可能会搞得晕头转向。"尽量少一点儿，多读经典，找适合自己的书读，将其留在脑中，最后把你们的书放在你们的心灵书架里，这样你就丰富了你的阅读。"

第四，不读一下子看不下去的书，有些人觉得这本书很重要，但是看不下去，还要看。那不行，要寻找自己喜欢的书，其实也是在寻找你自己，"强扭的瓜不甜"。好书太多太多了，要寻找和自己有缘分的书，这样的话就很有价值。

第五，读书其实只是一个跳板，最后要读的书可以成为自己的经历。所以不要忙着那些没价值的阅读，而是要在阅读当中获得新的东西，让阅读成为享受，否则会给大家造成不好的结果。

除上述尽可能地博览群书以培养想象力的途径之外，还有以下四条途径：学会借鉴；注意提高自己的文学艺术修养；勤于观察；注意培养多方面的爱好。

四、构筑想象中的戏剧景点——戏核与戏眼

列夫·托尔斯泰曾说过："艺术品中最重要的东西，是它应当有一个焦点才成，就是说，应当有这样一个点：所有的光集中在这一点上，或者从这一点放射出去。这个焦点万不可以用话语完全表达出来。"

著名戏曲作家范钧宏认为：所谓戏核，就是剧情发展中的矛盾核心，关键所在，没有它，就不可能出现高潮。我的理解是，所谓核，便是有生长点、有生命力的东西。一颗桃核，埋在泥土里，会长出一棵桃树来。一个戏核也要具备这样的能力，即在情节上要有延伸、派生、扩展的生命力，在冲突上要有抗衡、对峙、激化的爆发力，在反映生活的内涵上要有深邃、强悍、独特的穿透力。

如果用一句话来概括，那就是，戏核是支撑一部戏剧作品最重要的情节核，没有它，构不成一个戏；戏核也是区别此作品与彼作品的最重要的标志，没有它，就成不了"这一个"戏。

比如，著名剧作家魏明伦的川剧《巴山秀才》，反映的事件背景是光绪二年四川东乡发生的一桩惨案。史载四川总督错杀三千东乡灾民。幸存者赴省鸣冤，却呼告无门。适逢提学使张之洞入川主持科举，一群东乡秀才乘考试机会牺牲功名，在试卷上书写冤状，震动朝廷，迫使慈禧太后下诏追查。

东乡秀才在试卷上书写冤状的这一奇事就是戏核。这一戏核就成了《巴山秀才》全部戏剧情节最重要的支撑点和最独特的闪光点。

那么，什么是戏眼？戏核与戏眼的区别在哪里？戏核是一个戏之所以能成为一个戏同时又有别于其他戏的最重要的、必不可少的条件；戏眼则是使一个戏更具有戏剧性的重要元素。这两者比较起来，戏眼更偏重于情节的设置与关键动作的安排，更侧重于细节的铺陈与感情的研磨。通俗地说，戏眼就是好看的、精彩的情节或场面。同时，一个戏可能不止一个戏眼，有可能两个、三个。

[举例]

（1）《张春郎削发》的戏核是"削发"，戏眼就是"追殿"——

围绕着张春郎与双娇公主的性格冲突，从"削发"开始，直至以后的"报发""闹发""赔发""结发"，无穷关目，皆系于一发。张春郎被削的一缕头发，是贯穿全剧的主要道具，因此又将表现张、娇二人感情纠葛的寺内、家里和宫中三条情节线有机地交织在一起，这说明"削发"这一"戏核"的确具有外延丰富的生发能力。

"追殿"表现的是众人闻知张春郎要在青云寺受戒出家，大惊失色追赶张春郎而出现

的喜剧性场面：公主追春郎，半空追好友，崇礼追逆子，鲁国公也"拖着老皮来解围"，继而皇帝皇后也乘銮舆追上……

（2）《荔枝叹》的戏核是苏东坡摘贡品"绿罗衣"，戏眼是苏东坡撕碎诗稿、林婆又俯身将其捡起——

〔林婆用竹盘盛了荔果出来，放于桌上。

林　婆　苏大人，请尝荔子。

苏东坡　这不是绿罗衣吧？

林　婆　不是，大人尽管吃吧！

苏东坡　（一改神态）不！我今日就是非绿罗衣不吃！

林　婆　（惊愕）啊！

苏东坡　宫中美人吃得，为何我却吃不得！

王朝云　先生莫非醉了？

苏东坡　我就吃它几颗，谁奈我何？我已被贬到此，大不了再贬天涯海角！难道为了几颗绿罗衣，还会杀我的头不成？吃！

林　婆　大人三思……

苏东坡　三思？（狂笑）哈哈哈！我这辈子吃亏就在于这个"思"字！不思无罪，思之有罪！今日我就来个不思而行！婆婆，你尽管摘来，一切由我担当！

林　婆　（犹豫）这……

苏东坡　（命令地）快去！

〔林婆蹒跚入内。

苏东坡　（仰天长叹，唱）
　　　　且把万念归一梦，
　　　　但将地狱作天宫！
　　　　……

〔东坡扫落桌上短笺，铺开大纸，奋笔疾书。

〔一番龙跌凤拏，全幅浑然写成，竟是一首《荔枝叹》！

〔东坡掷笔，仰天长叹！

方子容　（看完诗稿，不无担心地）先生，您这是不要命么！
　　　　（唱）狂诗一首惊凡目，
　　　　　　　罪上加罪怎堪书？！
　　　　　　　外官莫管宫廷事，
　　　　　　　收拾诗章入酒壶……
　　　　（卷起诗稿交与东坡）先生，此诗你知我知，万万不可再传啊！
　　　　（斟酒递与东坡）

苏东坡　（酒泼于地，愤慨万端）我苏东坡若肯以闲诗文度日，也不至于今日了！

　　［朝云急忙上前接过诗稿，把定精神，过细地看了看，只待看完，竟昏倒在东坡怀中。

　　［林婆拾起朝云撒落诗稿，俯览轻吟。

　　［东坡抱起朝云，心绪遂乱。朝云缓缓醒来，抱住东坡只是痛哭——

王朝云　（唱）惊魂摇摇神无主，
　　　　　　眼前历历来时路。
　　　　　　南岭飞雨送凄凉，
　　　　　　微命如缕已可数……
　　　　　　愿君共惜一寸阴，
　　　　　　莫为诗文遭荼毒。
　　　　　　酒醒梦回听妄言：
　　　　　　焚诗稿、收狂语、祈主宽恕……

　　［朝云将诗稿一下一下撕开……

　　［东坡愤激难抑，将笔、砚摔入江中。

王朝云　（惊叫）大人！

　　［东坡又将诗稿撕成碎片……

　　［林婆却把碎片仔细地收捡起来……

　　［幕徐徐闭。

　　（3）我们影视戏剧专业上学期的小品大赛，有一个小品《劫持》，戏核就是劫匪所劫持的竟是一个不怕死甚至要自杀的赌徒！这就非常有戏可做，但可惜后面的发展并不精彩，最终赌徒还是跳下去了，如果能在一步步的发展后，最终赌徒与劫匪手拉手走出大门，让警察看得一愣一愣的，这才出彩，也出人意料，这个结果就是戏眼。

　　总之，戏核是根，戏眼是枝、是叶。它们之间的根本区别就在于此。

　　　　　　　　　　（2011年11月24日，广东文艺职业学院"名家讲坛"）

人文摭拾

湘子桥上的铁牛

昨天夜里，下了第一场春雨。趁着骤雨初歇，我步出校门，来到湘子桥上。

我对这座充满神话色彩的大桥，有着一种特殊的眷恋之情。记得有一年春天，也是在一个春雨初降的早上，父亲领着我，来到那时仍是十八条梭船联结而成的湘子桥头，父亲默默地流着泪，在那尊昂首向天的铁牛旁，久久地伫立着……

就在那一天，父亲带着我，离开潮州，回到了普宁家乡。——好多年后我才懂得，那一年是1956年，父亲因为曾在广西桂林为胡风出版过两本诗集，被打成了"胡风分子"，受到开除出队的处分。于是，留在我的记忆中的那场毛毛小雨，变成一片愁云苦雾，久久地笼罩在我的心头；那只昂首向天的有着沉重的墨黑色的铁牛，也牢牢地铭刻在我的心中。

我来到那只铁牛的身旁。——虽然这已经不是当年的那只铁牛了，但我看着它那昂首向天的姿势，依然可以感受到一股温馨的气息，依然荡漾起一串回忆的涟漪……

我对牛的感情，可以说是从那个早上开始的。回到家乡以后，我在亲戚的帮助下，继续上学，可是，我再也不是无忧无虑的了。困顿的家境，使我过早地分担了生活的担子。我曾跟着邻居放牛的小孩在田垄上割草，用满筐的青草换回几斤番薯；我曾跟在夏收后翻地的牛犁后面，捉那被翻了出来的泥鳅，带回家给父亲煮了吃——父亲有肺病，营养太缺了……

后来我因父亲的这段政历，考不上大学，到海南岛橡胶农场务农，从此我真正同牛打了交道。

那时，农场的胶树还小，胶行之间，可以种些花生、番薯之类的旱作物，需要用牛把地犁开、耙松，我便主动要求干这种活。也许是海南岛的牛容易驾驭，也许旱地比犁水田要容易些，总之，我轻而易举地学会了犁地，而且，很快我又学会了驾牛车。驾牛车比犁地更惬意，坐在牛车上，只要牵着牛，往左轻轻一扯，它便往左；往右轻轻一拉，它便向右。它一步一步，不慌不忙地向前走着，不管山路多么崎岖，多么长，它都毫不在乎，一直往前……由此我对牛又加深了一层认识，又加深了一层感情。

我在农场成家了，有了一个孩子，为了纪念我和牛的这段生活，我给儿子取了这样一个名字——"冬牛"。

我觉得冬天的牛是最辛苦的。在海南岛，对牛的养护远远比不上潮汕农村。冬天到了，用木棍围成的牛栏四周只是多加了一圈茅草片，北风呼呼地吹，如果遇上寒流，总要冻死几头的；那牛栏里的粪也从不清理，牛拉的屎尿都沤在牛栏里，与泥土混合成粪浆，足有半条牛腿那样深，牛就站在、躺在这些粪浆中，身上总是黏糊糊的。吃的呢，也不像潮汕农村，有孩子专门牵着去吃草，夜里有豆渣可吃，而是收工回来以后，随便往那山坡上一撒，任它们四处寻吃。奇怪的是，这些牛从不乱跑，静静地吃着（有时是半饿着肚子），也静静地跑回栏里。——总而言之，海南岛的牛是最苦的，冬天的牛更苦，我为儿子起了这样一个名字，用意是很明白的——他和我一样，不是在甜水里泡大的啊！

自然，孩子的这个名字，也还有愿孩子像牛一样脚踏实地地生活、永远昂首向前的意思。

曾记得，生产建设兵团成立以后，开始了大规模的毁林开荒和创建新点。那时我已锻炼得像牛一般结实，于是和几个身强力壮的知青一道被派往远离团部的红卫连去开新点。每天清晨 5 点，我们便从寄居的老连队出发，踏着长满岗稔丛和芒萁的山间小路，钻进竹、刺藤缠绕的密林，用山刀砍倒那横如帐幔的林墙。一直干到上午 9 点，才歇息喝粥——三块石头支着一口铁锅熬成的粥，加点盐，或就点带去的腐乳，若偶尔有附近黎村的猎手路过，每人便用一天的工资——五毛钱——买一只山鸡，几个人凑在一起，总有五六只山鸡，拔了毛取了内脏，放到锅里，煮鸡粥吃，这便是最丰盛的早餐了。然后我们就躺在大榕树下自己编成的竹床上睡觉，一直到下午 4 点钟，喝过粥又接着干。8 点钟才又踏着月色走回老连队，真有点像王安石《耕牛》诗中所描绘的那样，过着"朝耕草茫茫，暮耕水潺潺。朝耕及露下，暮耕连日出"的生活。这样过了几个月，待前山砍下的树木干了以后，就烧芭、清芭，挖去树头，搬掉乱石，在较平缓的坡上盖起茅房，总算有个安身之处，再也不用起早摸黑地每天走两个小时的山路了。

但那时的家，一切都是极其简陋的，没有床板，也没有凳。我们就地取材，砍来一种俗称"厚皮树"的木头做凳脚，一排排埋进地里，上截横钉上木棍，再架上长木条——这便成了"床"。过了几个月，用指甲在凳脚的树皮上一划，鲜红鲜红的，还是湿润的；又过了一段时间，这些凳脚居然都活了，长出了嫩芽，到后来，有些凳脚长高了，顶得床铺高低不平。那屋里的泥地，一不洒水就满足泥粉，一脚踩下去，像踩在面粉里……

这真是一段牛一般的生活啊！

说来也巧，就在那段日子里，我们家中又发生了一桩与牛有关的事。我 6 岁的小弟弟陈韩光，在汕头无人照看（我们三个大的都到海南岛务农，父亲去东山湖干校，汕头只留下一个十来岁的小妹）由母亲带到陆丰红湖干校。一天母亲到附近一个连队帮助插秧，小弟自己牵着一头山牛在玩，牵着牵着，滑进了水沟。大山牛见小主人落水，便昂起头，哞哞地叫着。过了一会，不远处一位负责养牛的女干部听出叫声有异，急忙跑来，见穿缚在牛鼻上的牛绳绷得笔直，斜斜伸入沟中，便趋前探看，发现韩光已整个泡在水里。所幸韩光身上穿着的小棉袄还有点浮力，而且他的小手还紧紧地拉着牛绳，这才没有完全沉入水中，也不至于被水冲走……牛啊牛，这回成了我小弟弟的救命恩人了。

……

就这样，经过生活的风风雨雨，我对湘子桥上的铁牛的认识升华了，已经不是旅游者对于胜迹的那种欣赏的心情了。

我深深地体验到鲁迅所说的"孺子牛"的种种含义，比如，牛的力大无穷，任重负远；牛的忠实和勤劳；牛的忘我精神和对人类的奉献，正如一首歌曲所演唱的："吃的是昆仑山坡草，挤出来是黄河、长江……"我也深深地体味到，父辈和我的青年时代所走的那条艰难困厄的路，是多么不容易地留在了身后……

　　在这个春雨霏霏的早上，我又一次来到铁牛的身旁。我知道，这第二代的铁牛，也是有它的风雨经历的——清雍正二年，潮州知府张自谦督铸的两只铁牛，有一只因洪水冲击而坠落江中，另外一只则在"文化大革命"这场政治洪水中被毁掉，现在的这一只是1981年由潮州市文物部门仿铸的。

　　我凝视着在春雨的沐浴下显得油光闪闪生机勃勃的铁牛，心绪似韩江水一样不能平静。我想，天地之间，美好的东西总是毁灭不了的，我们民族的浩然正气，正如这只昂首向天的铁牛一样，是永远不会泯没的。

　　　　（1985年3月写于潮州市韩山师专，时读干部专修科。载《汕头日报》，
　　　1985年4月25日；1991年收入汕头归侨作家诗文集《槟榔花》第1辑）

鳄渡秋风与东坡赤壁

　　"鳄渡"是韩江北堤中段的一个古渡口,据说唐代潮州刺史韩愈曾在这里祭鳄,宣读《鳄鱼文》,"鳄渡"因而得名。后来,大概因为此处江面特别宽阔,秋风起时,四面八方的帆船均可挂帆飞驶,潮人遂将古迹名胜合为一景,名为"鳄渡秋风"。

　　我早已听闻鳄渡秋风的引人入胜,去年9月的一天,便特意去看了一下。

　　时值清秋,风轻江平。碧水盈盈的江面上,帆船穿梭往返,片片白帆,映衬着湛蓝的天空,显得宁静而有诗意。从韩江上游逶迤而下的拖轮,牵着一串驳船,鸣着长笛,从江面上徐徐驶过,这时,对岸的榕荫里,不时腾飞起群群的白鹭,使人宛若置身于图画之中。

　　鳄渡秋风是如此富有诗情画意,但严格说起来,如今能看到的,其实只是一幅秋景,鳄渡旧迹已不可寻。那五里长坡,一色花岗岩石,整齐而坚固,昔年韩愈立于何处祭鳄呢?恐怕谁也说不清了。不过,我想,人们来到这里,于江天连碧之中,似乎都会产生一种虔诚的心境,都会用一种纯真的心灵去感受韩公那爱民的拳拳之心,而不会奢望看到什么残留的古迹吧。

　　伫立在这古渡口,带着这种淳厚旷远的情感,身伴秋水,面临秋风,已经是一种不可言喻的享受了。

　　能给人这种享受的,除了鳄渡秋风,还有一处,那就是湖北黄州的东坡赤壁。

　　说来也巧,前年9月,我出差路过武汉,为了搜集苏东坡在黄州的史料,曾专程游览了东坡赤壁。

　　黄州赤壁因苏东坡的一阕《赤壁怀古》而易名东坡赤壁,与鳄渡秋风颇有异曲同工之妙。苏东坡当年遨游的赤壁矶,如今已辟为著名的风景区,有栖霞楼、留仙阁、坡仙亭、放龟亭等多处胜景,但最使我乐而忘返的,却是站在赤壁矶头,俯临长江,看那江水滚滚东去。

　　9月的长江,秋色已深,江流却仍然湍急,空阔的江面上,无数船只正疾速沿江下行;远处,则浩茫一片,极目无涯,令人情怀顿豁。这时候,我慨然而生"古今往事千帆去"之感,而当我吟诵起"大江东去,浪淘尽、千古风流人物"的词句时,情感又突然升华,心中腾起一种雄视百代的豪情,我略略体味到东坡当年那股难以抑制的爱国激情了。

　　苏东坡给后人留下了足以激荡胸怀的千古绝唱,韩愈则以为民除害的精神鼓舞着后继者的斗争,他们都是在政治上失意之后,于贬所写下如许辞章的。他们是封建社会的知识分子,心灵却与人民如此接近,这正是苏东坡和韩愈在任何时代都受到人民尊重和爱戴的原因。

当然，人民并不只是欣赏他们的文章翰墨，还有一个重要的原因，那就是苏东坡和韩愈为黄州和潮州的人民做了许多好事。

苏东坡在黄州时，曾大声疾呼，反对溺杀初生婴儿的旧习，亲自组织救婴活动，并捐款一千；黄州发时疫时，他献出秘方"圣散子"，救活了成千上万人；苏东坡看到农民插秧很辛苦，他便教他们做"秧马"，减轻了农民的劳动强度。

韩愈在潮州虽然时日不长，但还是尽力为百姓办了一些好事，除了祭鳄之外，当潮州因连绵大雨将使晚稻、蚕娥受到损失时，他又写了《祭神文》，请求神明归罪刺史，不要作践百姓。他的这些举动虽然近于迷信，但他那忧心民瘼的精神却是可贵的。韩愈还整顿乡校，倡道兴学，把中原文化传播到潮州来。由于他的倡导，加以后人的不断努力，终于使潮州赢得"海滨邹鲁"的美誉，这是韩愈在潮州的最大政绩。

"萧瑟秋风今又是。"当凉爽的秋风从北方吹来的时候，我不由想起已经遥隔千里的东坡赤壁，又一次来到近在咫尺的古渡口。秋日的鳄渡，使我心灵明净，我想，谁和人民心心相连，谁为人民做好事，"有爱在民"，人民就会永远纪念他，这应该是一个亘古不变的真理。

（载《韩山师专校报》1985 年总第 19 期）

三上莲花峰

"瀛洲地脉通蓬莱，海上突出千琼瑰。一峰峭拔碧波外，幻作瓣瓣莲花开。"清代著名学人郑昌时吟咏潮阳海门莲花峰的诗句，多么超逸，多么传神！我第一次读到这首诗的时候，立即就有了一种神奇的想象和神圣的憧憬——啊，莲花峰，你源自逶逶迤迤的莲花山脉，那瀛洲地脉，上接闽赣，下奔南海，一路踊跃奔腾，起伏顿迭，一座座山峰形似含苞莲花，气象万千；比及南海，则俏然回聚，这便形成了你这样一座与众不同的滨海奇华。那一簇集结于峰顶的擎天巨石，五片纵裂，奕奕如雕，酷似一朵蓓蕾初绽的莲花……这是一种何等奇妙的自然景观啊！

但是，当我于1980年首次慕名登临莲峰，满怀虔诚瞻仰这心目中圣洁无瑕的莲花石时，却赫然发现它那最挺拔的一瓣早已被毁，岩壁所存，是一条条粗黑的裂隙，整朵石莲花已全无盎然之态，显得黯然而颓败了……

也许是寄望太大，因而失望也深，自这次登临莲峰之后，我由震惊、痛苦而郁郁不乐，我觉得这种人为的破坏，这处永远无法弥补的历史景观，的确是我国独有、世上所无、地球亦不可再造的交织着自然与历史、神圣与愚昧的最奇特的景观，它该引起多少人的惋惜和嗟叹啊！它应该是莲花峰上一处最具特色、最能引人警醒的历史陈迹。但是，在我此后所看到的有关莲花峰的诗文中，却极少人对此作过刻意的描述和喟叹，我只在《潮阳文艺》上看到一位署名钟峰的本地诗人在《重游莲花峰》中作过"石莲无辜损一角，青史有恨写千回"的感喟。是大家都视而不见，抑或是避而不谈？总之，我认为这是一种不正常的现象。

后来我在报上看到一则图片新闻，照片上是阿根廷新建的马岛之战纪念碑，但纪念碑的拱形建筑却明显少了一块。图片说明上有一段话，说这不是工程技术人员的疏忽，而是阿根廷人民决心收回马岛主权的意志的体现——阿根廷人民立誓要等马尔维纳斯群岛回到祖国的怀抱时，才把这段残缺的碑体填补上去。由此我自然联想到莲花峰，我想，阿根廷人民有意在纪念碑上留下缺角的做法，体现的是一种清醒的对祖国、对历史负责的民族意识，而我们在"文革"中有意在莲花石上留下缺角的做法，却体现了在那个特定的年代里的一种浑噩而又狂热的、对祖国对历史的不负责任的民族意识，从这个意义上说，这被炸的莲花石，不就是我们民族在那个年代遭受大浩劫、大灾难的形象的记载吗？不就是我们民族在那个年代狂热情绪的历史遗留吗？对于这样一处既可以明史又可以警世的历史遗留，我们怎么可以无动于衷，任其真正地遗留于史、遗忘于世呢？我们本来可以让这莲花石如同巴金在《随想录》中所说的那样，以这些人们所深切体会过的成了历史的事实警醒世人：愚蠢绝不能重复，一个民族要擅于总结自己的光荣，更要擅于清算自己的失误，那才能够前进。

　　苦于如斯念头萦绕不散，时隔不久，我又一次登临莲峰。这回，我在初步修复的莲峰书院幸遇一位莲峰老人——陈梦虹老先生。陈老先生年近八十，矮礅个头，银须飘拂，眼光睿智。交谈之下，颇为投机。先生当下赠我一册《莲峰诗话》、一册《莲峰史话》，都是老先生自编自印而成，翻阅之下，陡增敬意。时值薄暮时分，便偕老先生一同下山，随谒其庐。所见之下，是一小型"下山虎"式砖屋，两边厢房堆满杂物，中进厅堂是先生居室，然尘封网结，且厅壁微斜，似摇摇欲坠。到得室内，暗淡无光，待坐定又承先生掌灯，这才见室内摆设，乃一床一桌一椅而已，想来先生寡人独居，且平素再无外人作客，故只摆置一椅，此晚景实堪凄凉。先生观我眼色，知我心下惶惑，便嗫嗫嚅嚅，作了一番解释，可能碍于初交，不便深谈，我听了半天，也听不出什么所以然，但我想先生一定是落魄文人无疑，既是文人，彼此彼此，又何碍于陋室之交？于是坦然继续交谈。一谈到诗文，他又龙精虎猛，灿然有神，说到兴头处，从那破抽屉中，抽出一卷诗稿，递我细看。我就着昏黄灯光，浏览诗章，不禁大为惊愕：如此好诗，却埋没于村野陋室！于是征得先生允诺，恭录了几首：

天涯寥落此闲身，
苦厌尘劳尚在尘。
除却数行诗句外，
平生事事不如人。

不须忏悔问平生，
清夜扪心镜似明。
自笑却无笔可放，
独难放处有深情。

千年一蕊心遥结，
片瓣三生骨自坚。
漫道莲石花未整，
高洁依旧笑浊湍。
……

　　恭录至此，倏忽间我心念一动：这不正是我被苦苦缠扰、复又苦苦寻觅的莲峰意境吗？想不到就在这莲峰老人的陋室中，在如许清淡的氛围中，轻轻易易地便得到了！我眼前一亮，似乎这小小居室瞬间充满了光明！一抬头，便赫然看到对面的墙壁上，依稀挂着一副对联，我起身凑近一看，又是一件杰作：

除却诗书何有癖
独于山水不能无

　　至此，我已洞悉梦虹老先生热爱莲峰山水的拳拳之心，洞悉他那困顿寥落然而又问心无愧、执著追求的一生，我对缺瓣的莲花峰的认识也升华了，我看到在那残缺的莲峰之下，还居住着灵魂完美的莲峰人！

……

怀着满载而归的心情返回汕头不久，我便收到梦虹先生的来信，信中写道："……余素酷好山水，闻名山胜迹，务获一游为快，虽涉险登高，亦所弗计。每见前人题咏或陈迹，必追寻其史实，复博访周谘，以凭作考究的资料。"信中又提到，昔年他在泰国，时常有诗文发表于《泰京日报》，又曾与岭南画家关山月举行过书画联展，极一时之盛，但如今"归隐林泉，青灯古佛，以度余生"，不过，1981 年承县文化馆和外事办之邀，也慨然协助整理莲峰古迹文物史料，"由于十年动乱的影响，莲峰石壁诗词毁灭殆尽，幸得余昔年编著《游园问津》一书，搜集石壁诗词，留存底子，得以恢复石刻……"读罢来信，心潮久久不能平息——这样一位热爱祖国山水文物，为莲峰重修立下大功的耄耋儒生，如今却默默无闻地度着余生……

当我又一次感到郁郁不乐的时候，一个偶然的机会，为了陪同省艺术研究所的同志，我又一次登上了莲花峰。

因时隔不久，莲峰景物依旧，但此时正当六月，我们遇上莲峰一年中最美好的季节。绵绵细雨已经过去，炎炎酷暑尚未到来。轻清之气，溢于岭表；秀逸之态，出乎物外。看那岗峦林木，新绿照眼；天地云海，一碧苍茫——啊，莲峰如此娇艳，怎不令人心旷神怡！我又一次细细地观赏那缺了一瓣的莲花石，那黝黑的花岗岩石仍然是那样高高地耸立着，岩壁似铁，背倚蓝天，依旧显得那样秀拔、坚强和自豪，这使我先前的种种不快瞬间风消云散，我猛然悟到，大海是永恒的，莲峰也是永恒的……

正在我遐思无边的时候，莲峰管理站站长——一位聪慧而博识的年轻人来到我的身边，我同他谈莲峰，谈文天祥，谈宋帝昺，自然也谈到了陈梦虹老先生。站长说，梦虹老先生现在不时还到莲峰走走，这位老先生通晓日、德、英三国文字，古文、书法均极佳，只可惜 1957 年错划为右派，自此一蹶不振，真可惜了这位好人才……梦虹老先生高度近视，每每在抄录石壁诗词时，几乎将脸都贴到壁上，因而被人戏称为"面壁老人"。我不由心口一热——啊，多么好的一个名号啊！它不似状形，更近绘神；它不似调侃，更类褒扬……至此，我进一步知道了陈老先生的身世，陈老先生的形象也更活灵活现地凸现在我的眼前！同时我也感到，陈老先生热爱祖国山水的精神，已经传输到眼前这位年轻的站长身上，陈老先生后继有人了，他应该是没有什么遗憾了。惜乎公务在身，不能再次造访，我只好让站长转达我对陈老先生的问候，也通过站长，表达了对莲花峰美好未来的良好祝愿……

（写于 1990 年月 10 月；载《汕头日报》，1991 年 1 月 3 日）

岁寒松操凌霜白

——莲峰诗话

陈梦虹

在望帝石西侧，有一块高数丈，宽可二寻的石壁，上书"古莲花峰"四个大字。石壁正前方，便是在莲峰与文天祥同享令名的元代隐士张鲁庵墓。

"古莲花峰"四字，刚健苍劲，耐人玩味，其中有段公案：相传"莲花峰"三字，是张鲁庵手迹。① 公元1772年，朔方吴本汉，钦命闽粤都督府，其七岁幼子吴高，写一"古"字，加在上面，旁边署上"随父在任七龄朔方吴高书"。县志说其冒充也。二百年来，不少人作过考核，未有确论，看来只好留待专门行家做鉴定了。

张鲁庵隐居莲峰，在文天祥柴市殉国59年之后，时为元顺帝至正元年辛巳（1341）。鲁庵名炔，海阳人（今潮安）。生于宋亡、元政权建立的交替之际，整个社会充满矛盾。时湖广、燕南、山东诸路兵起，他满怀抱负，欲有所为，无奈时机已失，因不满异族统治，追踪文信国凛然大节，毅然隐居于莲花峰，邑吏士绅慕其名，屡屡劝驾出任，均被谢绝，独甘清苦，洁身自好，保持了民族气节和高尚情操，虽箪瓢屡空晏如也。明代万历年间，浙江温州人游击将军江应龙登临莲峰有诗，附小序云：

> 癸巳春，出守海门，暇日登临莲花峰，则故宋文信国公题刻在焉，盖公曾此而望帝舟也。又有邑处士张鲁庵者，亦曾筑室讲道于此，胡屡辟不就，终其身足不窥户外，遂为栖真之所，隐然有首阳高风，实与信国殊辙同归也，余徘徊久之，因成二律。今镌勒于左，以志仰止之意云。

其吊张鲁庵诗云：

> 北面腥膻率土同，高贤独振首阳风。
> 岁寒松操凌霜白，板荡葵衷贯日红。
> 理学讲明千圣契，纲常植立万夫雄。
> 海峰试睹云来去，生气犹然绕太空。

他在癸巳年登临赋诗，乙未年（1595）镌刻，距文信国莲峰望帝三百多年，故其吊文

---

① 题"莲花峰"三字者，向有二说，除此说外，周硕勋主编乾隆《潮州府志》卷16"澄海莲花山"条下曰："旧志载文丞相登此望帝舟，曾书莲花峰三字刻于石，乃潮阳海门所外莲花峰也。"是非孰定，期诸后生矣。

信国诗中有"不辞烟瘴八千里，独任纲常三百年"之句，充满怀念崇敬之情。其对鲁庵也极称道，认为是与信国殊辙而同归。

鲁庵到莲峰后，弹琴演易，与左近乡邻，经常来往。县志记载，有盗入界过其门曰：此张先生所居，不敢犯，旁舍也赖之以安。先生名望，由此可知。文天祥忠贞抗元，慷慨殉国；张鲁庵拒不仕元，清苦洁身，都发扬了民族气节，为人民所景仰崇敬，使莲峰增光添色。当然，张鲁庵终究不能与文信国相提并论，从客观形势上说，鲁庵无能为力，不能苛求于昔人，不过他也有主观上的因素，他对濂、洛、关、闽之学，学得认真、纯熟，所谓"理学讲明千圣契"，达到洞极旨趣的地步，所受影响极深。他寄岑寂于弹琴演易，以忘却异族统治的痛苦，他抗志辞元，甘于布衣为民，实是难能可贵。

张鲁庵在莲峰望帝石后傍峰筑室，弹琴演易，那"鲁庵书舍"四字是他自己手笔。峰上石刻"擎天一柱倚天南，劈与莲峰隐鲁庵"的诗，咏的就是此事。由于十年动乱的影响，莲峰石块和石壁诗词遭到严重破坏，幸而天地有情，留下了石壁上六个攀缘印迹，隐士手书的"鲁庵书舍"四字，仍赫然在目，现经红漆刷新，越发光艳耀眼。正是：当年高士栖隐处，恍闻弹琴读书声。

作者简介：陈梦虹（1911—1989），潮阳人。泰国归侨。早年在潮阳县立中学毕业后，当过小学教师、校长。抗战时期侨居泰国。通晓日、德、英三国文字，擅长诗词书法，曾在泰国与岭南画家关山月举办过书画联展。回国后从事教育工作。1957年错划为右派。

梦虹老先生居于莲花峰下，为搜集整理莲花峰历代诗文做了大量工作。由于"文革"十年动乱的影响，莲峰石壁诗词毁灭殆尽，幸得老先生搜集石壁诗词，留存底子，编著有《游园问津》一书，"文革"后莲峰才得以恢复石刻。老先生高度近视，每每在抄录石壁诗词时，几乎将脸都贴到壁上，因而被人戏称为"面壁老人"。这是一位为莲峰重修立下大功的耄耋儒生。编有《莲峰简介》《莲峰诗词》《莲峰诗话》等油印小册子。

"拼却老红一万点，换将新绿百千重"

——记我的老师张仁杏先生

张仁杏老师素来为我所敬重。

我在汕头一中读高中时，上的第一节课便是语文课。记得那时，上课铃刚响过，从课室门口风风火火地闯进一个英气勃勃的年轻人，他在讲台上昂首挺胸站定，眼睛透过方框眼镜，亲切而威严地看着我们，气氛霎时变得紧张而庄重，我们"唰"地一下子都站了起来，一声高亢有力的"同学们好"过后，同学们立刻报以整齐而响亮的问候："老师好!"一切都是那样简捷明快。而这，正是张老师授课的风格，也是张老师给我的第一印象。

第二天上语文课时，张老师仍是一阵风似地来到课室，只是手上多了一块小黑板。师生互致问候之后，他立即将小黑板挂在大黑板上——也不知什么时候突然冒出了这么颗大铁钉——又叫小组长给我们每人分发一方白纸片，让我们在三分钟内，将小黑板上所标生字（昨天所教）注上拼音并组词。布置完了以后，他便盯着手表，时间一到，立即叫小组长收回纸片，前前后后大约就是几分钟时间。这一招很厉害，它逼得我们每天都要认真复习当天的功课，特别是那些生字生词；这一招也很灵验，日积月累，一学期下来，那些生字生词都变成老朋友了。

张老师对待教学是那样的一丝不苟，工作作风是那样的雷厉风行。记得当时作文课一般都安排在星期六上午，而往往只隔一个星期天，当星期一我们上语文课时，作文本便已分放在我们的课桌上，且评语都不是三言二语敷衍了事。其他大大小小的测试，也是隔天便知分晓，这一点很迎合学生们的心理，而张老师那少见的敏捷与勤奋，也常常为我们所称道。

高中三年，就这样紧张而又充实地度过了。天不遂人愿，我没能读上大学，1965年毕业之后，就到海南岛锻炼去了。在那段艰辛的日子里，我时常记起张老师留在毕业合照上的题词："不经一番寒彻骨，焉得腊梅扑鼻香。"每当我感到困顿而有所松懈时，张老师精神抖擞的姿态便浮现在眼前，我终于没有沉沦下去。13年后，我重返汕头，当时第一个念头就是去拜访张老师。张老师仍旧在一中教语文，十几年下来，他似乎更繁忙了，他负责高三毕业班的语文教学；被市教育局教研室聘为市语文高考中心组成员，负责编写练习和试题，又时常写些杂文和诗歌，在报刊上发表……看来，教学、科研、文学创作，张老师是"三管齐下"了。

此后我们不时见面，一晃之间，又一个13年过去了。这期间，正值改革开放良机，张老师干得更欢，成绩也更为显著。从1984年至今，他连续九年被华南师范大学《语文月刊》聘为"特约撰稿员"，为其"高考专辑"撰稿；他参与写作的《高考语文备考指要》《高中语文读写能力分项训练》和《作文巧妙构思百例》等也相继由出版社出版；他的学生吴欣，曾夺得 1980 年全省高考"状元"，语文 95 分，作文《读〈画蛋〉有感》被评为当年广东省高考范文；近年，张老师常在市里开展的学生作文比赛中担任评委，经常在《汕头日报》上发表高考语文试题及作文的简评文章，先后被评为市、省普教系统语言文字先进工作者，如今，他是学校的教研组长和高级教师，还是市政协委员、市作家协会会员……

作为一个中学教师，还有什么比这更显赫的桂冠呢？张老师已经在他的本职范围内充分地发挥了自己的聪明才智，也贡献出了自己全部的时间和精力。韶华易逝，从 1961 年至今，张老师已经在一中整整三十年了，三十年呕心沥血辛勤耕耘如一日，不容易啊！

我还记下了张老师的话："我一生的最大心愿，就是默默奉献；我的最大安慰，就是看着一个个学生长大成材。"这应该算是"豪言壮语"了，但我相信张老师的话是真实的，是内心情感的坦诚流露。正如张老师在已发表的诗作《小草之歌》中所写的那样："小草悄悄地装扮着春天，深沉的爱滋润着人间……"如今，一年一度的教师节又来到了，我借宋代杨万里的两句诗"拼却老红一万点，换将新绿百千重"，用以赞誉张老师，愿张仁杏老师在桑榆之年，在教学、科研、文学创作上取得更大的成就！

（载《汕头日报》，1991 年 9 月 9 日）

彩翼翩翩蝴蝶兰

蝴蝶兰！我终于见到了蝴蝶兰！

那一天丽日和风，天地隽爽，我怀着虔诚而近于朝圣的心情，到金砂公园看那神追了许久许久的蝴蝶兰。一踏入展室，但见彩翼一片，翩翩欲飞，直像一群蝴蝶迎面扑来！冬日暖暖的阳光透过薄薄的顶棚，似洒下一层淡淡的金粉，使那盈盈彩蝶更显得冶艳灵动，神光莹然。这里，虽无泉溪山涧之胜，略逊野趣，但周遭花圃那争春斗艳的花花草草，倒也衬得蝴蝶兰秀逸精雅，潇洒出尘。

徜徉在这气韵清扬的兰花丛中，那似乎语笑嫣然的蝴蝶兰花，勾起了我一段美好的回忆。

那是 1979 年春，我们汕头市歌舞团采风小组一行 5 人，由副团长张力带领，到闽南一带深入生活。在厦门大学，我看到了一篇史料，大意是叙述清代康熙年间，有一汉人吴凤，出任阿里山理番通事，他知民爱民，锐意开发，做了不少好事，并在自己 71 岁高龄那年，为革除当地世代相传的杀人恶俗——"猎头祭"而壮烈献身，深受人民敬仰。至今，嘉义市还有一座吴凤庙——"阿里山忠王祠"。吴凤的事迹和传说，在台湾家喻户晓，妇孺皆知。

我们发现这个素材后，深为吴凤通事为促进民族团结而献身的精神所打动，并从歌剧创作的角度，认定这是一个不可多得的题材，因为它具备歌剧这种戏剧体裁所不可缺少的艺术意境：吴凤的情怀，有慷慨悲壮的意境；林涛云海的阿里山，有幽古苍茫的意境；富有地方色彩的民族歌舞，有古朴清新的意境；高洁的蝴蝶兰，有一往情深、向往未来的意境……就这样，我们初步完成了歌剧《蝴蝶兰》的艺术构思。同年 12 月，《蝴蝶兰》由汕头市歌舞团搬上舞台；1980 年 3 月，荣获 1979 年度广东省专业戏剧创作剧本一等奖；1980 年 4 月 1 日晚，于广州为广东省第二次文代会作专场演出。《蝴蝶兰》成为中华人民共和国成立以来广东省首部大型原创民族歌剧。

但是，当时我们谁也没有见过蝴蝶兰。我开始留意各地的兰圃和报刊上有关兰花的种种介绍。我去过广州兰圃、华南植物园，也到过中外闻名的兰花之乡——顺德陈村。但这些地方几乎什么兰花都有，独独没有蝴蝶兰！好几年过去了，蝴蝶兰的样子，在我仍然只是一种美丽的想象。直到 1986 年，才在《羊城晚报》9 月 26 日的副刊上看到一幅蝴蝶兰的照片，如获至宝，忙剪下来妥为留存。虽然活脱鲜艳的蝴蝶兰花始终没有见到，总是一件憾事，不过这些年来，倒也积累了一些关于蝴蝶兰和兰花的知识。如最为名贵的蝴蝶兰产自台湾东南的兰屿岛，兰屿因蝴蝶兰而得名；蝴蝶兰曾在第三届国际花卉展览会上被评为群芳之冠，也曾夺得法国兰展的金牌；而兰花，则自古有"香祖""天下第一香"等美称。

对兰花的留意和涉猎，也使我品味到了兰花的风格——兰花素雅而不浓艳，质朴而不娇饰，出于泽畔幽谷而不与世俗争妍斗丽。兰花的风格又使我想起许多品行高洁、于国于民卓有贡献的知识分子，而这些知识分子，许多也都是爱兰的正人君子。如屈原对兰就有着深厚的感情，他以"朝饮木兰之坠露兮"作为一种生活情趣，而把"纫秋兰以为佩"作为一种美好的装饰；鲁迅也有诗托兰寄怀，如"岂惜芳馨遗远者""独托幽岩展素心"等。其实，兰花可以说是知识分子的化身，顺德陈村兰苑有一楹联云："兰为王者香，士乃国之宝。"我想，这是恰当至极的，兰花和知识分子都是国宝。

如今蝴蝶兰的含义又多了一层，因为它产自我国台湾，又经台湾园艺家郑明宏先生悉心培育传播，在广西开辟了培植基地，今年春节又在汕头举行展览，听说这展览还要办到北京去，因而，蝴蝶兰已成为联结海峡两岸的使者，成为大陆、台湾各族人民心上的团结和希望之花。

啊，彩翼翩翩的蝴蝶兰，你永远在我心中翱翔！

（载《汕头日报》，1993 年 4 月 2 日）

试谈出世与入世

——兼答余生

那天下午，庄园送了报纸过来，闲坐间，似有点担心地告诉我：余生看了这篇文章，当晚即写了一篇千把字的小文，拟发在《特区工报》"工夫茶"专版。我淡淡一笑，没问什么。心想，这个"老先生"，不知又在钻什么牛角尖，自忖平生并无恶行，断不至于有什么"人身危险"，于是也就释然，将此事丢在脑后了。

说起余生，这人倒有点意思。我与他1965年同赴海南农场，那时大家看他瘦巴巴小老头的样子，又整天捧着本书看，就叫他"老先生"，也有叫"余博"的，意取其博学。相信他看的书一定比我多得多，文人相敬，对他确有几分敬意。当时他自告奋勇，发起办了一份知青杂志（其实只是一张油印小报），叫我们投稿，我热烈响应，写了一首诗《小路》，还记得开头几句："一条蜿蜒小路／钻进密林深处／不见茵茵小草／只有参天大树……"余生给登了出来，使我着实高兴了几天。但充满理想主义的知青生活很快就被现实击得粉碎，"文化大革命"开始不久，大家作鸟兽散，余生也不知跑到哪里去了。1978年我回汕后，才又跟他搭上线，此后也开始陆陆续续读到他写的文章。余生文笔老辣，睿智而幽默，读来有痛快感，只是有些刁钻，故号称"钻牛角尖"，但这反而显得他学识渊博。余生本名余文浩，余生是他的笔名，他巧妙地利用姓之"余"，由余而庆"生"，显见是嵌"虎口余生""历劫余生"之意，可知其遭际坎坷。

回到正题上来。几天后见到余生的文章，果然只是学术上的问题，诸如对于出世、入世的看法，对于韩愈的看法等。仁者见仁，智者见智，无须强求一致，但作为老朋友，交谈交谈，谅也无妨。

出世入世，简单地说，出世就是超脱尘世，入世就是投身社会，都属精神意识。如果作点区分，出世属佛道，入世归儒家，超脱尘世与积极用世，本身是一对矛盾，以出世的精神做入世的事业，即在矛盾对立中求得统一。我想这点常识，以余生之博学，断不至于有认识上的歧义，把入世说成是挣钱、养家糊口，把出世说成是升天堂或下地狱，显见只是一种调侃，并非余生本意。

我倒是想借此机会，说点对出世入世的看法，以就教于方家。

以我的经历和有限学历，不可能对这个课题有什么高深的认识，只是觉得有一点这方面的粗浅体会，有助于指导我的人生实践。我对出世的体会，可以归结为两点，一是正如一首流行歌曲《真心真意过一生》中所唱的那样："是非恩怨随风付诸一笑"，二是始终保持一种平静的心境。

正如庄园文章中所说的那样，我几乎从稍为懂事便开始背负一种无从逃脱的时代阴影，直到1978年我从海南回到汕头，这种阴影还没有消失（1980年父亲才收到一份平反通知书）。可以说，从青少年时代开始，我就没有什么雄心壮志，只觉得能平平安安过一辈子，就是莫大的幸福。在人生的长河中，我时时记起苏东坡的两句诗"芒鞋不踏利名场，一叶轻舟寄渺茫"。我对这两句诗的理解是：在红尘中看破红尘，在名利中不逐名利，在生死中勘破生死，凡事贵自求不贵他求。我觉得只有这样，才能虽生活在浓重压抑的政治气氛下，却又能在内心平衡中求得精神的解脱，而这种解脱的终极目的，是顽强地把握自我，做自己该做的事，走自己该走的路。我坚信，只要把握了自我，就是把握了世界。这种"自性自度"，正是超然物外，亦即"出世"。既然一切都在于自我，世界都算不了什么，名利都算不了什么，是非恩怨又何足挂齿？即如父亲25年冤案的是非恩怨及对家人的株连，又要与谁计较去？由是，不只让它"随风"而去，而且还要"付诸一笑"，这样才是真正的洒脱，真正的出世。

超然物外的直接效应就是心境平静。唐宋士大夫所追求的人生精神境界是静虑修，亦即中国式的佛教——禅，禅的直接指向也就是在尘世中求得宁静。我对佛学没有什么专门研究，我只是取我所需，觉得在当今世界，能保持心灵上的宁静，是搞创作、做学问的人的一种极其宝贵的修养。正如诸葛亮所言，学须静也，非静无以成学。在一定意义上说，学问、作品是做出来的，也是"坐"出来的。只有静下来，坐下来，才能做出学问，写出作品。我曾经把自己的这种想法，概括为一句成语，叫做"守株待兔"。"守株待兔"的守株人，历来被作为消极的典型，我却觉得守株的人至少有两点质素值得肯定，一是自信，一是耐心。没有自信，他不会一直守在株下待兔；没有耐心，他也不会等到兔子撞上来的那一刻。而且，这"守株待兔"，还反映了两种精神追求，"守株"是安于寂寞，"待兔"是不安于清贫。"守株"是手段，"待兔"是目的，以安于寂寞的手段，去追求有所作为、有所成就的目的。如果再追寻下去，"守株待兔"的"待"字，还有文章可做。"待"是"等待"，"等"与"待"都含有一个"寺"字，"寺"是什么？"寺"就是山寺、古寺、佛寺。试想，在绿荫掩映的山寺之间安坐，让清风和浓荫安抚心境，那不正是人生一快？由此推想开去，这种"等待"，决非青灯古佛下的枯坐，在"等待"中，你可以驰骋想象，遨游于学术领域、艺术境地，完全可以有精神上、学问上的收获，与现实生活中的物质性的"待兔"完全不同。可以说，等待并不是一种消极行为，而是积聚力量、不断完善、不断调整、走向成熟的过程，是一种积极的奋斗方式。学会等待，就是为进一步增加成功的可能性和有效性打基础。记得有一位科学家说过："字典里最重要的三个词，就是意志、工作、等待。"纵观人类历史，其实人类的许多希望，都深含在"等待"这个词里。

卧薪尝胆者善于等，闻鸡起舞者更善于等，心中有定见，日日保持活力锐气，即使在颠沛困顿中，认清路径，不放弃沉渊上跃的态势，练就功夫，做好准备，耐心几十年，等成气候，等成好汉。

最懂得等待的人，明白"待时如死，乘时如矢"的要诀，耐心等待，等待得像死寂一般，一点不烦躁，直到正确的时机一到。时机的"机"字指每件事都有决定性的重要一分钟，届时一切已准备好，如放箭射动靶似的，刹那不差，一矢中的。

人在年轻时，有的是时间，但不耐烦等。到了晚年，时间不多了，反而学会了耐心等，因为晚年阅历多了，就像累积了历史文化在身上，历史文化教人受益最深处便是一个

"等"字,"塞翁失马"教人耐心去等,"沧海桑田"更教人无穷无尽地等,多少戏剧故事里,侥幸得势者的荣华如同昙花一现,受冤屈者迟来的平反与胜利,总喜剧般地来到久等者的面前。

读历史也好,看戏剧也好,自己做命运主角也好,迷人的地方,就在善于等!

话说回来,总而言之,只有心境平静的人才有可能耐心等待。

出世固然心境宁静,但如果一个人活着,仅仅是为了出世,那是一点意思也没有的。

一般来说,企望出世的大体有两类人,一类是和尚(包括居士),一类是古代文人。和尚是整个身心都要出世的人,文人是精神意识要出世,而身体、行为仍碌碌于尘世的人,一句话,古代文人大多追求的是以出世精神做入世事业的那种既独善其身又兼济天下的人生境界。

很明显,许多有为文人的出世,是为了更好地入世。古代文人的这种精神状态,是与中国历朝统治者对文人并不予以重视甚至加以迫害的做法息息相关的。

古代文人受迫害的例子不胜枚举,就连名列唐宋八大家的韩愈、苏东坡也不能幸免。苏、韩二位的经历大家均耳熟能详,这里就不多说了,我想强调的一点是,像他们这样的大文人,为什么在屡遭迫害之后,仍然那么关心国计民生,并且身体力行,在自己力所能及的范围内做一些于国于民有益的事?1982年我到惠州搜寻苏东坡史料时,再一次读到他的《荔枝叹》,在苏氏生活过的地方重读他的诗文,感受很不一样。我想苏东坡在舒适的京城来到僻荒的惠州,环境的转换固然使他在生活上一时难以适应,但心理上的适应恐怕更为艰难,然而就在这种情况下,他仍然为了革除弊政,为了人民不再惨遭涂炭而发出愤怒的呼喊,这呼喊完全不是个人的泄愤,每字每句都代表着饱受煎熬的最底层的民众。这首诗在苏东坡的诗文中独树一帜,完全不像他以往的吟咏之作,说明他越远离朝廷,对朝廷的认识就越清,与人民的感情就越近,这完全是一种入世的感情,即使苏东坡千方百计要超脱,要出世,要学陶渊明,企望"老归山林求善终",只要"对一张琴,一壶酒,一朝云"就够了,但盘旋在他心中的,却始终是"独善其身非我愿,兼济天下心犹雄"的入世思想。我在写苏东坡时,就力求写出他的这种心理矛盾,即出世与入世的矛盾,当然矛盾最后又归结为统一,既以出世的平静接受一切,又以入世的旷达面对一切。我觉得,写人物,重要的是写出他的内心感情,写古代文人,更要写出他们这种在出世与入世之间的情感漩涡。写韩愈也一样,韩愈来到潮州,短短的七八个月,大体做了四件事:祭鳄、释奴、励农、兴学。其中以兴学功绩最大,遗泽后世。为什么他也在出世与入世之间最终选择了入世?虽然韩愈是个儒家,以一般概念而言,他可能不会有出世的思想,但他与那么多僧侣交往,难免或多或少地受到出世思想的影响,特别是在他遭贬之后,更有可能"产生亲近佛经,试图体验佛理的欲望",因而可能产生这种出世的思想。不管怎么说,韩愈在思想上也是经过痛苦斗争的,但他到底还是一个有血气的忧国忧民的可敬的文人。我在写《韩愈》这部电视剧时,写到一半,觉得还应加上"热血"二字,成为《热血韩愈》,因为韩愈的所作所为,非热血男儿而不能为。——天下人都在癫狂佞佛,连皇上也乐此不疲,然而,"群臣不言其非,御史不举其失",韩愈为国为民,写了《论佛骨表》,希望皇上为社稷计,不要再干这种劳民伤财之事,却横遭贬谪,差点连脑袋都弄丢了,这是何苦呢?韩愈的所思所行,如果不用"热血"解释,又该如何解释?他来到潮州,如换成别人，也许早已灰心丧气什么事也不干了，可是他还干了那么多的事，单单兴学一项，就让潮郡人民世世代代受益，"功不在禹下"，如果他不是有"热血"，他又如何能做出这般事来？翁万达也一样，翁万达也是文人，只是文人武用罢了，他也有同样的心路历程。总之，在历史上，类似的文人很多，只是统治者远不能深入到这些文人心中，去体察他们的感情、他们的抱负、他们的痛苦、他们的惆怅……相反，"开国当兴文字狱，坑儒方显帝王威"，于是才有那么多冤案发生，才使我们古老的国度不断地发生一个又一个惨不忍睹的悲剧。历史不断重复，出世与入世的心灵挣扎，自然也代代绵延，但中国文人的可贵之处，就在于经过这样一番痛苦的灵魂煎熬之后，仍然死心塌地地要为国家、为人民做点有益的事，这种执著不渝的追求精神、忧国忧民的自觉意识、以天下为己任的坦荡胸怀，实在是一种非常美好的心灵；与此同时，在这种痛苦的状态中所产生的文学，具有最弥足珍贵的人类情感和思想，具有一种最博大最深沉的美的魅力。我认为，戏剧作者的一个重要任务，就是要满腔热情地表现这种心灵美和艺术美。

我对出世与入世的理解，只是停留在感性阶段，远谈不上有什么理论层次，对于韩愈的认识也一样，只有一点肤浅的感受。余生说我对韩愈情有独钟，其实，我真正情有独钟的是苏东坡，韩愈还在其次。我认为，对于像苏、韩这样的大文学家，他们在历史上的地位，并不依据我们个人的喜好而定。身为我辈者，位卑言贱，根本不可能对某个历史人物作出具有轰动效应的评价，我们顶多只是在社会公评的基础上，依据个人的喜好，对某个历史人物表现出某种感情色彩，对苏东坡是如此，对韩愈也是如此。我喜欢苏、韩，主要是欣赏他们的生活态度，欣赏他们对社会人生的关注，说到底，还是喜欢他们在出世与入世问题上的正确选择，为什么？因为这与我的经历有关，我喜欢苏、韩，的确带有很强烈的个人感情色彩。就以韩愈而言，我从他的诗文中，看到了韩愈作为一代大散文家、大诗人的人生风采，我看到他的激愤与忧患、成功与挫折、苦闷与追求，看到他对朝廷的忠诚、对故乡的眷恋、对亲朋的热爱、对后辈的关怀，看到他纵横的议论、雄壮的歌唱。我是一个戏剧编剧，不是一个学者，更不是一个理论家，我关注的是人的感情世界，我所追求的艺术境界，是写出人物的感情和命运，因此，在这里，我无法与余生研讨韩愈的思想，研究韩愈各方面的成就。我只是想说明一点，即今天我们热爱、推崇某一个古人，并不意味着想用他的学说来规范我们的思想，进而指导自己的行动甚或治理我们的国家，并不如余生所概括的那样——"问：洋鬼子有葛鲁夫①，我们有何人？答：有韩退之。"

如同理想和实践构成人类活动的两面，出世与入世也构成文人心态的两面。在更多时候，它们往往相互交织在一起，由此构成了文人的复杂性格和意绪，这样，在他们留下浩如烟海的文字典籍的同时，也演绎了一幕幕人生悲喜剧。对于文人来说，出世与入世，悲剧与喜剧，这一切都可以在对立中求得统一，因为，归根到底，出世的目的在于入世，悲剧的终极是喜剧，"自古圣贤仙佛皆死，惟文字可不死"。作为文人，虽有许多的不幸、挫折，但总归可以无怨无悔。

---

① 安德鲁·葛鲁夫，美籍匈牙利犹太人，美国英特尔公司创始人之一，现任董事长。一生数次死里逃生；被人称为硅谷狂人；美国《时代周刊》将之评为 1997 年风云人物。

拥抱韩愈

余　生

拜读庄园记者《陈韩星：我愿意以出世的精神做入世的事业》一文（载《特区工报》5月23日"文化周刊"版），十分佩服。文笔之好，没得说的；陈韩星的光辉形象，如横空出世，立在我的眼前。有一点感到意外的是，庄老师第三篇潮汕文化批判的文章，我已恭候多时，至今不见情影，却突然听到庄小姐跟着陈剧家唱起了韩愈颂歌。

陈韩星先生于我是老同学老农友。他是海南岛红岭农场知青联谊会会长，我则是名正言顺的会员，尽管我从不参加联谊会专事以歌颂上山下乡为主题的麻木不仁的无聊活动。然而陈农友事业上的成功，着实令我由衷地感到高兴。这不仅向世人显示我们这一代中不乏出类拔萃的人物，而且向历史证明，苦难压不垮自强不息者。而最重要的一点是，我还可以沾沾光，以后逢人便可骄傲地说，"我的农友陈韩星"，自然，这是拾"我的朋友胡适之"说法的牙慧。

不知庄园小姐到底读懂了陈韩星没有，我可是从来没有读懂，至今犹然。他太深奥、太厚重、太丰富了。例如"以出世的精神做入世的事业"这句名言，我就觉得很像是儒家标榜的"内圣外王"的现代话语，内涵如何，非我所知；因为我是一个小贩，只能以入世的意识（挣钱、养家糊口）想（想象）出世的事情（升天堂或者下地狱）。又例如《热血韩愈》，我就弄不懂韩愈如何热血法，"雪拥蓝关马不前"，可知韩文公先生还是怕冷的。

陈韩星农友似乎对韩老夫子情有独钟，他不仅读韩、写韩，还是"韩愈研究会"的理事，而且连名字也带着一个韩字，或许，这是一种缘分？他一心一意想引导我学习韩愈，常将有关韩愈的学习资料送给我，最近又送了一本《韩愈研究》第二辑。十分不幸的是，如同读不懂韩星一样，我也读不懂韩愈。除了对韩文的笔法较感兴趣外，我只知韩愈是孔孟之道的秉承者，儒家学说的中兴者。让我学习韩愈，学些什么好呢？学作文？文章本天成，依瓢画葫芦岂不弄巧成拙？那就学他的思想吧，学成了，不就是当今大行其时的新儒家了，看来不错。然而，王小波说的"儒学的罐子里长不出现代国家"这句话应如何批判才好呢？

正当我胡思乱想的时候，鲁迅先生的一段与此毫不相干的文字突然蹦了出来：譬如问金人有箭，宋有什么？则答道："有锁子甲。"又问金有四太子，宋有何人？则答道："有岳少保。"临末问，金人有狼牙棒（打人脑袋的武器），宋有什么？却答道："有天灵盖！"（《鲁迅全集》第三卷《补白》）

于是我想出了几句仿效鲁迅笔法、借以拥戴韩愈、批判王小波谬说的问答：

问：洋鬼子有宇宙飞船，我们有什么？答：有四大发明。

问：洋鬼子有国际互联网，我们有什么？答：人际关系网。

问：洋鬼子有现代国家，我们有什么？答：有传统社会。
问：洋鬼子有示威游行，我们有什么？答：有鼓掌通过。
问：洋鬼子有新教伦理，我们有什么？答：有孔孟之道。
问：洋鬼子有后现代，我们有什么？答：有新儒家。
问：洋鬼子有葛鲁夫，我们有何人？答：有韩退之。

（载《潮声》1998 年第 5 期）

情沁肺腑的想念

——推荐沈红回忆祖父沈从文的文章《湿湿的想念》

　　2003 年初冬，汕头市委组织部组织我们外出学习考察，三条路线任选，我毫不犹豫地选择了湖南张家界一线。张家界的无限风光固然值得一看，但我心中向往的，是湘西的凤凰城。

　　凤凰城是一代乡土文学巨匠沈从文出生和童年生活的地方，1988 年 5 月 10 日沈从文因病去世后，当年年底，当地政府修缮了沈从文故居并对外开放，参观沈从文故居是我此行的主要目的。

　　在沈从文故居陈列室，我见到了一篇以正楷抄录的纪念文章《湿湿的想念》，这是沈从文的孙女沈红在沈从文去世后写的。那年，沈红从千里迢迢的北京，来到凤凰。她踏着当年爷爷走过的石板路，又访问了当年爷爷启蒙读书的学堂文昌阁小学，听家乡父老讲述沈从文传奇般的故事，她感受很深。她苦苦地思索，湿湿地想念，一篇深切感人的文章跃然纸上。《湿湿的想念》是沈红写给其祖父沈从文的一篇真切动人的散文，后由著名书法家滕建庚书丹，成为一副文章书法珠联璧合、华彩秀美的横幅，令人驻足流连，久久不愿离去。在依依不舍地离开陈列室之后，我在故居出口处小书店意外地见到此件横幅的缩制品，便如获至宝，立即购下，带回宾馆细细阅读。我深感这是一篇不可多得的美文，一路之上，反复寻味，它就像湘西沅水湿湿的雾气，一直萦绕在我的心头。

　　在去湖南之前，我曾特地再次看了沈从文乡土文学的代表作《边城》。《边城》中弥漫着一片娴美婉约的情调，每一个章节，都像一首恬美的田园牧歌。沈从文笔下的湘西山水风情是一处处胜境，那古木四合的山寨、山脊上耸立的青石碉堡、峡谷里青蓝的急流、多情男女的对歌、官道上清亮细碎的马项铃响、牛项下闪光的铜铎沉静而庄严的声音，以及在这一切声器、气息与色彩中交织的爱情传奇，均使我捉摸到一缕缕乡野的纯朴与原始的气味，捉摸到一丝丝古老的脉息和纤细的心灵的搏动，这是一幅以真正文学的笔触加上泪血的洇染绘制而成的湿气氤氲的山水长卷，每一次的阅读都是一次身心舒畅而又使人恍然欲醉的神游……触目为青山绿水，一对眸子清明如水晶的翠翠就是这样陪着我，在湘南和湘西，一路走了好远，直到与《湿湿的想念》重逢，便又浑然融为一体，成为无处不在的雾气和月光，伴我到今天，也会到明天，直到永远……

　　就在这段恍恍迷迷的日子里，我偶然遇见了《潮声》杂志社的杜国光，他刚刚接过蔡宝烈的担子，膺任主编。我向他建议，《潮声》不妨设一个"美文"专栏，专门登载一些令人眷恋的好文章，并极力推荐这篇《湿湿的想念》。杜国光欣然应允，又说既要推荐，我也要写一篇文章，把来龙去脉述说一下，这就又引出这点文字。

　　在《湿湿的想念》这篇文章里，一个纯真多情的少女，用她真诚而略带凄婉的情感和饱含哲理思索的优美文笔，忠实地记录了她爷爷平凡而伟大的一生——在古城的一角，一个幼小的生命不声不响地来到了这个世界。他在这个陌生的世界里奋斗求存，在风雨如磐的尘世里，世态炎凉的寒风一阵又一阵地向他袭来，他面对严峻的环境，不恐惧，不颤抖，不退缩，不彷徨，更不观望，而是用一支犀利的笔枪，挑战自我和贫困。他用不是时尚的方法，去爱一个多难的国家。他执著地用自然的美，人性的美，后来是用古代文明的美编织了一个朴实单纯的理想。他终于在广博的天地里拥有了一片自己追求的天堂，使生命之光煜煜照人如烛如金。沈从文，这个不朽的名字，就这样永远镌刻在中华民族文化光辉的史册上。《湿湿的想念》是心血凝成的追忆，是泪雨浇铸的思念，如果你细细品读，你将会与作者一样情沁肺腑，思绪无穷。

甲申元宵于汕头

附

湿湿的想念

沈　红

七十年前，爷爷沿着一条沅水走出山外，走进那所无法毕业的人生学校，读那本未必都能看懂的大书。后来因为肚子的困窘和头脑的困惑，他也写了许多本未必都能看得懂的小书、大书，里面有许多很美的文字和用文字作的很美的画卷。这些文字与画托举的永远是一个沅水边形成的理想或梦想。

七十年后，我第一次跑到湘西山地，寻回到沅水上游的沱江边，寻找爷爷一生都离不开的故土故水。

正值冬季，湘西竟然处处葱茏青翠，与北方都市的昏灰底色成鲜明对比。山还是那座山，湾依旧是那道湾，但桥已不是那座桥，房也不是那幢房，人是新人物，事是新故事了。凤凰城镇里风味独特的吊脚楼被速生的风头砖瓦楼渐渐替代。县富民殷，这片土地已悄悄变了模样。

看不到了，爷爷，你的印象或者只是你的梦想，你笔下的那种种传说风情和神奇故事，我怎么想象它们曾经在这山地水域中发生过，流动过，闪耀过，辉煌过？而沱江，这支清流，亦负载，亦推托，一点也不动声色。

在新与旧面前，原本只想到取舍，以为历史是笔直航道，能引导人生之船直直向前，但是所有航道实际上都千回百折，尤其是一片太多山、太多建筑和各种人的阻隔的土地上。我回到这里并不是要寻找你七十年前的起点，有多少风景将永远不能回来。我只想读一读你的天地，这里有着不刻意维护而能留存下去的东西。

沱江在沅水上游，在水边长大，水边懂事，爷爷的第一所学校就是这条沱江。他的自传说："我感情流动而不凝固，一派清波给予我的影响实在不小。""我幼时较美丽的生活，大部分都与水不能分离。我的学校可以说是在水边的。我认识美，学会思索，水对我有极大的关系。"

水给爷爷三样东西：

水给了他想象力和自己的思索方式。爷爷认得书本认得字，是从私塾小学校开始，而他识到书本上无从写出的丰富人生，却是在校园外老街店铺、桥头渡口、水上人家和新鲜活泼的一切。见识这一切是他用逃学换来的，边逃边学，所以逃学是当他是一个孩子时对学习方式的选择，或者说是他用一个孩子的方式选择更值得学的知识。这是很特别的选择，没有谁来教他。他用眼睛、耳朵和机敏的鼻子接受水边的光色、声音和气味给予一颗小小心灵的感觉，把各种事物的内容和意义在游戏中黏合起来，丰富自己的想象。

水给了他执著柔韧的性格。他曾说过："水的德性为兼容并包，从不排斥拒绝不同方式浸入生命的任何离奇不经事物，却也从不受它的玷污影响。水的性格似乎特别脆弱，且极容易就范。其实则柔弱中有强韧，如集中一点，即涓涓细流，滴水穿石，却无坚不摧。"

（引自《一个传奇的本事》）水的性情品格恰好是爷爷一生境遇和面对境遇时处事方式的写照。他是那么温和，又是那么倔；倔得从从容容。

水激发他对人世怀抱虔诚的爱与愿望。"水教给我黏合卑微人生的平凡哀乐，并作横海扬帆的美梦，刺激我对于工作永远的渴望以及超越普通个人功利得失、追求理想的热情洋溢。"他用不是时尚的方法去爱一个多难的国家，他执著地用自然的美，人性的美，后来是用古代文明的美编织了一个朴实单纯的理想。虽然他不奢望以此取代社会理想，但是他热切地希望能唤起百病缠身的民族一些健康的记忆、健康的追求。只是一个在刀光剑影和血腥中求生的民族，不大能理解他的爱的方法，不被理解时他依然默默地工作。

爷爷曾说："值得回忆的哀乐人事常是湿的。"此时，我的眼睛也是湿的了，谁能体会他那种热情洋溢之中的忧虑，幽默后面的隐痛，微笑之间悲凉，悲凉之外的深重的爱？很多年我们和他一起生活，可是我们不懂。水边学校水边书，我是否来得太晚？

水边一条青石板街上，有一座清幽院落。人们告诉我，这里是爷爷出生的地方，这是我的根。溯水西行十多里，有一座黄丝桥古城，离城不远的半山，可以望见拉好寨和风姿依旧的古碉堡。公路通达处，足迹纷纷，观光者众，怀古人稀。可是，我在这里才找到了凤凰的根，也是我真正的根。明清以来，湘西就是一块官民冲突与苗汉争夺交织的地盘。凤凰城原是湘西镇守使与辰沅道的驻地，戍卒屯兵以镇抗苗民，一度是湘西汉政权中心。围绕这个中心，远近四方修筑了众多小规模的城堡、屯、碉堡和营汛，成百上千，分布在湘西边地的大小山头上。在阿拉营，在黄丝桥古城墙上，在拉好寨的山脚，二百年前的烽烟，二百年来的血腥气息，似乎还飘浮在湿湿的雾气里，依稀可感。可以见到的城堡和已不复可见的戍卒官吏，是中央政权侵入苗蛮地区的象征物，也是大小民族文化之间争斗征服和融合互生的极好说明。金介甫先生说："沈从文的乡愁，就像辰河一样静静地流在中国的大地。"流动在他和他的民族记忆中的，是条染红的河流，是一腔斩不断的乡愁，是一种古老情绪的震颤。爷爷没有忘记过他的苗族血统，那个自古以来受歧视被驱逐的民族血液使他对于都市、对于主流文化总也去不掉距离感，坚持把自己归为"乡下人"；另一方面，那个民族健康优美的文化又使他梦想可以为主流文化的没落找到解救方法。许多年以前，他就把民族感情扩大到民族自身以外。

他的感情的流动与扩大，得益于楚地的水，也得益于性格如水的楚地文化。一方水土一方人物，文化有地域的界线，也有性格的分别。华夏文化的渊源，分南北两支。北支为中原文化，雄浑如黄河；南支为楚文化，清奇如长江。楚文化长期处在亦夏亦夷、非夏非夷的微妙处境中，在中原文化的冲撞中摇曳，在与边地少数民族文化的吸收交融中成形。所以，楚文化是不封闭的，流动而不凝固。爷爷那"乡下人"的古怪脾气和古怪哲学，根基正是似乎已消失很久的楚文化。古时楚地曾出过一个老子，道学尚柔崇水。老子说："上善若水。水善利万物而不争，处众人之所恶，故几于道。"施不望报，以柔克刚，谦和卑下，这水味十足的哲学，从来没有被御用过，却在自然平和之中，把一切变故兴衰看得明明白白。爷爷非道家，却有一双明明白白的眼睛，"以清丽的眼"对一切人生景物凝眸，不为爱欲所眩目，不为污秽所恶心，同时也不为尘俗卑猥的一片生活厌烦而有所逃遁，永远是那么看，那么透明的看，细小处、幽僻处，在诗人的眼中皆闪耀一种光明。这双眼睛透过现象，看清繁华下的文化溃烂，发现泥浆里的道德光辉。这双眼睛又透过烟尘，望见了一个"前不见古人，后不见来者"的时空，感受到"人类思索边际以外"的生命阳光。

"自然既极博大，也极残忍，战胜一切，孕育众生。蝼蚁蚍蜉，伟人巨匠，一样在它怀抱中，和光同尘，因新陈代谢，有华屋山丘。智者明白'现象'，不为困缚，所以能用文字，在一切有生陆续失去意义，本身亦因死亡毫无意义时，使生命之光，煜煜照人，如烛如金。"

这一片水土上的光辉，在爷爷生命中终生不灭。即走向单独，孤寂和死亡中去，没有消退过他的倾心。我记得爷爷最后的日子，最后的冷暖，最后的目光，默默地，停留在窗外的四季中，停留在过去的风景里。他默默地走去，他死得透明。

爷爷，有一天我要送你回来，轻轻地，回到你的土地，回到你的风景里。那风里雨里，透明的阳光里，透明的流水里，有我湿湿的想念，永远永远。

父亲，你是一座山

　　那是一个细雨霏霏、乍雨乍晴的日子，我们将父亲的骨灰安葬在岩石麒麟山墓园。下葬时，雨点骤然密集起来，哗哗地下个不停，待安葬完毕，天空忽然又放晴了。也许这是巧合，也许这是父亲冥冥有灵？我站在父亲墓茔前，迷蒙的双眼环视着四周，啊，冈峦翠绿，流水潺潺，这是一个多么清静的所在，父亲，你的灵魂可以安息了。

　　1999 年 8 月 2 日，父亲走了。我不曾放声痛哭，但只要一想起父亲，心头一热，泪水就盈满了眼眶，然后，顺着眼角缓缓地淌下来，多少次坐着坐着，就这样泪流满面。我哀痛父亲一生活得太艰难，他没过上几天舒心日子；我感念父亲有着做人的最重要品格——诚实和刚直，体现着一种坚强的精神力量，为我们子女留下一笔精神财富。我常常想，该用什么来概括和形容父亲的一生呢？我想到那矗立于丛莽之上、傲岸不群的山。

　　是的，父亲，你就是这样的一座山。

　　父亲的山首先是一种存在，一种骄傲的存在。父亲是在享有 85 岁高龄后去世的。父亲的老友林紫叔屡屡说陈志华创造了生命的奇迹，我们子女知道，这生命的奇迹是如何创造出来的。父亲每天都在咳痰，但每天都认真耐心地吃药；近些年，父亲进了 6 次医院，有几次眼看就不行了，但父亲终于又挺了过来。父亲是每时每刻都在与病魔搏斗啊！我出生时，父亲就已患有严重的肺结核病，至今已经 50 多年。中华人民共和国成立前，父亲从泰国回到家乡时，已经奄奄一息，谁曾想，他竟活到了 85 岁！而且，这中间，1955 年，父亲被错划为"胡风分子"，此后，每次政治运动，几乎无一幸免地被戴上各式各样的"帽子"，直到 1980 年，才彻底平反。这 25 年的日子，又是如何挨过来的？但父亲终于还是挨了过来，不仅恢复了党籍，成了离休干部，还在 1997 年获得中华全国新闻工作者协会颁发的"从事新闻工作 50 年"荣誉证书。父亲长期遭受疾病的折磨，受过不公正的待遇，但仍坚强地活着。父亲的长寿和荣誉，不正意味着一种精神的胜利，一种骄傲的存在吗？父亲如同那高高的山峰，风吹雨打，岿然不动。

　　父亲的山又代表着一种品格，一种刚直的品格。父亲一生没写过什么文章，几乎所写成文的东西都是申诉书，即便是那篇曾在报刊上发表的《送党报入潮汕》，也是从申诉书上摘录下来的。我从读初中起，就开始为父亲抄写、修改各种申诉书。父亲蒙受的确是不白之冤、飞来之祸：中华人民共和国成立前在桂林主持过南天出版社，为胡风出版了整套《七月诗丛》，没想到这竟影响到自己的一生，并株连了子女。父亲在那 25 年中，精神上的折磨究竟有多大？我作为长子，又为父亲写过那么多的申诉书，心里最清楚，但那不是文字所能表达的。父亲一直不屈不挠，拒绝在任何"处分"上签名，他也不向任何领导讨好求饶，只是一遍又一遍地陈述事实，表白心迹。父亲在告别人世前的一段日子里，还老是摇着头、无奈地叹息着："我这辈子没做什么事业，我本来还可以做一些事情，但是，一生都毁了……”我只能在一旁陪着伤心落泪，我不知道该用什么言语来安慰父亲。

晚年的父亲，唯一的大事，是参加报社党支部会。父亲是老党员，1945年就加入中国共产党，他对党的感情始终不渝。每次报社开支部会，他风雨无阻，一定参加，即便是坐着轮椅，也要护理工抬上6楼，而且每次都要发言。支部的同志理解这位老党员的心情，他们都尊重他、支持他，使父亲得到精神上的满足。每次参加支部会回来，父亲都会高兴地告诉我：“我今天发言，大家都热烈鼓掌。”这是父亲晚年最开心的时刻。

父亲的山，归根结底是一种积聚，一种爱的积聚。父爱如山，父爱的山是在儿女成长过程中一点一滴累积而成的；父爱的山是一种力量，支持着子女的一生。小时候，有一次父亲叫我去市场买菜，回家一看，发现摊主多找回5分钱，父亲立刻带我返回市场，叫我亲手将钱交还摊主。这件事似乎微乎其微，但我长大以后一直比较淡薄金钱利禄，与此不无关系。自小父亲还教我如何叠被子、收蚊帐，如何煮饭、洗衣服，他告诉我，过马路一定要先站定，左右看看，没有车了才走过去……这些细微的教诲，令我早早就有了独立生活的本领，而且一生受用不尽。但父亲的爱主要体现在培养子女读书上。20世纪60年代初，那是一个多么艰难的时期，父亲咬紧牙关，硬撑着让我读上高中，我的学习成绩和表现，父亲一直引为自豪，他把一生的希望都寄托在我的身上，可是，“胡风分子”的阴影，终于也罩在了我的身上。1965年夏天那个令人心碎的下午，我的大学梦破灭了。在依锦坊的那间小屋里，我们父子抱头痛哭。——那是真正的痛哭，痛苦绝望的哭，撕心裂肺的哭。从来没见父亲这么哭过。父亲彻夜不眠，第二天又躺了一天。第三天，父亲把我叫到跟前，出乎意料地平静地说：“韩星，是爸爸连累了你。你去海南吧，只要好好努力，终归会有出路的。”我把父亲的话牢牢记在心里，在海南的13年中，我没敢懈怠，终于走回了汕头，也走到了今天。

父亲的期望没有落空，他的经历、他的痛苦、他的言行，已经成为一种潜移默化的力量，激励着儿女们奋发向上，自爱自强，如今，儿女们均已卓然自立。

父亲去世的前一天，把我叫到床前，拉着我的手说：“韩星啊，我就要走了，你要有思想准备……你现在也算是个作家了，朝行、韩光也都有自己的事业，看着你们几个都成为有用之才，这是我最大的安慰……我走后，你不要忙乱，一切从简……”父亲说这些话时，神色极其平静，思维也极其清晰，眼睛炯炯有神。我知道，父亲这回真的要走了。

当晚，父亲入睡后就再也没有醒来。父亲是在安睡中去世的，父亲走得从容而安详。

父亲，你是一座不倒的山，永远矗立在儿女们心中。

（写于2000年2月19日·庚辰元宵。载《汕头日报》，2000年3月4日；《潮声》2000年第1、2期合刊）

林紫叔，你是一片海

1955 年 5 月 17 日晚上，胡风在北京地安门太平街住宅中被捕；1955 年 6 月 9 日午夜，林紫叔和我父亲陈志华同时被收审，一同关押在汕头市中山公园前附近的一座楼房，林紫叔关在二楼，父亲关在楼下。——这就是潮汕地区仅有的两名"胡风分子"。从此，厄运将这两位老战友更加紧密地联结在一起，也将我裹入那既痛楚而又充溢着人间温馨的山海深情之中。

今年春节前夕，林紫叔以 83 岁高龄安详辞世，我父亲则已先他 5 年而去。我曾将父亲形容为矗立于丛莽之上、傲岸不群的山；现在，我将林紫叔形容为伸展于天地之间、绚丽奔涌的海。以山以海，形容这两位与中国当代文化史奇特相连的老人，是毫不为过的。

林紫叔和我父亲可谓生死之交。1946 年 5 月至 1947 年 2 月，父亲负责将我党在香港办的报纸《华商报》和《正报》偷运入潮汕，当时林紫叔在汕头《光明日报》社副刊部担任编辑工作。父亲每次到汕头，便将装报纸的大皮箱放进林紫叔的床下，然后再找机会送去华声书店。林紫叔曾在一篇回忆文章中写道："当年陈志华秘密携带党报进入汕头，万一被国民党的特务便衣嫌疑，跟踪到《光明日报》社，窜进我的房间检查，陈志华和我定必被拘押在这座看守所，其命运可想而知。中华人民共和国成立后，我和陈志华在潮汕文联工作时，曾一起回忆这段报效党报且幸免于难的惊险经历。莫想如今我竟在这座国民党政府留下来的看守所联想着我与陈志华的奇缘奇祸……"林紫叔是位诗人，他在被当作"胡风分子"抓进这"看守所"之后，躺在冰凉的水泥板上，竟还以诗人的浪漫情调，在脑海中回旋着由历史、现实、奇缘、奇祸融化而成的"联想咏叹调"。

林紫叔有着海一般的诗人的激情。1950 年他以米军为笔名在香港出版了第一部诗集《热带诗抄》，收入的九首诗写于 1947 年到 1949 年间，均刊登于新加坡《星洲日报》。他以自由体的形式在诗里表现了炽烈的激情，如其代表作《跳珑玲》描绘了海滨月夜一群马来人、印度人跳土风舞的欢乐场景，又把诗人的感情融入这场景之中，绘画般栩栩如生地描述了热带的风情与人物，表现了在马来亚生活着的三大民族希望团结一致创造一个崭新社会的愿望。这首诗被独立后的马来西亚政府选为华文教材，他的名字与鲁迅、朱自清、谢冰莹、许地山、胡适、肖红、杨朔、吴岸、萧乾等著名作家一起出现在教材中，数十年来仍被广为传颂。《热带诗抄》后来也被日本作家小木裕文翻译成日文出版。40 年后，林紫叔以"我在梦中跳'珑玲'"为题写了致小木裕文的一封信，信中他充满激情地对这位神交 20 多年但一直无缘谋面的作家说道：

> ……不！就在今晚，在我的梦中，在跳"珑玲"的主旋律中相逢了。此刻是午夜，我从梦中醒来，坐在桌前灯下，望着窗外星空，那梦境又浮现在眼前。我

激动地纵情歌唱：

"我在梦中跳珑玲。"——我仿佛飞越重洋，回到了阔别四十多年的马来半岛，与你，与伍良之先生还有当年结交的文友和迄今尚无缘结识的作家、评论家，一起在华文文艺园地跳起友谊的"珑玲"；在海滨、在椰林为追忆当年和马来少男少女们、印度姑娘们一起跳"珑玲"和高唱希望之歌的情景而再度跳起"珑玲"；更为马来半岛今天与明天的幸福，为华文文学更繁荣，在国际上受到更多重视而纵情地跳起"珑玲"……窗外春风飘拂，风若有情风亦暖。就让"我在梦中跳珑玲"的歌声化作一阵暖风飘越重洋而去吧……

诗人这股激情贯穿了他一生，直至晚年，其情不减。1981年4月，广东省委为林紫叔彻底平反，调任广东省戏剧家协会艺委会副主任。获得自由的诗人更加酣畅地抒发着自己的激情。1990年，他写了歌颂邓小平同志的《梦境畅想曲》；1995年，他为李志浦剧作研讨会写了三部体长诗《戏情交响曲》；1996年，他为汕头海湾大桥通车庆典写了六部体长诗《南海神曲》；同年，他又为广梅汕铁路通车庆典写了六场诗剧《铁龙情》。在这些诗体作品中，他那对老一辈无产阶级革命家、对友人、对家乡的由衷挚爱之情真是喷薄而出，不可遏止，比如——

> 而你，剧作家李志浦
> 你笑么，笑么
> 你这南粤第一个获国家最高"文华奖"者笑么
> 你少年叫号过、苦学过、梦想过的古城笑么
> 你双鬓飞霜的暮年笑么
> 你仍苦苦痴情地拥抱着艺术生命笑么
> 而我，一个从少年就爱过她的人
> 一个在成年更爱她，中途爱不了，晚年再拥抱她的人
> 却眼含热泪笑了，笑了
> 热泪的笑融化在——
> 这剧种的一幅历史性美图之中
> 这自学成材献身从艺精神的赞歌之中
> 这艺海春秋群英颂之中
> 这戏情烘烘交响曲之中
> ……
> 南海仿佛奏起了礼乐，
> 南天仿佛播送了颂曲，
> 南风仿佛向世界宣扬：
> 看呵！这亘古未有过的海湾壮观！
> 在历史的遐思、想象中，
> 诗神缪斯引导我，

在这载入中华史册大庆典的当夜梦境中，

梦魂游空，梦魂窥海，梦魂放歌，

于是，海上回荡着一部梦魂与海神们轮唱的交响曲。

……

每次我接到林紫叔的诗作，我都似乎接到一颗滚烫的心，我时时被他的诗情所感动。我总觉得，作为诗人，最重要的，是要有一颗纯净的心，要有一种真性情。林紫叔对家乡、对潮剧有着一种发自肺腑的真挚的爱，每当看到家乡的建设有了一点进步，每当看到潮剧又出台了一部好戏，他都会立即给汕头的友人写信、打电话，我身为晚辈，也时常收到他热情洋溢的信，与他在电话里兴致勃勃地交谈。我常常想，如果他不是被划为"胡风分子"，不是被下放白云山农场服劳役，他肯定会更加灿烂地焕发出诗人的光彩和人生的光彩。

北京大学教授陈平原今年1月13日来汕讲学，他说："文化工作者应当有文化的情怀，应当把文化工作作为一种社会承当，而不是把它作为追求名誉、地位的敲门砖。"林紫叔正是有着这样海一般的文化的情怀。中华人民共和国成立初期，林紫叔在潮汕从事戏曲改革工作，曾任广东省戏曲改革委员会粤东分会（简称"戏改会"）副主任，戏改会就是我们汕头市艺术研究室的前身。林紫叔逝世后，我代表艺研室向省文联和省剧协发去唁函，唁函中说："林紫同志积极从事戏曲改革工作，发掘整理传统剧目，使一批优秀潮剧折子戏相继在舞台上出现并获得多方赞许；同时，林紫同志还认真进行潮剧研究工作，使原本空白的潮剧研究工作逐步走上正轨并积累了一定的资料。这些，都是林紫同志留给我们的宝贵精神财富和文化遗产。我们真诚地怀念这位为潮剧事业作出重要贡献的老主任，并将以他的风范和品格为典范，为潮剧事业和汕头市的艺术建设继续作出不懈的努力。"这是我们作为同行，对林紫同志客观的评价和深切的怀念。

林紫叔1999年2月写了《艺海回旋曲——1952年潮剧在中南区戏曲观摩会演的领会》一诗，回忆当年潮剧改进会集合潮剧六大班教戏先生等潮剧艺人北上武汉参加这次会演的盛况，表达了当时的兴奋心情：

……

历时近月的观摩演出终场了

礼乐和掌声交响颁奖

在十五个优秀剧目奖中

两名童伶登台为《陈三与五娘》领奖

独有的两个音乐奖

居首潮剧，其次河南梆子

二弦乐师上台领奖时

掌声如潮令我热泪盈眶

热泪意味着——

　　潮剧哟！庄重地向家乡宣告
　　这第一个历史性殊荣
　　具有何其深远的意义

　　被人视为地方性小剧种
　　居然像新发现的星座
　　往后数十年间，显露着
　　光耀夺目的星星

　　如今怀故遥望星星
　　我在异乡已老了
　　只有在遐想的夜间
　　独自咏叹艺海回旋曲

　　我在读到最后一段诗句时，心头不禁一热，眼眶立即就湿了——是啊，林紫叔已经老了，又身在异乡，谁能体味一个潮剧老人在夜深更阑之时，对着星星，遥望家乡，耳畔仿佛听到柔婉潮剧唱腔的那种情沁肺腑的想念和温馨挚爱的情怀呢？

　　此前六年，1993 年，林紫叔曾专程赴汕参加首届国际潮剧节。在拍摄《五洲潮曲共乡情》这部潮剧节电视专题片时，林紫叔对着镜头，说了一段很动情的话："通过这次国际潮剧节，吹响了一支空前的、历史的、令人回忆和希望的、充满着激动人心的艺海情的海内外艺人的交响曲。这一支交响曲将会长久地在海内外侨胞和艺人的心灵中回荡、传颂。"当时，坐在一旁的张华云老先生马上接着说："你这一席话写作诗、谱上曲，那就非常好。"那段日子，林紫叔心情愉快，精神抖擞，兴致勃勃地看戏、评戏，与潮剧挚友交谈，国际潮剧节是潮剧的节日，也是林紫叔的节日。

　　在林紫叔的一生中，还有一段不平凡的插曲，那就是他战胜了鼻咽癌，并写出一部科普小说《战癌记》，显示了他海一般的生命活力。

　　1995 年，花城出版社出版了林紫叔的海内外作品选集《跳珑玲恋歌》，他以与友人的一席话为序，其中的一段是：

　　问：读过《战癌记》，才知道你是在 1972 年患鼻咽癌，如今已过了二十二年，你的身体很健康，你是怎样战胜癌魔的？

　　答：这个说起来话就长了。

　　问：我很理解你的心情，我读过后很受感动，很想知道你战胜它的主要武器是什么？

　　答：要说武器，除了我有幸得到医生悉心施治，进行放疗、化疗和镭疗，再者就是我的精神力量。

　　问：你的精神力量是怎样激发出来的？

　　答：先说说我当时极其困难的处境吧。在"文化大革命"中，我在白云山农场又再次给戴上"胡风分子"帽子批斗，后来就在农场干校做苦重的农活。治疗过程只领取八成工资，妻子在市立中学教书，三个儿女在读书，其经济困难可想而知，但妻子和儿女甘愿省吃俭用尽量节省点钱供我补充营养。所以，我一想起了夫妻情、骨肉情，想起了自己从1955年起一再受折磨的命运，就更加激发我想活，要活，要活下去！

问：就是说，你是联系着命运、家爱迎战癌魔的？

答：是的。我由此激发了精神力量。

该书出版之后，林紫叔将书分送友人，书中另附一页《作者致意》：

《跳珑玲恋歌》大略反映我的命运历程和时跃、时断、时续的写作实践。可自慰的是，自70年代初期在命运的逆境中制服了癌魔后，二十多年来还继续顽强地、乐观地、天真地活在人间。师友们和读者若从《恋歌》中听到生命之歌，就是对我莫大的慰勉。

林紫叔尝作《暮年自度曲》，这是对"生命之歌"的最好注释。其中有句云："人生不老是精神。"晚年他坚持晨运，晨运除了慢跑之外，还有一项是"登楼撸吼气功"，即把登楼回家当作练气功，"一级台阶一级功"，运气之时号吼："撸丹田之气，吼生命之歌！"谁也看不出，在林紫叔瘦弱的身躯里，竟蕴藏着如此顽强的生命热力，涌动着如此不息的生命的浪潮。

这股生命的热力和浪潮，在2001年6月22日以后，以一种更加悲壮的形式显现了出来。

2001年6月22日，林紫叔中风住院，从此昏迷不醒，历经2年7个月，944个日日夜夜，于今年1月21日，恋恋不舍地离开人世。

在这漫长的944个日日夜夜，林紫叔，您还在想些什么呢？

也许，仿佛在马来海滨的草地上，您正和一群马来少男少女们，无所顾忌地跳着"珑玲"；

也许，仿佛在武汉民众乐园的游艺场，您正隐身在台角的边幕，凝视着台下观众观赏潮剧《陈三与五娘》的目光；

也许，仿佛在汕头张华云老友的居室，您正侃侃而谈，引来张老朗朗的笑声；

也许，仿佛在广梅汕铁路的通车庆典上，车站人海如潮，您正和乡亲们一道，热烈欢送着一列彩车徐徐驶出车站；

也许，仿佛在汕头海湾大桥的通车庆典上，您看着绮丽的大海，望着奔涌的波涛，脑海里正构思着一部《南海神曲》……

我知道，在那漫长的944个日日夜夜里，您一定还想得很多很多，只是已经不能放声歌吟，也不能奋笔疾书了……可是，您不甘心，您还要歌，您还要吟，您还要说，您还要写，您依旧迸发出强项的生命的热力，依旧涌动着不息的生命的浪潮，您想着，一定要活下去，一定要活下去！这才坚持了944个日日夜夜啊，944个日日夜夜！

安息吧，林紫叔，在汕头，我可以天天看见大海，看到大海，就好像看到了您。

2004 年 3 月 13 日

（载《汕头日报》，2004 年 4 月 11 日；《广东文艺界》2004 年总第 105 期；《潮声》2004 年第 5 期）

韩萌叔，你是一条河

那年，就是 1946 年，韩萌叔路过香港，住在我们家。恰逢我刚出生，父亲对韩萌叔说："你是作家，就请你给我儿子起个名字吧。"韩萌叔想都没想，随口就说："我叫陈韩萌，你儿子就叫陈韩星吧！"父亲摇摇头说："不行、不行，你是叔辈，他是侄辈，怎么能这样叫呢?"韩萌叔哈哈一笑："怕什么? 这样才亲热嘛！"于是，我的名字就这样定下来了。这个过程是我长大后父亲告诉我的。从小到大，韩萌叔待我若子，我与韩萌叔情同父子。

我出生的地方叫学士台。20 世纪 40 年代前后，这里是香港文人墨客雅集之所。那时，沿着西环半山的薄扶林道走下一段段台阶，就会看到一个个建有老式房子的平台，每个平台就是一条小街，依次是学士台、桃李台、青莲台、羲皇台和太白台，这些平台背山面海，是风景绝佳所在，名字借用的都是李太白的典故，更添风雅。聚居在学士台的，都是中国著名的文化人，包括画家、诗人、作家、记者、编辑，他们中的许多名字，日后都写入了中国文学史和绘画史，比如戴望舒、施蛰存、叶灵凤、穆时英、杜衡、路易士、鸥外鸥、徐迟、冯亦代、袁水拍、郁风、叶浅予、张光宇、张正宇、鲁少飞、丁聪等等。那段时间，大体上是 1938 年至 1941 年 12 月香港沦陷之前。

1941 年，正当中国人民抗日战争进入艰苦奋战的关键时刻，八路军香港办事处主任廖承志受命建立面向海外的文化宣传阵地，申请注册出版《华商报》。该报于 1941 年至 1949 年之间，云集了当时中国数百位优秀社会活动家、文化界精英，面向海内外，进行种种抗日救亡活动。我的父母亲在日本投降后，由于当时国内的复杂局势，奉命从韩江纵队驻守的普宁大南山疏散隐蔽，于 1946 年 1 月辗转来到香港，由组织安排在《华商报》工作，就住在学士台。

在韩萌叔的所有文章中，他都没有提及到过香港这件事，也许仅仅是路过，时间不长，也没有从事什么活动，就没留下文字记载。不过，韩萌叔在《追记粟芭村》一文中曾写道："1946 年，株守在家乡的伯父催促我赶回马来亚去，因我父亲遗留下的十几亩荒芜的橡胶园和三个弟妹，需我去料理……记得 1947 年 1 月初，我回到粟芭村时，全村只剩下五六户人家……"从这可以看出，韩萌叔在 1946 年至 1947 年的那段时间，是有机会经过香港的。

韩萌叔 1922 年出生于马来亚。十三岁时，随父亲回原籍普宁，先后肄业于兴文中学、南侨中学。1940 年开始在潮梅报刊发表文学作品。1947 年回马来亚后，开始了他的华侨题材创作，他写的第一篇反映马来亚华侨生活的散文《老人之死》，发表在新加坡《星洲日报》副刊上。

韩萌叔的创作历程，就像一条河，从源头潺潺的小溪，逐渐汇聚成湍急的激流，奔腾的巨浪，而后又以平稳的波涛，汇入大海汪洋。

继记述粟芭村单身老人陈心心叔公悲惨身世的《老人之死》后，韩萌叔又写了一批短篇作品，其中有代表性的是写一位老板在战争中败落成乞丐的遭遇的散文《布施》，在《读书生活》杂志发表后，被泰国的《全民报》转载。及后他又写了《过番新娘》《花会》等短篇小说，均在报刊发表，开始引起马华文学界的注意。这一时期韩萌叔在粟芭写的几篇小说和散文是他加入马华文学队伍的开始，反映海外华侨生活题材的创作，已经形成一股潺潺流淌的溪流。

1950年初，韩萌叔决定离开马来亚到香港工作，动身之前，于清明节最后一次在粟芭村扫墓，他跪在荒山坡上父母合葬的坟墓前，想起父母在粟芭村几十年的苦难生活，一时悲从中来，忍不住放声痛哭。扫墓归来，他在父母建造的业已破旧的亚答屋里，挥泪写下《粟芭的歌》：

> ……
> 这破旧亚答屋，
> 父亲年年在门顶贴上"颍川"两个大字，
> 叮嘱后人别忘记陈氏家族的"根"远在中原；
> 可怜的先人呀，
> 你们却埋骨异邦！
> 呵，如今，我将离开粟芭，
> 告别我这童年的摇篮，
> 告别与我同龄的耸天的椰子树，
> 告别我流连过的翠绿无边的橡胶园。
> 我对我戏过水的小溪河说：
> ——无论我走到多遥远的天涯海角，
> 我也会记住粟芭这亲人哺养我的地方。

就这样，韩萌叔从粟芭的小溪河出发，心中的激流奔涌而出，笔下的波涛不可遏止，他的身后，卷起了一串串的巨浪——

华侨题材小说创作是韩萌叔艺术活动的主体，也取得了最大的成就。他离开粟芭后，陆续出版了中篇小说《七洲洋上》《红毛楼故事》《榴梿山神话》《椰子飘流记》和短篇小说集《海外》《在古屋里》等。这批中短篇小说奠定了他在新加坡、马来亚和中国文学史上的地位。

《七洲洋上》是韩萌叔的代表作，1949年写于马来亚，叙述归侨学生唐少武因参加潮汕人民抗日游击队而遭反动派杀害，并株连其兄唐番仔为避"抽丁"以致惨死在七洲洋上的悲剧。

> 七洲洋哟，海水漂漂，
> 唐山父母哟，心肠真枭，

雅雅娘仔呵唔给我娶，

硬逼我啊逼我去过番……

七洲洋指七洲洋群岛，位于海南岛东北。《七洲洋上》描写的角度选择在既不是国内侨乡，又不是海外侨居地，而是在这两者之间，正在漂浮移动着的船上，艺术空间就是联结南洋与祖国的契合部。作品把正面描写的时间浓缩在几天内，场景在抬头一览无遗的一艘船上。这一艘海轮，也可说是处于风雨飘摇中的中国的缩影。小说中许多华侨、侨眷不屈的脊梁和坚定的理想，超越了乡界国界，超越了时空限制，温暖了无数中国心，感动了无数中国人。小说曾在新加坡和泰国的华文报纸连载，在香港出版单行本，一年中再版两次，读者反响热烈。

以《七洲洋上》为标志，1947年至1952年间，即居留新加坡、马来亚和初到香港、广州时期，是韩萌叔创作的高潮期，正所谓激流湍急，巨浪奔腾。那一篇篇情发肺腑、洒泪挥写的小说，生动形象地刻录了华人胼手胝足拼搏创业的血汗印痕，摄录了血汗淋漓的荒莽山芭与灯红酒绿的市井社会的畸形留影；辑录了契约华工"猪仔"的血泪史，诠录了海外赤子从事抗日救国运动的热血篇章。贯穿在这些作品中的，是在异国他邦虽风裹尘封而永难割舍的思乡愁绪，是在异国他邦虽凄风苦雨但永不屈服的奋争精神。而透过一个个曲折动人的故事，在那一个个历尽艰辛的天涯旅人的背后，是胶风椰雨所带来的一丝丝温婉的抚慰，是蕉林茅舍所给予的一点点轻柔的温馨——长年累月与异域土地的亲密接触，毕竟也产生了些许相依为命的情感，毕竟也滋生了另外一种留恋不舍的情愫……正是这种种复杂感情和异国风情的错综交织，使韩萌叔的这些小说作品充溢着一种浓郁的海味和侨味，弥漫着一种热带丛林的氤氲的气象和气息，蕴涵着一种与家国乡邦同根同脉的亲情和柔情。

华侨题材小说的创作使韩萌叔在新、马两国的文学史上占有重要的地位。马崙在《新马华文作家群像》中，认为韩萌"这位土生的马华作家，锐笔震文林，创作成就辉煌"。马来西亚华人写作人协会主席方北方也称誉"韩萌是战后马华著名作家之一。"方修在《战后马华文学史初稿》中，认为韩萌是战后马华文学史第二阶段（1948—1953年）的代表作家。秦牧也认为"……他当年在海外，是有相当影响的。"

激流过后，韩萌叔小说创作的波涛，渐趋平稳，正如一条大河，下游一定平静而从容。

1952年后，韩萌叔虽忙于文学编辑事务，但他经常参加汕头地区侨联会和汕头侨史学会的工作，又担任汕头归侨作家联谊会会长，可以说，他一直就生活在海外华侨、华人和国内归侨、侨眷之中，对他们的生活有一定的了解和体验，积累了不少这方面的创作素材，所以他也就一直没有停止在华侨题材上的构思和创作。

据我所知，韩萌叔在中华人民共和国成立后写得最辛苦、创作经历最曲折的一部小说是描写种柑侨眷被日寇和劣绅、土匪盘剥的苦难经历的《柑园风雨》。初时写成电影文学剧本《海外归来》，及后改成中篇小说《望夫归》，1964年写成长篇小说《侨乡人家》。不久"文革"爆发，1967年韩萌叔避居祖家，愤而想将小说稿焚毁，曾丢下火堆三次，但都于最后不忍而从火堆中重新捡起，终于将小说稿保存了下来，于1991年定稿为《柑园风雨》。

20 世纪 80 年代末，韩萌叔又写了一部以表现"台湾老兵"回乡与亲人团聚为题材的长篇小说，于 1991 年连同《七洲洋上》《柑园风雨》合编为一部华侨题材中长篇小说集《侨乡梦》。

应该说，韩萌叔在中华人民共和国成立后写的这两部小说，都没有以《七洲洋上》为代表的那一批中短篇小说那样的影响力。这让我想起我省著名戏剧家黄心武先生在一篇文章里举的例子——美国剧作家阿瑟·米勒问曹禺："您曾经是大海，怎么变成小溪了？"曹禺不好回答。

韩萌叔自然还不是曹禺那样的"大海"，但也不至于变成"小溪"。我觉得恰如其分的评价应该就是一条"河"。韩萌叔这条"河"有两个突出的特点，一是从不间歇，向着一个方向连续不断地奔流，即使中途碰到阻隔，也仍然不知疲倦甚至不顾危险地一直向前、向前！二是这条河在形成之初，是由一条条翻腾着的、充满生命力的小溪倾注、汇集在一起的，正由于有了这样欢腾的上游，也才有了虽渐趋平稳，但也还算壮阔的下游。

作家的生命是与创作生命连在一起的。韩萌叔的人生，正如他的创作历程一样，也是一条河。

清澈透明的小溪，溪边是低矮的亚答屋，溪上飘荡着沙哑的马来歌，溪水浸湿了姑娘身穿的纱笼裙，还有那透着浓浓馨香的榴梿果，香味轻轻飘过宁静的溪涧；溪那边，有耸天的椰子树，和那翠绿无边的橡胶园……少年韩萌就生活在这样的小溪边。那溪水轻拂过他柔软的脚丫，又带着欢笑涌向前方，调皮地在尖利的石子间流窜、跳跃；那溪水以它坚强的意志发誓：要磨平那不可一世的困厄，要奔流向前，要去见外面的大世界！于是，美丽的小水潭挽留不了它，小石子阻挡不了它，小花草也吸引不了它——因为，小溪它要成为一条河。

韩萌叔就是从这条小溪出发，渐渐地汇入江河。河，见证着两岸无数的生命坎坷；河，演绎着一路无数的喜怒哀乐。一路上，河水折射着腥风血雨中灰色调的社会悲剧；一路上，河水拨动着对光明、幸福的无限向往和追索。民族的渊薮、华人的血统、家乡的亲缘这一切生命的基因都溶化在清澈的河水中；勤劳刻苦、重情崇礼、敬祖念根这一切生命的底色都沉淀在坚实的河床里；自尊自重、坦诚沉静、专注进取这一切生命的动能都倾注在奔涌的湍流间……

小溪是拼搏的起点，体现的是坚强的意志；河流是苦战的阵地，体现的是对理想的追求；海洋是人生价值最终的归宿，体现的是历尽磨难后的胜利。小溪、河流及海洋，就如同韩萌叔人生的三个转折点。

大海，一望无涯。蓝色波涛孕育着绚丽，海风伴随着翱翔的海鸥，白色的浪花涌上金色的沙滩……韩萌叔，现在你已汇入了大海、融入了大海，人生应该无憾了。

[写于 2009 年 11 月 1 日，载《汕头日报》，2010 年 4 月 3 日；
收入《汕头文艺名家传略》（下卷），汕头大学出版社 2017 年版]

酬谢知音——《高山流水》序

韩 松

其实我不是给《高山流水》写序的适当人选。理由是：自知才疏学浅；自认平庸低能；尽管怎样努力，我也不会写出一篇比较像样的序来的。我想。

奇怪，不适合写，为什么又写了呢？理由只是：归侨作联的老领导让我写。只好遵命。如果再加上一条理由，那就是，看到本会这么多热心写作的会员的众多好作品，受了感动。遵命加上感动。写序似乎就有点儿理由了。尽管写得不好，也许别人还可以原谅。写不写是态度问题，好不好是水平问题，宁愿水平低，不愿态度差。写罢。

关于感动的理由，其实是多方面的。先从我们这个联谊会说起吧。

广东省归侨作家联谊会成立于1983年，已经走过了四分之一世纪。25年，如果是一棵幼苗，她已经长成充满勃勃生机的大树，如果是一个人，就已经长成朝气蓬勃的青年；一个群众社团呢，也已经进入他的青春期，正向成熟期迈进。"三十功名尘与土，八千里路云和月。"今年刚好是中国改革开放30周年。伴随着中国改革开放的咚咚战鼓应运而生的归侨作联，见证了中国的巨大变化。我们的会员，将自己灵魂的触动、情感的激荡、心智的感悟，化成源源不绝的创作力量，创作出许多精彩的作品。这些作品，从各个侧面，反映了中国的变化，世界的变迁，人们精神世界的变易。当然，也有许多是没有改变的，那就是作家们爱祖国、爱人民、爱事业、爱生活、爱创作。不仅没有改变，没有消退，而且与日俱增，方兴未艾。对我们作家们来说，爱，几乎与生俱来；爱，简直至死不渝！不信，请看看作家们的作品。

2008年，对中国来说是极不平凡的。汶川大地震，突如其来，震惊中外。北京办奥运，众望所归，举世瞩目。纪念改革开放30周年，意味深长，上下同庆。我们这个很不起眼的广东省归侨作家联谊会，恰逢成立25周年，也斗胆来凑一番热闹。

具体来说，就是做两件事。一是举办一个学术研讨会兼庆祝大会，二是将《粤海桥》30期作品中的精华集中起来，出一本集子。经过几位老领导的无私努力和精心工作，具体来说就是名誉会长陈秋舫、常务副会长阮志远、常务副会长周永益的奉献，这本书编出来了。其中的甘苦，请看陈秋舫会长写的后记。老领导率先垂范，我也要做点事：定书名，写序。这很使我诚惶诚恐了好一阵子。一些人讥讽"广东人会生崽不会起名"。为了不给讥讽者以新的口实，这个集子的名字就很费思量。名字太直白，人家可以说你没文化，就像赤裸身子挤上公共汽车，是很讨人嫌的；名字太文雅，人家又可以说你卖弄风骚，就像西装革履的汉子偏偏推大板车，也是不合时宜的。不能太俗，不好太雅，又要有概括性、启迪性、文学性、艺术性，颇费思量。最后，在联谊二字上做文章，想起了个响亮而意蕴深长的名字《高山流水》。含义有两层，一是借助中国传统文化中的俞伯牙钟子期知音酬谢的典故，表示归侨作家以文会友，以友促文的愿望；二是象征作家们永不枯竭的创作活力，山高水长，奔流入海。

感动的第二条理由，是我的文友们澎湃的创作热情和骄人的创作成就。《高山流水》集中了120多位作者的文稿，除少数三两位外，他们都是本会的会员。目前广东省归侨作家联谊会约有260名会员。换句话说，大约百分之四十的会员有作品收到集子里。这是很了不起的事情。从整个集子看来，大部分作品异彩纷呈，也不乏令人眼前一亮的佳作美文。

从体裁上说，主要是诗和散文。而从题材上说，则十分丰富，摇曳多姿。从涉及的地域看，有侨居地，有侨乡；有城镇，有乡村；有沿海岛屿，有深山密林；有亚洲近邻，有美加大地，有澳洲大洋洲，有非洲大陆。从涉及的人物看，有恩重如山的父母，有手足情深的兄妹；有位高权重的官员，有流汗劳力的众生；有引路护航的师长，有饱经风雨的挚友；有相濡以沫的爱侣，有萍水相逢的新知；有历尽沧桑的金山伯，有充满传奇色彩的土著人；有文学创作路上共同跋涉的知己，有才露尖尖角的新苗。从涉及的事物看，有客家的擂茶，有潮汕的番薯，有异国的美酒，有中秋的月饼，有发黄的旧照片，有晚清亭的山歌，有耀眼的潭江灯色，有灿烂的山捻花，有兰圃的花草，有花城的英雄树。凡是作家眼中心中记忆中思虑中所有的人物事物景物风物，凡是作家能表达真善美的创作题材创作手段和创作特色，都可以在这个集子中读到。"大珠小珠落玉盘"。《高山流水》流光溢彩，珠联璧合。集子中虽然也有某些成色不足的"粗玉"混杂其中，但并不降低整个集子的价值和影响力。为什么？因为所有作品都是作者们创作热情的见证。

知音可贵，知己可亲。在我们这么一个自愿组织、自主活动、自由创作的群众性文学团体，既有名家巨匠、大师高人，也有追赶者、起步者，十分正常。我们不能要求所有的操琴者都是俞伯牙，但是，我想我们都可以成为不死的钟子期。因为我们爱文学，热爱华侨和侨乡文学创作，关爱共同创作的文友。在自己的心灵、自己的爱好、自己的同好面前，我们都是操琴不止永不停歇的俞伯牙，都是如痴如醉长生不老的钟子期。

不要小看我们会员作品的艺术性。许多篇章，让人过目不忘。情感之真挚深沉，文笔之细腻生动，布局谋篇之匠心独运，遣词造句之准确精练，已经达到令人折服的高度。陈韩星的《父亲，你是一座山》，是感情奔涌澎湃、谋篇周到细致、语言平实中见凝练的佳构。将文中几个段落的开头，集中起来，就成了一首诗："父亲的山首先是一种存在，一种骄傲的存在/父亲的山又代表一种品格，一种刚直的品格/父亲的山，归根到底是一种积聚，一种爱的积聚/父亲，你是一座不倒的山，永远耸立在儿女们心中。"

父母恩重，儿女情长。爱情与亲情，友情与乡情，都是人世间最美好的情感。但是，亲情，是建立在血脉相连的基础上，往往更为刻骨铭心。如果一己的亲情在时代的大背景中煎熬，连同生离死别、家国祸福联系起来，就更加感人肺腑、催人泪下。同是越南归侨，又都是大学教授，还同是写母亲的两篇散文，就是这样。中山大学教授邓水正的《忆母亲》，讲述自己当年怎样与父母不辞而别，当有机会重返越南时，已经与母亲阴阳相隔。"母亲于1990年逝世。1991年中越复交，1993年我办好出国护照，在重阳节回越南拜祭母亲。来到离胡志明市约30公里一处名叫那条的华人墓园，但见母亲坟前青草萋萋。我雇人修整后进行拜祭。离别母亲36年后，不幸再见已无期。眼前景象，触发出我对世事变迁、家国沧桑和风雨人生的无限感慨。"作者是历史系教授，深情中有穿透历史的清澈感。而诗人、暨南大学中文系教授洪柏昭则绘声绘影，将拜祭母亲时的场景和自我心境完整地再现出来，写得更为细腻感人："有时我用忠孝不能两全的古训来自慰自解，但那苍白的理论又怎能平息怒潮般汹涌的内疚！""我已经合十长跪了好长时间了，面前的祭品微微的沾上了香烛的灰烬，几只乌鸦在头上掠过，侄女递过来元宝盒，帮助我在坟前焚化。接着是一起从广州来的儿子、媳妇以及在越的三弟一家依次跪拜。母亲的在天之灵，大概得到一次最大的快慰。"

集子中有大量的篇什写的是悼亡。生老病死，瓜熟蒂落。从自然人的角度，本不应过分伤悲。但是，从社会人的角度、从感情人的角度，对失去的亲人、友人，谁都不舍、不忍、不忘。这些逝世者虽然已经离去，但是，他们留下了高风亮节，留下了道德文章，留下了人生智慧，留下了人格魅力，留下了生活情趣。这是我们活着的人的丰富的精神遗产，足以让我们长久享用，惠及后人。所以，《粤海桥》30期中出现了相当篇幅的此类佳作。编者大都收入书中。写作这类作品的，大都是逝者的至交好友，知人晓事，表里通悉，视角独特，写作精当，读来获益匪浅。丘帆悼林紫，杨樾悼林紫，阮志远悼陈残云，林彬悼杜埃，吴开俊悼父亲吴柳斯，丘帆悼许诺，丘帆悼郑达，王坚辉悼梁伯彦，丘帆悼林彬，陈子思悼大哥陈大耀，张海鸥悼周艾黎，陈秋舫悼苏南坡，萧村悼韩萌，丘帆悼江静波，陈诗博悼许实，韩松悼廖钺，无不使人持卷长叹，心潮激荡。

人，社会人，总是一定时代的产物。悲喜人生，其实就是悲喜时代的影子。逝者大都是命运跌宕起伏，人生悲喜交加，性格鲜明坚韧的大写的人。正像陈子思写他的哥哥陈大耀，引用了陈大耀生前用楷书抄写的陈登邑的条幅："牛敦厚训，柔耐大劳，为丰收日出而作，夜降方休，野草自刍啃五谷，给人留一生知奉献，半点不图回报酬。长将汗水流遍土，犹把骨灰撒田头。"如果用这样的诗句来歌颂和怀念集子文稿中提到的逝者，是蛮恰当的。

集子中还有一部分评介性文稿，也是很有特色的。紫风，在林玉萍的笔下，和在秋舫的笔下，有不同的风采。李治元写阮志远，阮志远和周毅写李治元，知根知底，情深意长。郭光豹序谢岳雄的诗集《丹青情缘》，张伯海序李骏的散文《春天里的"春天"》，沈仁康序陈忠干的诗集《南粤飞花》，还有评介李春晓、袁效贤的长篇小说等，都是有见地、有文采、有启迪的文稿。

集子中不管是写谢非、梁灵光、吴南生、赖少其、马万祺、刘白羽、戴爱莲等高官名人，还是平民百姓，都倾注了真情实感，有些还让人悟出了真知灼见。

我会老领导郭光豹以诗人的情怀写刘白羽，写吴南生，神采飞扬，如睹其人，如闻其言。谢峰则介绍了本会报刊《粤海桥》和《侨星》创刊的经过，朴实无华却让人不会忘怀。

老顾问陈春陆以"梦回桴屋"为题，写一个哀怨的故事，一位美丽而苦命的表姨，深深打动人心。

周永益的《铁骨脊梁》，则竖起一座英雄塑像，展现他的哥哥两代人自强不息的故事，给人无尽的激励与感动。

文学创作就是这样，优秀的作家，总是能够将这些美糅合在一起：自然万物的美，社会万象的美，人心万态的美，人间正气的美，人格魅力的美，生活情趣的美，以及文字、语言、结构、节律的美，水乳交融地呈现出来，成为读者心中的大美。作家，就是美的感悟者、制造者、呈现者、传播者、享用者。怪不得那么多人作着作家梦!

还想说点跟《高山流水》看来关系不太大的话。我曾经被人问过一个问题:广东归侨作联的会员们为什么热衷文学创作?我当时不假思索地回答说:"因为他们喜欢。做自己喜欢的事情,写自己喜欢写的文章,不是很好吗?"通读了《高山流水》,我认为自己的回答虽然不全面,但大致是没有错的。反正我就是这样写点东西的。为了名啊,利啊,或者为了十分庄严肃穆的目的去写作的人总是有的。我们也不需俯视或者仰视他们。人家愿意,甚至喜欢,就由人家去做、去写。这也是人性化社会与和谐社会应有的宽容心态啊。对于那个为什么而写文学作品的问题,可以有不同的答案。其实,世界上许许多多的写作人给出的答案是十分不同的。大致有这几类:

(1)摹拟说。美国作家保罗·塞鲁克斯说:"我是一个不健全的人:不知足,困窘,生活中的低能、贫穷、无前途。这一切使我善摹拟,善丹田之功,异常敏感。我能把愤怒、嫉妒、爱情、激动、热情,甚至瞬息间获得的幸福的意念作为养料吸收。大多数作家都是虚弱的人,他们需要克服种种不利因素才能取得一些成绩:虚弱的人,才各具特色。记忆力,是作家神秘的天赋之功:一个蠢笨的人,记忆力是可怜的,更多的是无情的忘却;一个作家,它的记忆力绵绵不断,永无休止。这一切均始于童年,出于对生活的爱恋。"

(2)自得其乐说。德国作家乌尔里希·普伦多夫说:"写作可以使人摆脱孤独,可以同周围的人们接触;也可以使人自得其乐。"

(3)证实自我说。安哥拉作家若兹·卢昂迪诺·维埃拉说:"写作使我深深地懂得了现实生活,我也是在写作中才发现了自己。我写作是为了证明我的存在,同时也是为了生活。"

(4)探讨说。加拿大作家加斯顿·迈伦说:"提高文化修养;探讨人类学问题。"

(5)延续生命说。德国作家斯特凡·赫尔姆林、荷兰作家哈里·米利施认为:"给世界留下些比他的生命更长久的东西。组成我的第二个身躯,使我的生命延续。一切生命是实际上的死亡,死亡乃是活生生的文字符号;最终能永留人世的,是句读无声的奥妙。"

(6)庄严使命说。中国台湾作家陈映真说:"使那些绝望的人重新充满希望,让那些失败受挫的人重新鼓起斗争的勇气,使受凌辱的人重新获得自由与尊严。我写作为的是人类解放,消除不平等、非正义、贫困和解放无辜者,消灭一切形形色色的精神与物质的压迫。"

(7)完善世界说。加拿大作家安东尼·马耶说:"上帝在六天内创造的世界并不完善,第七天是他的休息日,他没有时间完成他的全部工作,世界太小,生命过于短促,更无足够的幸福可言,我写作是为了完善世界,为了完成创世的第八天的工作。我有我的梦幻和对世界的看法。"

还可以举出一些回答,有意义,也有意思,还有意蕴。但限于篇幅,从略。亲爱的读者,看过了这本刚出版的《高山流水》,你的回答又是什么呢?

如果光从书名来看,起码可以回答"酬谢知音说"。不是吗?

谢谢你看完了我这一篇被称为序的文字。

缘分的天空

——怀念隗芾教授

我与隗芾教授的相识相知是一种缘分。

20 世纪 80 年代，因为一次因缘际会，对潮汕文化饱含着热爱的隗教授，调到汕头大学工作定居。到汕大不久，他就应邀参加我们市剧协的一次座谈会。在会上，他自我介绍其是满族上三旗正白旗第十代后人，清太祖努尔哈赤后裔。他以调侃的语气说，他代表他的祖宗，向汉人表示歉意——因为他的祖宗统治了汉族将近三百年。接着，他又说，这是他来汕后参加的第一个会议，因为他的本行是戏剧戏曲研究，1980 年于王季思先生主办的中山大学“中国戏曲史师训班”结业，他参与中国十大古典悲喜剧的编选、批点和注释工作等。说着说着，他竟有板有眼地吟唱起一段东北的戏曲段子……隗教授的这次发言给我留下了深刻的印象，我觉得他是一个胸无城府、率性而有真性情的人，是一个有文化、懂艺术的人。

就在这次座谈会后不久，我听说隗教授在一次双杠锻炼时不慎摔断了颈椎骨，正住在市外马路工人医院治疗。我当时虽与隗教授只是一面之交，但觉得他是值得我尊重和关心的人，于是立即到医院去看望他。只见他的头骨部分打了三个小洞，从中引出三条铁丝，铁丝又扭合在一起，下面绑定一个大秤砣——这是在固定隗教授的头部，让摔断的颈椎骨不再移动，慢慢愈合。我见隗教授一动不动地躺在床上，与不久前见到的生龙活虎的他判若两人，心里顿生一种说不出的悲伤——造化弄人，怎么转瞬就成这个样子了？

因为我住的三牧楼离工人医院并不远，接下来的日子，我每天都来看他，同时让爱人每天都煮点好喝的汤，比如猪肚咸菜汤之类给他吃，又带几份报纸，让隗教授容易熬过那漫长的时光……

我相信，凭着满族人强悍的体质，隗教授一定能挺过来！不知过了多久，隗教授终于痊愈出院了。我们一家和隗教授一家也成了好朋友，每次隗教授和梁老师到市区来，都要来我家歇歇脚，聊一聊，有时顺便吃顿饭，俨然成了亲戚往来。

我和隗教授的缘分就是这样的，在不经意之间，悄悄地埋下种子，当你发现时，原来就在身边！缘分的天空下，原来不认识的人就这样认识了，甚至成了始终不渝的好朋友！

结识隗教授是我的荣幸，在他身上，我学到很多东西。那些年，我正在酝酿写一部关于翁万达的电影剧本。我觉得，对于潮汕来说，翁万达是一位出生于本土的最具代表性的历史人物，但与那些彪炳于中国史册的名臣骁将相比照，他毕竟又算不得那么璀璨耀眼，那么，如何既抒写家乡的一代名人，又在这个人物身上体现出一种带普遍性的意义呢？

我久久思索但始终不得其解。有一次，隗教授到我家里来，我向他求教。隗教授提出一个观点，他认为在看来刚介坦直的翁万达身上，其实蕴含着一种潮人素有的文化特质——中庸。根据之一是翁万达居然能在当朝权奸严嵩把握朝政大权的人人自危的岁月里，既能直言不讳地宣扬自己的主张，又能与其相安无事，甚至亲自请严嵩为他父亲翁玉撰写神道碑铭，而严嵩也慨然允诺；再一个根据是翁万达虽被固执冥顽的嘉靖帝一再贬黜，但居然能三落三起，在他离开人世后的第六天，嘉靖帝第三次起复翁万达的诏书又送到他的家乡举登村。据此看来，翁万达的确有一套高明的立身处世的谋略，若追溯其思想渊源，当属中庸之道无疑。隗教授的观点帮我找到了理解翁万达的钥匙。

中庸是儒家的伦理思想，是不偏不倚、无过无不及的儒家修身养性的最高道德标准，也是一种"矜而不争，群而不党"的和谐心理境界。我认为，隗教授所指潮人具有中庸秉性，其实是抬举了潮人。因为孔子认为中庸是极高的道德准则，一般人并不容易达到这样的高度。诚然潮人比较容易和谐共处，现今海外潮人社团比比皆是便是明证，但充其量也是较低层次的"中庸"。而在翁万达身上体现出来的"中庸"，则已经达到安邦治国的高度。

还可以再举一例。

有一次，在吃饭时，不知因何话题引起，说到《白毛女》的杨白劳。隗教授说，如果杨白劳是潮汕人，他就不会死。我问为什么？隗教授说，以前潮汕人生活也很苦，一点也不亚于杨白劳，但你有没有听说潮汕人自杀的？我说没听说过。"这就对了，因为潮汕人面对的是大海，潮汕人在当地活不下去了，他可以跑啊！他跑到南洋去，不就有活路了？"我说杨白劳是欠债还不了才自杀的。"潮汕人欠债也不用自杀，他可以跑到南洋后，赚了钱再来还债，而且这一点决不用怀疑，因为潮汕人最讲信用，过去的侨批就是潮汕人讲信用的凭证！"我觉得隗教授讲得有道理，就点了点头。隗教授接着说："其实，这就是大陆文化与海洋文化的差别。这个题目太大了，一时半刻讲不清楚，先吃饭，以后再说吧。"

吃一顿饭我就长了一点见识，而且关于"海洋文化"的课题，不久就慢慢出现在隗教授的文章中。我不敢说汕头的"海洋文化"就是隗教授一个人提出来的，但起码他是发端人之一，而且正是由于他的积极推动，"海洋文化"才最终成为潮汕人的共识。

类似向隗教授请益的例子不胜枚举。算起来，我们结识至今也三十多年了，这是一段美好的日子。因为，美好的人生境界，不是荣华富贵，而是遇到了难得的知己，沉湎于一种温馨氤氲的情感、置身于一片融通亲和的气息之间，享受着那一种不知不觉的知识、学问交织的氛围……

就在不久之前，隗教授出版了他认为是他莅汕以来最重要的著作——《潮人，真潮人——潮汕文化漫谈》。有一天，他打电话给我，要我为他这本书写篇书评推介一下。我说，你还有许多地位比我高、学识比我深的同事或友人，你请他们写吧，我怕完成不了你的重托。他说："就你了，你是我在汕头最好的朋友，我不找你找谁？"我无法推托了，只好应允下来，写了一篇书评发表在《汕头日报》读书版上。

这些年我经常来往于深圳、广州之间，与隗教授见面的机会少了。可是，缘分使我在他去世的十多天以前见了他最后一面。那是今年春节前的一天傍晚，我和儿子从住家出来，意外地看见隗教授一个人正坐在一间小店里吃牛腩粉。看着他穿的衣服，我这才知道他是在对面的汕大附属一医院住院。但他完全不把生病当一回事，我们谈的内容，与他的病无关。

初一上午，我像往年一样，给隗教授打电话拜年。隗教授的手机倒是没关机，但就是一直响着没人接。到了晚上，等来了隗教授女儿隗晓雅的电话，才知道隗教授在除夕那天突然中风，还没醒过来；又过了两天，就接到了噩耗……

接到噩耗的时候，也是傍晚时分，天边飘着一朵带雨的云，我想这是隗教授来向我告别了。

因为，缘分的天空下，隗教授本来就是一朵带雨的云，云的心里全都是雨。这朵云，从遥远的白山黑水飘来，饱含着深情，饱含着养分，他把那热情的雨滴，轻轻洒落在潮汕的大地上，滋润着潮汕学子、潮汕友人的心田。如今，这朵云已离开我们，悠悠远去，但这朵云带来的那些楚楚的淡淡的雨雾，和那丝丝的幽幽的甜蜜，永远萦绕在我们的心头。

（载《汕头日报》，2016 年 7 月 3 日）

相信历史不会重复那个年代

1955 年 5 月 16 日晚，胡风在北京地安门太平街住宅中被捕；同年 6 月 9 日午夜，潮汕地区仅有的两名"胡风分子"——林紫叔和我父亲陈志华同时被收审，一同关押在汕头市中山公园前附近的一座楼房，林紫叔关在二楼，父亲关在楼下……这就是震惊中外的"胡风反革命集团"案。

胡风事件中有几组令人叹息不已的数字：根据《关于胡风反革命集团的复查报告》（1980 年 7 月 21 日）中有关内容："在全国清查'胡风反革命集团'的斗争中，共触及了2 100 人，逮捕 92 人，隔离 62 人，停职反省 73 人。到 1956 年底正式定为'胡风反革命集团'分子的 78 人，其中划为骨干分子的 23 人。"后来，经过复查，这 23 人骨干分子中，只有 1 人当过汉奸，其他人都不能定为特务、反动党团骨干等。①

20 世纪 80 年代，胡风问题经历了三次平反：1980 年 9 月 29 日，《中共中央批转公安部、最高人民检察院、最高人民法院党组〈关于"胡风反革命集团"案件的复查报告〉的通知》中指出："'胡风反革命集团'一案，是在当时的历史条件下，混淆了两类不同性质的矛盾，将有错误言论、宗派活动的一些同志定为反革命分子、反革命集团的一件错案。中央决定，予以平反。"1986 年 1 月，在胡风逝世后，中共中央通过对死者的评价，公开撤销了强加于胡风的政治历史问题方面的不实之词。1988 年 6 月，中共中央为胡风的文艺问题与文艺活动问题平反，撤销加在胡风身上的个人主义、唯心主义、宗派主义等罪名。2011 年出版的《中国共产党历史》（第 2 卷）明确指出：这是"新中国成立初期思想文化领域的一大错案"。至此，胡风问题尘埃落定。

从 1955 年到 1980 年，整整 25 年，假设一个正式涉及此案的人的家庭以每家 3 人计算，则共触及 6 300 人。而其实，受株连的人远远超过这个数字，受株连的程度也远非"不幸"两字所能概括。

就我的家庭而言，父母兄弟姐妹就有 7 人。从株连的程度看，1956 年，即父亲被收审并开除出队翌年，我的第二个弟弟出世了，小名阿鹏。以当时的家庭处境，是没法养育他的，只好送给家乡的一户农民；谁知在他 5 岁时，养父便让他去放鹅，有一天不幸摔下水沟淹死了……

1965 年 6 月，我在汕头市第一中学高三（1）班，是副班长，又连续五个学期当选"三好生"，文科成绩也比较好，满怀信心要考上大学，谁知其时父亲所谓的"胡风问题"已经像阴影一样笼罩在我身上，高考档案早已被盖上"该生不宜录取"字样（这是多年以后我才知道的）。同年 9 月 12 日，作为汕头市首批上山下乡知识青年，我启程赴海南岛

---

① 转引自《炎黄春秋》2003 年第 8 期，夏永安文。

儋县红岭农场。不久，我的两个弟妹也先后到我所在的农场务农。

至于父亲，他在这漫长的岁月中是如何度过的？

正如我在《父亲，你是一座山》中所提及的："父亲一生没写过什么文章，几乎所写成文的东西都是申诉书，即便是那篇曾在报刊上发表的《送党报入潮汕》，也是从申诉书上摘录下来的。我从读初中起，就开始为父亲抄写、修改各种申诉书。"写申诉书，是在那25年中，我们所能做的唯一的事，相信这也是诸多"胡风分子"所能做的唯一的事。仅此一点就可以知道，胡风问题，不知道耗费掉我们民族多少精神能量，也不知道耗费了中国作家和中国知识分子多少精神能量！

现在，雨过天晴，但我时时在想，这场疾风骤雨式的运动到底是如何引起的？父亲又是如何蹚上这池浑水的？我作为家中长子，有责任对此进行探究，让弟妹们刻骨铭心，记住这段令人不堪回首的历史。

从1955—1980年，25年间，被划为"胡风分子"的父亲，每次政治运动，都被戴上各种帽子批斗，惨不忍睹。父亲本已病魔缠身，又连年横遭折磨与侮辱，真是苦不堪言！我眼睁睁看着生身之父如斯不幸，泪血直往心坎里流！

如今已近古稀之年的我依然无法忘却那样一个遥远而清晰的意象（那年我陪同患了严重肺病的父亲一起被遣回到普宁农村）：薄暮的黄昏，一个身体羸弱的少年独倚在残旧的房门前，栖在枯树上的乌鸦声声哀号，秋风卷扫着满地的落叶，少年的心被莫名的悲哀和忧愁紧紧地攫住，泪水汹涌而出，止也止不住，打湿了发黄干枯的岁月……

捷克小说家米兰·昆德拉在《生命中不能承受之轻》中有一段名言，深刻揭示了人类道德堕落的基本根源之一就是遗忘，即回归的不存在。的确，人类总想摆脱历史的重负而轻松自在。但是，当摆脱一切历史记忆之后，"人变得比大气还轻，会高高地飞起，离别大地亦即离别真实的生活。他将变得似真非真，运动自由而毫无意义。"这便是"生命中不能承受之轻"的原因所在。摆脱历史记忆，生命将变得毫无意义。而千千万万无辜的死难者，将被历史迅速遗忘，最多化为"历史教科书"上一小段无足轻重的文字或几个干瘪枯燥的数字。而这些抽象字符背后所凝缩的生离死别、血泪生命，则是后人所难以体会的。

为了不像米兰·昆德拉所说的那样"轻松地"遗忘，这些年来，工作之余，每看到有关"胡风问题"的文字或书籍，我都会小心地收集起来，期待着有一天，能静下心来，细细地加以梳理。

对于"胡风问题"，最早写出《胡风集团冤案始末》的李辉是这样概括的："这场文化大劫乱起因于胡风和周扬的矛盾，后来'胡风派'同周扬、何其芳等人多次较量，在1949年后对知识分子实施改造政策，树立毛泽东文艺思想绝对权威的环境中，胡风和朋友们只能屡战屡败，最终酿成这一历史大冤案。"

《中国共产党历史》中没有提及具体人的姓名，但大体也是这样认为的：

> 胡风是长期参加中国共产党领导的左翼文化运动的进步文艺理论家、诗人。在全国解放前，对胡风所主张的文艺思想，进步文艺界中就有不同意见和争论。这些争论一直延续到新中国成立以后。1952年9月到12月，中央宣传部召开过四次讨论会，对胡风的文艺思想进行批判。1953年春，《文艺报》先后发表文

章，说胡风文艺思想是反马克思主义、反现实主义的。对此胡风不服，于1954年7月将他写的《关于几年来文艺实践情况的报告》（即《三十万言书》——笔者）呈送中共中央和毛泽东等领导人。报告对报刊上公开批判他的几个理论性问题作了说明，并陈述了他对改进文艺领导工作的意见。

随着对胡适思想批判的展开，对胡风文艺思想的批判很快上升到政治高度。1955年1月，中央宣传部向党中央提出《关于开展批判胡风思想的报告》，认为胡风文艺思想是彻头彻尾的资产阶级唯心论，是反党反人民的文艺思想。他的活动是宗派主义小集团的活动，其目的是要为他的资产阶级文艺思想争取领导地位，反对和抵制党的文艺思想和党所领导的文艺运动，企图按照他自己的面貌来改造社会和我们的国家，反对社会主义建设和社会主义改造。报告认为，因为胡风披着"马克思主义"的外衣，对群众的迷惑和毒害作用，就比公开的资产阶级反动思想更加危险。中共中央批准了这个报告，要求各级党委必须重视这一思想斗争，把它作为工人阶级与资产阶级之间的一个重要斗争来看待。随后，对胡风文艺思想的批判运动在全国展开，并很快演变为一场揭露所谓"胡风反革命集团"的斗争，造成错案。①

在1955年春夏之交，发生了被称为"潘（汉年）、扬（帆）反革命集团"的错案。几乎与此同时，对胡风文艺思想的批判迅速升级。5月中旬，根据从胡风私人通信中断章取义摘编的材料，认定胡风及与他有联系的一批人是"一个反革命集团"。5月13日至6月10日，《人民日报》分三批发表了从有关部门收缴的胡风与友人通信中摘编的关于胡风"反党集团""反革命集团"的材料。毛泽东为发表这些材料写了十几条措词严厉的按语，并为三批材料汇编成册写了序言和按语，判定胡风等人是"以推翻中华人民共和国和恢复帝国主义国民党的统治为任务"的"一个暗藏在革命阵营的反革命派别，一个地下的独立王国"。由此，对胡风文艺思想的批判为揭露"胡风反革命集团"的斗争。5月18日，胡风被批准逮捕（其实早在前两天，胡风已经被捕），后被判刑。把胡风文艺思想上纲为"反党反人民的文艺思想"是不符合中国现代革命文艺和社会主义文艺发展的实际情况的。而对胡风在不同年代的特定环境下与友人的通信进行摘编，并作为"定罪"的证据，把胡风和同他有联系的一批文艺工作者当作"反革命集团"来斗争，还对他们进行声讨，这样的做法更是混淆了敌我界限，造成了新中国成立初期思想文化领域的一大错案。②

毋庸置疑，"胡风反革命集团"案比"潘（汉年）、扬（帆）反革命集团"案的波及面更广，造成的危害性更大，因为这是把思想问题混淆为政治问题所带来的严重危害，而不是像潘案那样只是单纯地混淆是非和敌我界限并且只限于少数几个人所作出的错误的决定。

对此，《中国共产党历史》中是这样写的：

---

① 《中国共产党历史》（第2卷），中共党史出版社2011年版，第288页。
② 《中国共产党历史》（第2卷），中共党史出版社2011年版，第298页。

在当时的历史条件下，党对于把思想问题混淆为政治问题所带来的严重危害还不是认识得很清楚，但对这方面出现的问题还是进行了初步总结。1955 年 3 月 1 日，中共中央发出《关于宣传唯物主义思想批判资产阶级唯心主义思想的指示》，其中指出，在各个学术和文化领域中清除资产阶级错误思想的任务，不是一个短期的批判运动所能解决的，必须以长期的努力，开展学术批评和讨论，才能达到目的。《指示》对正确开展学术批评和讨论提出若干原则，包括：学术批评和讨论，应当是说理的，实事求是的；应当以研究工作为基础，反对采取简单、粗暴的态度。解决学术问题上不同意见的争论，应当采取自由讨论的方法，反对采取行政命令的方法。应当容许被批评者进行反批评，而不是压制这种反批评。应当容许持有不同意见的少数人保留意见，而不是实行少数服从多数的原则。应当分清政治上的反革命分子和学术思想上犯错误的人，等等。这些原则和要求，反映了党对学术和文化领域的规律性认识的有益探索，是比较符合实际的，但是这种认识在后来不断激化的思想战线斗争中没有得到坚持。

实践证明，在学术和文化领域，党如何在坚持以马克思主义为指导的前提下，进行有益的和有效的工作，是一个需要认真研究的问题。采取简单、粗暴的态度是有害无益的。依靠行政命令，发动群众性的批判运动，既解决不了学术争论问题，也不能正确有效地确立马克思主义在思想文化领域的指导地位。工人阶级政党在已经成为执政党的时候，一方面必须高度重视确立马克思主义在意识形态领域的指导地位问题，另一方面又必须认真地加强和改进对文化艺术及学术研究工作的领导。这不仅需要在指导思想上，而且需要在各项实际工作中，严格地遵循文化艺术、学术思想的发展规律，采取充分说理、以理服人的民主的方式，正确而又耐心地引导作家和文艺家，使他们通过自身的思想实践和艺术实践，自愿接受为人民服务、为社会主义服务的方针，自觉地纠正某些不良的思想倾向，不断朝着健康和进步的方向前进。

在这里，我对于"胡风问题"的描述，始终是以《中国共产党历史》为依据，因为这是中共中央党史研究室历经 16 年时间在中央领导同志指导下不断修改勘正而成，应该是比较切近实际和比较正确的，事实也正是如此，整个"胡风问题"，说到底就是一句话——"把思想问题混淆为政治问题"。这是党的思想路线所产生的谬误，并不是什么个人的恩恩怨怨。

至于父亲是如何趟上这池浑水的？我仔细查阅了手头的所有资料，特别是父亲留下来的一份《我的历史》，这个前因后果就十分清楚了。

父亲的《我的历史》1969 年 1 月 10 日完稿于汕头东山湖干校，是用复写纸认真地一笔一画写成的。顺便说一句，父亲的字很是端正圆实，他在韩江纵队时在宣传组工作，专门负责刻蜡纸，据说抗战胜利时的《告潮汕人民书》，就是用父亲刻的蜡纸印出来的。

在《我的历史》中，显然是为了说明问题，对于如何认识胡风、如何在胡风身边工作的过程，父亲有相当详尽的叙述：

……我回家之后，治好父亲丧事，在家住了两三个月，林紫又来一信，大意这样说：因太平洋战争爆发，茅盾、胡风等一批进步作家，从香港逃难来桂林，他由朋友介绍，认识了胡风，胡风手头有几本诗稿，拟找出版社为他出版。他已和一个写诗的朋友（叫李艾峰），从他们（兴宁县）一些同学间，凑了一点钱，搞了一个"出版社"，并租了一间房子做出版社社址，也买了几令土纸，准备出版胡风这些诗，并由胡风为编辑，继续出版。叫我理好父亲丧事之后，马上回桂林，将来让我在出版社工作，生活能解决，并可继续读俄文。我得到这个消息，决定回桂林去。

为了偿付父亲的丧费，并解决回桂林路费，再卖几分田（这时，我的田仅存三分了，这三分地也在1943年潮汕大饥荒被家人卖掉了）。就在1942年初夏，我第二次到了桂林。仍和林紫住在一起（在桂林的清平路）。

这时，林紫、李艾峰他们所筹划的出版社，在桂林的桂西路棠梓巷租了一间小房子，还没有"招牌"，在房子的地板上，放了几捆土纸（准备印书的）。林紫对我说：出版社资金的来源，是他和艾峰互相介绍一些相识的朋友凑集的。这时候，先拿钱来做资金的人，现在能够追忆的是李哲民（原名李汉霖），他是兴宁人，是李艾峰介绍的。朱振生（兴宁人）、陈寿荣（兴宁人），还有几个记不起姓名了。（这些人是后来才参加的）最初是前面两三个人。投资最多的是李哲民，朱振生次之。其他的人都是极少的。（开始时，记得李哲民是一两千元伪币、朱振生是五六百元。接着，伪币一天天贬值，李哲民的投资曾达一万多元）

林紫除了向我介绍出版社的资金情况之外，又对我说，出版的书是"七月诗丛"，由胡风主编，出版社的工作，由一人负责（出版社供给生活费）。出版社的业务是：将稿送审后，交印刷厂承印，负责校对（大版由胡风负责）。书出版后，交书店发行。他把这些情况介绍之后接着说，他不久要离开桂林，到曲江去。他又表示在他离开桂林之前，将出版社基础打好，将来由我在出版社工作。

这时我想："在南侨时，只闻胡风的名，还不知他生来怎样？现在，出版的书是他编的，他是一个'红色作家'，他编的书就一定是好书，好书对革命就有利，我干这个出版工作，就是有意义的工作。"也想到一个人包全部工作，肯定是很忙的，"但只要对革命有利，虽忙也痛快。"于是，我答应了。

接着，林紫给我介绍了艾峰，又带我到胡风家里（胡风住在桂林市郊），把我介绍给胡风。

碰面时，他向我简单地问了几句："是不是继续读俄文？""过去有没有做过出版工作？"（我表示"没有"）"慢慢学习"等等。接着，他转头和林紫商议，内容是准备找个时间，和李哲民他们一起开个会，讨论出版社创办的问题。

大约是1942年四五月间，这个会召开了，地点在桂林市郊（似乎是在山旁一间小茶室）。到会的人现在能记起的是：胡风、李哲民、朱振生、李艾峰、林紫和我。会上，通过出版社一些条例（名目叫什么，现在记不起），内容主要是：定名"南天出版社"（取义中国之南）。

出版的书是《七月诗丛》（为什么要用"七月"两个字，直到现在，我还不清楚它的意思），由胡风主编。每本的稿费由胡风决定。编辑费记得每本是二百元。

资金是凑集的，每股二百元。股份不限制。作者稿费也可作为股金。（凭我的记忆，在胡风的介绍下，有几个作者将一部分稿费作为股金，参加了出版社，具体姓名及股金数目记不起了。但其大约数是两三百元至五六百元。胡风自己却没有参加，只拿回编辑费）

出版社工作人员暂定为一人。由出版社负责生活费，每月伪币150元。（因伪币贬值，一百多元只能供一个人勉强过活而已。我记得当时一条"油炸粿"是伪币五角钱）

他们说，我要在出版社工作，应该参加股份，我说没有钱，这次带来的路费用到桂林仅存两三百元（伪币），准备做生活用的，他们说，那就参加一股吧。于是，我参加了一股（二百元伪币）。

会上有人说：出版社只有一人工作，但对外接洽业务，一个人要以什么身份和人家联系呢？（比方说：一般的出版社、书店，他们有经理、总务、财会、出纳等等）有人就提议，那就印个名片，叫"经理"吧。结果就叫我印个名片，叫"南天出版社经理"。后来，李哲民的股金逐渐增加，全社股份是他最多，达伪币一万多元（因伪币不断贬值）。李哲民起了戒心，自己任"经理"，叫我为"副经理"。后来，他又自己印了一个名片，自称"南天出版社总经理"，并指使他一个同乡（兴宁人）叫方育民的到出版社管财务。这时候，出版社就有二人工作。

该社1942年四五月间筹划，经过原稿送审、付印，到八九月间才开始出书。我在桂林，一点社会关系都没有，承印的印刷厂及经售的书店，都是胡风介绍的。当时，为"南天"印书的印刷厂，经常是由"标准印刷厂"负责。有时也到"三户印刷厂"去印。经售的是"三户图书社"和"文化供应社"。这两家书店，算是当时在桂林最进步的书店。都是胡风搞来的关系。

每本书的出版，都是经过国民党那个所谓"广西省图书杂志审查处"审查通过，才能付印。开头一段时间，每本原稿送审后，都很难取回，有几本被扣留了。后来，不知胡风到哪里搞了一个关系，认识了"审查处"里面一个家伙叫何名忠的，叫我带稿送审时买了一点"礼物"（罐头香烟之类）送给他。这之后，审查通程就较快，扣留的稿也较少了，但并非从此"万事大吉"。

有一次，一本诗稿通不过，扣留了，当我告知胡风的时候，他当着我的面，气愤地说："你看，这成什么世界？"

胡风在我面前，不时又提到鲁迅先生怎么可敬，从他谈话间，一方面是显示他和鲁迅先生的接近。有一次，他对我说："鲁迅先生对出版工作是很认真的，一丝不苟。"叫我应该学习鲁迅先生的工作精神。对工作，要认真负责。后来，他说：每本书在"书脊"的书名下面，一定要放一个冒号（:），而且，这个符号一定要印红色的，才好看，都照着他的意思办了。

……

父亲的叙述，在《胡风回忆录》（胡风著，此即"自传"）中得到印证：

> ……他（指彭燕郊——笔者）介绍了广东籍青年学生朱振生（朱谷怀——作者自注）和米军（即林紫——笔者）来看我。他们爱好文艺，筹了一点钱想办一个出版社，要我支持，主要是为他们介绍书出版。但是一了解，他们资金并不多，出一本一二十万字的书就可能周转不过来。因此，我向他们建议，是不是出一套诗丛，先出薄本子的，慢慢地能周转了，再出大型的书。他们完全同意。出版社命名为"南天出版社"，先出一套《七月诗丛》。（第277页）
> ……
> 南天出版社最早的发起人之一米军已因别的工作离开了，换了一个他们的同乡陈志华。（第283页）
> ……

父亲与胡风就是这样认识的。看起来，这完全是一种出版工作的关系，父亲不会写文章，也不会写诗，与胡风不可能有什么文艺思想上的交流。父亲蒙受的的确是不白之冤、飞来之祸。

1984年我在潮州韩山师院就读干部专修班时，曾在一篇作文《湘子桥上的铁牛》中写道：

> 昨天夜里，下了第一场春雨。趁着骤雨初歇，我步出校门，来到湘子桥上。
> 我对这座充满神话色彩的大桥，有着一种特殊的眷恋之情。记得有一年春天，也是在一个春雨初降的早上，父亲领着我，来到那时仍是十八条梭船联结而成的湘子桥头，父亲默默地流着泪，在那尊昂首向天的铁牛旁，久久地伫立着……
> 就在那一天，父亲带着我，离开潮州，回到了普宁家乡。——好多年后我才懂得，那一年是1956年，父亲因为曾在广西桂林为胡风出版过两本诗集，被打成了"胡风分子"，受到开除出队的处分。于是，留在我的记忆中的那场毛毛小雨，变成一片愁云苦雾，久久地笼罩在我的心头；那只昂首向天的有着沉重的墨黑色的铁牛，也牢牢地铭刻在我的心中……

上面说过，从1955年被错划为"胡风分子"后，每次政治运动，父亲几乎无一幸免地被戴上各式各样的"帽子"。但生性诚实刚直的父亲一直不屈不挠，拒绝在任何"处分"上签名，他也不向任何领导讨好求饶，只是一遍又一遍地陈述事实，表白心迹。就这样挨了25年，直到1980年，才彻底平反，恢复了党籍，成了离休干部，还在1997年获得中华全国新闻工作者协会颁发的"从事新闻工作50年"荣誉证书。父亲长期遭受疾病的折磨，受过不公正的待遇，但仍坚强地活着，直到1999年去世，享年85岁。父亲的长寿和荣誉，意味着一种精神的胜利、一种骄傲的存在。父亲如同那高高的山峰，风吹雨打，岿然不动。

1961年"七一"前夕，有一天晚饭后，父亲一个人静静地坐在他的那间小屋里，不时在一张小纸片上写着什么。我好奇地悄悄靠上前去，看父亲在干什么——原来，父亲是在写"诗"！

我从没见过父亲写诗，拿过来一看，父亲写的也确实不是诗，只是一行行意思明确并且有点连贯的句子，总的意思是表达对党的炽烈的感情和思念。我觉得这很难得，也很珍贵，于是凭着我对诗的粗浅理解，把它顺了一下，也试着押上了韵脚，成了这样一首"诗"：

赤子的怀念
陈志华

在"韩纵"转战的大南山，
那个永难淡忘的夏天，
我以赤子的心，
投进您的怀抱。
千万儿女的名册上，
增添了虔诚的一员。
从此，
我不但有了主心骨，
还多长了一双眼——
不管白色恐怖如何威胁，
生活怎样熬煎，
我未曾屈服过，
目光总是向前。
我永远不会忘却，
马士纯老师的教导：
"要记住鲁迅先生的话——
有一分热发一分光，
不为名不为利，
做一个真正的人。"
为此，
尽管工作艰难危险，
尽管劳累而致病残，
我仍尽力而为
弱躯不倦——
虽然几十年来，
从"兴文"到"南侨"，
从《华商》到"南中"，

从搞油印到从事出版，
我永远是那样的平凡。
是党把我派往暹罗，
当我病重又送回家乡疗养。
孰料就此天南地北，
联系不幸中断……
我多么焦急，
像孩子顿失依眷！
但是，
我相信母亲不会忘记孩子，
虽处僻居，
也从未有过迷乱。
而当不测的灾难从天而降，
我——
不能否认，
却少了一种力量，
惶惑不解之后，
是长期的默默无言……
今天，
是您四十周年寿辰喜庆，
这时刻是多么神圣庄严。
抚今追昔，
我心潮难安——
亲爱的母亲，
伟大的党，
让我重返你的怀抱，
享受那春天般的温暖……

（收入 1984 年 10 月普宁县文联编《普宁诗歌选》）

父亲 1945 年就加入中国共产党，他对党的感情忠贞不渝。晚年的父亲如愿以偿，恢复了党籍。那时他唯一的大事，是参加报社党支部会。每次报社开支部会，他风雨无阻，一定参加，即便是坐着轮椅，也要护理工抬上 6 楼，而且每次都要发言。支部的同志理解这位老党员的心情，他们都尊重他、支持他，使父亲得到精神上的满足。每次参加支部会回来，父亲都会高兴地告诉我：“我今天发言，大家都热烈鼓掌。”这是父亲晚年最开心的时刻。

父亲没有留下什么财产给我们，他留给我们的是做人最重要的品格——有信念，诚实而刚直。这是他为我们子女留下的一笔精神财富。父亲的经历，他的痛苦、他的言行，已经成为一种潜移默化的力量，激励着儿女们奋发向上，自爱自强，如今，儿女们均已卓然自立。

父亲 1980 年平反后，在经济上并没有得到任何补偿，平反通知书上也只有淡淡的一句话："……现予以平反，请正确对待。"对此，我应该有什么样的心态呢？我想起一首流行歌曲《真心真意过一生》中所唱的："是非恩怨随风付诸一笑。"也许只能是这样了。

我几乎从稍为懂事起便开始背负一种无从逃脱的时代阴影，直到 1978 年我从海南回到汕头，这种阴影还没有消失（1980 年父亲才收到平反通知书）。可以说，从青少年时代开始，我就没有什么雄心壮志，只觉得能平平安安过一辈子，就是莫大的幸福。在人生的长河中，我时时记起苏东坡的两句诗"芒鞋不踏利名场，一叶轻舟寄渺茫"。我对这两句诗的理解是：在红尘中看破红尘，在名利中不逐名利，在生死中勘破生死，凡事贵自求不贵他求。我觉得只有这样，才能虽生活在浓重压抑的政治气氛下，却又能在内心平衡中求得精神的解脱，而这种解脱的终极目的，是顽强地把握自我，做自己该做的事，走自己该走的路。有这样一句话说得好："永远不要把自己当做是生活的受害者。"（杰克·韦尔奇：《赢》）因为如果一直沉浸于历史的冤屈中而不能自拔，那最终只能使自己一无所成。我坚信，只要把握了自我，就是把握了世界。这种"自性自度"，正是超然物外，亦即"出世"。既然一切都在于自我，世界都算不了什么，名利都算不了什么，是非恩怨又何足挂齿？即如父亲 25 年冤案的是非恩怨及对家人的株连，又要与谁计较去？由是，不只让它"随风"而去，而且还要"付诸一笑"，这样才是真正的洒脱，真正的出世。

我想，每一代人，无论经历了怎样的苦难和挫折，都需要在情感和心态上不断超脱历史带来的悲痛，积极面对新生活，创造新生活。著名学者梁衡说："一个人不管有多大的委屈，历史绝不会陪你哭泣，而它只认你的贡献。悲壮二字，无壮便无以言悲。宏伟的韩文公祠，还有韩山韩水，不是纪念韩愈的冤屈，而是纪念他的功绩。"[1] 苏联解体多年后，包括"持不同政见者"索尔仁尼琴在内的许多学者在痛苦反思后醒悟："无论这个国家有多少缺陷，永远都不能成为你羞辱她、背叛她的理由。"国家的未来，不属于设身局外的看客，更不属于失去爱国立场的骂客，我自然不想当这样的看客和骂客。肯尼迪曾经向国民大声地喊出这样的名句："不要问这个国家能为你做些什么，而应该问一问你能为这个国家做些什么。"我可以将这句话稍稍改动一下："不要问这个国家曾经对你做出些什么，而应该问一问你能为这个国家做出些什么。"特别是当这个国家已经走上复兴之路时，我们更应该为这个国家多做些什么。

1996 年，我曾应邀担任《自己的年代·知青歌曲珍藏版》主编，为此写了一首主题歌《那个年代》：

一

在那个癫狂怪诞的年代，
我们心中只有盲目幼稚的崇拜。
上山下乡豪情满怀，

---

① 梁衡：《读韩愈》，《读者》2000 年第 1 期。

红花在胸心潮澎湃。
跟着狂热的潮流走，
那是一个迷失自己的年代。

二

在那个躁动不安的年代，
我们心中只有战天斗地的气概。
毁林开荒学习大寨，
披星戴月移山造海。
绕着荒山野岭转，
那是一个消磨自己的年代。

三

在那个迷茫困惑的年代，
我们心中只有朦朦胧胧的期待。
彷徨无计寂寞无奈，
韶华飞逝青春不再。
伴着星辰日月过，
那是一个消融自己的年代。

（副歌）
也许人们早已忘记那个年代，
也许历史不再重复那个年代。
相信人们不会忘记那个年代，
相信历史不会重复那个年代。

　　我的知青经历与"胡风问题"息息相关，知青年代其实是"胡风问题"年代的延续。相信人们不会忘记那个年代，相信历史不会重复那个年代。

　　（2012年4月19日上午写毕于广东文艺职业学院《广东文艺研究》编辑部，是时广州暴雨倾盆，雷电交加）

一条蜿蜒小路，钻进密林深处

——我从海南岛红岭农场开始的艺术创作道路

我是汕头市第一中学 1965 届的高中毕业生，临近高考，我填的第一志愿是上海复旦大学新闻系，但在高考前，我的档案材料被盖上"该生不宜录取"字样（这是许多年后我才知道的），原因是我的父亲 1955 年被定为"胡风分子"。

同年 9 月 12 日，由汕头一中陈仲豪校长带队，由各中学 305 位初高中毕业生组成的第一批上山下乡知识青年，坐上油轮离开汕头，前往海南岛各个农场，我要去的是儋县红岭农场。陈校长在农场住了几天，临离开农场的前天晚上，他把我从小茅屋叫了出来，跟我说："韩星，这是一个你完全陌生的环境，很艰苦，但是，你要坚强，要坚持，人生道路千万条，要靠自己摸索和开拓，一个人的命运主要还得靠自己安排……"我含着泪听了校长的临别嘱咐，紧紧握住校长的手，就这样默默地与校长作别。

1965 年 9 月 17 日，汕头市第一批上山下乡知识青年来到海南岛儋县红岭农场（照片于同年 9 月 18 日摄于红岭农场，右一为本人，左一为带队的汕头市第一中学校长陈仲豪，余五人为高三(1)班同班同学）

初到农场，我在苗圃班挑水浇木麻黄树苗。过了大半年，1966 年 6 月，"文化大革命"开始，农场成立"实验站"（实际上就是"毛泽东思想宣传队"），我们 12 个男女知青成为首批队员，我是没有明确职务的负责人（有一位老贫农当站长）。在生产上，我组织大家一起种菜、种玉米、种果蔗，一起捡牛粪。记得当时为了让大家心甘情愿捡牛粪，还编了"积肥的十大意义"来"忽悠"他们（现在是怎么也想不起那"十大意义"来了）。至于宣传，那就是编些节目配合政治形势到各个生产队演出。

和我一同到红岭农场的校友有蔡宝烈和余文浩等，在学校时，我在(1)班，宝烈和文浩在(3)班。宝烈与我在海南的从艺经历息息相关，后面再叙。说起余文浩，这人倒有点意思。那时大家看他瘦巴巴小老头的样子，又整天捧着本书看，就叫他"老先生"，也有叫"余博"的，意取其博学。相信他看的书一定比我多得多，惺惺相惜，对他确有几分敬意。当时他自告奋勇，发起办了一份知青杂志（其实只是一张油印小报），叫我们投稿，我热烈响应，写了一首诗《小路》，还记得开头几句："一条蜿蜒小路/钻进密林深处/不见茵茵小草/只有参天大树……"余博给登了出来，使我着实高兴了好几天。

想不到这两句不起眼的"一条蜿蜒小路，钻进密林深处"，竟然暗合了我在此之后的劳动环境和艺术创作道路。

1966年夏天，我在海南岛西部一个僻远农场的茅屋里写下第一行文字时，完全没有意识到这就是我艺术创作生涯的开始。那时，"文化大革命"刚刚开始，正是宣传队最忙的时候。那时写的节目不外是快板、对口词、锣鼓词、三句半之类。每隔几天，大约在晚上十点钟，中央人民广播电台便会播出"最高指示"，于是我便要在半个小时之内，将其编成一段可供演出七八分钟的快板，让队员尽快背熟，然后敲锣打鼓到附近的生产队去。生产队的人远远听见锣鼓声，便赶紧穿好衣服，齐刷刷排在屋前旷地上。我领着宣传队到了以后，就大声宣读"最高指示"，然后再由队员们敲快板，把"最高指示"的内容"形象化"地表达出来。十多分钟以后，这个生产队宣讲、演出完了，就转到下一个生产队去，一圈下来总要到天快亮才结束。

就这样忙忙乱乱地过了一年，1967年七八月间，全国闻名的儋县武斗逐渐升级，农场也开始动起来。一天夜里，突然传来消息：场部武装部的枪被造反派抢了！我立即意识到情况不妙——如果造反派端着枪冲到实验站来，我们这些知识青年肯定成为待宰的羔羊，特别是那几位女青年。于是我吩咐大家都熄了灯，摸黑整理行李，然后由男青年负责挑行李，女青年带着随身细软，一路悄无声息地向相隔17公里的芙蓉田农场走去。直到天快亮了，才安全到达农场附近的车站，坐上车往海口去。

我在海口逗留了几天，决定回汕头去，一年后才又回到农场。

转眼到了1969年四月间，广州军区生产建设兵团成立，我们红岭农场归属昌江第四师第十四团。部队更重视宣传，蔡宝烈画的毛主席像早已出名，很快便给借调到师部政治处报道组，一边画毛主席像，一边写报道；我则在农场继续宣传队的工作，不过那时实验站已经撤销了，我到了一个新开发的八连兼司务长。初夏的一天中午，我正推着一辆单车，车上载着一大桶食用油，吃力地沿着上坡的小路往八连走去。突然，身后传来宝烈喊我的声音，我停下车，回头一看，只见宝烈领着一位解放军叔叔，大步向我跑来，那位解放军叔叔二话不说，和宝烈联手，帮我将单车推上坡，然后才停下与我说话。解放军叔叔见我上身赤裸，皮肤晒得黝黑，又是满头大汗的样子，眼眶马上就红了，他大声地说："陈韩星！明天你就跟我上师部去！以后你就不用再干这个活了！"宝烈这才把事情的原委告诉我——原来，这位解放军叔叔是师部政治处的一位科长，姓阎，他是奉了政治处孙主任的指示，到红岭来找我，要把我借调到师部宣传队去写节目。我不禁诧异地说："孙主任？我可不认识孙主任，他怎么认识我呀？"宝烈说："你不是写了一个数来宝《赶牛车》吗？刚好孙主任是写数来宝的高手，他一见这个节目，就连声夸好，我就趁机把你的情况跟他说了。"原来如此！宝烈就这样帮我调出了红岭农场。

说起这个《赶牛车》，它是我学习写的第一个数来宝节目。数来宝是北方流行的一种曲艺形式，其实就是两句一韵的快板书。"文化大革命"一开始，有些宣传队看中数来宝灵活多变、夹叙夹议、善于表达各种内容的长处，用它来配合政治宣传。就在这个时候，红岭农场刚好分配来一位中专毕业生，名叫张声荣，他竟然擅长打数来宝，还随身带来了一副专打数来宝的大竹板！场领导看他有这个专长，就把他安排到我们八连，甚至就跟我住在一个茅屋里——这是逼着我非学写数来宝不可了！

上面说过，那时，我兼着连队司务长的职务，一个星期起码要赶两三次牛车到场部拉东西。从八连到场部有二十多里路，牛车要走两三个小时。这是一段相当长的空闲时间，我可以坐在牛车上悠然自得地看风景，漫无边际地想事情。慢慢地，我发现海南的牛跟我们家乡的牛很不一样。海南的牛特别老实，所以我才不但轻而易举地学会了犁地，而且很快又学会了驾牛车。驾牛车比犁地更惬意，坐在牛车上，只要牵着牛绳，往左轻轻一扯，它便往左；往右轻轻一拉，它便向右。它一步一步，不慌不忙地向前走着，不管山路多么崎岖，多么长，它都毫不在乎，一直往前……由此我对于牛，也加深了一层认识，加深了一层感情。

但是我对于牛的认识还是有升华的，经过那段日子的磨砺，我深深地体验到鲁迅所说的"孺子牛"的种种含义。比如，牛的力大无穷，任重负远；牛的忠实和勤劳；牛的忘我精神和对人类的奉献，正如一首歌曲所唱的："吃的是昆仑山坡草，挤出来是黄河、长江……"

有了这些活生生的生活场景和情感体验，我心想，何不就以赶牛车为题材，写一个数来宝呢？经过1966到1967年整整一年的磨炼，我早已练就了写快板的过硬功夫，所以很快就把数来宝《赶牛车》写出来了，经张声荣的快板一敲，还真像模像样，也挺感人的，怪不得张主任一眼就看中了——还是要感谢生活啊！只是可惜这个稿子现在是怎么也找不到了（当时还没有保存资料的意识）。

想起来，数来宝《赶牛车》是我在海南十多年艺术创作中唯一没有丝毫政治色彩的作品，我觉得奇怪的是，就连以政治为主导的师部政治处孙主任，竟然也能撇开政治，关注这样一个纯粹生活化的作品，这很能说明当时一些人内心深处真正的思想意识。

我的艺术创作是从写对口词开始的，以后又陆续写了许多节目，但每当我动起笔来，所能想到的，只是尽快完成任务——一项又一项严肃的政治任务。我就这样浑浑噩噩地写呀写呀，终于有一天，在海口兵团宣传队，当讨论完我写的一个阶级敌人破坏学大寨的小歌剧《为了明天》回到住处时，经过几次修改仍未获通过已疲惫不堪的我，茫然地站在二楼走廊的栏杆前，望着昏昏欲坠的夕阳，听着海风穿过大院外椰子树羽叶间那凄厉的呼啸声，心里突然涌起一个大大的问号——"这些年来我所写的节目到底是什么东西？眼前这个小歌剧，它是戏吗？"——幸运的是，这顿悟式的一闪念，竟使我从此走上另一条创作之路——那是 1975 年。

那年月，看的听的都是京剧样板戏。平心而论，有几部戏还是不错的。基于这样的认识，我常常研读刊载在《红旗》杂志上的那几部戏的剧本，的确也从中领悟到了写戏的一些门道。有一段日子，我们创作组悄悄地传阅一本张骏祥的《怎样写电影文学剧本》。我如获至宝，不仅通读了几遍，末了还整本抄了下来。我觉得眼前似乎豁亮了许多——啊，创作，原来应该是这样的！

自此我相当自觉地涉猎有关戏剧艺术的点点滴滴，参加各种各样的创作讲习班。随着"文革"的结束，这样的机会骤然多了起来。许多再版的艺术类书籍，使我如沐甘露，许多教师的授课，使我如沐春风。我越来越觉得过去年月所写的许多文艺作品，其实离真正的艺术还隔着很远很远。十多年间的创作，真是白费了时间和精力，唯一的收获，就是使我十分清醒地意识到，今后再也不能去写那类东西了。

我对于生活和创作终于有了一种比较清晰的感悟。我认识到，对一个剧作者来说，重要的不在于从曾经的生活中获得多少素材，而在于从这些生活中感受到了多少情感，进而把这种情感转化成创作中的潜意识；而创作，其实只应该是一种个体的精神劳作，它不借助于政治，也无须旁及他人，一个作者只有写他自己喜欢写的东西，才能写出真情实感；真正的戏剧作品，必须写出个体的人内心的情感。因为，人，是艺术的根本命题；情，是艺术魅力之源；而命运，则是牵系着人物和人物情感的五彩丝线，由此才编织了千千万万个色彩纷呈的人生大世界。人物的命运，是艺术世界的经纬线。

1978 年 2 月，我被招工回汕。当时汕头文艺界正处于人才青黄不接的时候，汕头市文化局的人事干部到市劳动局翻阅从海南招工回来的这些知青的档案，有关业务领导调看了我的部分作品，把原已分配到汕头市公元厂的我要了去，重新分配到汕头市歌舞团艺术室当编剧——我从此走上了专业的艺术创作之路。

从 1978 年到 2013 年这三十五年间，我一共写了十多部歌剧剧作。我清楚这些剧作比照起一些大戏剧家的作品，还有着相当的差距，但它们毕竟熔铸着我对人生的理解和对艺术的追求，它们与我在"文革"中所写的东西迥然不同，是我所不愿意丢弃的精神果实。在这些年里，我的眼光开始投向与我有着共同命运的古代文人，苏东坡、韩愈、翁万达、王维、李商隐先后走入了我的视野，我努力寻找与这些遥远的人物发生灵魂共振的契合点。于是，没有任何创作指令，我在轻松平静的心态之中，写了一部又一部剧作。其中最愉悦的莫过于写苏东坡，我沉迷于苏东坡月下泛舟那缥缥缈缈的黄州赤壁，我似乎与苏东坡一起，躺在海南那高高的桄榔树下，仰望那特别深特别蓝的夜空……在这些时候，我完全没有考虑作品写出后，能否上演，能否发表，能否获奖，我只是每天很从容不迫地、自得其乐地去写我想写的东西。

当年把我选调入汕头市歌舞团的市文化局副局长连裕斌后来为我的文论集写了一篇序，内中写道：

> 1978 年，由于职务上的机缘，我优先读到了来自海南的几篇具有"知青"特色的作品。尽管因时代的局限，作品有点公式化，但笔风酣畅，激情喷发，有的还颇具生活气息。我故表示希望作者能来加盟汕头文化局。这之后不久，我们

终于能共事至今20多年，他，就是现今国家一级编剧陈韩星。

20多年过去，他已完全摆脱知青时期对口词式创作模式的束缚，勤奋笔耕，驰骋文坛，而终至得心应手，硕果丰盈。其作品有的在荧屏上显影，有的在舞台上亮相，金奖、银奖陆续进入他的书房闪光放彩，剧作选和其他众多潮汕文化出版物标志着前半生的辉煌。

40多年过去，他已从一个学无所用、流离他乡、辛苦劳作而又难得温饱的"修理地球"的知青逐渐成长为独当一面、能征善战的文坛精英。

陈韩星的道路，始其独特的辛酸和艰苦而又能直面人生、勇往直前的历程，叠印着他成长过程中的方方面面：他远避烟酒，寡欲戒奢，把读书当作生平最大的乐趣。他把尽量节省下来的钱，用来充实自己的书房，使它不单可博览古今，求释万象，而且还是个具有现代设备空调、电脑的工作车间。他把可用的大部时间沉浸在他的书房里，游弋于书海艺林之中。在职期间，只要有深造的机会他就争取，先后带职读完了韩山师院、上海戏剧学院，圆了他的大学梦。因此，学识日进，积渐而至渊博。

一条蜿蜒小路，钻进密林深处。这条小路，沉积着知青岁月的艰辛，也蕴含着生活体验的甘甜；镌刻着摸索前行的脚印，也闪烁着艺术思维的荧光。古语云："能知足常乐者，天不能贫；能随遇而安者，天不能困。"感谢红岭，感谢海南，感谢家乡，让我沿着这条小路，一步一步去窥探那华美的艺术殿堂。

2014年5月3日

（此文为海南省政协编印海南文史资料《知青在海南》应征稿，已入选）

风雨天涯路

——我与苏东坡的灵魂际遇

海南，古称天涯，是个蛮荒之所，朴野之地。在古代，流放海南，是仅比满门抄斩罪轻一等的处罚。绍圣四年（1097），苏东坡以 62 岁高龄被放逐到海南儋州。

1965 年，我仅 19 岁，也被"放逐"到海南儋州，在红岭农场务农。在读高中时，或多或少也读过苏东坡的文章诗词，知道他到过儋州，所以我到了儋州，就有一种奇怪的感觉——到了苏东坡生活过的地方，有一种亲切感，也总觉得似乎苏东坡在陪伴着我。

有了苏东坡的陪伴，心里踏实了许多，不再空泛泛的。林语堂说过，我们的心里，如果有一两个自己喜爱的诗人陪伴着，那就不枉了此生。当时大概就是这样的心境。

苏东坡曾慨叹到了儋州："食无肉，病无药，居无室，出无友……"其实我们当时的情形，比苏东坡也好不到哪里去，主要还是"食无肉"。

我在海南，就有过三次最极端的"食无肉"的经历。

一次是 1969 年初夏，团文宣队解散，我们"四条汉子"一起去八连开新点。团部开来一部小拖拉机，扔下一口大铁锅、一袋米和一包盐就开走了。这意味着我们四个人接下来的一段日子就只有靠这米和盐度过了。怎么办？好在潮汕人骨血里天生就有一种灵活机敏的基因，能够随遇而安、随缘而适，坚韧地求得生存。我们观察了一下，八连处在山林之中，时不时有黎族猎手经过，看他们猎枪上挂着的，不是山鸡就是鹧鸪，不由眼前一亮——拿山鸡或鹧鸪来煮粥，不是再好不过吗？于是跟猎手商定，每天一次，不是山鸡就是鹧鸪：山鸡要两只，鹧鸪要四只。山鸡每只一元，鹧鸪每只五毛，统共每天都是两元，由四人 AA 制（当然其时还没有这个名词），每人五毛。当时我们的工资每天也就五毛钱（一个月 15 元），这样就等于白干活了，但总算是保住了身体，度过了这段艰辛的日子。

还有一次是 1972 年，我已调到海口兵团宣传队。当时全省号召学屯昌，我与兵团政治处一位副处长一起到六师十团（乌石农场）三连蹲点，为期三个月。规定只能在食堂打饭菜，不能到职工家里吃饭。食堂整天就是"三瓜"（冬瓜、南瓜、木瓜），而且很少见到油花，这怎么受得了？于是我又在想"歪主意"。到三连不久的一天，晚饭后，我饥肠辘辘，独自一人蹓出三连，往乌石小镇走去（我打探好了，离三连步行不到半小时的路程就有一个小镇）。我想有小镇就必定会有小餐馆，果不其然，刚到小镇，挨在路边的就是乌石饭店！而且更大的惊喜还在后面——餐馆里端菜送汤的居然是我的一位高中女同学陈乔奇！什么都不用说了，先来一碗粉条汤！我掏五毛钱，自然那碗可爱的粉条汤，搁满了肉丸和肉片，价钱远远不止五毛！我跟乔奇说，不客气了，以后就照此办理，她也欣然答应。我回连队后，把这好消息告诉副处长，但他还有点犹豫，怕犯纪律。我说怕什么？条文上并没有说不能到饭店吃饭，凡是没说能或不能的，我们做了，就没有事。他被我说动了，第二天晚饭后便跟我去了一趟。尝到甜头后，我们就进入自由境界了，三个月也就这样熬过去了。

第三次是1974年10月，其时兵团刚刚改制为农垦总局，我和农垦文工团创作组的同事邝建人奉命到湛江的红湖农场体验生活，时间也是三个月。我们分配到的生产队很穷，是水库移民。每餐送饭的只有用盐腌制的萝卜缨和芋头梗——又一次严峻的考验！这次不比乌石蹲点，没什么政治性，自然也没定什么纪律。我们到职工家里串门，看有没有"可乘之机"。果然机会又来了！有位职工说他可以每个星期给我们杀两只鸭子，煮好让我们享用，每只两元。我们欣然答应。于是每个星期三晚上和星期六晚上，我们就可以享用到香喷喷的鸭肉，肚子总算又搪塞过去了。

除了"食无肉"，在海南我还有两次苏东坡不可能遇见的惊险经历。

大约是1975年夏天，有一天，我陪穆华团长到阳江农场（原六师七团）看望正在那里演出的农垦文工团。我们坐的是电影《列宁在1918》里面苏联红军那种小吉普车，穆团长坐在副驾驶位上，我坐在后面。快到阳江农场了，车子从黎母山脉一个比较陡的山坡上开下来，车速越来越快，突然，就在一秒钟之间，车子来了一个大旋转，停在了公路中间！司机和穆团长猛然受到撞击，惊瘫在座位上，我坐在后面，倒没受到伤害。我定了定神，打开车门一看——天哪！吉普车一个右前轮整个掉了出来，正沿着山坡往山下滚动！令我更为后怕的是，吉普车右前轮掉出来的时候，吉普车的车头正好撞在了路边的一处沙土堆上（维修公路备用的），于是才转回到公路中间，不偏不倚，前后只差半米！就是说，如果车子往前半米或往后半米，掉下山坡的，就不只是一个轮子，还有整部车子了！真是千钧一发、惊险至极！

我至今都还在庆幸——为什么这么幸运？如若不然，就没有今天的我了。如果把这解释为苏东坡在天之灵暗中护佑我，可能不会太牵强吧？

还有一次，是在此之前，1967年。那时，"文革"战火燃起有一年了，儋县的武斗渐渐在全国有了点名气。那年夏天，一个晚上，从场部传来消息——造反派抢了武装部的枪！我一听立即觉得不妙——我们宣传队就在场部附近，万一造反派端着枪冲到宣传队来为非作歹，怎么办？特别是这里还有几个女青年。我叫大家马上熄灯，赶紧收拾收拾，然后由我们几个男的挑着行李，几个女的带着随身细软，一路悄无声息地离开红岭，摸黑走了25里山路，天亮前到了芙蓉田农场，在此拦车往海口而去。

就在这一次，我从海口坐船返回汕头，一住就是一年。到了1968年8月24日，才与一大批和我同样为了躲避武斗而回汕的知青一起，集体乘船返回海南。

在汕头的这一年，我每天都待在家里练写毛笔字。我请已在广州美术学院读书的陈国威同学教我，他教我临摹唐代欧阳询楷书《九成宫碑》和练写美术字，每写完一叠，就寄给他批改，类似今天的函授。感谢陈国威同学，一年后，我的毛笔字和美术字，都有模有样了，回到农场，立即付诸实践，开始书写标语和毛主席语录牌了。

我很奇怪当年我为什么那么有静气——外面斗得天翻地覆，我在家里岿然不动。回想起来，这大致也和我这一辈子的心境差不多，就是能静下心来做事，既不想当官，也不想发财，只是专心致志、一以贯之、从容不迫地从事自己所喜欢的艺术创作和相关研究。

我曾在一篇《试谈出世与入世》的文章中写道：

> ……我几乎从稍为懂事便开始背负一种无从逃脱的时代阴影，直到1978年我从海南回到汕头，这种阴影还没有消失（1980年父亲才收到一份胡风错案的《平反通知书》）。可以说，从青少年时代开始，我就没有什么雄心壮志，只觉得能平平安安过一辈子，就是莫大的幸福。在人生的长河中，我时时记起苏东坡的两句诗"芒鞋不踏利名场，一叶轻舟寄渺茫"。我对这两句诗的理解是：在红尘中看破红尘，在名利中不逐名利，在生死中勘破生死，凡事贵自求不贵他求。我觉得只有这样，才能虽生活在浓重压抑的政治气氛下，却又能在内心平衡中求得精神的解脱，而这种解脱的终极目的，是顽强地把握自我，做自己该做的事，走自己该走的路。
>
> ……
>
> 超然物外的直接效应就是心境平静。唐宋士大夫所追求的人生精神境界是静虑修，亦即中国式的佛教——禅，禅的直接指向也就是在尘世中求得宁静。我对佛学没有什么专门的研究，我只是取我所需，觉得在当今世界，能保持心灵上的宁静，是搞创作、做学问的人一种极其宝贵的修养。正如诸葛亮所言，学须静也，非静无以成学。在一定意义上说，学问、作品是做出来的，也是"坐"出来的。只有静下来，坐下来，才能做出学问，写出作品。

又是苏东坡！他在临离开儋州时写的《雨夜宿净行院》里的两句诗"芒鞋不踏利名场，一叶轻舟寄渺茫"成了我的座右铭。回汕后，我决意要写苏东坡，于是便有了《东坡三折》（由相对独立的三折戏组成，分别取苏东坡中、老年时，在黄州、惠州、儋州三次谪居的生活创作经历构思而成）。

我在《艺术就是真性情——历史歌剧〈东坡三折〉创作谈》中写道：

> 《东坡三折》是20世纪80年代初我在歌剧《蝴蝶兰》之后独立创作的一个三幕剧。我特别欣赏苏东坡这个历史人物，起因是由于当时苏东坡所贬的儋县和自己在海南岛当知青时是同一个地方，虽隔着一千多年，却似乎有种莫名的类似遭遇。论才能和平生功绩，我自认为根本不能和伟人相比，但是在情感上，我的经历、我的感情，很多却能与苏东坡的作品取得精神上的契合。不管是一千多年前的苏东坡还是一千多年后的自己，我们的感情是共通的，因为艺术本身就是无所谓界限的，这就是灵魂上的一种际遇，一种契合。可以说，《东坡三折》是我的一部心灵之作，是真性情的产物。

《东坡三折》1985年获上海戏剧学院与《新剧作》编辑部联合举办的"戏剧、电影、电视文学创作函授班"优秀作品一等奖；2000年获首届全国戏剧文化奖大型剧本银奖。

在我所有的艺术创作中，最愉悦的莫过于写苏东坡了，我沉迷于苏东坡月下泛舟那缥缈缈的黄州赤壁，我似乎与苏东坡一起，躺在海南那高高的桄榔树下，仰望那特别深特别蓝的夜空……

《东坡三折》是我十三年风雨天涯路最主要的创作收获。

2017 年 10 月 18 日

邹鲁海滨贤集早　橡花湮处皆芳草

——韩山师院 100 周年校庆感怀

1984 年 9 月，我进韩山师院读干部专修科。短短的两年过去后，我取得大专文凭，在校加入中国共产党，并于 1985 年被共青团广东省委员会、广东省教育厅、广东省高教局授予"创造性学习活动积极分子"的称号。我的毕业论文《韩愈诗歌的谐谑风格》被评为优秀论文、送选参加我国首届韩愈学术讨论会并收入广东人民出版社的《韩愈研究论文集》；在校期间，我自费参加上海戏剧学院和《新剧作》编辑部联合举办的戏剧、电影、电视创作函授班，我写的三幕历史歌剧《东坡三折》获优秀学员一等奖……所有这些，都是韩师馈赠于我的。似乎我进入韩师以后，特别有"灵气"，也特别"走运"。毕业以后，我三番几次又回过母校，虽来去匆匆，也总要在校园里随便一隅伫立片刻，静静地环视这宁谧安详的学府——我总在想，韩师为何如此独具"魔力"呢？

潮州是一座国家级历史文化名城。"笔架东列，葫芦西卧，金山北峙，韩水绕廓南流"。也许，韩师依傍的就是这样一座磊落出俗的笔架山，它俯临江岸，与金山、葫芦山绕廓鼎峙，互争天胜，那耸立的三峰，似乎早就准备为莘莘学子承载如橡巨笔了。记得我曾在一首配画诗中写道："是天造地设，还是不意巧合？笔架山麓，便是雅静的学舍。文峰如此钟灵毓秀，能不孕育百代佼佼学者？"——韩师的独具"魔力"，是因为她独得地理之利吧！

也许，与韩师毗邻的，是一座古老而巍巍然的韩文公祠。韩愈既"以文名于四方"，他贬潮以后，文气南来，自然使得潮人"皆笃于文行"；更兼韩愈曾于笔架山上手植会开红白二色花的橡木，使潮人望花攻读而登科及第，由是芳草萌生，繁华滋茂——韩师的独具"魔力"，不正在于她独处人文祥和之地吗？

也许，韩师承露于南天之下，涛风潮讯，使她早早地便与大洋世界息息相通。1903年，韩山书院更名为惠潮嘉师范学堂，成为我国近代第一批仿效资本主义教育制度的培养师资的新学堂。韩师延聘时贤硕彦以育英才，翁辉东、李芳柏、詹安泰、王显诏、杨金书诸先生皆曾设席课士，以新思潮新学识滋润学子心田——韩师的独具"魔力"，许是她独占天时之光了。

是呵，韩师既吮吸着韩山钟灵之气，沐浴着韩愈的翰墨惠风，建校 100 年来，又身历着时代的汹激大潮，这怎不令她成为闻名遐迩的"三州人士育才之地"呢？但地理与历史所造成的特定的文化氛围，到了我们这一辈，也只能产生一种心灵上的静态感应，那活生生的触目可见伸手可及而又于我感念颇深的"魔力"，该是什么呢？

是老师！是韩师的可尊敬的老师！在我所接触的老师中，任课的或不任课的，他们都显得那么儒雅谦谦，那么宽博刚正。于是，或耳濡，或目染，潜移默化，老师们的品格和学力，便融汇、凝聚成一股促人奋发、启人心智的强大的"魔力"！

说得具体些，比如，听了郑烈波、陈三鹏等老师的党史课，听了曾从权老师的哲学课，那些层层折折的人物和事件，那些深文秘义的哲理，至今已记不得许多了，但这些读过的东西，已经凝聚成一种信念，进而转化为一种观念、一种观察问题和处理问题的思想方法和工作方法。两年过去后，我觉得自己的思想变得明晰、沉静，我再不像过去那样容易偏激，我懂得戒骄戒躁、勿"左"勿"右"对于革命乃至个人的至关重要的意义；我懂得了在任何时候、任何情况下，都应该实事求是，头脑中时时都要有辩证法——我们所听到的这些一课一课的具体的讲述，都蕴含着老师们对于历史的冷静的反思和对于理论的精当的研究，也融汇着老师们自己的思想、情操和学识，这才使我们能于不知不觉之中，既得到了知识，又受到了陶冶……我还可以再举些例子，比如李以严老师讲的形式逻辑课，我觉得听他的课是一种享受，是一种在抽象思维的海洋中向着彼岸的有规则的畅游；还有洪松森老师讲的政治经济学，洪老师授课有严密的逻辑性和清晰明快的语言，他像一位高明的导游，能使我们兴致勃勃地完全顺着他的指引去浏览那琳琅满目的商品经济的王国。于是，说也奇怪，我这个习惯于形象思维的人，在学完这两门充满抽象符号和定义的课程之后，竟取得了全优的成绩。还有，讲授历史的庄义青老师对史实和诗词的熟诵如流，讲授大学语文的陈新伟老师对《西厢记》的洞微烛幽，黄挺老师对于先秦文学的钩沉探赜，这几位老师治学的勤勉及功底之深厚，既令我愧叹不如，又引我倾心向学……

也许是有了工作经历，对于因知识的缺乏所造成的种种不便有着深切的感受，我们干部班的学员对老师是非常尊重的。记得1984年12月的一天早上，中央人民广播电台播送了一条新闻：国务院决定提高中小学教师的待遇。接着，这条新闻还传达了陈云同志的一个批示，批示中有这样一句话：要使教师逐步成为社会上最令人羡慕的职业之一。那天上午前两节课是《政治经济学》，洪松森老师授课。当洪老师讲到一个段落，稍作停顿端杯喝水时，他发现今天的值日生在水中放了茶叶，洪老师很感激地说："值日生在水中放了茶叶，谢谢！"——这场面当时便强烈地拨动了我的心弦，至今难忘！往后，在水中放茶叶几乎成了不成文的规定，每天，值日生总要带上一小包茶叶，看老师快进教室了，赶紧往杯里放茶冲水，端放于讲台右上角，当老师揭盖饮茶时，那袅袅升腾的水蒸气，就像融融的暖流轻轻地熨帖着师生们颗颗真挚无间的心……

那一天，我心绪起伏，不能自已，晚饭后，我沿着雪梅夹道的蜿蜒石径在笔架山上转来转去。我看到掩映在绿荫之中的显得肃穆幽深的韩文公祠，不由得想起韩愈的名篇《师说》。我佩服他能于一千多年前便道出"古之学者必有师"的真知灼见，佩服他敢于"抗颜而为师"。我又看到新落成的图书馆大楼倚山峭立，与不远处的物理楼、化学楼交相辉映，蔚为壮观；相比之下，下面山坡上的振华堂、中山纪念堂、奎星阁、秀夫亭……一切古老的建筑物，都显得陈旧而黯然——是呵，时代在前进，社会在发展，我们所从事的事业，是前无古人的！

其时，心潮欣欣不能自抑，尝作词一首：

韩愈名高笔架小，似水流年，遗范文光照。邹鲁海滨贤集早，橡花漫处皆芳草。　　黉院层楼鳞次造，骄子千千，园里书声绕。兴学于今欣别调，潮人谈笑知多少！

——调寄《蝶恋花》

……

20年过去了，韩师留给我的许多美好的回忆至今仍萦绕心头。转眼间，韩师建校100周年的纪念日快来到了。最近，我收到韩师校庆办公室寄来的《公开信》，信中说："近几年，韩师抓住机遇，深化改革，加快建设。办学条件、办学规模、办学质量、办学效益都发生了深刻的变化。校园面积近100万平方米，建筑面积30多万平方米，教职工近600人，全日制在校生6 000多人，成人教育在校生7 000余人。毕业生总就业率连年达98%以上。规划到2005年，全日制在校生和成人教育在校生均达到10 000人，建成2~3个硕士点。"面对韩师这些翻天覆地的变化，我感到由衷的喜悦，又为自己身为韩师校友而深感自豪！我谨写下这点文字，表达自己对于母校的感念之情；同时，不揣浅陋，移用拙词"邹鲁海滨贤集早，橡花滟处皆芳草"作为献给母校100周年校庆的贺词，以表示对母校历史功绩的诚挚祝贺和对美好远景的衷心祝愿。

2003年8月8日

（载韩山师院百年校庆特刊，获校庆征文一等奖）

秋风九月西域行

凉秋九月，汕头市委组织部为了让日夜劳碌于各个工作岗位上的市管优秀专家、拔尖人才休憩身心，同时也借以拓宽视野，发掘人才潜能，特意组团外出学习考察。笔者有幸参加此行，作古丝绸之路九日游。游目驰怀，获益良多。今遵《特区工报》主编之嘱，将沿途所见所闻所感，赘述于下，裨有飨于读者。

汉唐盛世时期，运送丝绸的商人驼队从长安起程，在驼铃叮当声中，向着西域的漫漫长途走去……

西安，汉唐时称为长安，是丝绸之路的起点，自然也成了我们丝绸古道之旅的首站。西安是历史风云起伏的一座千古帝王都，八百里秦川是中华民族文明摇篮，她经历过周的诞生、秦的统一、汉的繁华、唐的鼎盛。来到西安，触目都是蕴蓄着无穷无尽历史故事的古建筑、古墓葬、古遗址、古文物，真令人眼花缭乱，应接不暇。

就在我们下榻的神州明珠酒店，清早起来，往楼下望去，街边人行道水泥地上，灿然几行大字映入眼帘："善书墨者多长寿，影形动处皆健康。春云夏雨秋夜月，唐诗晋字汉文章。"书者是一七旬老妪，手执竹竿，触地的一头扎着一团白布，身边有一小水瓢，老妪蘸着清水就在地上自由自在地挥洒开了。看那字体，端丽秀挺，有大家风范，真令人惊叹不已。如此运笔健身，他郡少见，西安古城，处处透着厚重的文化韵味。

游览西安，从古城墙开始。此时适值西安第六届古文化艺术节开幕，古城墙上，彩灯横亘，彩球悬空，鲜艳夺目的五颜六色使这座我国至今唯一保存得最完整、规模最大的古城墙洋溢着一片喜气。

从城墙上往城内望去，一座四角攒顶、飞檐翼动的钟楼与不远处重阁叠瓦、浑厚魁伟的鼓楼互成鲜明对照，格外引人注目。据导游介绍，历来钟楼比鼓楼有名，过去钟楼上的报时大钟是一口唐景云年间铸造的铜钟，名叫"景云钟"，钟高 2 米多，直径 1.5 米，重 6 吨，铜钟一鸣可声传数十里，每年元旦，中央人民广播电台播放的"新年钟声"，就是录自此钟。

西安碑林是我们参观的第二个名胜景点。碑林驰名国内外，顾名思义，应是碑石成林，但当我们迈进铜狮高蹲、金钉红底的大门，穿过石碑坊和过殿，沿着两侧古树林立的甬道前行时，却并没有进入碑林的感觉——一块块珍贵的碑石都分门别类竖放于七个展室之中，与以往在北京孔庙所见到的进士题名碑的露天陈竖不同，保护得十分完好。西安碑林始创于北宋哲宗元祐二年，距今已有 900 多年的历史，这里有从汉到清各代碑石、墓志 1 000 余块，是我国藏碑最早、最多的地方。其中在第一室中的，是世界上最珍贵、最古老的石质丛书——《开成石经》。在唐代，印刷业不发达，文人所读经书全靠抄写流传，为避免谬误，唐文宗开成二年将《周易》《尚书》《论语》等12部经书刻石刊布，作为人们抄传、学习的范本，至清代又补刻了《孟子》，合称"十三经"。这是我国迄今保存最完好的经书刻石。

在碑林甬道一则，我看到一期精心编制的壁报，介绍于右任先生对西安碑林所作出的巨大贡献：1938年，于先生将其20余年间精心搜求的魏唐墓志即享誉世界的"鸳鸯七志斋藏石"捐赠给西安碑林，共计387石。在第三展室，我们看到一块堪称"千古奇珍"的行书刻石《大唐三藏圣教序碑》，是唐代长安弘福寺僧人怀仁带领众多弟子，以"一金易一字"，苦心寻觅20余年才集成，所以民间亦称此碑为"千金碑"。徜徉在这名碑荟萃的展室、碑廊、碑亭之间，的确令人深切地感受到中华民族古代文化艺术的光辉灿烂。

旅游大巴在关中平原上奔驰，离西安以东30多公里处，就是被誉为"世界第八奇迹"的秦陵兵马俑坑。经过20多年的辛勤发掘、整理和修建，现在的秦始皇兵马俑博物馆已极显规模，布局恢宏壮观。站在博物馆前，立即可以感受到2 000多年前"秦王扫六合，虎视何雄哉"的气势。及至走进一号俑坑，那由形体高大的武士俑群组成的规模庞大的军阵，更令人惊叹不已。那俑坑中数千名手执兵器的武士，数百匹曳车的战马，一列列、一行行，组成了世界雕塑史上迄今发现的规模最大的雕塑俑群。

秦陵兵马俑给人的惊叹远不止是"大"和"多"，细细看那群雕的形象，你不能不感叹秦皇时期雕塑工匠非凡的技艺。整个秦俑群雕，没有选择双方交战、将士厮杀的战争场面，也没有选择将士休整、屯兵防守的场面，而是捕捉了将士披甲、执兵列阵、严阵以待的临战状态，在这井然有序的静态军阵中，可以见到一个个披坚执锐的武士俑，都是静中有动，昂首张目，神态坚定而勇敢；那驾车的御手俑，则双臂前伸，紧握缰绳，目视前方，待命而发；那曳车的陶马，两耳竖立，双目圆睁，张鼻嘶鸣，跃跃欲动；那骑士俑，右手牵马，左手提弓，机警地立于马前。正是这千百个充满生气、神态各异的陶俑，才使这静态的军阵隐隐地透出巨大的威慑力，产生了巨大的艺术震撼力。

西安市的市徽是由西安古城墙和大雁塔构成的。大雁塔耸立于慈恩寺正北，是玄奘为保存带回国的大批经典和佛像而奏请建造的藏经塔。传说大雁塔以雁命名，源于玄奘西行取经故事。玄奘取经进入莫贺延碛大沙漠后，连行四五天，人马水米未进，行将"圆寂"之际，玄奘开始祈祷，忽闻空中传来雁声。一只巨雁将垂危的玄奘引到一处名叫"野马泉"的绿洲，玄奘由此得生。为感谢救命之恩，玄奘发愿取经回国筑塔纪念，慈恩寺由是建造。其实，大雁塔的闻名，更与唐时帝王权贵、诗人墨客的文事活动密切相关。大雁塔以一种突兀飞扬的气势兼之许多脍炙人口的名作传颂，竟一跃而为西安的象征，文人骚客的功劳不可小觑。

短短两天，我们在西安还游览了中国第一座人类遗址博物馆半坡遗址、中国现存最古老的园林华清池。触目之处，都是中国之最乃至世界之最，似乎脚下的每寸土地，都蕴蓄着一页最瑰丽的历史篇章，都在诉说着一个可歌可泣或有声有色的故事。在如此浩瀚深邃的历史海洋中遨游，每一个人都不得不屏气敛息，肃然陶然地去思索、去领略那无比绮丽的胜景画卷。每个人的心里，更多的是惊叹而不是激动，更没有外露于形骸的奔放。及至离开西安，飞机向茫茫大漠飞去之时，情形才大不相同：我们的耳边，似乎已响起驼铃的叮当声；眼前，似乎一队队运送丝绸的商人驼队，正向漫漫的西域走去。大家的心，已经按捺不住了……

> 疏勒河畔，大漠戈壁，汉长城蜿蜒伸展，烽火台昂然挺立。古道悠长，满目沧桑；戈壁腹地三危山下的壮美绿洲——敦煌，千年不衰，丰姿犹存。

西域，东汉时指的是现在玉门关以西的新疆和中亚细亚地区，离开西安，我们一行继续向丝绸之路的著名门户——敦煌进发。飞机掠过黄河古道，越过黄土高原，向茫茫大漠飞去。机翼下渐渐不见了青苍的颜色，我们终于进入了无边无垠的大戈壁。从舷窗向下望去，唯见朔漠瀚海，赤褐一片，早知道"戈壁"是蒙语"难生草木的土地"之意，果然是寸草不生。

敦煌，是大而盛的意思。在距今1800多年前的汉代，处于大漠腹地的一个小小郡镇，敢于如此自称，足见其地理位置的重要和商贾云集、万国咸仰的一时之盛。当我们乘坐的大巴小心地行走在敦煌那并不宽敞的街道上时，我真切地感受到，敦煌的大而盛，现时只是一个值得回味的历史瞬间，或者说只是一个值得骄傲的历史概念。作为一个县级市，敦煌的市容建设远远不能与内地相比，市面上也没有那熙熙攘攘的人流。但敦煌街道整洁，再有就是宁静——一种现时已很难寻觅的都市的宁静。敦煌的莫高窟，以她那"蒙娜丽莎"式的微笑，俯瞰人世沧桑，已使敦煌永远成为世界历史文化名城。

还有那著名的阳关，王维一首缠绵淡雅的《渭城曲》，那"劝君更进一杯酒，西出阳关无故人"的对友人的淳厚之情，早已使阳关那坡峰上荒落的土墩，成为千百年来人们心中向往的圣地。尽管导游没有安排阳关之游，大家还是一致表示：阳关非去不可！终于，大巴顶着晌午的骄阳，向阳关奔驰而去。我的脑海中浮现出刚刚在敦煌博物馆一幅条幅上记下的诗句："阳关秦月古，丝路唐槐新。"是的，抚新追古，正是我们此刻的心情。

阳关到了！那座早已在画报上书刊上看惯了的烽燧，就傲然兀立在坡脊上。这座烽燧是阳关的象征，岁月风雨的剥蚀，使它已没有一点棱角，只有那残垣断壁上露出的黄土和砖片，才隐隐地让你感觉到那是一座人工砌成的曾经在战争中发挥过重要作用的烽火台。如今，这座当年阳关城仅存的标志，已被甘肃省人民政府作为省级重点文物妥善地围护起来，围栏旁的砖墩上，竖立着一块碑石，上面写着"墩墩山烽遂"五个大字。不远处，还建了一道当代名家题字碑廊，中国佛教协会会长赵朴初题写的"展示三危无上宝，迎来四海有情风"碑石，就展放在碑廊中间。

黄沙、黄土、砾石，组成这无边的戈壁荒漠。天空湛蓝一片，虽然烈日当空，倒也不觉得闷热。看地图，知道离此不远，就是有名的罗布泊。1980年，中国科学院新疆分院副院长彭加木，就在罗布泊遇难；今年6月，又有民间旅行家余纯顺在那里终止了艰辛的跋涉。阳关—玉门关—罗布泊，成了人类不可逾越的生命禁区。今天我们到这里来，可以说完全是受了王维那《渭城曲》的诱惑，是王维让阳关成了镌刻山河、雕镂人心的名胜古迹，这真是诗的魔力、文人的魔力。

赵朴初题词中提到的"三危"，指的是敦煌境内的三危山，因峰岩危悬而得名，三是泛指，极言其险峻。据说在雨后初霁时节，三危山常常会突然迸发出绚丽迷人的"佛光"；1 600多年前的一天，一个手持锡杖、满身风尘的游僧——乐尊和尚，在茫茫沙海中看到这耀眼的万道佛光，于是就在面对三危山的一段山崖壁面上开凿了第一个佛窟，以后便衍化出举世闻名的莫高窟。听了导游的介绍，我们的心，从阳关一下子又飞向那神秘的三危山，飞向那向往已久的莫高古窟。

但导游又告诉我们，在去莫高窟之前，还有一个好去处，那就是与三危山齐名的鸣沙山。鸣沙山可以说是我生平见过的最奇特的山，没有山尖，只有刀刃一般的山脊。向阳的一面，金黄澄亮；背阴的一面，青紫黝黯，黑白分明，棱角锐利，但整个山体，却又分外柔顺婀娜，如绸缎一样，似蕴藏着无限媚意风情。果然，在鸣沙山深处，就有着一汪如少女一般妖媚的月牙泉，与鸣沙山共成大漠双璧，蔚为奇观。

在鸣沙山口，有一大群骆驼可供游客乘坐，直达月牙泉畔。我们一行，第一次乘坐这沙漠之舟，跋涉于沙岭之间，顿觉新奇快意，身俱泰。来到鸣沙山，我们一个个戳足沙山，向沙脊攀去，但登一步退半步，忙乱了半天，还是不胜奇滑，在半腰喘息不止，最终踏沙而下，望山兴叹不已。

经过阳关和鸣沙山的铺垫，我们终于到了莫高窟。莫高窟可以说遍地是佛，满山是经，几百个蕴含着佛像壁画、雕塑的神妙莫测的洞窟犹如蜂巢镶嵌在蜿蜒的悬崖上，栈道曲折，楼台高耸，无时无处不显示着这佛教圣地的威严和肃穆。对我们这些凡夫俗子来说，穿行在那一个个佛窟之间，萦绕脑际的大致只有叹为观止的惊奇和流连瞻仰的虔诚。

也许是读过余秋雨《文化苦旅》这本书的缘故，我总想亲眼看看那个名叫王圆箓的道士在近100年前偶然开启的那个隐藏着无数无价之宝的洞窟——第16号洞窟。就在16号洞窟的甬道上，又有一个小洞窟，现在，它就这样毫不起眼地洞开在我们面前，在两米见方的洞穴里，空荡荡的什么都没有，但我们都已知道，整个一门永久性的敦煌学，就靠着这个洞穴而建立，无数才华横溢的学者，就为着这个洞穴耗尽终生，甚至中国的荣耀和耻辱，都已由这个洞穴吞吐。

就是这个洞穴，当年珍藏着数以万计的经卷、手稿、历代文书和法器，简直就是一个神话中的聚宝洞。不知什么时候，也不知什么人将这些珍贵的文物放在里面，并将小门封闭，上面又敷了一层泥皮，绘上了壁画，就这样，这批珍室在洞中沉睡了上千年。直至1900年5月26日，王圆箓在清理流沙时才偶然发现了这个秘密。

王圆箓在那天清晨无意中打开了一扇轰动世界的门户，这一偶然的伟大发现与杨培彦无意中发现秦陵兵马俑有异曲同工之妙，不同的是藏经洞发现于一个不幸的年代，而秦陵兵马俑有幸发现于新中国。据介绍，现在这些敦煌遗书已被掠夺盗往八个不同的国家和地区，分散在世界20多个机构里，最有价值的6 600卷就存放在法国博物馆，现在我们研究敦煌学，反而有大量资料要来自外国人提供的微缩胶卷。

就在我们面对这绚丽灿烂的一个个佛教洞窟时，我们也同时面对着一幕中国文化史上最惨重的悲剧。莫高窟之行，萦绕在心头的是沉重的悲哀。

在倚山而立、与山比高的九层大佛殿下合个影吧，毕竟敦煌千年不衰、丰韵犹存，莫高窟也已是我们自己的莫高窟了。

"在那遥远的地方，有位好姑娘……"这首创作于 1941 年的一代名曲虽然不是诞生于新疆，但西部歌王王洛宾这首在马背上唱出的歌，仍然把我们引向那美丽而迷人的遥远的地方——新疆。

从敦煌一直向西、向西，我们穿越茫茫戈壁，进入了新疆，进入这到处弥漫着美妙歌声和葡萄清香的塞外奇域。

吐鲁番是维吾尔族人聚居的地方，当巴士从大河沿车站向全国最低的盆地疾速下行之际，耳边仿佛已经飘来了那首轻快俏皮的维吾尔族民歌——《掀起你的盖头来》。

汽车驶进吐鲁番市，触目都是葡萄，人行道很多都被浓荫匝地的葡萄藤蔓所覆盖。正当我们为这少见的葡萄长廊而惊叹之时，远远泛起一点点耀眼的红光，待靠近了，才发现原来是一群维吾尔族小学生在热情地向我们招手。她们身着枣红色的小裙子，小脸蛋也红扑扑的，甚是活泼可爱。大家的情绪一下子被调动起来了。啊！热情似火的吐鲁番！

与热情似火的吐鲁番人相映成趣的，是那闻名遐迩的火焰山，来到吐鲁番，不能不看火焰山。进入火焰山口，全车人不约而同一齐惊呼："啊！太美了！"其实这种美，是看惯了青山绿水的南方人对从未见过的赭壁峭立的壮观景象的一种特殊感觉。火焰山确实异乎寻常，举目赤红一片，四处似有熊熊火焰，山脊下一条条褶皱像经年累月被水穿流而成。而山势变幻莫测，时而孤丘兀立，时而峰峦层叠，时而如写意水墨画，挥洒自如，气势磅礴。虽然寸草不生，却也美不胜收。

火焰山的出名，与那妇孺皆知、脍炙人口的神话小说《西游记》密切相关。但孙行者三调芭蕉扇是假，唐三藏路遇火焰山之阻是真。唐三藏法号玄奘，唐太宗贞观元年去天竺（印度）取经，经过吐鲁番，那时的吐鲁番称为高昌。高昌古城就在火焰山附近，因而成了我们吐鲁番之行的第二个旅游点。

高昌古城自晋朝设立以后，长期是古代西域重要的政治、经济、文化中心之一，是古丝绸之路的必经之地和重要门户。1961 年被列为国家重点文物保护单位。我们乘坐驴车进入这座曾经繁盛显赫的古城，但见高凸的城墙残基依然显得气势宏伟，而深陷的护城河则仅存轮廓，一座座殿堂寺院，都只剩下断墙残垣，看得出所有的建筑，都是用黄土夯筑而成。穿行在这荒寂的古城中，不由得感慨万分，历史和岁月无情复无奈，大概每次战乱，总是最先洗劫统治者们居住的地方，造反者总是要最先抹掉他们在地面上的痕迹，只有劳动人民的生活居所才能存留下来。在我们接下来参观葡萄沟的时候，这种感触更为强烈。

葡萄沟是火焰山脉中的一块河谷地，沟内种满了葡萄，远看一片浓绿，与赭色的光秃秃的火焰山形成鲜明的对照。步入葡萄沟，但听清溪流水潺潺，放眼望去，葡萄长廊涌碧叠翠，一串串葡萄垂藤而挂。长廊入口处，十几个小摊档摆挂着五颜六色的维吾尔族挂毯、各式各样的头巾和花帽。再往里走，两侧的小摊档，则一色堆摆着诱人的葡萄干。熙熙攘攘的游客，在尽情地选购自己所喜欢的东西。在这里，绿荫蔽地，空气清爽，与江南水乡无异，很难想象，就在不远处，就是那热云升腾的火焰山，就是那荒寂的高昌古城。

在葡萄沟深处，还有一处旅游景观，那就是坎儿井。坎儿井的名字听起来很小家子气，但它却是与横亘东西的万里长城、纵贯南北的大运河齐名的我国古代三大工程之一，是吐鲁番古代各族人民的伟大创造。坎儿井的伟大与奥妙在于它能使北部天山的冰山雪水通过一条条人工凿成的地下暗渠，滋润着吐鲁番大地，成为绿洲生命之源，成为一条地下大运河。

我们眼前的这道坎儿井，沟渠离地面有三四米深，走下一段石蹬道，便可看到一个坎儿井亭，清冽的冰山雪水就从脚下缓缓流过，掬一口水喝，清凉沁肺，顿觉神清气爽。据导游介绍，当年被贬新疆的林则徐虽不是坎儿井的发明者，但他提倡推广坎儿井却有着不可抹杀的功劳，因而当地民众把坎儿井称为林公井。这使我想起韩愈刺潮兴学之事，林则徐和韩愈的为人处事，特别是他们关注民生的行为，简直如出一辙，难怪都受到后人的尊崇和景仰。

吐鲁番之游的高潮，是在吐鲁番宾馆欣赏新疆民俗歌舞表演。游览了一天，大家毫无倦意，晚上都兴致勃勃地围坐在宾馆一处专供歌舞表演的葡萄架下，都想目睹那婀娜多姿的维吾尔族姑娘热烈奔放的舞蹈，亲耳聆听流行于整个中国、节奏永远明快热烈的新疆民歌。这是一个由17人组成的业余演出队，虽然不能代表当地的最高水平，但维吾尔族姑娘小伙因有能歌善舞的素质，仍然使晚会充满欢乐的气氛。游客们都兴奋地拍着节拍，陶醉在这和谐美好的歌舞之夜。

吐鲁番，是突厥语"富庶丰饶的地方"的意思，在这里看到的一些介绍地方史的书籍，也都自称为"物华天宝，人杰地灵"。来到这里，确实感到大漠之中的绿洲处处赛江南，歌舞升平瓜果香，给我们留下十分美好的印象。即将离开吐鲁番的时候，车子在一处村落的小集市停下，大家纷纷下车，与村民合影留念。一位满脸络腮胡子、长得十分剽悍英武的小伙子成了大家合影的对象。在那一刻，我们深切感到民族之间根本没有什么隔阂，亲情融融，亲如一家。

欢声笑语中，我又一次想起王洛宾老人。我想，他一定也来过这个小村庄，还有其他许多我们尚未去过的村落，他一定也走过从吐鲁番到乌鲁木齐的这条大道。当初他一个人孤孤单单地在这条路上跋涉的时候，一定没有想到，半个多世纪后，他会在这遥远的地方，开拓出这么一片艺术的绿洲。如今，他像星星一样陨落了，他的青春小鸟也一去不复返了，但是他留下的歌将永远流传在他走过的这些地方，流传在西部大漠，流传在中国，流传在世界……

车子载着我们对吐鲁番深深的眷恋和对王洛宾老人深深的怀念，驶向我们此行最后一个旅游景点——乌鲁木齐。

天山雄伟，天池幽处；牧场优美，巴扎繁富。绿水青洲游人驻。说什么赤地荒漠，却其实人工天助，好一条风光旖旎丝绸路……

乌鲁木齐是新疆维吾尔自治区首府，一直是我国多民族的聚居地，现在，这里聚居着38个民族，人口100多万。乌鲁木齐，蒙古语意为"优美的牧场"，但如今这里高楼林立，车流穿梭，我们再也难觅"牧场"踪迹。倒是这次特意安排的一个旅游点——南山牧场，使我们真正领略了令人陶醉的牧场风光。

南山牧场清幽脱俗，林茂涧多，是一个休憩身心之最佳游览区。从山口望去，唯见绿意浓浓，满山青翠，走下车来，顿感一股清新的山野气息迎面扑来，令人神清气爽。正浏览间，前方一大群服饰艳丽的哈萨克姑娘赶马而来，招呼我们骑马进山。姑娘们有的戴着艳丽的头巾，有的戴着花帽，顶插白绒绒的羽毛，映衬着五颜六色的民族服装，一个个显得娇美而充满活力。

平生第一次骑马，感觉似乎比骑骆驼危险性大，好在有小姑娘坐在背后控制着缰绳，心里才安稳些。沿山道蜿蜒而上，马儿嘚嘚的蹄声在静寂的山谷间格外清脆。右侧是一条从山涧里流出的涓涓小溪，似乎前方还隐隐传来飞瀑的清响。看四周，云杉苍翠，塔松挺拔，绿莹莹的一片。沿途野花点点，不时还可以见到三五个白色毡房冒着袅袅炊烟。此情此景，正应了王禹偁的诗意："马穿山径菊初黄，信马悠悠野兴长。"走完山道，峰回路转处，豁然开朗，只见前面高阜起伏，青草遍地，绵亘数里——牧场到了。

牧场与高尔夫球场差不多，只是席地绿茵纯属天工巧成，与峡沟丘谷完全融为一体，更显得赏心悦目。前方一块较平坦的草地上，一群旅客正伴着哈萨克姑娘翩翩起舞。我看到跳舞的人群中有一个哈萨克姑娘正以迅捷的舞步追赶一位小伙子，向导游一打听，才知道这是根据这里的一种风俗"姑娘追"编的舞蹈。哈萨克族小伙子如果向姑娘求爱，除了要在一起唱歌跳舞之外，还得骑马互相追逐。若是姑娘没看中小伙子，则彼此离开了事；若是姑娘看中了小伙子，则会在追上小伙子时举起皮鞭轻轻地打在小伙子身上，这种风俗便叫做"姑娘追"。我很自然地想起了王洛宾那首《在那遥远的地方》歌中所流露的与牧羊姑娘卓玛初恋的"一鞭衷情"，原来是如此温馨的一鞭，如此温馨的风情！

像南山牧场这样充满自然神韵的草地，在新疆肯定不止一处，但那集自然、神话、人间、仙境为一体的天山天池，却断然只有一个，这是一处举世称奇的西域胜景。

天池离乌鲁木齐90公里，清晨从乌鲁木齐驱车东行，经米泉、阜康入山，傍三工河道盘旋而上，一路绿树葱茏，河水奔腾而过。待汽车跃上一道巨垲，瑰丽无比的天池立即映入眼帘。放眼望去，天池犹如一块蓝宝石，镶嵌于山谷林海之中。远处，是博格达雪峰，白皑皑的峰顶映衬着蓝湛湛的天空，显得分外澄澈洁净。重峦叠嶂的山脉，一层层变幻着绿的色彩，时值初秋，金黄的树叶点缀其间，更见其斑斓缤纷、多姿多彩，令人叹为观止！

看那湖水，潋滟清碧，似明镜悬空；水波不兴，却令人感到它蕴蓄着无限风情。正因如此，天山天池便自然有着无数美丽动人的神话传说，其中最为脍炙人口的是西王母（新疆一个母系氏族部落的女酋长）与穆天子瑶池欢宴（其时天池称瑶池）的故事。相传公元前10世纪，西周第五代国君周穆王姬满，驾八骏，率六师，放辔西游，最后来到西王母之邦，会见了西王母，西王母在这风景秀丽的瑶池边设宴款待周穆王一行。周穆王与西王母之间有没有产生爱情，不得而知，但这美丽的传说，激发了古往今来文人墨客的无限遐想，如唐代大诗人李商隐就为此事写下了千古绝唱："瑶池阿母绮窗开，黄竹歌声动地哀。八骏日行三万里，穆王何事不重来？"郭沫若曾以文人的眼光观赏天池："一池浓墨盛砚底，万木长毫挺笔端。"天池的湖水山树，都成了文房四宝，难怪有那么多的辞章歌赋，永远萦绕于这明山秀水之间。

游完天山天池，最后一个景点是"巴扎"。"巴扎"其实不能算是景点，它就像是我们这里的小商品市场。但新疆的"巴扎"古老而奇特，早在西汉时期就已经引人注目，今天的"巴扎"是古老的贸易方式的一种延续，是这里的一种重要的民情风俗。"巴扎"的位置与高耸着彩绘穹隆顶的清真寺相面对，可知它在伊斯兰教徒心目中的重要地位，在他们看来，逛"巴扎"还有一定的宗教含义。"巴扎"里的商品琳琅满目，这里有来自北京、天津、上海、广州、苏杭甚至香港的高档商品，还有民族工艺品、日用小百货，其中最具特色的是造型奇特、镶金镂银的民族小刀。这种小刀，据说每个维吾尔族小伙子都会随身佩带一把，主要用于装饰和炫耀。在"巴扎"的出口处，还有正宗的新疆烤羊肉串，十分清香可口。整个"巴扎"，人流往来不息，这是社会安定、经济繁荣的一个缩影。新疆和内地，正在共同走向富裕。

逛完"巴扎"，回到宾馆，正值黄昏，站在阳台上眺望乌鲁木齐市区，只见天山如屏，横亘于前方，夕阳的余晖为它巍峨的山体镶嵌上一道耀眼的金边。乌鲁木齐的市容市貌，令人很难把她与荒漠戈壁联系起来，这里绮楼环立、霓虹闪烁，与内地大都市无异，看那街上人流的服饰，是那样多姿多彩，任何人来到这里，都会感受到这个城市多民族聚居兼收并蓄的特色和这里的人民热情、豪爽、坦诚而朴实的性格。明天，丝绸古道之旅就要结束了，此时此刻心头涌起几许惆怅，只觉得恋恋不舍，总觉得还有很多该去的地方没有去，该看的地方没有看。行程太匆匆，步履太匆匆，西域之行，从万古的山到千年的城，从高山的湖泊到戈壁的清泉，从荒寂的阳关到繁闹的"巴扎"，到处都有历史的痕迹和人类的足迹，就算是走上一个月、两个月，又怎能看得完每一座沙丘的神秘、每一处古城残缺的美、每一个风雨无法剥蚀的石窟的沧桑巨变呢？白居易有诗云："春生何处暗周游，海角天涯遍始休。"新疆，后会有期！

（连载《汕头特区工报》，1996 年 10 月）

附录 陈韩星编著书刊辑目

（1991—2017）

1. 陈韩星著：《陈韩星剧作选》，中国戏剧出版社 1998 年版。

2. 陈韩星著：《陈韩星文论集》，中国戏剧出版社 2002 年版。

3. 陈韩星著：《陈韩星艺文录》，中国戏剧出版社 2006 年版。

4. 陈韩星著：《潮剧与潮乐》，暨南大学出版社 2011 年版。

5. 陈韩星著：《潮剧的喜剧传统》，汕头大学出版社 2015 年版。

6. 陈韩星著：《大漠孤烟——陈韩星歌剧作品集》，暨南大学出版社 2017 年版。

7. 陈韩星、王泽晖、洪介辉编著：《潮汕游神赛会》，公元出版有限公司 2007 年版。

8. 陈学希、陈韩星、傅宛菊、罗冰编著：《潮剧潮乐在海外的流播与影响》，中国戏剧出版社 2010 年版。

9. 陈韩星主编：《潮剧年鉴》（1991—2004 年），中国戏剧出版社 1992—2005 年版。

10. 陈韩星主编：《潮剧广场戏研究专辑》，汕头大学出版社 1996 年版。

11. 陈韩星主编：《潮剧人物传略专辑》，中国戏剧出版社 1998 年版。

12. 陈韩星主编：《潮剧五十年文论选》，中国戏剧出版社 1999 年版。

13. 陈韩星主编：《潮剧百年史稿》，中国戏剧出版社 2001 年版。

14. 陈韩星主编：《近现代潮汕戏剧》，中国戏剧出版社 2005 年版。

15. 陈韩星主编：《槟榔花》（第三集），香港三环书画出版社 2005 年版。

16. 陈韩星主编：《槟榔花》（第四集），香港三环书画出版社 2010 年版。

17. 陈韩星主编：《槟榔花》（第五集），香港三环书画出版社 2013 年版。

18. 陈韩星主编：《槟榔花》（第六集），香港三环书画出版社 2016 年版。

19. 刘平主编：《汕头天后宫与关帝庙》，汕头大学出版社 1994 年版。（担任副主编）

20. 《潮剧志》编辑委员会编：《潮剧志》，汕头大学出版社 1995 年版。（担任副主编兼责任编辑；1999 年获国家文化部第一届文化艺术科学优秀成果奖三等奖）

21. 方烈文主编：《潮汕民俗大观》，汕头大学出版社 1996 年版。（担任责任编辑；

1999 年获广东省第六届鲁迅文艺奖民间文艺奖）

22. 余流、洪潮编著：《潮汕俗谚集联》，汕头大学出版社 1997 年版。（担任责任编辑）

23. 蔡树航主编：《潮州乐曲三百首》，中国戏剧出版社 1997 年版。（担任责任编辑）

24. 方烈文主编：《潮阳海门莲花峰》，广东高等教育出版社 1998 年版。（担任副主编）

25. 中国唐代文学学会韩愈研究会、汕头市文化局编：《韩愈研究》（第二辑），广东高等教育出版社 1998 年版。（担任执行编辑）

26. 方烈文主编：《第五次中国经济特区暨沿海开放城市文化发展理论研讨会论文集》，文化艺术出版社 1998 年版。（担任副主编）

27. 陈仲豪著：《教育人生五十年》，1998 年内部印行。（担任责任编辑）

28. 汕头市文化局编：《汕头市文化艺术志》，1999 年内部印行。（担任副主编兼责任编辑）

29. 陈纤主编：《潮州音乐人物传略》，中国戏剧出版社 1999 年版。（担任副主编）

30. 中国戏剧文学学会、汕头市文化局编：《戏剧文学新思维》，中国戏剧出版社 2000 年版。（担任执行编委）

31. 汕头市文化广电新闻出版局编：《汕头市文化艺术志（1979—2000 年卷)》，2010 年内部印行。（担任编审）

32. 姚英杰主编：《汕头市非物质文化遗产大观》（第二卷），汕头大学出版社 2010 年版。（担任执行副主编）

33. 郑志伟著，广东省潮剧发展与改革基金会、广东潮剧院编：《潮乐文论集》，中国戏剧出版社 2010 年版。（担任主编）

34. 姚泽轩著：《寒星》，花城出版社 2010 年版。（姚泽轩先生自传体小说三部曲"历劫奋飞"第一部，担任统编）

35. 姚泽轩著：《弦月》，花城出版社 2010 年版。（姚泽轩先生自传体小说三部曲"历劫奋飞"第二部，担任统编）

36. 姚泽轩著：《暖日》，花城出版社 2014 年版。（姚泽轩先生自传体小说三部曲"历劫奋飞"第三部，担任统编）

37. 汕头大学图书馆编：《陈仲豪教育文选》，香港艺苑出版社有限公司 2017 年版。（担任审校）

38. 汕头市文联编：《汕头市老艺术家传记》（上、下卷），汕头大学出版社 2017 年

版。（担任执行编辑）

39.《潮韵》（季刊），广东省潮剧发展与改革基金会会刊。（自 2007 年 1 月至 2008 年 12 月共编印 8 期，先后担任执行编辑、执行副主编、执行主编）

40.《广东文艺研究》（季刊），广东省文联主管，广东文艺职业学院主办，2008 年 12 月创刊。（2008—2015 年担任执行主编）

41.《潮声》（双月刊），汕头市文联主管主办。（2016 年第 3 期起担任执行主编）

42.《文化汕头》（季刊），汕头市文化馆主管主办，2017 年 6 月创办，内部读物。（担任执行主编）

代跋 潮汕文坛的精英

——陈韩星先生事略

古往今来，潮汕文坛精英辈出，文章德业震古烁今，史不绝书，英名流芳，令世人瞩目与叹服。

陈韩星先生是当今潮汕文坛精英之一，其骄人文绩，其耿直人格，其报效国家和乡邦的朗朗丹心，令邑人推崇。

陈先生已跨过六十门槛，当了十五年的汕头市艺术研究室主任。现为国家一级编剧。

一、灵魂有孤本

陈韩星，汕头市人，1946 年生。

早在青少年时代，韩星君的灵魂就有了孤本。

众所周知，图书馆、私人藏书，孤本最为珍贵。而人的灵魂的孤本，远比书籍的孤本珍贵，何以故？

韩星君写过一篇散文《湘子桥上的铁牛》，那是 1984 年他就读韩山师院干部专修科时有感而发写下的，一开头就是这样一段饱蘸着深情的文字：

> 昨天夜里，下了第一场春雨。趁着骤雨初歇，我步出校门，来到湘子桥上。我对这座充满神话色彩的大桥，有着一种特殊的眷恋之情。记得有一年春天，也是在一个春雨初降的早上，父亲领着我，来到那时仍是十八条梭船联结而成的湘子桥头，父亲默默地流着泪，在那尊昂首向天的铁牛旁，久久地伫立着……
>
> 就在那一天，父亲带着我，离开潮州，回到了普宁家乡。——好多年后我才懂得，那一年是 1956 年，父亲因为曾在广西桂林为胡风出版过两本诗集，被打成了"胡风分子"，受到开除出队的处分。于是，留在我的记忆中的那场毛毛小雨，变成一片愁云苦雾，久久地笼罩在我的心头；那只昂首向天的有着沉重的墨黑色的铁牛，也牢牢地铭刻在我的心中。

韩星君的父亲是位报人、文化人，1942 年在桂林主持过南天出版社，为胡风出版了整套《七月诗丛》。谁能料到，他因此而惹来大祸，长期罹难，并株连了子女。从 1955—1980 年，25 载间，被划为"胡风分子"，每次政治运动，都被戴上各种帽子批斗，惨不忍睹。父亲横遭折磨与侮辱，导致病魔缠身，苦不堪言。韩星君是长子，眼看生身之父如斯不幸，泪血往心坎流！

1965 年，韩星君尽管读高中品学兼优，然"胡风分子"的阴影罩在他身上，梦寐以求的大学梦破灭了。放榜的这一天，他与父亲抱头哭泣，这是痛苦绝望的哭，撕心裂肺的哭。

大恸之后是寂静，铭心刻骨的寂静。

韩星君这位卓荦学子，竟然在汕头立不住脚，被阴暗包围而四顾茫然，终于在父亲的支持下奔赴海南。是父亲，维系了即将从他心中泯灭的信念，他在海南岛过了十三年"知青"生活，尝尽酸甜苦辣而不敢懈怠，勤奋读书和写作，才重回汕头。

灵魂的孤本就是这样历经漫长岁月的积累、多次接受震撼心灵的惊心动魄的事件、撕心裂肺的体验而形成的。

对于一位剧作家、一位学者来说，镌刻在心灵上的孤本特别珍贵。

纵观韩星君的写作生涯，不论剧作还是文论，都作了深层次的思考，形成牢不可破的人性观念，一腔正气、凛然大气跃然纸上，爱憎喜恶泾渭分明，力透纸背，情透纸背。

正是灵魂的孤本，使韩星君治学、创作双丰收，使他驰骋文坛，成为当今潮汕文坛之英才，屈指可数之人才。

二、研究结硕果

韩星君治学严谨，研究硕果累累，这是有目共睹的。

身为汕头市艺术研究室主任，他明确自己的职责，积极开展对地方戏曲、地方音乐的研究、整理和改革工作。1991 年 1 月他担任艺术研究室主任伊始，便接手完成潮剧史上第一部志书《潮剧志》的编纂出版任务，由他担任副主编兼责任编辑的这部广东省地方戏曲剧种志丛书首卷《潮剧志》，1999 年获文化部第一届文化艺术科学优秀成果奖三等奖。同时他又创办出版《潮剧年鉴》《潮剧研究》《潮乐研究》等艺术研究丛刊，深为潮剧、潮乐界人士所欢迎，成为汕头市艺术档案资料库。

潮剧年鉴自 1991 年始纂至今，已刊行 15 卷。

年鉴所辑各潮剧团演出活动的情况，大体包括剧团简介、剧团建制、艺术骨干、剧目简介、大事记等五大部分，并分设"史海探珠""文苑选萃""艺林撷英""报章集锦""文论辑目"等五个专栏。1998 年起由中国戏剧出版社出版发行。1999 年，广东省社会科学院文学研究所所长赖伯疆先生写下《地方特色浓郁，饶有学术价值——贺〈潮剧年鉴〉创刊十年》一文，予以高度评价："十部年鉴，它记载了 1990 年以来的十年间，潮汕地区和闽南地方的潮剧工作者和广大人民，共同参与的戏剧艺术创造的艰辛历程和丰硕成果，它凝聚和提炼了他们宝贵的艺术创造的经验和理论，它为谱写悠久而独特的潮汕史册，积累了珍贵的资料和经验。"

韩星君在编纂潮剧年鉴上是不遗余力的，仅以 1999 年卷为例，里面"文苑选萃"和"艺林撷英"两个专栏中，有几篇文章读之获益甚多，诸如吴国钦的《潮剧剧目研究的丰碑——评〈潮剧剧目汇考〉》、林伦伦的《我看"儒丑"方展荣》、谢惠鹏的《名丑真功夫——贺〈潮丑方展荣〉一书付梓》、陈诗侯的《粉墨香浓此地生——揭阳小戏之乡概述》等，读之令人爱不忍释。

韩星君 1995 年创办《潮剧研究》丛刊。第一辑为《潮剧广场戏研究专辑》；第二辑为《潮剧人物传略专辑》，共收入 433 位知名潮剧艺人和潮剧界知名人士；第三辑为《潮剧五十年文论选》，收入自中华人民共和国成立以来潮剧重要研究文章 39 篇；第四辑为《潮剧百年史稿》（1901—2000 年），共十章，涵盖了潮剧的方方面面，是对潮剧百年历史的一次比较认真负责的梳理和集纳，是潮剧史料研究的最新成果。

十多年来，由韩星君担任主编、编审的潮汕文化出版物还有《潮汕民俗大观》《汕头市文化艺术志》等，共计 30 余种，600 余万字。除此之外，他还参与策划筹办汕头市文化局承办的全国性学术研讨会，如"第五次中国经济特区暨沿海开放城市文化发展理论研讨会""全国韩愈学术研讨会""全国戏剧文学研讨会""中国音乐文化·潮州音乐研讨会"等。2002 年起又参与承办汕头国际民间音乐花会。

自 1980 年艺术研究室成立以来，韩星君还在前后两任老主任吴荣、连裕斌的带领下，参与各县、市潮剧团的剧本辅导工作，如普宁县潮剧团的《百里桥》、潮州市潮剧团的《益春》、揭阳市潮剧团的《丁日昌》、饶平县潮剧团的《周用挂冠》等。在他继任主任之后，他同样热心辅导剧本创作，如潮阳市潮剧团的《宁波绳虎》《川南夺珠》《陈北科荐贤》，澄海市文化馆的《贞娘》《灵光妈祖》等。每看到一个有基础的剧本，他都非常高兴，立即认真、中肯地提出剧本的修改意见，努力使其臻于完善。这些剧本，许多都在全省乃至全国获奖。

1996 年 10 月，汕头电视台曾以"汕头市艺术研究室弘扬潮汕文化硕果累累"为题，在新闻节目中作了报道；1997 年，汕头市艺术研究室被汕头市委、市政府授予"汕头市先进集体"称号，他也被列为汕头市第四批"优秀专家、拔尖人才"。

三、创作蕴真情

韩星君归根结底是一位剧作家，而且是一位具有理论风采的剧作家。

1998 年 12 月《陈韩星剧作选》由中国戏剧出版社出版发行。2002 年 10 月《陈韩星文论集》入编中国戏剧文学学会编印的"中国当代剧作家选集"丛书第一辑，由中国戏剧出版社出版发行。两部著作几乎一样的厚度，一样的分量。这是韩星君几十年来创作、理论双管齐下的结晶，是互为映衬的姐妹篇。

上海戏剧学院教授、文艺理论家朱国庆为《陈韩星文论集》作序，其文开宗明义提出这样的观点：多年以来，我一直在思考一个问题，就是创作家要不要搞理论，理论到底对创作有没有用处。我的看法是，搞创作必须学理论这是肯定的。狄德罗就说过："古代的作者和批评家都从自己的深造开始，他们总是学完各派哲学以后才从事文艺事业。"（《论戏剧艺术》）朱教授又总结说：陈韩星的实践又一次证明了一个创作家如果同时又是一个理论家（或同时研究理论），那么他的创作和理论都会搞得很出色，这叫做合则双美，离则相伤。

从《陈韩星文论集》中，我们可以看到，韩星君不但写了大量的评论文字，而且做了大量的文艺理论研究工作，涉及面甚广，有古典文学、戏曲、话剧、音乐、舞蹈、图书编辑、小剧场、广场戏……人物则涉及名臣文师、高僧逸士……那严肃认真、刻苦钻研的精神令人佩服，他的学术论文语言朴实，思绪有条不紊，行文平易舒放，启思益智，为行家所认可。

韩星君对历史人物的研究，别有见地，尤其是对韩愈、苏东坡、王维等历史名人的研究，更显精辟的见解。从《韩愈诗歌的谐谑风格》《论韩愈与僧侣的交往》《试论韩愈莅潮与潮人素质形成的关系》等长篇论文中，我们可见韩星君并非那种学究式的腐儒，也不是那种把研究作为敲门砖的无聊之徒。这些历史人物的坎坷人生，与其灵魂的孤本碰撞，在作者笔下就非常自然地流露出对他们的人品、文品、诗品的崇敬之情。《陈韩星文论集》中有一段对王维这位大诗人的精彩剖析：

　　王维的一生多灾多难，王维的内心充满了矛盾和痛苦。
　　但王维终归是大诗人的王维，他始终坦诚、执著、自识，远离了贪婪、附庸、嫉妒的种种人类的恶习，永葆着自身人品、诗品顽强的生命力，并非世俗所谓的"百年诗酒风流客，一个乾坤浪荡人"……"明月松间照"，照一片娴静淡泊寄寓他无所栖息的灵魂；"清泉石上流"，流一江春水细浪淘洗他劳累庸碌的身躯。王维拥有精神上的明月清泉，这正是我所寻觅的诗人那不朽而独特的灵魂。

韩星君善于从诗文中去研究古代名人，如从苏东坡的《荔枝叹》研究其在出世与入世之间艰难的选择，他认为苏东坡在其遭贬惠州的逆境中，却有"独善其身非我愿，兼济天下心犹雄"的入世思想。

纵观韩星君在创作之前的研究轨迹，我觉得他有一种"前人未为而我为之"的锐气，有勇往直前、义无反顾的气魄，这实在是难能可贵。

韩星君论证历史人物相当精细，博得我市名家好评，这从他对一代文豪韩愈诗歌谐谑风格形成的探讨及对其与佛僧交往的论证中便可见一斑。

《韩愈诗歌的谐谑风格》一文，韩星君倾注了大量心血。这篇论文的论点独辟蹊径。作为"古文之主""一代文宗"的韩愈，其诗歌谐谑风格的形成，韩星君认为主要原因是韩愈的自信、具有超群的智慧和旷达真挚的良好品格使然。

韩星君此论，来自对韩愈为人处世和许多诗作的深入研究，他举出《泷吏》《苦寒》《落齿》《晚春》《三星行》等韩诗，一一作了具体的阐析，指出谐谑是韩诗艺术风格的一个重要组成部分。而这一风格缘于韩氏具有幽默的情性、达观的态度和率真的性格。韩星君除了精心细读细研韩诗之外，还虚心拜读历代及当代文坛大家写的评介文章，得以更深层次地论证韩诗。《韩愈诗歌的谐谑风格》最后几句写得令人折服：对于艺术典型乃至历史人物的研究，应该"直接深入人物的心灵深处，去体验其丰富的内心世界和复杂的性格情趣"。对韩愈的研究，也应有这种新的观念。这样，我们所研究的韩愈，才是一个有性灵的人，一个具有鲜明的个性但并非超然于物外的普通的人。

韩星君在《论韩愈与僧侣的交往》一文中指出，韩愈虽上书皇帝《论佛骨表》，但他惜才、扶掖人才，不论官民，和尚也不例外，故而，他不但贬潮之后与有才气的大颠交为朋友，而且在此前后与十多位诗僧、琴僧、书僧、酒僧等才僧交往而成为好友，如元惠、文畅、澄观，这些都是佛教徒中的德学兼备者。

韩星君最后总结道：

> 韩愈与僧侣的交往是受到佛学进步因素的吸引，它不是一种偶然的孤立的社会现象，在其交往过程中影响的主要不是僧侣而是韩愈，这就是本文所试图表述的观点。如果要对韩愈与僧侣交往本身作出或褒或贬的评价，我想这已经不是一件困难的事情，倘若我们将这一社会现象作一个纵的比较，例如从宋代欧阳修、苏轼、程颐、黄庭坚与僧侣的拳拳之情，从明代汤显祖、董其昌、唐元徵、袁宗道结社交禅的逸逸之心，从清代曹雪芹体现在《红楼梦》中的他对禅学的研习，直至现代鲁迅先生与杉本法师、内山完造居士的挚交，老舍先生与宗月大师、大虚法师的过从等此类脉脉相续的士僧交往来看，也许我们就不能对韩愈予以过多的贬责，也不能把他与僧侣的交往看作是为了"减少斗争中的阻力"，或认为这是他反佛的一种策略，我们甚至还可以这样认为，韩愈在某些方面顺应潮流，对僧侣不存成见，对佛家学说表现出闳通吸纳的态度，这正是他之所以成为一代宗师的重要原因之一，而韩愈的这种虚心向学的精神，对于我们也是有砥砺警策的意义的。

这一结语，真乃谠论灼见。

韩星君在几十年创作实践过程中对创作思想（文艺观）和创作对象的持续的、不断的、自觉的探索，使他的创作能直接抓住个体的人的内心情感，去创作古代文人题材作品，从而获得了成功。

在 2003 年第三届中国戏剧文学奖评选中，韩星君撰写的论文《关注戏剧作品的文学性》以其独特的见解获得论文一等奖。在这篇论文中，韩星君对目前戏剧作品忽视文学性，作家进行戏剧创作时居多追求功利目的，多以"浮躁的操作代替扎实的对生活的思考"的现象表示忧虑，并大声疾呼地提出戏剧作品要注重文学性，关注和表现人的情感世界；他认为，艺术创作是形上意义的心灵实践，是艺术家灵魂深处的磨折，是艺术家终极性情感的燃烧。从某种意义上来说，艺术家都是人类中的弱者，真正的艺术家都有大缺憾、大遗憾，但正由于如此，艺术家才能够看到世界、人生的最高本质，用笔刻画出个体生命处于极端状态下的痛苦。就这样，艺术家由弱者变成为大智者，实现了对人类灵魂的积极拯救。

韩星君在"文革"以后没有跟着时尚写伤痕文学、问题文学而直接抓住个体的人的内心情感，去创作古代文人题材作品，这种艺术思想上的觉醒比他同时代的作家应该说是要早，路子也是对的，而这正得力于他自觉的理论思考，使他少走了许多弯路，在戏剧创作上获得了丰硕的成果。韩星君在创作时除了关注人的精神世界之外，在剧作中追求飘逸隽永风格，语言古雅抒情，人物形象鲜活灵动。在其创作的历史歌剧《蝴蝶兰》（合作）获广东省 1979 年度专业戏剧创作剧本一等奖之后，他接连创作的历史歌剧《东坡三折》《大漠孤烟》又分获中国戏剧文学学会首届、第二届戏剧文学奖银奖和金奖；他创作的 18 集电视连续剧《韩愈》，1997 年由广东电视台摄制播映，1999 年获广东省"五个一工程"优秀作品奖。

　　《陈韩星剧作选》中的九部剧作是韩星君二十年来孜孜不倦地执著于戏剧的代表性成果，也是潮汕剧坛改革开放以来的重要收获。他以含蓄而诗意盎然的笔触再现了苏东坡、韩愈等一系列文人形象，字里行间渗透着剧作家对文人命运的深切关怀和强烈的情感力量，深具潮汕文化的底蕴，从容淡定宛若韩江水，体现了他自己所尊崇的处世哲学——"以出世的精神做入世的事业"。

　　笔者从其剧作中，感到他的创作是在没有任何创作指令的情况下，于轻松平静的心态之中进行的，他是从容不迫、自得其乐地去写他想写的东西，他已经进入一种自由畅达的创作境界。

　　韩星君退休时，汕头市文化局党组给予他的评语是"德高望重，德艺双馨，硕果累累，无怨无悔"。退休后的韩星君心境恬静，一如蓝天白云。六十年的人生答卷，他得了满分。

　　有人说当今时代，唯有金钱神光万丈，信念、信仰、理想，不过是玻璃似的过时的装饰品。可韩星君却从不信这个邪，他是一个具有文化使命感和艺术神圣感的党员干部，正如他自己所说的："不管如何，作为一个文化人，能做一滴于文化大山有益的清流甘泉，那便是人生的全部价值。"他没有升迁、致富的欲望，胸中却有振兴潮汕文化、振兴中华的万丈雄心。

　　阳光总在风雨后，阳光下，是一颗在神圣、华美的艺术殿堂中闪闪发亮的金子一般的心！

谢惠如
2006 年 10 月